LE SYSTÈME

Du même auteur

Six jours, Fayard, 2015 ; Le Livre de Poche, 2016.
En lieu sûr, Fayard, 2017 ; Le Livre de Poche, 2021.

RYAN GATTIS

Le système

roman

Traduit de l'anglais (États-Unis)
par Nadège T. Dulot

FAYARD

Maquette de couverture : Alistair Marca,
d'après une création graphique d'Alex Merto
Photographie : Stephen Tourlentes

Cet ouvrage est la traduction intégrale,
publiée pour la première fois en France, du livre de langue anglaise :
THE SYSTEM
édité par MCD – Farrar, Straus and Giroux, New York.

ISBN : 978-2-213-70625-2
Dépôt légal : juin 2021

À Roger Cortez

« Car ni la vie ni la nature ne se soucient de la justice. »

Patricia Highsmith

LE SYSTÈME

Aux États-Unis, le « système pénal » renvoie à l'ensemble des institutions devant lesquelles une personne accusée d'avoir commis une infraction doit être présentée jusqu'à ce que l'accusation soit rejetée ou que les faits reprochés soient prouvés, et qu'une peine soit prononcée et exécutée.

Le système se déploie sur trois fronts :

1. Le maintien de l'ordre (la police et les shérifs).
2. La justice (les tribunaux, c'est-à-dire les juges, le procureur, les avocats de la défense et les assistants juridiques).
3. L'administration pénitentiaire et la surveillance (les prisons et leur personnel, les agents de probation et de libération conditionnelle).

Ensemble, les institutions appartenant à ces trois branches sont censées garantir le respect de l'état de droit dans une société civilisée.

Quand vous êtes pris dans l'engrenage du système juridique du comté de Los Angeles, vous êtes à sa merci.

En détention, votre corps ne vous appartient plus, il appartient au comté.

Les biens de première nécessité vous sont fournis par le comté : votre nourriture, votre dentifrice et même vos vêtements.

Vous dormez où on vous dit de dormir, vous vous levez quand on vous dit de vous lever.

Si vous ou votre famille ne disposez pas de la somme nécessaire pour payer votre caution, vous resterez en prison jusqu'à la tenue de votre procès.

En fonction des retards accumulés dans le traitement des dossiers en cours, cela peut durer des mois.

En 1993, alors qu'on comptait en Californie quinze pour cent de la population carcérale du pays, soit plus que dans tout autre État, un changement était en train de s'opérer dans le monde carcéral.

Un changement qui s'annonçait depuis des années.

Des gangs organisés dans les prisons cherchèrent à piloter les activités criminelles de derrière les barreaux, ce qu'ils parvinrent à faire. Le pouvoir passa de la rue à la prison.

Ces gangs offraient un modèle d'affiliation dont la logique était simple : s'ils pouvaient contrôler l'environnement carcéral – le pire résultat d'un comportement criminel – alors ils pouvaient pratiquement contrôler n'importe qui, n'importe où.

Le récit qui suit relate l'un de ces crimes. Il s'agit de l'histoire des accusés, des témoins, des enquêteurs, des magistrats, ainsi que de ceux qui restent à la périphérie.

PROLOGUE

L'ALIBI

« et ceci n'est pas un rêve
juste ma vie d'huile
où les gens sont des alibis
et la rue demeure introuvable
pour une éternité. »

ANNE SEXTON, "45 MERCY STREET"

JACOB SAFULU, AKA*[1] DREAMER

6 DÉCEMBRE 1993
21 H 18

Angela m'avait jamais regardé comme si j'étais un problème enfin réglé. Elle a encore rien dit pour l'instant, mais je sens ses mots venir comme je sens arriver un coup de poing. En moi-même, j'esquive déjà.

« C'est pas facile pour moi », elle me dit. Elle prend son élan avant de me rétamer avec : « Mais je voudrais que tu déménages, Jacob. »

Ça, c'est le K.-O. C'est fini. Y a plus rien à voir.

Quand Angela prend une décision, elle la lâche pas.

Là, elle me largue et me met à la rue d'un seul coup, mais c'est le bip du micro-ondes qui m'obsède. Il est neuf, le micro-ondes. Un *homie** me l'a refilé la semaine dernière. C'est un Japonais. Du bon matos. Digital. Avec le truc qui te rappelle que t'as pas sorti ta bouffe. Et justement, je l'entends biper pour les macaronis. C'est la deuxième fois. Ça me rappelle l'électrocardiogramme de mon pote avant que son cœur s'arrête.

R.I.P., Tiny Gangster. Du Southside. Un vrai caïd de Lynwood. Un *matón grande**. Le plus gros enfoiré que j'aie jamais rencontré. Mes souvenirs de lui viennent se mélanger avec le présent, alors la douleur brûlante et brute s'enfonce dans ma poitrine. Comme de la roche en feu.

1. Les termes suivis d'un astérisque sont définis dans le glossaire en fin d'ouvrage.

Angela claque des doigts devant mes yeux.

« Allô ? Tu m'écoutes ou quoi ? »

Bip.

« Ou quoi », je dis.

Elle lève les yeux au ciel. Elle adorait quand je la faisais rire. Maintenant, elle me regarde comme si c'était juste… pitoyable.

« Tu comprends pourquoi ça marche pas, non ? Tu fais le gamin au lieu d'être sérieux. Tout est une blague pour toi ? Ce que je veux, c'est quelqu'un qui peut être plus qu'une seule chose, tu vois ? Quelqu'un qui peut gérer la réalité *et* me faire rêver.

– Attends. »

Je lui prends la main. Elle est froide. Elle veut pas être entre mes paumes, je le sens bien.

« Je peux faire mieux. Je peux être tout ça. T'acheter des fleurs. »

Angela retire sa main. Les autres, ils me disent toujours comment elle est trop bien pour moi. Comment elle est plus mûre, et de loin la plus belle par ici. Comment elle a un avenir. Même Wizard, il s'y est mis. À force, ça te rentre dans la tête. Et je regrette d'être parti de chez Little, et même de m'être grave disputé avec sa *mamá* qui disait que j'étais pas prêt pour ce genre de trip. Vivre avec une fille à dix-sept ans ? Elle le sentait pas. Je l'ai fait quand même.

Bip.

Je souris encore. Mais pas à elle. À mes pieds. Je leur parle aussi, genre : « Alors, si j'étais sérieux là, ça se passerait pas pareil ?

– Si, elle me dit. On a déjà passé tous ces caps-là.

– Alors, pourquoi tu veux que je sois différent si tu veux tout arrêter de toute façon ? »

Elle se penche en avant. Me regarde bien dans les yeux.

« Et ça, c'est toi au moins ? Ou juste ce que tes *homies* veulent de toi ? »

Je bats en retraite, genre « lâche l'affaire, putain ».

Mais elle lâche pas.

« Tu te souviens quand tu t'es fait griller avec les télés ? »

Je tripe là-dessus une seconde. C'était après les émeutes. Après que j'ai peut-être participé à l'incendie du Jack in the Box* sur

MLK. Il y avait un box de stockage dans le quartier, bourré de merdes qu'on avait chourées. Les *homies* venaient à toutes les heures du jour et de la nuit pour le remplir. C'était bon, tout ça.

Elle dit : « Tu te souviens comment t'as fait genre tu trouverais un acheteur parce que Jellybean voulait voir qui serait cap ? T'es arrivé avec un gros sourire, comme si tu étais le gars de la situation. »

Putain. Je me rappelle. J'ai essayé de tout refourguer à une Coréenne qui avait un magasin d'électroménager sur Long Beach. Elle m'avait balancé aux shérifs. Ce qu'Angela dit pas, c'est que les conseils de Wizard m'ont servi. Pas de tatouage. Jamais fiché avec les gangs. Jamais photographié ou interrogé. Il existe aucune preuve que je sois affilié à un gang. Les shérifs m'ont même pas embarqué : justement parce que je suis un furtif comme ça. Et, en plus, madame Wong serait incapable de reconnaître qui que ce soit pendant une identification. Paraît qu'elle a montré un *paisa** avec une tête d'ananas.

Angela me lâche pas des yeux. Elle veut que je dise quelque chose. J'ai pas les bonnes réponses, alors je dis rien. J'attends le bip. Mais il arrive pas.

Elle baisse la tête, puis la relève en rejetant ses cheveux en arrière pour dégager son visage. Elle me fait :

« Merci de pas rendre les choses plus difficiles. »

Tout ce qui me reste, c'est de la douleur qui me fait dire :

« C'est la moindre des choses, nan ? Bah, de rien. »

Sur son visage, son expression se tortille, un peu comme si elle savait pas quoi dire. Et je comprends. Je me sens pareil. Je sais que j'ai merdé. Quand j'étais défoncé, j'ai déconné avec Giselle, la cousine de Tiny. Mais c'est plus que ça. Angela m'a toujours mis la pression pour changer, pour me sortir de la rue. Trouver un boulot. Retourner en cours.

« On dirait que tu portes encore un masque quand t'es avec moi, elle dit. Le visage que tu crois que je veux voir. »

Le bip est parti pour de bon, je crois. Y en a que cinq, si je me souviens bien. Ça s'éternise pas ni rien. Ça me fait penser que tout est sur minuterie peut-être. Pas que moi et Angela. Tout. L'heure tourne. Le temps finit toujours par manquer.

Je me dis, pourquoi pas être cash avec elle si… si c'est ce qu'elle veut.

Alors je me penche en avant en disant : « Tout ce que j'ai maintenant, c'est une sensation de quelque chose qui me brûle depuis que tu m'as dit ce que tu avais à dire. »

Elle hoche la tête, genre *ouais, c'est ça*. Elle me croit pas.

« Je suis sérieux, je lui dis, c'est juste… »

Elle se mord la lèvre, se demande où je veux en venir avec ça.

Je dis : « Bonne chance. Dans la vie, tu sais ? La *suerte**. Sérieux. Mais va pas traîner avec des *homies*. Je supporterais pas. Sérieux, c'est pas… C'est bon pour personne, ça. Pas pour moi. Pas pour toi. Pas pour Wizard. Pas pour le prochain. OK ? »

J'ai pas besoin de lui rappeler qu'on doit éviter une autre situation à la Tiny Gangster. Six balles. Dans un lit d'hôpital à Saint-Francis jusqu'à ce que son corps lâche. Il a pas pu résister aux bastos que l'ex de la meuf lui avait mises dans le corps.

Je dis : « Je vais y aller maintenant, d'accord ? Je prendrai mes affaires une autre fois. »

Ses yeux papillonnent. Je vois bien qu'elle pleure. Et ça me touche. Depuis tout à l'heure, elle est super détachée et calme, et mature, en m'annonçant ça. Une, deux larmes tombent, coulent sur sa joue. Je veux les essuyer. Mais c'est plus à moi de le faire. Avec son regard, elle dit qu'elle comprend ma douleur et qu'elle regrette d'avoir fait ça. Mais putain, merde ! Elle l'a fait. Et c'est fini. Et ça me brûle. La *mamá* de Little avait raison depuis le début.

« Si tu veux, Angela me dit.

– D'accord. »

Je me lève, comme un homme, et je trimballe le poids de toutes les conneries que j'ai faites, parce que j'ai pas le choix. Je suis obligé. Toujours.

Et je lui tourne le dos, et je prends la porte, et je me casse.

Et je me retourne pas…

I

LES FAITS

« Quand des personnes détruisent des quartiers sous le coup de la rage et qu'on nous demande de "comprendre" et de "compatir", on nous demande d'éprouver de la compassion pour la rage. Mais que fait-on de la rage des policiers qui voient leurs efforts quotidiennement anéantis par un système qui relâche dans les rues un défilé incessant de déchets humains récidivistes ? [...] Et si on avait un peu de "compréhension" et de "compassion" pour eux, pour ce qu'ils subissent chaque jour ? Actuellement, il y a moins d'une chance sur cent qu'un délinquant qui commet une infraction grave effectue une peine de prison. Les citoyens respectables en ont marre. »

RUSH H. LIMBAUGH III,
LES CHOSES TELLES QU'ELLES DOIVENT ÊTRE (ÉDITION ABRÉGÉE)

AUGUSTINE CLARK, AKA AUGIE

6 DÉCEMBRE 1993
21 H 18

1

J'arrive à l'intersection de Long Beach et de Josephine. Encore huit maisons, je me dis, ou je vais crever. Et juste à ce moment-là, y a un tremblement de terre en moi. Il me plie en deux. Comme si mes os se cassaient de l'intérieur. Faut que je me tienne au trottoir. Les deux mains sur le béton glacé, je ressemble à un animal.

Ces tremblements de terre que j'ai, ils sont énormes. À chaque fois, on dirait une gueule ouverte dans mes tripes qui veut dévorer ce qui reste de moi. Et celui-là, il m'avale tout entier.

Quand il me recrache, je sais que je dois bouger avant que le prochain arrive. Je m'essuie le nez sur l'épaule quand je sens du mouillé couler sur mes lèvres. Je suis content quand je vois que c'est pas du sang.

Une voiture roule dans ma direction, lentement. La lumière des phares me perce les cornées, alors je la fuis. La vitre est baissée, une fille chante dans les haut-parleurs ; je l'entends sans discerner les paroles.

« C'est quoi son problème à ce connard ? Il a les *malias** ou quoi ? »

C'est le conducteur que j'ai entendu. Puis il disparaît. Les phares aussi.

Lui et moi, on sait très bien que c'est pas le quartier pour se faire ramasser en manque. Au sud de l'autoroute 105 ? Sur Long Beach Boulevard ? C'est Gang-Ville ici. Et la nuit en plus ? C'est chercher la merde.

Et je serais sûrement pas là si j'avais le choix.

Mais c'est ce qui arrive quand tu dors trente-six heures et que tu te réveilles avec un besoin de te shooter comme jamais t'as eu besoin de quoi que ce soit de ta vie.

Je sens le prochain tremblement de terre qui arrive. Timide au début. Comme une réplique. Alors je m'appuie sur le mur à côté de moi et j'attends que ça passe, comme si j'étais pris dans une tempête. Encore cinq maisons. J'y suis presque. Accroché à mon mur, j'ai l'air de lutter pour pas me faire emporter par un ouragan.

Une odeur de bœuf m'arrive aux narines. De la viande. Tam's. Ou Tacos Mexico. Et mon estomac s'y accroche, rien que pour me faire chier. Le tremblement de terre qui vient ensuite est le pire de tous. Tellement insupportable que je crois que je vais crier.

Je le ferais bien, mais ça arrangerait rien, ça répondrait pas à l'appel qui veut pas la fermer. Un appel surpuissant.

C'est quelque chose qui est bien au-delà de la douleur. C'est tout autour.

L'appel guide mes pas, et je me débats contre un spasme qui entraîne mes jambes sur le côté, mais j'avance. J'ai l'habitude de ces douleurs. Je les hais, mais je les connais. Et l'appel continue. C'est un besoin. Tout en haut de l'échelle, avec l'oxygène.

Je travaillais de nuit au port. Jusqu'à mon accident. Je connais le bruit nocturne des bateaux. Et ces sensations font comme le début d'une corne de brume. Ça fait que monter. Ça redescend jamais. Pas *boooo-aaoh.* Juste un *boooo* qui va se perdre. Elle m'appelle comme ça, la dope. Sans arrêt. Dehors, dans la nuit, elle me dit de la rejoindre. Elle dit que si je l'atteins, je flotterai encore, et encore.

Et c'est ce qui me transporte jusqu'à l'entrée maintenant. Et je frappe. La nuit, c'est pas bien. Il faudrait pas, mais il le faut. C'est ça ou mourir. Voir Scrappy ou mourir. C'est ce qu'elles disent, mes tripes. Et ma tête. Elles se sont mises d'accord : pas d'alternative.

Alors je frappe sur la porte grillagée. Ça tremble, et je me répands sur la maison, lui demande de me soutenir.

La première personne qui ouvre la porte, c'est un petit gamin. Un garçon torse nu. Derrière la grille, je le vois avec une glace dans la bouche. Il cligne des yeux en me regardant.

C'est là que j'entends crier : « Non ! » Quelqu'un vient vers nous du salon.

Lui et moi, on sait qu'il va se faire engueuler pour avoir ouvert la porte la nuit. Et le petit se tourne à temps pour se prendre une volée sur le derrière. C'est Scrappy.

Elle a l'air furieuse. Juste en tee-shirt et en short. Pas de soutif. Mais elle sauve la face. À travers les trous de la grille en métal, elle m'envoie toutes sortes de rages.

« Casse-toi, elle me fait. J'ai rien pour ta sale gueule de camé. »

Elle me claque la porte au nez. Quand l'air qu'elle déplace me souffle dessus, je sais comment ça fait de se noyer sous les yeux de quelqu'un qui te regarde de son bateau et qui finit par se barrer.

Putain, c'est humiliant. Triste. Indigne. C'est tout ça en même temps.

Mais, à ce moment-là, un autre tremblement de terre m'ébranle, et rien d'autre existe.

Je l'emmerde, Scrappy. C'est ce que je décide sur le moment. Je suis là. Je ferais n'importe quoi pour qu'elle sorte. Je m'en fous. Tu me butes ? D'accord. Ce sera le coup de grâce.

Je vais à la fenêtre et je tire sur les volets en bois qui sont attachés. Je tire fort. Je mets tout mon poids. Et ça fait un bruit terrible. Ça fait comme des dents qui raclent quand un des gonds se détache du stuc.

Et je m'en veux un peu, c'est vrai, mais je continue.

Je vois des corps à travers les rideaux blancs. Les rideaux s'écartent. Ça doit être la mère ou je sais pas. Scrappy est derrière elle, l'air halluciné. Du regard, elle me dit de foutre le camp, tout en sachant que je vais pas le faire, que j'irai jusqu'au bout et qu'elle a intérêt à s'occuper de mon problème avant que je foute encore plus la merde.

À ce moment-là, je fais semblant d'être sur le point de gerber partout. Comme si j'allais être un gros souci pour Scrappy si elle me laissait là. Elle voit bien à ma tronche que ça pourrait durer toute la nuit. Je me ferai un plumard avec les buissons de sa maman. Et peut-être que je serai encore là demain matin, et qu'il faudra faire quelque chose. Soit je meurs, et elle devra appeler une ambulance, faire venir des uniformes ici et répondre aux questions, soit elle me fait dégager maintenant.

Après une autre secousse, je mate son gazon, qui a pas été arrosé depuis des semaines. Il est sale, en fait. Puis je lève les yeux, et on se regarde. On sait tous les deux à quel point on se hait, mais on sait comment ça se passe à chaque fois.

C'est le jeu. Il me faut quelque chose, absolument. Il me le faut tellement que je ferais tout pour l'avoir. Elle le sait, et elle sait ce qui me calmera. Et elle sait aussi qu'elle a intérêt à me le donner parce que j'ai absolument rien à perdre. Je vais défoncer sa maison. Qu'est-ce qu'elle va faire ? Appeler les shérifs ?

Elle me pointe du doigt, puis montre la rue, comme si elle voulait que je traverse. Ensuite, elle tire les rideaux, et je recule.

Je m'appuie sur la boîte aux lettres. J'ai une douleur sur le côté qui part de ma hanche et qui remonte jusqu'à mes côtes. C'est calme dehors. Je sens les regards sur moi, mais je les emmerde. Je regarde à gauche. À droite.

Je vois une voiture éteindre ses phares au bout de la rue, mais je sais pas si c'est la voiture de tout à l'heure ou une autre ou un voisin ou quoi. Je m'en fous d'ailleurs.

Quand je lève les yeux ? Scrappy me fonce dessus, elle vient du côté de la maison. Elle porte un sweat à capuche maintenant. Et un jean. Elle m'arrive dessus comme un boulet de canon.

Elle crie en chuchotant : « Mais putain, qu'est-ce qui te prend de venir chez moi comme ça, bordel ? »

BAM ! Elle m'enfonce bien son poing dans l'estomac, je l'avais pas vu venir. Je tombe sur ce qui devrait être une pelouse. C'est marrant comment ça me fait presque du bien. Comment c'est moins pire qu'un tremblement de terre. Ça me change les idées. Et je rigole.

Mes conneries, ça lui plaît pas. Elle me met des coups de pied dans les côtes, là où j'avais mal. Je rigole plus, là. Je me vide de tout ce que j'avais dans les poumons et je m'étale dans la poussière de son jardin pourri. Je me mets en boule jusqu'à ce qu'elle en ait marre de me frapper. Et qu'elle reprenne son souffle.

« Tu te bats comme un putain d'œuf à la coque, enculé », elle me dit. Et elle crache à côté de moi.

Je sors un billet de vingt froissé et je le lui tends. Drapeau blanc.

Elle fait la gueule.

Je le défroisse. J'essaie de l'aplatir entre mes mains avant qu'elle me le prenne et se retourne comme si elle allait rentrer dans la maison. Et on sait que je peux pas la laisser faire.

« Je vais casser tous tes volets ! Je vais foutre en l'air tes poubelles ! J'en foutrai partout, tu vas voir », je dis entre deux gémissements.

« Si tu fais ça, je te bute, Augie. Sale *gabacho** ! »

Mais elle approche pas. Elle secoue la tête. Et moi ? Je suis des yeux ses moindres gestes quand elle fouille dans sa poche et en sort un sachet en plastique avec mon nom dessus. Quand il est à l'air libre, je vois plus rien. Plus de lampadaires. Plus de Scrappy. Rien.

Y a plus que le pochon. Plus que le bout de rien qu'il y a dedans.

Elle le jette dans la poussière, et je me précipite dessus pour le prendre des deux mains. C'est comme si c'était le Super Bowl et que tout ce jouait sur cet arrêt. Je souris tellement qu'on dirait que ma gueule va tomber par terre.

Scrappy est au-dessus de moi. Elle me tape dans le pied, mais pas fort.

« Hé ! Si tu reviens ici, c'est fini pour ta gueule. Je m'en bats les couilles. » Elle glisse les deux mains dans ses poches, et je repars par où je suis venu aussi vite que possible.

Je suis pas encore bien loin quand j'entends courir. Au début, je me dis que c'est pour moi, alors je fourre le pochon dans ma bouche et je le coince contre ma joue, puis j'entends la voix d'un type.

« Scrap ! »

C'est tout ce qu'il dit. C'est pas beaucoup. Mais il le dit fort.

Et ça suffit pour que Scrappy se retourne. Moi aussi, je me retourne. Vers sa maison. Je vois alors deux personnes s'avancer vers elle. L'une d'elles a le bras tendu avec un revolver dans la main. Je vais pour me planquer en vitesse, mais c'est trop tard.

J'ai vu sa tête, au type. C'est Wizard. J'ai la haine de l'avoir vu, qu'il ait pas couvert son visage ou quoi, parce que ça me fout dans une merde noire de savoir, alors je me cache derrière le mur où je me suis appuyé tout à l'heure, et le canon crache un feu qui blanchit la nuit.

Une balle tirée du trottoir. Scrappy tourne sur elle-même.

Une balle de là où je suis tombé. Elle s'écroule.

Une balle à bout portant. Elle est déjà à terre.

Je me dis que c'est énorme, quand le flingue tombe à ses pieds. Fumant. J'ai les oreilles qui sifflent. Dans les jardins, les chiens aboient aussi fort qu'ils peuvent.

Wizard et l'autre gars courent jusqu'à la voiture. L'autre porte un sweat à capuche. Un jaune, des Lakers. La voiture démarre. La fille se remet à chanter. Et ils dégagent. Pas vite. Pas de pneus qui crissent. Ils roulent lentement, comme tout à l'heure. Et c'est logique, parce que Wizard est sans pitié. C'est pas sa première fois, à ce qu'il paraît.

Je suis bourré à l'adrénaline, ça fait refouler la douleur, me fait courir jusqu'à Scrappy. Debout à côté d'elle, je vois qu'elle bouge pas, mais qu'elle respire encore, alors je m'approche pour être sûr.

C'est là que la porte s'ouvre et que sa mère commence à crier. J'essaie de lui dire que c'était *dos muchachos*, mais ça me reste en boule dans la bouche.

« *Telefona ambulanza* !* »

C'est ce que je finis par dire. Je le dis deux fois, pour qu'elle comprenne. Mais ça m'arrange qu'elle sache que je suis le crevard de tout à l'heure. C'est pas moi. J'aurais pas pu.

Elle laisse la porte ouverte derrière la grille quand elle va chercher le téléphone. Et je vois le gamin qui regarde sa mère. Il a encore sa glace à la main, la bouche tout orange. Je le vois dans la lumière du porche. Il sait même pas ce qu'il a devant les yeux, et tant mieux.

J'essaie de me mettre entre Scrappy et lui parce qu'elle perd tout son sang devant moi. Et je vois maintenant qu'elle en a une dans la jambe. Une dans le ventre. Une au-dessus de l'épaule, près du cou. Une boue ensanglantée s'est formée tout autour d'elle. Je lui mets ses deux mains sur l'abdomen.

« Appuie. » C'est comme un ordre. « Aussi fort que tu peux. »

Y a un couteau sur la pelouse. Elle devait l'avoir sur elle, et il est tombé. Je le prends pour couper son jean, et je le déchire pour faire un bandage. Des pochons tombent du revers, et je fais un garrot sur sa cuisse, vite fait bien fait.

« Ça va aller », je lui dis.

Je compte les pochons par terre. Y en a trois.

Et je me dis qu'elle en a pas besoin, là. Regarde-la !

Elle aurait pas dû ouvrir la porte aussi tard.

« Ça va aller », je répète.

Elle aurait dû faire gaffe.

Et vu comment elle saigne ? Mate ça ! Elle en a plus besoin maintenant.

Mais moi, si.

Mon cœur s'emballe. Je le sens partout dans mon corps. Dans mes oreilles, ma gorge, mes orteils.

Elle a des larmes qui coulent. Elle ferme les yeux.

« Wizard, le fils de pute », elle fait.

Et ça me retourne, parce que bien sûr qu'elle l'a vu de près.

« Ça va aller. C'est rien. » Je la vois pas réagir à ce que je dis. C'est pas vrai, mais je ne lui dis pas ça.

Et je lui fais les poches. Je prends tous les sachets que je trouve, et ça suffit pas. Mes lèvres me grattent. Alors je les mords tout en défaisant le deuxième revers de son jean, et d'autres pochons en tombent. Je les prends jusqu'à ce que je sache plus où les mettre, puis j'en fourre dans mes chaussettes.

Je me dis que je devrais regarder dans sa culotte pour en avoir encore plus, mais que je peux pas refaire le garrot maintenant, alors je lui enlève ses chaussures, j'arrache la doublure, et deux pochons de plus dans chaque, et je regarde encore après sans trop réfléchir, je crois, parce que tout d'un coup j'ai le flingue dans la main.

Je pense même pas aux empreintes jusqu'à ce que je le tienne en me disant que c'est pas une bonne idée, que j'aurais probablement pas dû, mais que c'est déjà trop tard. Alors, je fais ce que je dois faire. Et je pense que même ça, c'est pas si grave vu ce qu'il vaut.

Ce que je peux en tirer en le revendant. Si je le nettoie. Si je dis pas où je l'ai trouvé ni comment je l'ai eu.

Je réfléchis à ça tout en essayant de courir, de mettre un pied devant l'autre en speed.

Parce que c'est juste un flingue que j'ai trouvé. Et n'importe qui paierait pour ça.

N'importe qui.

AGENT DE PROBATION PHILLIP PETRILLO

7 DÉCEMBRE 1993
7 H 18

2

Quand je me gare et coupe le contact, la cassette de Rush Limbaugh s'arrête. Ma première visite de la journée : Augustine Clark, un dossier dont j'ai hérité suite au congé maternité de Martinez (une pas commode, à ce qu'il paraît). Elle n'est ni mariée ni en couple avec le père de l'enfant – du grand n'importe quoi. Je serais ravi qu'une de ces féminazis veuille bien m'expliquer pourquoi Martinez devrait être payée autant que moi alors que je travaille deux fois plus pour couvrir le retard causé par son absence prolongée, et ce sans avoir de congés supplémentaires. D'accord, elle a deux ans d'ancienneté de plus que moi, mais est-ce que je me fais des heures sup au moins ? Non. « Restrictions budgétaires », ça veut dire qu'on attend de moi que je reprenne quatre de ses dossiers en plus des miens. C'est ça l'Amérique maintenant. Les hommes blancs font le ménage après tous les autres. On remet le pays en ordre sans broncher alors que les assistés ne font que se plaindre. J'en ai ras la casquette.

J'ouvre ma portière et descends. Sur le qui-vive, je survole le dossier de Clark. Je guette toute menace potentielle dans le périmètre (le parking de l'Islands Motel sur Long Beach à Lynwood, mais rien ne bouge pour l'instant, il est trop tôt). Je me familiarise avec le bonhomme : numéro CDC* R19237, un mètre soixante-dix, cinquante-neuf kilos, né en 1953. L'adresse est bien celle-ci, mais ce n'est pas le centre de réinsertion que Martinez avait recommandé (comment a-t-elle pu passer à côté de ça ?). L'employeur listé lors de son premier entretien : « J'y travaille » (sans déconner, il a vraiment écrit ça), revenu mensuel très bas malgré « 15 ans dans la Navy et pension d'invalidité », véhicule et permis « non *appliable* » – j'imagine que c'est une faute. Casier judiciaire : 1987, détention illicite de stupéfiants (six mois de prison) ; 1988, détention ; 1990, détention ; 1990, vol avec effraction (deux ans) ; et 1992, détention. Cette dernière condamnation lui a valu son dernier séjour en prison, dont il est sorti il y a cinq mois, sûrement pour cause de surpopulation. Ils appellent ça « bonne conduite » sur le papier, la bonne blague. Aucune de ces ordures n'est vraiment punie de nos jours.

Je remets les papiers en ordre et ferme le dossier. Quand je descends de la voiture, j'ouvre le coffre et jette la chemise sur mon classeur avant de refermer et de verrouiller. Je finis mon café et laisse le gobelet sur le coffre parce que je ne vois pas de poubelle ; je ne suis pas une bête.

Je frappe fort à la porte. Il faut mettre dans la tête de ce sac à merde que le moment est venu d'être inspecté par un pro.

Quand ça s'ouvre, une odeur s'échappe. L'odeur rance du renfermé – voilà ce que j'écrirai dans le rapport, très probablement l'accumulation de vêtements portés plusieurs fois sans être lavés et de restes de nourriture. Ce n'est pas bon signe quant à l'abstinence ou une conditionnelle bien menée. Ça sent la récidive.

Et ça sent encore plus fort quand je vois Clark à la porte, la tête baissée et le crâne dégarni. Il n'est pas rasé, n'est pas allé chez le coiffeur depuis des semaines. On est mardi, mais il n'est pas habillé pour chercher du travail (de toute évidence), ce qui pose la question de ce qu'il faisait hier soir.

Je dis : « Votre numéro CDC ?

– R-un-neuf-deux-trois-sept. »

Sa voix est éraillée.

« Vous pouvez m'appeler Augie, hein.

– Augie, je suis monsieur Petrillo, agent de probation rattaché à l'unité du secteur South Central. Vous pouvez m'appeler monsieur Petrillo. Ne confondez pas cordialité et camaraderie. Je suis là pour une visite de contrôle. Je reprends le dossier pour l'agent Martinez. Je vois que vous ne vous êtes pas présenté au bureau la semaine dernière comme vous étiez censé le faire. Pourquoi ?

– Je… J'étais malade.

– Le non-respect d'une convocation est une infraction grave. Ça suffit pour justifier un mandat contre vous. Ça pourrait vous valoir un an de détention. Et avec votre casier, ce sera directement de la prison ferme. »

Je scrute la pièce : des piles de vêtements dans chaque recoin, des bouteilles de Gatorade vides, éparpillées autour de la télévision, des emballages de nourriture un peu partout. C'est un trou à rat.

Je dis : « Ce n'est pas le centre de réinsertion que vous avait recommandé ma collègue. Hein, Clark ? »

Comme il ne répond pas tout de suite, j'entre, sors une lampe-stylo de ma poche et braque le faisceau de lumière dans ses yeux.

Il fait un bond en arrière, se cogne contre le mur près de la porte de la salle de bain, puis s'immobilise. Les paumes devant les yeux, il fait :

« Allez, quoi !

– Il se passera quoi si on vous fait passer un test de dépistage ? »

Il a consommé. Ça ne fait aucun doute. Mais je dois quand même demander. Lui donner une chance de faire preuve d'honnêteté. C'est de bonne guerre.

« Je… Je sais pas, monsieur Petrillo.

– Vous mentez, Clark.

– Augie. C'est juste Augie. S'il vous plaît ? »

Ses pupilles sont contractées. Je suis à côté de l'interrupteur, alors j'allume. Je braque à nouveau la lampe sur le visage d'Augie.

« Je vais noter dans mon rapport que vos pupilles ne réagissent pas à la lumière directe, et que j'ai des raisons de croire que vous avez consommé des stupéfiants et enfreint vos conditions de liberté conditionnelle. Je dois perquisitionner.

– Allez, monsieur Petrillo, quoi. »

Il est grillé. Il le sait. Ce n'est qu'une question de temps avant que je trouve quelque chose d'intéressant. Pour ma sécurité, je prends une chaise en bois pour l'asseoir loin du placard et du lit, et assez loin de la porte pour que je puisse le mettre K.-O. s'il essaie de s'enfuir.

« Asseyez-vous », je dis.

Il s'assoit ; je mets des gants. J'envisage de le menotter, mais je me ravise. Je regarde autour de lui pour voir s'il a une arme : un couteau, n'importe quoi. Rien. Je garde un œil sur lui pendant que je retourne le lit. J'inspecte les oreillers, entre le matelas et le sommier, chaque tiroir de la table de nuit. Rien. Je cherche dans la grosse commode. Je déplace le meuble entier. Je regarde derrière la télévision, je fais le placard. Rien. Dans la salle de bain, je trouve son kit d'injection : une seringue, une cuillère tordue avec du résidu, des cotons sales qui semblent avoir été arrachés d'un coton-tige et un garrot.

Ça suffirait pour mettre un terme à ses petites vacances. Il pourrait prendre un an. Pas de bonne conduite. Pas de bons points pour ses heures de travail. Il va faire les 365.

« Vous êtes foutu, Augie, je lui dis. Vous allez y retourner pour rien.

– Je… Je sais. »

Mais je n'ai pas fini. Je soulève la moquette du pied. Le coin se détache et je tire. En-dessous, il y a de la colle et des miettes de sous-couche, mais rien d'autre. Je la remets en place, mais elle ne retombe pas normalement. Elle n'est pas complètement plate. Je mets un autre petit coup, mais ça veut toujours pas, et la plinthe bouge. Je tape dedans, elle remue.

Je regarde Augie. La gueule toute plissée, on dirait qu'il va pleurer.

« Qu'est-ce que je vais trouver, Augie ? »

Il enfonce les articulations de ses doigts dans son front.

« Putain, il fait. Putain ! »

Je tire sur la plinthe du bout des doigts en faisant attention à ne pas me piquer avec le clou qui y est encore enfoncé. Quand j'ai dénudé le bas du mur, je vois deux petits trous, vingt centimètres de large, cinq de profondeur. Dans l'un d'eux, il y a dix sachets en plastique. Dans l'autre, un revolver.

Je dégaine mon arme et tiens Augie en joue. Mon cœur cogne dans ma poitrine en passant de zéro au coup de sang. « À terre, putain ! À terre ! »

Augie glisse sur sa chaise et s'écroule sur la moquette tête la première. Une fois qu'il est étendu au sol, je lui passe les menottes. Voilà ce qu'il se prend pour n'avoir rien dit.

« Tu savais que j'allais tomber dessus ! Pourquoi t'as pas dit qu'il était là, putain ? T'as de la chance que je t'aie pas descendu ! »

Je replace mon arme dans son étui, respire un bon coup pour me calmer. Ça marche pas.

Je lui dis : « Avec cette quantité-là, tu vas prendre pour trafic. Tu vas faire une peine à deux chiffres. »

Augie n'a pas de réponse sur le moment, et ce n'est pas grave. Il est pas obligé, mais je dois appeler les shérifs. Je traverse la pièce jusqu'au téléphone et m'apprête à décrocher quand il tourne la tête, ouvre la bouche pour cracher du fil de moquette et dire : « Et si je savais quelque chose ? »

Je m'interromps. Je dis :

« Quelque chose sur quoi, Clark ?

– Un crime plus grave, il dit. Un truc énorme.

– C'est pas mes oignons. On va t'appeler une voiture et t'expédier au trou. »

Il y a un téléphone sur la table de nuit. Je décroche le combiné.

« Vous connaissez Wizard ? »

Quand il dit ce nom, je sens un frisson à la base de ma colonne vertébrale, comme si je m'étais pris un coup de botte à pointe d'acier, puis comme un picotement. Je connais cette sensation.

Je repose le téléphone. Tout le monde connaît Wizard. Quand on passe suffisamment de temps à Lynwood, c'est un nom qu'on finit par entendre. Mais il y a autre chose : c'est l'un des premiers dossiers dont j'ai hérité quand on m'a transféré ici il y a un an, après mon souci.

Je fais :

« Quoi, Wizard ?

– Je… J'ai vu Wizard et un autre gars tuer une fille hier soir, il me dit, avec ce revolver. »

Je ne cache pas mon incrédulité.

« Tu es en train de me dire que tu as pris un revolver sur une scène de crime ?

– J'allais le vendre », il me répond.

À la seconde où les mots sortent de sa bouche, je ris devant tant d'idiotie, mais une idée me vient : une preuve solide contre Wizard. Je ne pense plus qu'à ça.

Ce petit enfoiré… Je ne compte plus le nombre de fois où il m'a menti, mais le plus rageant, c'est que je n'ai jamais pu le prendre en flagrant délit. Dans le ghetto, tout le monde couvre tout le monde. La populace du quartier voit tout, mais ne dit *rien*. C'est l'inverse d'une société civile, parce que ces petits gangsters ne laissent rien passer. Il n'y a jamais de dépositions, jamais les habitants ne prennent part aux poursuites. Ces Hispaniques n'ont pas de valeurs, pas comme nous. Ils mentent comme ils respirent. Ils tuent pour un rien aussi. Ils vous tueront parce que quelqu'un leur a dit de le faire. C'est la loi de la jungle ici. Le seul moyen de mettre quelqu'un en taule, c'est…

L'idée me tombe dessus. Je bloque, et ça doit se voir sur ma tronche, parce qu'Augie demande :

« Ça va ?

– La ferme, Augie. »

Je comprends immédiatement que c'est la meilleure idée que j'aie jamais eue. Je pourrais faire d'une pierre plusieurs coups. Personne ne se mouillera pour la fusillade, pas même Augie, à moins que je ne l'oblige à le faire. Le seul moyen de faire tomber quelqu'un pour ça est de faire parler le camé.

Bon sang, ce serait tellement bon. Un coup de maître.

Justice (la *vraie* pour une fois) serait faite, et bien plus encore. Je pourrais même en tirer quelque chose. La meilleure des récompenses. Double récompense (quelque chose que j'ai toujours voulu et une punition pour eux), parce que, si je peux débusquer ces voyous, la chasse à la cousine de Wizard sera ouverte.

Elle serait vulnérable, seule. Elle n'aurait personne sur qui se reposer. J'ai vu comment elle me regarde. Je sais qu'elle a déjà pensé à moi. Je l'ai vu dans son regard. Ces yeux m'ont toujours dit autre chose aussi : c'est le genre de fille à qui je peux apprendre une leçon ou deux, elle en sera reconnaissante.

Augie me dévisage, bouche bée, alors je dis :

« Y avait qui avec lui, Augie ? »

Augie déglutit.

« Quoi ? »

Dis Dreamer. J'essaie d'envoyer le nom à travers la pièce jusqu'à lui. *Dreamer. S'il vous plaît, mon Dieu, qu'il le dise.* Mais il ne comprend pas. Je dois lui faire un dessin :

« Tu as dit qu'il y avait deux types. Si Wizard était le premier, qui était le deuxième présent lors de la fusillade ? »

Dreamer. Je le chuchote presque. *Dreamer. Dreamer. Dreamer. Allez, Augie, dis-le. Donne-moi le nom d'un petit gangster dont tout le monde sait qu'il a fait des choses pour lesquelles il n'a jamais été condamné. Dis Dreamer. Donne-moi le nom du mec d'Angela, le merdeux qui vit dans leur maison gratis et qui se tape une chatte qu'il ne mérite pas. Pour que je le raye de la carte. Qu'il ait été présent hier soir ou pas, ça n'a pas d'importance. S'il a tiré sur personne à ce moment-là, il le fera la semaine prochaine, ou le mois prochain, sans garantie qu'il passe par la case prison. Pas question. Comme ça, tous les deux verront ce qui les attend.*

« Je sais pas », Augie persiste. Il regarde le bout de moquette retournée comme on dévisage un traître.

Ça peut vouloir dire qu'il sait, mais qu'il ne me dira rien. Je décide de continuer de le cuisiner, mais jusqu'au bout cette fois.

Je dis :

« C'était Dreamer ?

– Je… Je le connais pas vraiment, pas de vue, et il faisait noir. »

Je me tais. J'attends qu'Augie pose les yeux sur moi. Ça lui prend quelques secondes, assez de temps pour qu'il se rende compte que les choses sont peut-être en train de changer entre nous, qu'il a peut-être une alternative après tout. J'ai la bouche sèche. La gorge aussi. Ce que je m'apprête à dire est dangereux, si dangereux que je ne prends ce risque que parce qu'on le croira jamais.

Je dis : « Tu vas leur dire que c'est lui. »

Il reste bouche ouverte. Je hoche la tête vers les sachets en plastique.

« Tous ces pochons sauf un finissent dans les toilettes. Dans mon rapport, je ne parle que de consommation. Je t'emmène au poste. Tu dis aux shérifs ce que tu as vu, ce qui te simplifiera la vie quand il s'agira de ta remise en liberté. La seule chose à ajouter à ta déposition : ce sont Wizard et Dreamer que tu as vus hier soir. Ces deux-là. »

Il essaie de comprendre, mais il n'y arrive pas.

« Mais…

– Sers-toi du système, Augie. Je suis une chance pour toi. Je veux me débarrasser de Wizard et de Dreamer, et tu veux rester libre. Si on peut se mettre d'accord tous les deux, je ferai en sorte que ce revolver finisse entre les mains de la justice pour qu'elle poursuive les assassins. »

Augie cligne des yeux en me regardant :

« Vous allez leur dire quoi pour leur expliquer comment vous l'avez trouvé ?

– Qui dit que j'ai besoin de leur dire quoi que ce soit ? »

Sa bouche se referme enfin, et il hoche la tête, sans bouger de son coin de moquette.

On le tient, notre marché.

« Bien. »

Je lui enlève les menottes et je lui indique la salle de bain de la tête.

« Va chercher ton kit et prends-toi un quart de dose pour ne pas être en manque quand ils t'interrogeront. »

Ses yeux s'ouvrent grand. Il ne croit pas que je suis sérieux. Je le suis.

3

Quand je le dépose, ça se passe bien. Augie a encore besoin d'un laïus pour les détails, pour qu'il se les mette bien dans la tête, ensuite on passe par l'entrée principale et il est emmené en détention. C'est le poste de Firestone Park pour lui, parce que c'est là que je le conduis. J'ai de meilleurs contacts ici qu'à Lynwood, et en plus ils sont en travaux là-bas. Quand les inspecteurs sont prêts à recevoir Augie, on l'assoit sur une chaise pour le faire répondre à des questions sur ce qu'il sait et comment il le sait. Il ne fera pas un témoin des plus fiables, vu son casier et sa taxicomanie, mais si je fais ce qu'il faut avec le revolver, tout sera en place quand il sera à l'isolement pour sa protection à la maison d'arrêt.

Je vais me renseigner à l'accueil pour la fusillade. Honnêtement, je m'attends encore à ce que ce ne soit qu'un délire. À ma grande surprise, Lucrecia A. Lucero, alias Lu-Lu, alias Scrappy, a en effet été blessée par balles hier soir, à environ 21 h 20, devant la résidence de sa mère. Elle en a pris trois. Le tireur a bien visé et il était près d'elle, mais l'exécution n'a pas été parfaite. Elle a survécu, comme une *cucaracha**. Elle est à l'hôpital Saint-Francis, dans un état stable. L'adjoint à l'accueil me dit qu'elle est arrivée à l'hôpital avec un garrot. Ça lui a sauvé la vie.

Je demande si je peux retourner à l'intérieur pour laisser un mot à Montero, un des inspecteurs que je connais (j'ignore quels sont ses horaires ou s'il sera mis sur l'affaire, mais ça vaut la peine de me couvrir). On me dit que je peux y aller. Je note ce que je sais de la déposition d'Augie, qu'il est passé aux aveux devant moi et que je l'ai embarqué pour avoir violé les termes de sa conditionnelle, et pour qu'il fasse une déclaration sur l'honneur. Mais, comme un de mes « clients » est peut-être directement impliqué dans la fusillade, je note qu'il m'incombe de me rendre à son domicile. Quand j'ai terminé, je retourne à l'accueil et demande une unité.

Il faut environ vingt minutes pour obtenir l'autorisation de la hiérarchie, alors j'en profite pour réfléchir à la meilleure façon d'entrer chez Wizard et Dreamer, puis de cacher le revolver quelques minutes avant de le trouver avec mon homologue du bureau du shérif*. Si les deux suspects sont présents, d'accord, ils iront tous les deux en garde à vue, mais ça complique les choses. S'ils ne sont pas là, ce sera plus facile de cacher l'arme, et alors peut-être que je la trouverai pendant ma perquisition, parce que je suis un pro.

Et avec ça en tête, j'entre en mode terrain. Avant d'amener Augie, j'avais déjà enfilé mon gilet pare-balles et mon coupe-vent pour ne pas casser le rythme, et aussi parce que c'est plus facile de cacher le .38 sous le gilet, où il est accessible et en sécurité.

« Petrilla ? »

Devant moi se dresse un adjoint* musclé dans son uniforme beige. Il doit faire un mètre quatre-vingt-deux, quatre-vingt-dix kilos. C'est un Black, mais il prononce mon nom à l'espagnole : les deux *l* prononcés *y*.

« *Petrillo*, je corrige en me levant. C'est italien, et il y a un *o* à la fin.

– Ah ouais. J'ai dit quoi ? »

Son badge dit *Jackson*. Je lui lance un regard qui dit : *Tu sais très bien ce que t'as dit.*

« Vous l'avez mal prononcé.

– Je vois, il dit, les yeux sur moi. *Petrillo.* »

Je souris quand il le prononce correctement pour lui signifier qu'il progresse, mais je le fais surtout par soulagement de ne pas avoir à le remettre à sa place. On se serre la main. Jackson a le crâne rasé, une pierre polie qu'on n'a pas envie de recevoir dans la figure, et sa main engouffre la mienne.

« Votre co-équipier vient avec nous ?

– Non, il a une procédure de révision. Il n'y a que nous.

– Ça marche », je dis, et je me tourne, lui fais signe de me suivre.

On sort du bâtiment ensemble. Après avoir échangé quelques mots, je saisis qu'il vient tout droit du personnel de la maison d'arrêt centrale, Downtown. Dans la rue, c'est un bleu. C'est mon jour de chance.

Quand on approche les neuf heures, la couverture nuageuse s'est dissipée. Il ne reste que le ciel, bleu comme un fleuve sale. Je me gare sur Virginia Avenue, à cinq maisons en face de la résidence de Wizard. Jackson se gare derrière moi. Je descends de mon véhicule. Jackson me suit, une main sur son arme et l'autre le long du corps. Je ralentis pour qu'il me rattrape. En traversant, il scrute la rue, à droite et à gauche. On est là pour une affaire sérieuse, et le quartier le sait. Je sens qu'on nous regarde, mais il n'y a personne dehors.

Plus je me rapproche, plus je m'imagine le moment où je vais la voir, et j'ai un peu la nausée. Elle me fait cet effet-là.

Le long du trottoir, il y a une clôture grillagée avec un portail sur rail qui bloque l'accès au garage. Derrière, ce qu'il reste d'une pelouse. J'ouvre le portail sans hésiter. Jackson voit bien que je suis déjà venu. On remonte l'allée jusqu'à la porte d'entrée, et je frappe. On attend.

Un avion passe au-dessus de nos têtes, en descente vers l'aéroport. La porte n'a pas de judas, mais des ombres verticales derrière la fenêtre juste à côté se mettent à bouger, puis une voix à l'intérieur fait :

« C'est qui ? »

À mon grand soulagement, c'est Angela. Ça fait une semaine que je ne l'ai pas vue.

Je m'éclaircis la gorge.

« Agent de probation, c'est pour une perquisition ! »

Deux verrous s'ouvrent. Elle lutte avec celui de la poignée avant de le tourner. Elle est nerveuse, je crois. Je me demande si elle sait ce qu'ont trafiqué son cousin et son copain hier soir. C'est fort peu probable, c'est une fille sage ; mais tout est possible. J'en ai assez vu pour le savoir. Tandis que la porte s'ouvre, Jackson se balance légèrement sur ses talons quand il aperçoit Angela, alors qu'une douce lumière jaune qui flotte au-dessus de la table de la cuisine vient traverser ses boucles. C'est une beauté, il le voit très bien.

Elle fait un mètre soixante-cinq, c'est une ancienne star locale de course de haies.

Chaque fois que je la vois, je me dis : *Elle vaut mieux que ça, mieux que cet endroit. Je peux la sauver.*

Ses cheveux sont mouillés (douche ou bain ?). Elle est vêtue d'un tee-shirt du lycée de Lynwood et d'un jogging large blanc, pas de chaussures. Elle porte du vernis sur les ongles des pieds, argenté et noir.

Elle travaille chez Tom's Burgers la plupart du temps, et elle suit les cours du soir pour son certificat d'infirmière en gériatrie.

Jackson ne sait rien de tout ça. Il sait juste que c'est un canon qui vit avec deux ordures de gangsters.

« Agent Petrillo, elle dit en remontant ses cheveux mouillés en queue de cheval. Qu'est-ce qu'il vous faut aujourd'hui ? »

Elle m'a entendu dire « perquisition » avant d'ouvrir la porte, mais, maintenant, elle s'aperçoit que ma main est posée sur l'étui de mon arme.

Je demande :

« Il y a quelqu'un d'autre ici ?

– Non. Juste moi. »

Je suis encore plus soulagé : je suis tombé sur la meilleure configuration pour faire ce que j'ai à faire. Je lâche mon arme.

Je lui dis :

« On est venus faire une perquisition dans le cadre de la conditionnelle de votre cousin. »

Elle s'écarte de la porte. J'entre le premier. Jackson me suit et ferme derrière lui.

Angela a déjà assisté à des procédures de ce genre. Elle s'est faite à l'idée qu'un individu en liberté conditionnelle n'a pas de vie privée. C'est la troisième perquisition que je mène depuis que Wizard a été relâché après une condamnation pour violences avec arme. Mais, cette fois, elle a le regard méfiant. Je ne m'étais jamais fait accompagner d'un adjoint pour ça. Elle va s'asseoir sur la chaise la plus proche de la table, où des manuels de cours sont ouverts à côté d'un bol de céréales à moitié plein.

Elle me fait signe de la main, comme pour dire : « Allez-y », avant de prendre une cuillerée.

Je ne perds pas de temps. Je me dirige directement vers la cuisine.

4

J'enfile les gants et ouvre les placards tandis que Jackson se positionne de l'autre côté du plan de travail et me tourne le dos. Il surveille Angela pour notre sécurité, mais ça n'enlève rien qu'elle soit magnifique. Je joue le jeu ; je ne peux pas cacher le revolver dans le premier endroit fouillé. Et surtout, Jackson doit me voir chercher méticuleusement pour qu'il puisse l'écrire dans son rapport. C'est mon témoin. Ce qu'il verra et fera ici sera ma couverture.

Il n'y a rien d'intéressant sous l'évier : une boîte de sacs-poubelle, du liquide vaisselle, un sac d'enveloppes de maïs. J'inspecte la plomberie. Je tâte derrière le métal nu de l'évier, je passe mes doigts entre le bac et le mur. J'ai trouvé la réserve d'un type comme ça une fois, collée à l'évier avec des aimants. Là, il n'y a rien.

Je finis par jeter un œil sur le courrier, face à la table où Angela mange silencieusement et tourne les pages. Mes yeux ne sont pas sur les adresses, mais sur sa nuque. Je me demande comment ça fera de l'embrasser à cet endroit : l'odeur de sa peau, son goût, comment elle réagirait si je la mordillais.

(*Bon,* je me dis, *du calme. Doucement. Sois méthodique.*)

Je passe au salon. Je soulève le canapé et regarde en dessous, puis je remets tout en place. Elle ne dit rien, mais je vois bien qu'elle aime ça. Je retourne une chaise. Je regarde la télévision pour voir si les parois sont bien fixées. Elles le sont toutes.

Je vais dans le couloir qui mène aux chambres, et Jackson m'observe alors que je m'apprête à entrer dans la chambre de Wizard.

Il lance : « Je peux vous aider ou ça va ?

– Non, c'est bon. Je vous dirai. »

Il a vingt-deux ans, mais Wizard a une chambre de gamin : des fanions World Series des Dodgers (1988), un poster de Fernando Valenzuela, des pages de magazine arrachées avec des photos de voitures anciennes. Il a un petit magnétophone et une pile de cassettes (du rap de merde surtout, mais aussi du heavy metal et des trucs latinos). La première fois que je suis entré ici, j'ai cru que c'était la chambre d'une personne qu'on ne verrait jamais en prison ou qui n'avait touché à rien depuis sa sortie. Je prends mon temps. Je retourne le lit. Je fais le placard, chaque recoin.

Je n'ai jamais compris comment Wizard pouvait se payer cette maison, mais je mettrais ma main au feu que c'est grâce au trafic de drogue. Je crois qu'elle appartenait à sa mère (mais elle est morte, ou partie ?). Ce serait bien de le savoir. Si je dois m'en servir à un moment.

Après avoir passé plus de vingt minutes dans la chambre de Wizard, je vais dans celle qu'Angela partage avec Dreamer. Mais, avant ça, je jette un coup d'œil vers la cuisine. Elle est toujours assise en train de lire. Jackson regarde ses doigts. Quand j'entre dans la chambre, ça me fait mal au cœur. Qu'une fille aussi belle gâche sa féminité pour une telle ordure, c'est une putain de tragédie. Ça m'est pénible d'être si près du lit où elle dort. Je l'inspecte, mais vite et superficiellement. Je regarde les draps. L'oreiller d'Angela est celui avec de longs cheveux sur la taie. Je jette un coup d'œil du côté de la porte, puis je renifle son odeur dessus. Cannelle. Mon cœur s'affole.

(*Tu peux le faire,* je me dis. *Doucement. Respire. Personne ne te voit.*)

Je regarde sous le lit. Je vérifie le placard, mais une minute me suffit pour ça. À côté, il y a un poster tiré d'*Aladdin* représentant princesse Jasmine : peau mate, habits de soie. Voir ça ? Waouh. C'est comme si elle me donnait la clé de ses fantasmes. Je fais la promesse de la traiter comme une princesse plus vite qu'elle ne le croit, et je me tourne vers la commode.

Elle est vieille, en bois, la peinture blanche est écaillée. Il y a beaucoup d'espace entre les tiroirs et la base, c'est-à-dire que si un revolver était placé sous le tiroir du bas, il n'en gênerait pas le mouvement. On pourrait s'en servir normalement, et personne ne se rendrait compte de sa présence, à moins de regarder.

Je prends mon temps pour chaque tiroir. Celui du haut appartient à Angela. Il est rempli de sous-vêtements : coton beige, violet, bleu ciel. Je veux les toucher à mains nues, mais je n'ose pas enlever mes gants. Le deuxième tiroir est aussi à elle : hauts, jupes, jeans. Le troisième, à Dreamer. Le dernier aussi. C'est celui que je tire complètement pour le sortir du meuble.

Je vérifie la porte derrière moi pour être sûr que Jackson n'est pas là. La fenêtre. Personne ne me regarde.

Le tiroir me paraît léger tandis que je le maintiens sur mon bras gauche le temps de sortir le revolver qu'Augie a trouvé et que j'ai coincé entre mon dos et mon pantalon. Puisque du coup ma ceinture est plus serrée, je dois remuer la crosse (très, très doucement) pour extraire le barillet. Une fois que je l'ai sorti, je regarde s'il reste bien trois balles et trois douilles. Je le pose sur la moquette avec la déférence que mérite la condamnation de deux pourritures sur un plateau d'argent.

Je lève la voix :

« Jackson ? Venez voir ça. »

Il entre dans la chambre. Angela le suit, et il la fait s'asseoir sur le lit. Il me regarde, je hoche la tête vers la commode. Son regard s'engouffre dans la cavité où se trouvait le dernier tiroir et qu'occupe maintenant le revolver.

« Tiens, tiens, dit Jackson en esquissant un rictus. Je dois le signaler. »

Il regarde Angela.

« Je peux utiliser le téléphone de la cuisine ? »

On dirait qu'elle est sous le choc.

« Ouais », elle dit.

Avant de le laisser quitter la pièce, je lui dis d'appeler Montero pour voir s'il a eu mon mot.

Jackson retourne dans la cuisine. Je l'entends dire qu'Omar « Wizard » Tavira a violé les conditions de sa libération et qu'on a découvert, dans la résidence de ce dernier, un calibre .38, probablement celui utilisé lors de la tentative de meurtre de Lucrecia « Scrappy » Lucero. Il demande si quelqu'un viendra le photographier et l'emballer. On lui dit que non ; apparemment, il n'y a pas de personnel disponible puisque je l'entends dire qu'il va lui-même s'occuper de la saisie. À côté de moi, sur le lit, Angela semble anéantie. Des larmes s'accrochent à ses cils. Quand elle baisse la tête, elles finissent par tomber sur son tee-shirt.

Je veux la tenir dans mes bras. Je ne le fais pas. Je ne peux pas (pas encore).

« J'ai un appareil dans ma voiture, je dis à Jackson quand il revient. Je peux faire les photos.

– Super. »

Jackson surveille l'arme et Angela pendant que je sors mettre une pellicule dans mon appareil. Je fais traîner : la maison vue d'en face, le numéro de rue peint sur le trottoir en gros plan, la porte d'entrée, le salon, le couloir, la chambre de Dreamer, la commode avec le revolver bien visible dans le trou. Tout ça, c'est pour le dossier, certes, mais c'est aussi pour m'assurer que l'arme ne soit plus tiède quand Jackson la touchera.

Avant que Jackson ne l'emballe, je fais des gros plans au flash. Dans le rapport, il écrira :

« Lors d'une perquisition menée à la résidence d'Omar Tavira, l'agent de probation P. Petrillo a trouvé un Rossi nickelé .38 spécial avec crosse imitation bois dans une cache non verrouillée et accessible à Tavira. L'arme était à l'intérieur d'une commode placée au coin sud-est de la chambre, que son colocataire, Jacob Safulu, partage avec la cousine de Tavira, Angela Alvarez. »

Il notera aussi la date de naissance d'Angela. Et il décrira comment l'arme a été trouvée (Petrillo, lors de la fouille de la résidence d'un ex-détenu dont il a la responsabilité), répertoriée (Petrillo, photos) et déplacée (Jackson, avec des gants).

Son compte-rendu dira que je n'ai jamais touché l'arme, et le mien étayera celui de Jackson. On sera complètement couverts.

Quand on a fini, Jackson se tourne vers Angela :

« Aviez-vous déjà vu cette arme ?

– Non.

– Vous saviez qu'elle était là ?

– Comment je le saurais si je ne l'ai jamais vue ? »

Ça l'arrête dans sa lancée. Il lui faut une minute pour reprendre :

« Mademoiselle, vous voulez bien nous suivre au poste pour que des inspecteurs vous posent quelques questions ? »

C'est un moment délicat. Si Angela refuse, il lui dira clairement qu'il pourrait l'arrêter pour détention d'arme illicite, puisqu'on l'a trouvée dans sa chambre. Il lui passera alors très certainement les menottes aux poignets. Cette idée me répugne (je veux être le premier à le faire, seul avec elle, parce qu'elle m'aura supplié), mais ce n'est plus moi qui mène la danse. Je dois attendre de voir comment les choses évoluent.

Elle regarde Jackson, puis moi ; je n'ai jamais vu une fille aussi belle qu'à ce moment précis : perdue, désorientée, vulnérable. Tout ce que j'ai toujours désiré. Ça crève les yeux à quel point elle a besoin d'un protecteur, d'un homme, de *moi.* Je lui communique silencieusement que la meilleure chose à faire est de nous suivre, d'expliquer que ce n'est pas son revolver et qu'elle ne l'avait jamais vu de sa vie.

Près d'une minute s'écoule avant qu'elle dise :

« Je viendrai de mon plein gré. »

II

LES DOCUMENTS SUR LESQUELS SE FONDE L'ARRESTATION DES SUSPECTS

« Les documents créent une réalité de papier que l'on appelle la preuve. »

Mason Cooley

CECI est l'enregistrement de la déposition d'Angela Alvarez, domiciliée au [redacted] Virginia Avenue, Lynwood, Californie 90262. Mlle Alvarez est née le [redacted]. La déposition a été enregistrée dans les locaux du département du Shérif du Comté de Los Angeles, au poste de Firestone Park, en présence de l'inspecteur Montero, qui mène l'interrogatoire, et du lieutenant Judith Sakamoto-Hirsch, présente pour observation. Nous sommes le 7 décembre 1993, il est 13 h 15.

MONTERO : (inaudible)... je commence l'enregistrement. Bon. Il est 13 h 15. Sont présents l'inspecteur William F. Montero, matricule [redacted], et le lieutenant Judith Sakamoto-Hirsch, qui va s'identifier pour le procès-verbal.

SAKAMOTO-HIRSH : Judith Hana Sakamoto-Hirsch, matricule [redacted].

MONTERO : Merci, lieutenant. Bon. Mlle Alvarez, sachez que vous n'êtes pas en garde à vue. Vous pouvez partir à tout moment. Vous n'êtes ni détenue ni mise en cause pour une infraction. Vous comprenez ?

ALVAREZ : Hmm, je comprends.

MONTERO : Bien. Veuillez décliner votre nom.

ALVAREZ : Angela Carla Alvarez.

MONTERO : Merci. Et votre date de naissance, Mlle Alvarez ?

ALVAREZ : [redacted]

MONTERO : Quel est votre employeur si vous en avez un ?

ALVAREZ : Tom's Burgers, mais j'étudie à côté pour devenir infirmière.

MONTERO : C'est très bien. Dans quelle école ?

ALVAREZ : C'est une FPR par le lycée de Lynwood.

MONTERO : Qu'est-ce qu'une FPR ?

ALVAREZ : Formation professionnelle régionale. C'est pour les soins gériatriques.

MONTERO : Depuis combien de temps vous faites ça ?

ALVAREZ : Euh... un an environ ? Il me reste encore six mois. Après, je dois passer l'examen pour avoir la licence.

MONTERO : D'accord. Vous résidez bien au [redacted] Virginia Avenue, à Lynwood ?

ALVAREZ : Oui.

MONTERO : Depuis quand ?

ALVAREZ : Depuis treize ans peut-être, depuis 1980 ?

MONTERO : Vivez-vous seule actuellement ?

ALVAREZ : Non.

MONTERO : Si vous n'y habitez pas seule, avec qui vivez-vous ?

ALVAREZ : Euh... Omar et Jacob.

MONTERO : Omar Tavira et Jacob Safulu ?

ALVAREZ : Oui.

MONTERO : Ils se font appeler par les noms de rue Wizard et Dreamer, c'est ça ?

ALVAREZ : Je sais pas trop en fait. Pour moi, c'est juste Jellybean et Jacob.

MONTERO : Jellybean ?

ALVAREZ : Quand Omar était petit, son truc préféré, c'était les bonbons Jellybean. C'est juste un surnom qu'on lui donne dans la famille.

MONTERO : Bon. Êtes-vous au courant que ces deux individus participent (inaudible) gangs ici à Lynwood ?

ALVAREZ : Je pose pas de questions là-dessus. C'est pas vraiment mes affaires.

MONTERO : Bon, alors, depuis combien de temps connaissez-vous MM. Tavira et Safulu ?

ALVAREZ : Euh... j'ai toujours connu mon cousin. Et Jacob ? Je le connais depuis cinq ans environ.

MONTERO : Vous en êtes sûre ?

ALVAREZ : Oui. On s'est mis ensemble avant l'école d'infirmières, et il a emménagé pas longtemps après, parce que sa mère s'est barrée.

MONTERO : Quand avez-vous vu Omar Tavira et Jacob Safulu pour la dernière fois ?

ALVAREZ : J'ai pas vu Omar depuis mercredi, mais je travaille et j'ai cours, alors ça arrive souvent qu'on se rate.

MONTERO : Et quand avez-vous vu Jacob Safulu pour la dernière fois ?

ALVAREZ : Hier soir.

MONTERO : Hier, lundi 6 décembre au soir ?

ALVAREZ : Oui. On était tous les deux.

MONTERO : Combien de temps avez-vous passé ensemble ? Vous a-t-il laissée seule à un moment ou un autre ?

ALVAREZ : Il est parti juste avant 9 h 50.

MONTERO : (inaudible) à 21 h 50 ?

ALVAREZ : Oui.

MONTERO : Et comment se fait-il que vous sachiez l'heure exacte, Mlle Alvarez ?

ALVAREZ : J'avais laissé mon dîner dans le micro-ondes. Je voulais manger avant, mais on a fini par avoir une grosse discussion, alors ça a dû attendre. Et quand il est parti, je suis allée dans la cuisine pour récupérer ce qu'il y avait dans le micro-ondes, et j'ai regardé l'heure avant de l'ouvrir, sur l'horloge dessus.

MONTERO : (inaudible) discussion hier soir. Comment M. Safulu s'est-il comporté pendant qu'il était là ?

ALVAREZ : Normalement. Jusqu'à ce que je casse avec lui.

MONTERO : Vous avez mis un terme à une relation d'environ un an avec M. Safulu hier soir ?

ALVAREZ : Oui.

MONTERO : Comment a-t-il réagi à la nouvelle ?

ALVAREZ : Il a pas vraiment parlé. Il a juste encaissé.

MONTERO : C'est un comportement normal pour lui ?

ALVAREZ : Euh, je crois, oui. J'avais jamais cassé avec lui avant, donc je sais pas vraiment en fait...

MONTERO : Savez-vous que Lucrecia Lucero a été abattue à environ 9 h 30 hier soir à Lynwood ?

ALVAREZ : Non. Je savais pas. Mais... Attendez, si vous essayez de me dire ce que je crois, c'est pas Jacob, et ça aurait pas pu être lui. On était encore ensemble à ce moment-là.

MONTERO : En êtes-vous sûre, Mlle Alvarez ?

ALVAREZ : Cent pour cent sûre.

MONTERO : Est-ce possible qu'étant perturbée émotionnellement vous vous soyez trompée sur l'heure ?

ALVAREZ : Non. J'avais faim. Je voulais mes pâtes au fromage et j'ai vu quelle heure il était à ce moment-là.

MONTERO : Vous reconnaissez ce revolver ?

ALVAREZ : Je le reconnais parce que je l'ai vu quand ils l'ont emporté dans un sac transparent chez moi aujourd'hui.

MONTERO : Il a été trouvé lors d'une perquisition. C'est exact ?

ALVAREZ : Oui.

MONTERO : Qui a effectué cette perquisition ?

ALVAREZ : L'agent de probation de mon cousin.

MONTERO : Est-ce inhabituel que cet agent fouille votre domicile ?

ALVAREZ : Non. Il l'avait déjà fait avant. Omar est en liberté conditionnelle.

MONTERO : Combien de fois (inaudible) l'agent a-t-il procédé à une perquisition chez vous ?

ALVAREZ : Cinq fois, je dirais.

MONTERO : A-t-il déjà trouvé quelque chose qui devait être signalé ?

ALVAREZ : Non.

MONTERO : Mais, cette fois, il a découvert une arme dans votre chambre. (inaudible) au fond d'une commode à tiroirs. Que faisait-elle là ?

ALVAREZ : Je sais pas.

MONTERO : C'est vous qui l'y avez mise ?

ALVAREZ : Non, ça va pas !

MONTERO : Pensez-vous qu'il soit possible que l'arme appartienne à Omar Tavira ou à Jacob Safulu ?

ALVAREZ : Euh... Non. Y a jamais eu d'arme à feu à la maison. Jamais.

MONTERO : (inaudible) mentiriez-vous pour protéger M. Tavira ?

ALVAREZ : Non. Jellybean est mon cousin, mais il est fou. Je suis pas d'accord avec ce qu'il a pu faire, surtout si (inaudible), mais je lui dis de pas ramener ses histoires à la maison, et il m'écoute.

MONTERO : Et mentiriez-vous pour protéger Jacob Safulu ?

ALVAREZ : Non. Je lui dois rien. Mais il était avec moi hier soir. Ce qu'il a fait après, je sais pas. Mais il était pas en train de tirer sur quelqu'un. Ça, j'en suis sûre.

MONTERO : On n'a pas encore déterminé l'heure exacte de la fusillade. Et comme il a quitté votre domicile, et que vous n'étiez plus avec lui après avoir mis un terme à votre relation, vous est-il possible de dire où il est allé avec certitude ?

ALVAREZ : Ah. D'accord. Je vois ce que vous voulez dire. Non.

MONTERO : Et vous l'avez vu depuis ?

ALVAREZ : Non. J'ai dit qu'on avait cassé.

MONTERO : C'est tout ce que j'ai à vous demander pour l'instant, Mlle Alvarez.

DÉCLARATION SOUS SERMENT

Je soussigné Augustine Patrick Clark (« déclarant »), résidant à Lynwood, dans le comté de Los Angeles, État de Californie, certifie sur l'honneur et en toute bonne foi que je suis dans la capacité de faire la déclaration suivante, fondée sur ma connaissance personnelle des faits, sauf mentionné le cas afférent, et que les faits suivants sont vrais et exacts :

Hier soir, j'étais sur Josephine Street à environ neuf heures du soir. Je me sentais physiquement très malade à cause du manque de drogue et j'ai voulu voir Scrappy. Elle habite au bout de la rue. Je savais qu'elle pouvait m'aider à me sentir mieux. Je savais que c'était une mauvaise idée, mais je me sentais très malade.

Je n'ai vu personne dans la rue à ce moment-là.

J'ai frappé chez Scrappy, et elle est sortie de la maison pour me rejoindre devant chez elle. Il y a eu une altercation. Elle m'a donné des coups de poing et des coups de pied pour être venu chez sa mère le soir. Je comprenais, mais je ne me sentais pas bien. Je lui ai expliqué. Je lui ai dit que j'avais besoin de son aide pour me sentir mieux.

J'ai obtenu ce dont j'avais besoin, et je suis parti pour me rendre à mon domicile. Je marchais depuis même pas une minute quand j'ai entendu quelqu'un crier « Scrap », je me suis retourné et j'ai regardé vers la maison de Scrappy. Elle était toujours debout dans le jardin et regardait en direction de la personne qui l'avait appelée.

J'ai vu Wizard sur le trottoir viser Scrappy avec un revolver. À côté de Wizard, il y avait une personne que j'ai reconnue. Il s'appelle Dreamer. Il portait un sweatshirt jaune des Lakers, et j'arrivais à le voir dans le noir parce qu'il était très clair. Wizard et Dreamer sont dans un gang tous les deux, et Scrappy fait partie d'un autre gang.

Wizard a tiré trois fois sur Scrappy en marchant vers elle. Le premier coup est venu du trottoir. À environ cinq mètres. Le deuxième coup est venu de la pelouse. À environ deux mètres et demi. Le troisième coup est parti quand il se tenait à environ un mètre vingt d'elle. Elle était déjà par terre. Alors il a tiré d'au-dessus.

J'ai regardé Wizard donner le revolver à Dreamer, et Dreamer l'a mis dans la poche avant de son sweatshirt. Après ça, ils se sont tous les deux enfuis. Ils sont montés dans une voiture qui était garée plus loin dans la rue et ils sont repartis en conduisant lentement comme si de rien n'était.

J'avais peur que Scrappy soit morte, alors j'ai couru à côté d'elle quand j'ai vu que je n'étais plus en danger.

J'ai bien vu que Scrappy avait pris une balle dans la jambe. Elle en avait pris une autre dans le ventre. Et aussi une près du cou.

J'étais soldat dans la Navy, alors je sais quoi faire quand il y a une urgence.

J'ai mis les mains de Scrappy sur son ventre et je lui ai dit d'appuyer.

J'ai vu qu'il y avait un couteau sur la pelouse. Je ne sais pas à qui il était, mais je me suis dit qu'il était à Scrappy. J'ai sorti la lame du couteau, et j'ai coupé un bout de son jean. Elle gémissait. Elle avait très mal.

Et elle a dit : « Wizard, le fils de pute », parce qu'elle savait que c'était lui qui avait tiré aussi.

Sa mère avait entendu les coups de feu et elle a ouvert la porte. Je lui ai dit en espagnol d'appeler une ambulance. Elle est rentrée dans la maison pour le faire.

Après ça, je ne pouvais pas faire grand-chose et j'avais très peur. Je ne voulais pas être là quand l'ambulance et les shérifs allaient arriver. Alors je suis parti.

Je jure que les informations ci-dessus sont exactes.

Ma signature ce 7 décembre 1993.

Signature du déclarant

COUR SUPÉRIEURE DE L'ÉTAT DE CALIFORNIE
COMTÉ DE LOS ANGELES

LE MINISTÈRE PUBLIC DE L'ÉTAT DE CALIFORNIE, Plaignant, v. **OMAR ARMANDO TAVIRA, alias « WIZARD »** **(né le : 30/07/1972)** **JACOB SAFULU, alias « DREAMER »** **(né le 02/09/1976)** Prévenu(s).	AFFAIRE N° [redacted] **PLAINTE POUR CRIME EN VUE DE LA DÉLIVRANCE D'UN MANDAT D'ARRÊT**

Le soussigné, certifiant sur la base d'informations et de convictions, porte plainte pour les crimes suivants, commis dans le comté de Los Angeles, État de Californie :

CHEF D'ACCUSATION 1 (Code pén. § 182, Sous-s. (a))
COMPLOT EN VUE DE COMMETTRE UNE INFRACTION

Le ou vers le 6 décembre 1993, dans le comté de Los Angeles, État de Californie, OMAR TAVIRA et JACOB SAFULU ont sciemment et illégalement conspiré entre eux, ainsi qu'avec d'autres individus, dont l'identité reste inconnue, en vue de commettre un assassinat, en violation du Code pénal de Californie, section 182, sous-section (a), ce qui constitue un crime.

L'objet du complot était le meurtre de LUCRECIA LUCERO, un être humain, en raison de sa participation à des activités criminelles, spécifiquement à la vente de produits stupéfiants illicites pour un gang rival.

Dans le comté de Los Angeles, dans le cadre de ce complot et de la réalisation de son objet, les actes suivants ont été commis :

ACTE DÉLIBÉRÉ NUMÉRO 1

Le ou vers le 6 décembre 1993, Omar Tavira, alors en libération conditionnelle, a illégalement obtenu une arme à feu non enregistrée dans le but d'attenter à la vie de LUCRECIA LUCERO, un être humain.

ACTE DÉLIBÉRÉ NUMÉRO 2

Le ou vers le 6 décembre 1993, Omar Tavira a sollicité la participation de Jacob Safulu en tant que conducteur du véhicule de fuite afin qu'il puisse faire feu avec l'arme susmentionnée, dans le but exprès d'attenter à la vie de Lucrecia Lucero, un être humain.

ACTE DÉLIBÉRÉ NUMÉRO 3

Le ou vers le 6 décembre 1993, Omar Tavira et Jacob Safulu se sont rendus à la résidence de Lucrecia Lucero, dans la ville de Lynwood, dans le but d'exécuter un meurtre voulu, délibéré et prémédité.

*****

CHEF D'ACCUSATION 2 (Code pén. § 664/187, Sous-s. (a))
TENTATIVE D'ASSASSINAT

Le ou vers le 6 décembre 1993, dans le comté de Los Angeles, État de Californie, OMAR TAVIRA et JACOB SAFULU ont essayé d'attenter à la vie de LUCRECIA LUCERO, un être humain, délibérément, illégalement et avec malveillance, en violation du Code pénal de Californie, section 664/187(a), ce qui constitue un crime.

De plus, l'infraction susmentionnée de tentative d'assassinat a été présumément commise volontairement, délibérément et avec préméditation dans l'acception de la section 664(a) du Code pénal de Californie.

De plus, ledit Omar Tavira aurait déclenché volontairement, délibérément et avec préméditation l'arme à feu, une arme de poing, qui a provoqué de graves lésions corporelles sur la personne de Lucrecia Lucero, dans l'acception de la section 12022.53(d) du Code pénal de Californie, ce qui qualifie le crime de violent, dans l'acception de la section 667.5(c)(8) du Code pénal de Californie.

*****

CHEF D'ACCUSATION 3 (Code pén. § 245, Sous-s. (a)(2))
MENACE DE VIOLENCE AVEC ARME (ARME À FEU)

Le 6 décembre 1993, à environ 21 h 30, dans le comté de Los Angeles, État de Californie, OMAR TAVIRA et JACOB SAFULU ont volontairement, illégalement et avec malveillance commis le crime de menace de violence avec arme, en employant une arme à feu de poing, en infraction de la section 245(a)(2) du Code pénal de Californie, ce qui constitue un crime.

De plus, l'infraction susmentionnée est un crime violent dans l'acception des sections 667.5(c)(8) et 667.5(c)(12) du Code pénal de Californie.

*****

CHEF D'ACCUSATION 4 (Code pén. § 206)
MUTILATION

Le 6 décembre 1993, à approximativement 21 h 30, dans le comté de Los Angeles, État de Californie, OMAR TAVIRA et JACOB SAFULU ont volontairement, sciemment et avec malveillance infligé une douleur cruelle ou extrême, dans le but de venger ou de persuader, en tirant trois fois à l'arme à feu sur LUCRECIA LUCERO, un être humain, commettant ainsi le crime de mutilation, en violation de la section 206 du Code pénal de Californie, ce qui constitue un crime.

Exécuté en ce jour, le 8 décembre 1993, à Los Angeles, Californie.

Daniel J. Murphy
Procureur général adjoint

D'après la plainte ci-dessus et la déclaration sur l'honneur qui appuient la demande faite par l'inspecteur William Montero le 7 décembre 1993, je déclare qu'il existe des causes probables pour la délivrance d'un mandat d'arrêt à l'encontre de(s) (l')accusé(s) susnommé(s).

Juge de la Cour supérieure,
État de Californie

III

ÉVENEMENTS CONDUISANT À L'ARRESTATION DES SUSPECTS

« Cité des anges
si loin du Ciel. »

LUIS J. RODRIGUEZ, « CITÉ DES ANGES »

JACOB SAFULU, AKA DREAMER

8 DÉCEMBRE 1993
10 H 31

5

Je me réveille chez Spider après avoir trop fumé de beuh. Des gens dorment autour de moi. Empilés les uns sur les autres, par terre, sur le canapé. J'ai besoin de mettre quelque chose de bon dans mon corps, quelque chose qu'est pas dans cette pauvre baraque qui pue le renfermé, parce que la journée d'hier est complètement floue, et que maintenant faut que je sois chez Little Guy. Tranquille avec sa sœur. Mais je peux pas débarquer comme un con. Pas après avoir traité sa *mamá* de connasse qui a rien compris à la vie.

Ouais… Y a pas moyen d'être fier sur ce coup-là. C'était méchant. J'étais bourré, mais c'est pas une excuse. Je m'en veux.

Comme je peux pas y aller, c'est l'air frais qui m'obsède. Le fait que je dois bouger.

Je marche jusqu'au Cork N Bottle. Julian est là. Il est à la caisse, à la ramasse. Tout le monde sait qu'il kiffe mettre du PCP dans ses joints. Il hoche la tête quand j'arrive. Je lui fais la même.

J'ouvre la porte d'un frigo pour prendre une bière. Il me laisse faire. Il me demande même pas de payer. Je déteste le goût que ça a. J'ai la bouche pâteuse, alors j'en prends une autre pour faire passer. De la Miller Lite Ice. Les canettes bleues.

Je dis : « Les guignols de South Gate sont venus la semaine dernière ? »

S'ils passent l'autoroute qui est juste devant nous, ils sont en territoire ennemi. Le nôtre. En gros, ça les démange de venir faire des petites missions.

« Ouais, fait Julian.

– Un mercredi matin comme là ?

– Ouais.

– Ils ont cru qu'ils pouvaient venir tôt sans que personne les emmerde.

– Peut-être, il fait.

– Paraît qu'ils ont braqué ta gueule.

– Ouais. Mais c'était pas moi qui bossais. C'était Majid. »

Je dis : « Ils ont quand même pris la thune, non ?

– Ils ont quand même pris la thune », il répète et puis, après avoir ouvert une boîte de médocs pour la tête, il s'en envoie un. « Eh, t'as entendu que Scrappy s'est fait descendre hier soir ?

– Il paraît, ouais. »

Je savais pas, c'est du nouveau pour moi. Je peux pas laisser Julian croire que je suis pas au courant de ce qui se passe.

« Ouais, mais tu sais qu'elle est pas morte ? Paraît que c'est ton pote qui l'a fait. »

Beaucoup de gars veulent la peau de Scrappy.

« Nan, tout le monde était chez Spider hier soir, je dis. T'aurais dû voir tous ces gangsters en mode hippie sous acide en train de s'arroser au pistolet à eau. On s'est vraiment marrés. »

On s'en fout s'il me croit pas.

Je me balade dans le magasin comme si je faisais ma ronde. L'alcool commence à me monter aux joues, et je me souviens que j'ai pas mangé hier soir. Je sais même pas ce que c'est cette sensation, mais j'en ai marre de me sentir comme ça. C'est être fatigué avec le feeling que *je dormirai pas*. C'est être triste avec un *je l'emmerde, la tristesse*. C'est genre, *j'en ai plus rien à foutre*.

Mais si en fait. Carrément.

Quand Angela a dit que c'était fini, c'était plus chez moi, je pouvais plus dormir là-bas après ça… C'est sa maison et celle de Wizard. J'y étais parce qu'elle voulait que je sois là, parce qu'il voulait bien. C'est pour ça que je suis allé chez Spider. C'était juste un squat avec des joints et de l'acide, puis on a fini par faire la fête parce que le cousin d'un gars avait fait le voyage de San Diego.

J'ouvre le frigo à bières et je le referme. J'ouvre. Je ferme.

J'aime bien sentir les vagues d'air froid qui font se dresser les poils de mes bras.

Peut-être que je vais me reprendre une canette. Y a un rot qui me remonte dans la gorge. Je sais que je devrais pas.

Julian me parle de bagnoles, d'une nouvelle Porsche, je sais pas. J'ai pas vraiment envie d'entendre ça, alors je vais au magasin de pneus à côté et je tchatche avec les *paisa* juste comme ça, parce que je peux et qu'ils me laissent faire. La bière me monte à la tête alors que je tape dans les pneus empilés. Ça sonne creux, un genre de « phwoumt ». Je fais ça pendant une minute avant que tout se taise autour de moi. Alors je sais que quelque chose se prépare.

Je me retourne et je regarde devant, vers où tout le monde a les yeux tournés, et il y a trois guignols de South Gate qui traversent Imperial Highway. Ils font un sprint en retenant leurs pantalons baggy quand il y a plus de voitures, juste à temps pour faire les marioles sur nos terres.

Je vois un balai dans un coin, à côté d'un bordel de pneus. Je le ramasse et je jarte la brosse d'un kick bien placé. Le manche est plus long qu'une batte, assez lourd. C'est du bois. Je fais genre de frapper une fois, il se prend dans une chaîne que j'avais pas vue au-dessus de ma tête. Je me fais peur tout seul.

Je dis même : « Sa race ! » super fort, et ça résonne contre les voitures et le plafond quand je le dégage.

Les mecs du garage font une tronche comme s'ils allaient dire quelque chose. Mais non. Ils reculent et me regardent sortir et contourner le Cork N Bottle pour me faufiler par-derrière. J'ouvre la porte super discrètement et j'entre.

6

J'en vois deux près de la vitrine du magasin. Un autre au fond, à côté des frigos. Il se penche et regarde à l'intérieur. Il me voit pas venir. Je fais un pas de côté et je lui défonce la main avec le balai. Je fais claquer le bois si fort sur ses articulations qu'il lâche la porte, et là, je mets un coup de pied dedans pour la lui enfoncer dans la gueule. Son nez et son front s'écrasent sur la vitre et essuient le givre qu'il y a dessus.

Il s'étale par terre, et je le cogne dans le cou. Un. Deux. Et il a pas perdu connaissance ni rien, il se protège, alors je me défoule sur son avant-bras. Ça fait le bruit d'une batte contre une balle de baseball. Le « phwak phwak ». Le balai me brûle les mains, mais ça fait aussi du bien.

Je sens la vie.

Je regarde vers Julian. Baissé derrière le comptoir, il éteint les caméras. Bien. Julian appellerait jamais les shérifs pour des histoires de famille du quartier. Et je le venge, là. Et ils savent que ça y est, c'est parti.

Le deuxième bonhomme est une masse, mais il est lent à arriver sur moi. Il essaie de charger comme si j'étais un quarterback. J'attends même pas qu'il arrive. Je lui balance le bout du manche. À un mètre cinquante, peut-être, un mètre quatre-vingts. Il le voit venir. Il essaie de s'arrêter, de tourner la tête avant que je le touche.

Et j'ai dû choper bouboule sur l'os, parce que sa mâchoire s'ouvre. Il se met à pisser le sang, met la main dessus pour que ça s'arrête.

Et là, son pote lui saute par-dessus parce qu'il croit qu'il peut m'atteindre. Et il peut y arriver…

Parce que je le laisse faire. Je lâche le manche à balai. Je dis : « Vas-y, balance le premier. »

Il s'arrête. Au milieu de l'allée. Et me regarde, puis regarde son pote qui essaie de sortir de son frigo. Puis son pote qui saigne juste en dessous de lui. Et ses yeux me montrent qu'il se dit : *putain !* et il charge, il croit que je vais me chier dessus.

Je me chie pas dessus.

Je prends son poing dans la mâchoire. Fort. Je sens la salive qui se fait éjecter de ma bouche. Il a une bonne droite.

Je lui souris. Je crache du sang, souris un peu plus.

J'ai déjà eu mal. Je me suis déjà pris des coups de poing, des coups de pied, de toutes les façons possibles. Je me suis déjà fait planter plusieurs fois. J'ai pris un coup de batte dans l'oreille. Je me suis fait casser le bras au démonte-pneu. Un fils de pute m'a même balancé une chaîne une fois et m'a arraché un ongle avec. Je leur ai jamais laissé voir que j'avais mal, à ces enculés.

Nan. Si tu fais ça ? Tu les laisses gagner deux fois.

Et en fait, ça marche pas comme ça dans ce monde.

Peu importe ce que tu me fais, pas question que tu me fasses mal et que tu me voies en chier.

Cet enfoiré devant moi, on dirait qu'il flippe parce que je suis pas tombé. Je lui dis : « C'est bien, *chavala**. Bravo, putain ! »

Il sait pas quoi faire de ça. Il est plus jeune que moi, plus petit. Et comme il réalise que c'est un piège, il recule. Mais je fais genre j'arme mon bras, et je lui mets un coup de pied dans le ventre.

Il gémit comme si quelque chose se déchirait à l'intérieur. Il s'écroule. C'est là que je recule jusqu'au manche à balai et que je le ramasse.

Quand je le frappe dans les côtes avec, c'est pour mon crew, genre, *C'est notre quartier ! Notre territoire !* Ces guignols le prendront jamais.

Si Angela me voyait, elle serait écœurée. Je le sais. Et ça me va.

Parce que si elle veut plus de moi, je suis bon qu'à ça. À faire le chien de garde, le soldat. C'est ce que je me dis quand mon sang bout, tape dans mes oreilles.

Je les entends respirer difficilement, tousser. Je capte des mots comme *arrête* et *pitié* et *va te faire enculer.* Je leur dis *cállate*, de bien la fermer.

Angela, c'était ma famille. Mais ça me fait marrer maintenant. Elle m'a fait exactement comme ma mère. Elles m'ont largué toutes les deux. Comme ça.

Toute cette merde, ça me fait exploser. Je me dis que quelque chose va pas chez moi. Y a un truc qui est cassé, parce qu'on finit toujours par me laisser tomber. On me jette comme de la merde. Tu jettes pas ce qui vaut quelque chose. Tu jettes ce qui est pourri. Ce qui sert à rien.

Y a un truc mouillé sur mon visage. C'est du sang, je crois. J'essuie.

C'est pas du sang, c'est des larmes. Putain, sa race !

Je sais même pas quoi en faire, alors j'essuie. Je me frotte les yeux comme un connard.

Puis je vois mieux, je remarque que les mecs de South Gate sont plus devant moi. Ils sont à la porte, se soutiennent les uns les autres. Les sirènes arrivent.

Derrière moi, j'entends Julian : « T'as intérêt à dégager. Barre-toi tout de suite, bordel ! »

C'est ce que je fais. Il a pas à me le dire deux fois.

Je jarte.

Je retourne dans le quartier. Je prends Wright Road et passe Los Flores, quand ça devient Duncan. Je me calme, mon cœur bat moins vite. Je m'aperçois que j'ai encore le manche à balai plein de sang dans la main, alors je le jette derrière la clôture de chez quelqu'un, à côté des rosiers.

C'est qu'au moment où je passe Borson que je commence à me demander qui a flingué Scrappy. Et pourquoi.

OMAR TAVIRA, AKA WIZARD

8 DÉCEMBRE 1993
11 H 12

7

Ma nouvelle copine me dépose dans l'allée derrière chez Jerry. Elle m'embrasse le cou, les oreilles, où elle peut m'atteindre par la fenêtre baissée, avant d'éclater de rire et de filer chez sa mère. Elle est folle, mais je la kiffe trop. Pas parce qu'elle est belle, mais parce qu'elle ferait tout pour moi. C'est ce qu'elle a de meilleur. La loyauté est un aphrodisiaque – quand je me dis ça, j'ai des paroles qui me viennent. La loyauté est un aphrodisiaque. Je sors mon petit carnet de la poche arrière de mon futal et j'écris. *La loyauté, le plus puissant des* afrodisiaques, *quelque chose-quelque chose, plus addictif que le* crack. J'écris pas « quelque chose-quelque chose », je trace une ligne pour mettre un truc plus tard, puis je range le carnet et je continue.

En passant par le bout de jardin sur le côté de la maison voisine, j'arrive devant la porte d'entrée de chez Jerry. En fait, c'est chez Jerry et c'est pas chez Jerry. Son nom est sur les papiers de la baraque, mais elle est à nous. Tout le monde sait que c'est la propriété de la *clica**. Une *casita* pour cacher du matos, le bouger. C'est chez Jerry. Il habite ici avec son crevard de daron, mais c'est pas vraiment chez Jerry. Peu importe la thune qu'il nous rapporte. Je suis prêt à mettre ma clé dans la serrure, mais je tente la poignée, et ça s'ouvre.

Je passe la porte et je verrouille derrière moi. Le salon sent le rhum. Le père de Jerry est sur le canapé avec le bras autour d'une des nouvelles *fresa** à Jerry. Elle a les cheveux tout brillants, comme si elle sortait de la douche, on dirait un torchon mouillé. En dessous de ça, elle est plus maigre qu'une paille. Le crack te fait rétrécir comme ça. Elle était plus épaisse avant. Ça se voit à cause des plis sous son short de sport ras-la-moule, et elle nous en fait profiter, parce qu'elle a les pieds posés sur une boîte en carton retournée. Jerry et son père avaient une table basse en vrai chêne. Maintenant, ils ont cette pauvre merde. Et c'est pas comme si j'avais besoin d'une raison pour engueuler le daron.

Je lui dis : « Combien de fois je dois te dire de verrouiller la porte, hein ? Trente fois ?

– Je l'ai entendu qu'une fois. Là tout de suite. » Il me sourit comme si c'était l'homme de la maison.

L'enculé. Je te jure, quand il boit, il oublie qui est le patron, mais par contre il se rappelle toujours qu'il peut pas me blairer. C'est gravé dans ses petits yeux, et il tire la fille près de lui comme si elle était un bouclier contre l'éventualité que je le défonce. Ça marche pas, ça. En fait, il en fait ma cible. Je la montre du doigt, ses yeux s'écarquillent. Il sait ce qui va se passer.

Avant que j'ouvre la bouche, il se met déjà en boule.

« Dis, le gros, tu penses vraiment qu'elle est *bonne* ? Avec ces vergetures, elle est plus ridée qu'une vieille *nonne.* »

La bouche de la meuf s'ouvre en grand. C'est une nouvelle. Elle sait pas que je suis le boss ici et que je peux dire ce que je veux. Elle est trop occupée à être vexée. Elle le regarde, genre, *Et tu vas faire quoi ?* Et elle va se rendre compte que ben, « rien ». Il va devenir tout rouge, voilà ce qu'il va faire. Il attend ma prochaine réplique, alors je la sors : « Elle est plus maigre qu'une *mante religieuse*. Putain, pourquoi tu veux baiser c'te *gueuse* ? Elle te bouffera la gueule à la première *occasion*. C'est mieux pour elle que de défaire ton *pantalon.* »

Ses joues sont rouges. Il en peut plus, il a la rage, et elle aussi. Elle l'encouragerait s'il se levait pour m'attaquer. Et il me défoncerait d'ailleurs, s'il savait pas qu'il finirait dans le fleuve pour avoir essayé, Jerry ou pas Jerry. On sait tous les deux que j'ai la main. C'est toujours moi qui ai la main, et je peux continuer à les faire courir, ou je peux leur dire qu'ils me font chier et en finir avec eux.

« T'es juste là pour t'occuper de la baraque, *gordo**. Si tu le fais pas, je mettrai quelqu'un d'autre qui le fera. » Mon regard suit une grosse trace d'eau de pluie sur le plafond, qui a la forme d'un cerveau qui aurait coulé le long du mur sur une ligne qui ressemble à une colonne vertébrale tordue. Je lui dis qu'il doit réparer le toit. Pour ça, je récolte un hochement de tête. Il a décroché, mais la fille le regarde avec les yeux qui disent : *Il déconne ou quoi ?* Et si elle connaît pas encore la réponse, elle est plus teubé qu'elle en a l'air.

Je me dirige vers la porte de derrière, mais je vais pas loin avant de sortir mon carnet. Je note ce que je me rappelle des paroles que je viens de lâcher. *Plus ridée qu'une nonne. Mante religieuse. Gueuse. Occasion. Pantalon.* Et plus bas sur la page, j'écris *grosse* tache de pluie *en forme de* cervelle, *colonne vertébrale tordue.* Mais c'est plutôt genre *qui descend* ? Ou *qui coule ?* Merde. *Qui ruisselle* ? Laisse tomber. Je trouverai plus tard. Je referme mon carnet. J'ai faim.

La cuisine est en bordel. La porte d'un placard pend à moitié, elle tient par un seul gond. Je la bouge juste ce qu'il faut pour prendre un bol à l'intérieur. Je regarde ce qui reste de Fruit Loops et je verse. Des « o » et des morceaux cassés qui ressemblent à des crayons de couleur. Je cherche une cuillère propre dans le tiroir, mais y en a pas, alors je regarde sur le bord de l'évier et je trouve une petite cuillère pas trop sale. Je prends du savon pour les mains puisque c'est tout ce qui y a, je lave la cuillère, la rince et la sèche avec mon tee-shirt en ouvrant le frigo. Il est vide en dehors d'un carton de lait au fond. Je le renifle, et il est encore bon, alors je le vide dans le bol. Je mange ma première cuillérée de céréales, mais elles sont rassises et même le lait y change rien. Je pose le bol sur le plan de travail et je sors par la porte de derrière pour retrouver Jerry.

8

En arrivant au garage qui est séparé de la maison, je vois par la fenêtre trois potes à la fraîche qui fument en regardant No Neck se faire tatouer par Jerry. C'est « No Neck » parce qu'il a pas de cou. Aussi simple que ça. Les spectateurs autour de lui, c'est Silencio, parce qu'il parle toujours au mauvais moment, Lil Puffer, parce que ce couillon bédave tout ce qui lui passe devant, et Dreamer, parce qu'il rêve éveillé.

Jerry entend la porte s'ouvrir et se tourne vers moi. Les rayons du soleil rentrent, traversent la pièce, coupent dans la fumée et retournent d'où ils sont venus quand la porte se referme. Jerry me sourit avec un de ces sourires menteurs. Il a des dents déglinguées – c'est ce qui arrive quand tu te prends un canon de fusil dans la gueule.

Il me dit : « Tiens, tiens, si c'est pas le gangster-apprenti-rappeur.

– Ferme ta bouche, ducon. Me fais pas écrire sur toi.

– Le seul ducon ici, c'est toi. »

Jerry a une grande gueule, comme son père.

Il baisse les yeux, trempe l'aiguille dans l'encre, la repose sur la peau. Le petit moteur bourdonne. Le tatouage, c'est un crâne en haut de l'épaule de No Neck, comme pour dire que la mort est juste derrière lui. Ou qu'elle va pas tarder. Et c'est normal avec les conneries de l'autre soir. Les lignes sont pas aussi bien tracées que dans les tatouages de Pint, avec les yeux exorbités, les *brochas** et leur côté *locote**, mais je dis pas ça à Jerry. Il faut bien commencer quelque part.

« Tu sais c'est quoi, ton problème, Jerry ? Le putain de toit qui fuit et ton père qui fait que dalle pour le réparer. Appelle mon cousin. Il séchera la maison avec un ventilo et rebouchera le placo aussi. Je le répéterai pas à ton enfoiré de daron. Pourquoi il habite ici si c'est pour pas s'occuper de ça ?

– Y a son nom dessus. On est tous les deux les propriétaires.

– Il en prend pas soin. T'as vu la cuisine ? »

La machine à tatouer s'arrête, et Jerry me regarde. « Tu me prends pour un monstre ou quoi, mec ? C'est mon père. Je peux pas le virer.

– Tu peux pas parce que t'as jamais essayé, mon gars, je lui réponds direct.

– Je peux pas parce que c'est la famille. Il déconne, mais je vais pas le foutre à la rue. Faut que t'aies un peu de *respeto,* gros. »

Jerry pose son petit engin et s'approche de moi lentement. Je lui dis : « T'as intérêt à reculer.

– Ou quoi ?

– Le feu d'artifice. »

Je montre son front avec mon menton, lui rappelle que je suis bien plus grand que lui. Que je mettrai des coups de poing en plongée s'il tente quoi que ce soit.

« En l'air. Derrière tes yeux. Ce sera un beau spectacle avant de faire dodo, bouffon.

Alors allez, vas-y, bouffon.

– Et t'as vu tes cernes ? Tu me remercieras de t'avoir endormi. Va pioncer.

– Tu crois ? »

Jerry sourit.

« Je *sais.* Tu commences à compter tes moutons ou quoi ?

– Tu peux les compter pour moi. »

Il étire son cou. Ça craque.

La tension dévore la pièce. Les secondes passent pendant qu'on se regarde l'un l'autre et que tout le monde se demande quand on va commencer à se la mettre. C'est surtout No Neck qui essaie de tendre le cou pour mieux voir. S'il y arrive, ce sera une putain de première.

Silencio casse le silence exactement au mauvais moment. « Tu crois qu'ils vont se friter ? »

Il le dit à personne en particulier, juste en l'air, mais y en a trois qui lui font chut. Pas moi. J'ai toujours les yeux baissés sur Jerry quand je lui dis : « Je te fais marcher, putain. »

Les rires se font explosifs. On se relâche. Tous, on se remet à respirer quand je souris et que Jerry sourit aussi. Pour de vrai cette fois. Il a encore ses dents de devant, mais pas les canines ou celles d'à côté. J'arrive à voir sa langue à l'intérieur, par le trou. Je lève la main, et on se la serre avant de se faire une moitié d'accolade. C'est pas le moment de lui dire que la famille, elle finit par te vendre. La sœur de mon père l'a envoyé à la prison de Folsom*, il y est toujours. Ça arrive quand tu donnes trop le bénéfice du doute aux gens, et tout ça parce que t'as le même sang.

Silencio me parle. « Hé, Wizard, t'as entendu comment Dreamer leur a mis leur race aux autres guignols au Cork N Bottle ? South Gate. Trois contre un, et il les a marave. Avec un balai et tout. Il les a balayés, ces enculés ! »

Ça fait rire No Neck et Lil Puffer, et Dreamer tourne la tête vers moi. Putain, elle est rouge, démolie. Merde, il a une sale gueule. Son nez est enflé, sa joue aussi, on dirait qu'il a la moitié d'une balle de baseball sous la peau.

Je dis à Jerry : « On va sortir vite fait. Je dois parler avec mon *homeboy**. »

Je hoche la tête vers Dreamer pour qu'il vienne dehors avec moi.

JACOB SAFULU, AKA DREAMER

8 DÉCEMBRE 1993
11 H 22

9

Wizard se tient à côté de la clôture en bois derrière le garage. Tous les sourires qu'il avait ont disparu. Il se penche sur moi, inspecte les dégâts...

Il fait : « T'as une sale gueule.

– C'est rien, Wiz. J'ai laissé le gars me frapper en premier, et c'est tout ce qu'il a pu faire. »

Il me pousse. Pas fort. Pour me faire comprendre un truc.

« Tu m'appelles pas comme ça. Moi, je suis pas de la pisse. » Il sourit, mais il est sérieux en même temps.

Je dis : « Pour moi, ça veut dire que t'es un wiz. Un magicien des mots. Un prodige.

– On s'en fout de ce que ça veut dire. L'important, c'est ce que les gens *entendent*. Et la première chose qu'ils pensent, c'est pas génie, je te le garantis.

– D'accord », je dis.

Il hoche la tête en sortant une cigarette de sa poche. Il protège l'extrémité du vent, l'allume. Il tire une taffe.

« Hé, au fait, quelqu'un que je connais a dû régler son compte à Scrappy, l'autre soir, il dit. T'as entendu quelque chose là-dessus ?

– De Julian. »

Wizard lève les yeux au ciel, genre, *putain.* « Il a dit quoi ?
– Que Scrappy s'est fait descendre, je dis.
– Ouais. Ben, si Julian sait, ça y est, tous les bâtards sont au jus. Il t'a balancé des noms ?
– Il est trop malin pour ça. »
Wizard passe le bout de son pouce sur la cicatrice qu'il a sur le menton. Il l'a eue en se cassant la mâchoire sur son guidon quand il était petit. C'était juste un accident. Mais maintenant, quand les gens lui demandent c'est quoi, il dit jamais comment ça s'est passé. Les gens tirent leurs propres conclusions. Il utilise ça pour montrer comment le silence peut jouer à ton avantage. C'est bon pour tout le monde.
« La décision est venue d'en haut, mon gars. Y a eu un feu vert et voilà. Je me pose pas de questions. » Wizard tire une taffe. « C'est comme ça, tu le sais.
– Je sais, ouais. »
J'ai fait des trucs parce qu'un gros *homie* l'avait ordonné par l'intermédiaire de Wizard. Pas refroidir quelqu'un, non. Mais je sais comment ça se passe. « Julian a dit qu'elle "s'en était tirée". »
Wizard détourne les yeux vers la porte de derrière de la maison et secoue la tête. « Il parle trop, ce bâtard. Comment il sait ça ?
– La sœur de Stacy est infirmière à Saint-Francis. »
Stacy est restée la copine à peu près fixe de Julian ces dix dernières années. Ils ont un gosse.
« OK, alors je peux pas aller à l'hôpital. La moitié de son crew y est si ça se trouve. » Wizard expire la fumée une seconde, puis il dit : « Tu sais quoi ? Scrappy qui s'en sort ? Je vois pas ça comme un problème. Elle parlera pas. Elle sait d'où venait la *bala**. Elle sait qu'il peut y en avoir d'autres. Notre problème, c'est le gun. »
Comment il le dit, on dirait que ça un rapport avec moi. Ça a pas intérêt ! J'ai jamais eu de flingue, même pas à cacher pour quelqu'un d'autre. Mais j'ai un mauvais pressentiment. J'ai la bouche sèche et mon ventre s'enroule avant que je puisse dire : « Quel gun ?

– Celui que la personne a pris pour tirer sur Scrappy. »

Il me regarde fixement, il veut que je lise entre les lignes.

Mon estomac s'écroule, et j'ai le courage de dire : « Ça a quelque chose à voir avec moi ? Je dois te filer un alibi ou quoi ? »

Wizard détourne le regard. Il tire longtemps sur sa cigarette avant de recracher la fumée. « C'est peut-être rien, mais les shérifs ont trouvé un flingue dans ta chambre hier. »

Pendant une seconde, je respire plus. Alors, ça sort comme si je toussais. Mon visage chauffe. « T'as dit quoi ?

– Tu m'as entendu. C'est normal pour toi ou pas ?

– Non, putain !

– D'après ce que je sais, ce putain de Petrillo a déboulé pour une perqui, mais il est venu avec un shérif cette fois. »

Je ferme la bouche et je respire par le nez. J'essaie de me calmer.

« Il s'est fait rencarder ? Par qui ? »

Wizard hausse les épaules. Ça peut être plein de gens.

Comment quelqu'un pouvait savoir qu'il y avait un flingue, alors que je le savais pas, moi, c'est un truc de malade. À moins que Wizard mente, ce qui est possible, j'imagine. Il l'a déjà fait, quand il voulait pas que je sache quelque chose. Mais ça m'étonnerait, parce qu'il a l'air inquiet. Vraiment inquiet. Et cette expression sur son visage fait rien pour me soulager le bide.

« Le plus bizarre, c'est que c'est peut-être celui qui a servi, il dit. Y a un risque. »

Je baisse la voix. « Mais comment ? »

Wizard lève les mains devant lui, paumes vers le haut. « Je sais pas comment, mais si c'est un .38, alors peut-être que c'est le même. »

Je dis presque quelque chose, mais je peux pas. J'essaie juste de faire monter la salive dans ma bouche.

Wizard tire une dernière taffe. Il finit sa clope. « C'est là que c'est un truc de malade, parce que le gars qu'a fait ça l'a fait comme Big Fate le faisait toujours. Il a jeté le gun sur place. »

Je dis la première chose qui a du sens pour moi. « C'est un complot.

– Ouais. » Wizard me regarde vraiment longtemps, comme s'il voulait voir si c'était moi le traître.

Je ne m'y attendais pas, parce que pourquoi je voudrais faire ça à nous deux ? C'est con.

Tout ce que je réponds, c'est : « Tu sais que c'est pas moi.

– On est jamais trop sûr. »

Il me regarde de biais avant de hocher la tête, comme s'il prenait une décision. Comme si j'étais sorti d'affaire.

Il se détend, je me détends. Un peu. En apparence. En fait, je suis super à cran et je flippe grave. Ça rigole plus là. C'est la prison. J'ai jamais fait ça avant.

« Bon, il fait. *Tranquilo*, salaud de Samoan, va. Je crois pas que c'est toi. Mais c'est quelqu'un. J'ai une question vite fait : t'as déjà caché un gun ou pas ? N'importe quel type. Pas juste un .38. Je veux dire, je sais que t'aurais pas fait ça avec Angela, mais je dois vérifier.

– Jamais. Tu sais qu'elle aurait jamais accepté. Et putain, moi non plus ! »

Il hoche la tête parce qu'il pense pareil. Et je sais que je dois dire : « Tu sais que c'est fini entre nous, hein ? Avec Angela ?

– Elle m'a appelé chez ma meuf. Elle a dit qu'elle a fait une déposition pour le revolver, et elle m'a dit, ouais. » Wizard met son bras autour de mon cou. Il va pour me prendre dans ses bras. « Putain. Je suis désolé, mon gars. Ces conneries, c'est encore pire si en plus tu te fais serrer. Merde. Je parie qu'on va tous les deux y passer. »

Il me relâche, et je dis : « Et si le flingue a un rapport avec ce truc que quelqu'un a peut-être commis ? »

Wizard fronce les sourcils. « Tu sais comment ça se passe dans ce cas-là, non ?

– Je dis juste "avocat".

– C'est ça. Tu supportes les menottes et tu leur donnes rien. Mais, pour l'instant, tu vas te casser d'ici. C'est trop chaud. Va chez Little Guy ou je sais pas qui. Je te retrouverai. »

L'idée d'affronter la mère de Little me met encore plus en vrac. C'est la culpabilité en plus de la douleur. En plus de la peur qui met mon bide en boule. Je dis quand même à Wizard : « Ça marche.

– Bien, il fait. C'est bien, mec. »

J'ai encore des questions avant qu'il parte : « On fait quoi pour trouver celui qui t'a balancé ? »

Wizard a réponse à tout. Mais pas à ça.

Pas encore.

AGENT DE PROBATION PHILLIP PETRILLO

8 DÉCEMBRE 1993
11 H 35

10

Je m'arrête à Compton, dans un magasin de pneus sur Atlantic Avenue, celui qu'Omar « Wizard » Tavira a donné pour employeur. Le patron me dit juste que ce merdeux d'Omar n'est pas venu depuis samedi, évidemment. J'achète un contrôleur de pression avant de partir et je prends Atlantic vers le nord en direction de Lynwood. Quand j'arrive vers Rosencrans, je me rends compte que je ne suis pas loin de Virginia Avenue – et d'Angela. J'ai qu'une envie : frapper à sa porte et voir son visage. Je dispose encore de l'autorité pour le faire, et même si les habitants du quartier reconnaissent les véhicules des agents de probation, ils ne se mêlent pas de nos affaires.

Le feu passe au vert sur Martin Luther King Boulevard, et je prends ça pour un signe. Je tourne à droite, remonte MLK, et quand j'arrive au niveau de Virginia Avenue, je tourne la tête pour voir la voiture de shérif garée devant chez Angela. J'effectue un demi-tour devant Ham Park en essuyant des regards menaçants des « *homeys* », les petites racailles installées au coin de Wright. Mon pouls accélère, mais pas à cause des regards. Je sais que c'est mon jour de chance.

On ne met pas le domicile d'un suspect sous surveillance pour l'arrêter dès qu'il essaie de passer la porte. On le fait pour perturber ses habitudes. Les gens prennent des risques quand ils ne peuvent pas dormir ou manger où ils veulent. Cette rupture génère des erreurs, et c'est là que la vermine se fait surprendre. Cela dit, la présence policière joue son rôle. Elle met les locaux en effervescence. Selon ce qui se passe autour de la maison (trafic de drogue ou d'armes, par exemple), ça crée une pression qui vient des criminels plus influents. Ça peut même finir en délation, comme quand quelqu'un appelle les forces de l'ordre pour les informer des mouvements des suspects, tout ça par ras-le-bol de voir une voiture banalisée stationner dans leur quartier, une présence qui a un impact sur les « affaires ».

Je ne me gare pas. Je roule au milieu de la rue, m'arrête au niveau de la vitre conducteur de la voiture de patrouille. Je baisse lentement la mienne. Dans le véhicule, deux hommes en uniforme. Le conducteur ne me dit rien. C'est un Black. Mais l'autre, c'est Mirkovich. Un grand Slave, de San Pedro lui aussi, encore un qui ne va sûrement jamais passer l'examen de sergent. Je hoche la tête. Il me regarde les yeux plissés, mais, quand il se rappelle enfin qu'on a fait des parties de softball ensemble, il hoche la tête aussi.

Leur vitre descend. Je me présente. Le chauffeur prend conscience du fait que je suis l'agent qui était sur les lieux avec Jackson et qui a trouvé l'arme.

« Jolie prise, il fait. Travail soigné.

– Merci. Petrillo. J'ai déjà croisé Mirkovich. Faut le voir déraper en troisième base.

– J'en doute pas, l'enfoiré, dit le chauffeur que Mirkovich tape sur l'épaule avec le dos de la main. Moi, c'est Louis, avec un *s* à la fin. Comme le crabe.

– C'est français, non ?

– Haïtien. »

Il me toise pour voir si ça me pose un problème. Et ouais, ça me pose problème (on a assez de Blacks dans ce pays, on va pas en importer non plus), mais j'ai rien à gagner à le montrer, alors j'en reste là. On parle de tout et de rien : du temps qu'il fait ce matin (ça va se rafraîchir), des dernières nouvelles sur l'affaire (mandat d'arrêt contre Omar Tavira et Jacob Safulu), baseball (il n'y a pas de dialogue social qui tienne : les patrons de club paient les joueurs, point barre), mais c'est dur de parler du jeu quand il n'y a pas de match, alors je fais : « Vous avez frappé à la porte ?

– Oui, Louis répond.

– Il y a quelqu'un ?

– La fille. Elle fait du baby-sitting. Une femme a déposé deux enfants. » Il se tourne vers son coéquipier : « Y a quoi ? »

Mirkovich regarde l'horloge et dit : « Treize minutes. »

« Je dois établir un contact avec la résidence, je dis. Je n'ai pas obtenu de déclaration de Mlle Alvarez pour le revolver. Mon boss veut que je complète le dossier. »

Je récolte du scepticisme en deux versions : une noire et une blanche.

Pour faire passer, je dis : « Je m'occupe encore de la conditionnelle de Tavira. J'ai déjà parlé avec la fille plusieurs fois. J'ai instauré un dialogue. Elle pourrait me dire où ils sont, même sans le vouloir. »

Ils s'interrogent sur mes intentions. Un bon flic suspecte tout le monde, tout le temps. La traque et l'analyse du mensonge sont une composante de leur travail, et du mien aussi. On ne peut pas s'empêcher d'être un peu cynique tant que la vérité n'a pas été établie. Et vu que la ville s'est elle-même immolée par le feu il n'y a pas si longtemps que ça, tout passe au microscope. Tout est fait dans les règles, sous peine de sanction. C'est comme ça.

Louis lève un sourcil. « Cet intérêt que vous lui portez, c'est pas parce qu'elle ferait un bon dessert, dites-moi ? »

Ma bouche dit : « Je fais juste de mon mieux. »

Mais le clin d'œil que j'ajoute à la fin approuve : *Absolument.*

C'est surtout Mirkovich qui trouve ça drôle, avec son sourire en coin.

Louis rit avant de dire : « Ben, allez-y. »

Je me gare en face et je descends, carnet à la main. Tandis que j'approche de la porte, à la fenêtre, les stores verticaux s'agitent.

11

Angela Alvarez est sur le seuil avant même que je frappe. Quand la porte s'ouvre en grand, un courant d'air lui passe dans les cheveux et m'arrive au visage. Elle sent le shampoing Pert Plus et le déodorant Ban. Sa peau brune est lustrée, comme si elle avait été chahutée ; derrière elle, deux petits enfants gloussent, cachés par les chaises de la salle à manger.

Ça me déstabilise. Elle prend le dessus en ouvrant la porte avant que je sonne, et même si ça ne me plaît pas, je l'y laisse (pour l'instant).

Je n'ai rien pour lancer la conversation, à part demander où sont son cousin et Dreamer, ou parler des enfants. (Je peux invoquer la négligence parentale si les enfants sont en contact avec les suspects.) Deux mauvaises idées : la première est trop directe, l'autre passera pour une menace. Je profite du silence. Ça l'oblige à parler en premier. Je scrute les lieux. Rien n'a bougé depuis la perquisition, sauf le ventilateur derrière elle. Il souffle à force moyenne, soulève ses cheveux dans ma direction.

Elle croise les bras et incline le menton. « Vous avez quel âge ? »

Sa posture peut paraître agressive, mais elle fait peut-être semblant pour les adjoints et les voisins. Tout d'un coup, je me dis que les deux suspects pourraient être dans la maison, cachés, en train de nous observer. La raison pour laquelle tout doit être aussi professionnel que possible.

« Pardon ?

– Je ne sais pas où ils sont ! Je n'ai aucune nouvelle. Je ne les ai pas vus. » Elle lève les bras, et je suis persuadé qu'elle se sent observée de la rue. Elle se donne en spectacle. « Alors, vous avez quel âge, en fait ? Genre, vous êtes vieux ou quoi ? On dirait que vous avez vingt-cinq ans. »

Elle croise à nouveau les bras sur sa poitrine, plus haut cette fois, le regard dur, mais il y a quelque chose en dessous (une attirance qu'elle essaie de combattre). C'est ça, ou elle récolte des informations qu'elle relaiera plus tard à Wizard ou à Dreamer. C'est quand même une invitation à dévier du protocole. Je l'observe en train de me regarder, ses yeux parcourant mon visage alors que je hausse les sourcils et me mords la lèvre (je montre mon hésitation à révéler un détail personnel). Elle le remarque, ses épaules se détendent. Elles descendent d'un centimètre. C'est pour ça que je lui dis la vérité. Il faut la récompenser quand elle baisse sa garde, même si ça prend du temps.

« J'ai trente-six ans », je dis.

Elle fait non de la tête, comme si j'avais dit quelque chose d'inacceptable. « Ouais, c'est ça. Et quand est-ce que vous avez fini le lycée ?

– En 1974. »

Elle fait le calcul. « À dix-sept ans ?

– J'ai fêté mes dix-huit ans juste après la remise des diplômes, je dis.

– Vous êtes d'où, Phillip ? »

On s'appelle déjà par nos prénoms ? Elle va vite. J'ai envie de sourire. Je me retiens.

« Phil, je dis. San Pedro. Pur sucre. »

Elle n'a pas décroisé les bras. « Un Pirate, alors ? On vous a affronté une ou deux fois en championnat de section.

– Les Pirates du lycée de San Pedro. C'est ça. »

Elle hausse les épaules. « Ouais. Il y a autre chose ? Parce que, sinon, je dois préparer à déjeuner pour les petits. »

J'essaie de lui donner ma carte. Je dis : « Si vous apprenez quoi que ce soit, faites-le-moi savoir. »

Elle regarde, fait tss-tss, ne la prend pas. « Vous savez que je ne peux pas faire ça, Phil. »

Angela Alvarez est un défi, plus que Renee ne l'a jamais été. Ça me plaît. La chasse n'en sera que plus savoureuse.

« Il fallait bien essayer, je dis.

– Vous avez vraiment essayé, là ? » Sa voix est normale (presque chaleureuse), mais pas son visage.

Elle se retourne et ferme la porte bruyamment. J'entends rire les enfants de l'autre côté. Quiconque aurait observé la scène se dirait que je ne suis plus le bienvenu ici. C'est ce qu'elle devait faire, étant donné le contexte de cette rencontre, et je le respecte. Je prends un instant pour coucher quelques notes sur mon carnet avant de revenir sur mes pas : « hostile, non coopérative, affirme ne pas savoir où se trouvent les suspects, affirme ne pas avoir connaissance de l'arme trouvée dans la résidence ».

Quand je regagne la voiture de patrouille sur le trottoir, ils s'apprêtent à partir. La vitre de Mirkovich est descendue. Il tourne la tête quand j'approche.

Il dit : « Vous avez appris des choses ?

– Non. Dédaigneuse, négative, comme si elle voulait que tout le quartier la voie expédier l'affaire. »

Louis se gratte le menton en regardant la porte d'entrée. « Je ferais sûrement la même chose à sa place.

– Dans ce quartier ? Merde. C'est clair », dit Mirkovich.

Je hoche la tête. « Bon, j'ai ce qu'il me fallait. Quand on les arrêtera, je suis sûr qu'on me tiendra au courant, hein ? »

Louis n'a pas de réponse à me donner. Il a les yeux sur la rue. Je suis son regard, Mirkovich aussi, jusqu'à une silhouette dans un jardin à trois maisons de là : un enfant, torse nu, avec un short qui lui arrive en dessous des genoux, pas de chaussures. Il a environ dix ans, la peau brunie par le soleil. Il devrait être à l'école à cette heure-ci. Il nous regarde, nous étudie. Nous savons tous les trois que cette visite sera rapportée à la hiérarchie. Bien. On va voir ce qui arrivera à Wizard et à Dreamer à ce moment-là.

« Apprenti gangsta, je dis.

– Je vous garantis qu'on va l'embarquer d'ici quelques années », Mirkovich confirme.

Louis se couvre la bouche avec le poing et rote avant de dire : « Vous trouvez pas que les guetteurs sont de plus en plus jeunes ? Si c'est pas du conditionnement, ça. »

J'allais dire *inné*, mais Mirkovich dit : « De la survie. »

Louis grogne.

Moi aussi. « Bonne journée, les gars. Faites gaffe.

– Vous aussi. »

Louis met ses lunettes de soleil, le regard toujours sur le gamin, qui se tient toujours aussi immobile. « On attend que vous partiez ?

– Non, je dis. Ça va aller. »

Louis démarre la voiture. Je vais jusqu'à la mienne. Je monte au moment où ils démarrent. J'effectue un demi-tour et les suis tandis qu'ils passent devant le gamin en émettant deux coups de sirène. C'était censé lui faire peur, mais il ne bouge pas. Il reste debout, les poings serrés, alors que je passe après eux. (Il m'adresse un sourire plein de mépris, le petit con, il manque pas d'audace.) Dans mon rétroviseur, je le regarde me suivre des yeux, mémoriser ma plaque, c'est sûr. Quand je tourne sur MLK, il se passe le pouce sur le nez comme un boxeur et se dirige vers la porte de sa maison.

JACOB SAFULU, AKA DREAMER

8 DÉCEMBRE 1993
11 H 22

12

Je vais voir Little parce que Wizard m'a dit de le faire, et je passe par les petites rues pour aller chez sa *mamá*. Sur tout le trajet, j'ai envie de vomir. Je veux pas aller en prison. Mais s'ils viennent me chercher, c'est pas comme si j'avais le choix. Le pire, c'est que ça serait pour un truc que j'ai pas fait. Autrement, je comprendrais au moins. Mais là, je me retrouve en plein dedans. C'est ma chambre, alors c'est forcément moi. La presque arme du crime, et c'est forcément moi. La connerie de Wizard, c'est pour ma gueule. Je veux hurler pour que ça sorte. Je veux gerber. Quelque chose. N'importe quoi. Mais je peux pas.

Au lieu de ça, je mets un coup de poing dans une clôture sur le chemin. Je défonce une des planches bien méchamment. Ça fait « chtoc ». Et c'est tout. La douleur explose dans ma main. Elle déchire mon bras, et je regrette tout de suite. Je me sens comme un con, c'est encore pire après, surtout avec la main qui m'a servi à marave les autres guignols. Je la tiens contre moi maintenant, contre mon torse, et quand je vois la maison de Little, je passe d'une montagne d'inquiétudes à une autre. Je commence à penser à ce que sa mère va me dire. La tête qu'elle va faire. Ce qu'elle va penser quand elle va me revoir. Et si elle veut même…

Little ouvre la porte de derrière. Une touffe de cheveux noirs dressée sur le côté de sa tête. Je peux pas m'empêcher de rire.

Je dis : « C'est fait exprès, les tifs, là ? »

Little sourit même pas. Il dit : « Et ta gueule, c'est fait exprès ?

– Nan », je dis. Je sourirais si ça faisait pas si mal.

« Tu t'es lavé au moins ? » Little me dévisage.

« Pas vraiment, je dis.

– Tu l'as lavée, ta gueule, ou tu l'as pas lavée ? Tu rentres ou tu rentres pas ? »

Je veux. Mais, en même temps, je veux pas. Je dis : « Elle est là, ta daronne ?

– Elle fait la cuisine. Ma tante est là aussi. » Il surveille ma réaction quand j'apprends que sa mère est là.

Et là, je bloque. Voilà ce que je fais. Je regarde vers la cuisine. Je veux pas la surprendre, genre faire peur à sa mère. Je veux pas encore l'emmerder ou m'engueuler avec elle. Alors je dis juste : « Ta tante ? Celle de San Diego ?

– Elle habite dans le comté d'Orange maintenant. »

Juste quand Little dit ça, une nouvelle odeur m'attrape et me soulève. Elle me fait passer la porte comme dans les dessins animés, quand une fumée attire quelqu'un quelque part.

C'est du bœuf. Des épices. De la sauce tomate. Des piments. Le genre qu'elle fait un peu griller d'abord sur la flamme bleue de la cuisinière. C'est si bon que ça suffirait presque à me faire oublier tout ce qui se passe.

« Des hilachas ? » Je renifle. Il y a aussi quelque chose de sucré. Des bananes plantain frites, peut-être. « *Platanos** aussi ? Ah là là. »

Little me regarde de biais. « C'est bien, t'as pas oublié la cuisine guaté. »

Avec son année de plus que moi, il est en terminale. Il fait un mètre soixante-huit, tout dans les épaules. Il fait de la muscu. C'est le mec le plus intelligent que je connaisse. Et il a cette discrétion qui fait oublier aux gens qu'il est là. On est devenus potes quand on s'est rendu compte qu'on était tous les deux pas mexicains. On est des pièces rapportées. Sa famille est du

Guatemala, de la capitale. La mienne est des îles Samoa. Je sais pas de quelle ville. Ma mère en parlait jamais, même quand je demandais. Alors j'ai laissé tomber. C'est la leçon la plus importante qu'elle m'a apprise. Fermer ma gueule. Elle était douée pour ça.

Après les émeutes, elle a décidé qu'à Lynwood on était pas en lieu sûr parce qu'elle travaillait chez Clark. Et Clark a brûlé. Elle voulait retrouver sa sœur à Oakland, même si elles s'étaient pas vues depuis que je suis né. Elle a pas demandé si je voulais venir, et un jour toutes ses affaires avaient disparu. Elle aussi. J'y pense tout le temps. À comment elle a fait ce qu'elle voulait. Elle est comme ça, elle décide comme on claque des doigts. Et voilà, c'est fait. Pire qu'Angela. Parce qu'elle te le dit même pas.

Quand j'avais nulle part où aller, c'est Wizard qui a demandé à Little de dire à sa famille de s'occuper de moi. C'était malin, j'imagine, puisque Little a toujours été un tendre. Il voulait être en bons termes avec le quartier, parce qu'il sera jamais un gangster. C'est pas pour lui. Pendant deux mois, j'ai dormi chez eux par terre, dans un sac de couchage qu'un gars avait volé chez Kmart. Le meilleur dans cette histoire, c'était la cuisine. La mère de Little pourrait faire un festin juste avec de la terre. Elle s'appelle Ixchel. La déesse arc-en-ciel maya.

« Faut que j'y aille. Je veux pas tout gâcher.

– Arrête. Ma mère sort une assiette pour toi à chaque repas en espérant que tu vas te pointer. »

T'entends ça ? Putain…

J'ai envie de pleurer. C'est trop gentil. J'ai peur de la revoir. En plus de ça, il y a l'histoire avec Wizard. Le flingue. Et ce que je ressens maintenant, c'est bon et c'est mauvais en même temps. Je suis content et, putain, j'ai la trouille. Ça monte et ça descend.

« Purée », c'est tout ce que j'arrive à dire.

« Stresse pas. » Little me sourit, puis il regarde vers la télé qui montre un garçon loup-garou.

C'est le genre de truc que regarde Jimena. D'habitude, c'est là qu'elle est installée, mais je la vois pas sur son lit. Alors je dis : « Elle est où, Jimena ?

– Juste là. » Il me montre le lit ajustable qu'ils lui ont acheté. « Elle se cache.

– Je me cache pas », elle dit.

Jimena est assise devant son lit. Par terre. Je vois le dos de sa tête maintenant. La petite sœur. Le visage rond comme une orange. Quand elle sourit ? C'est le truc le plus adorable que t'as jamais vu. Elle sort presque jamais. Sa mère lui interdit. C'est dangereux. Elle pourrait avoir une crise n'importe où et tomber. Little a jamais dit qu'il fait ce qu'il fait pour le crew à cause de Jimena. Il nous kiffe, c'est sûr. Il veut être comme nous. Mais avoir l'argent pour acheter le lit médical ? C'est ça la vraie raison.

Little fait : « Dure journée, hein, Jimena ? »

Elle regarde par terre.

Je m'assois à côté d'elle. Je dis : « C'est quoi ce bordel que tu regardes ?

– Dis pas "bordel", elle fait, toute sérieuse.

– Pardon. C'est quoi cette *merde* que tu regardes ? »

Jimena se couvre la bouche. Je sais qu'elle sourit, l'air choqué, en dessous. Little me tape le bras, et je fais genre ça fait mal.

Quand Jimena voit que j'ai été puni, elle hoche la tête et fait : « *Les Aventures d'un loup-garou minute* ».

On regarde tous l'écran et le petit blond dessus.

« OK, je fais. Mais j'ai une question.

– J'aime pas tes questions », c'est ce que Jimena répond, mais en vrai elle adore mes questions.

« À quoi ça sert d'être un loup-garou si c'est pour que ça dure que pendant une minute ? Comment tu fais si t'es dans la mouise et que t'as besoin d'une force surnaturelle ? »

Personne a de réponse à ça. Et il y en aura pas.

Parce que Jimena commence à manquer d'air.

Je sais ce qui se passe. Je regarde Little, parce que je sais même pas si j'ai encore le droit d'intervenir. Je l'ai juste tenue dans mes bras au moins vingt fois déjà. Mais quand ça vient, ça vient. Y a pas moyen de l'arrêter. Quand j'habitais ici, il a fallu que je m'habitue à ses crises. Jusqu'à une centaine par jour.

Little hoche la tête, alors je me mets derrière elle, comme il le ferait, pour pas qu'elle tombe en arrière. Je la touche pas jusqu'à ce que je l'entende faire des gargouillis et que je la voie laisser tomber sa tête en avant.

Puis je presse mon torse contre son dos, passe mon bras sur ses clavicules pour la tenir par l'épaule opposée.

Je tiens sa tête droite avec mon autre main, le pouce sur un côté de sa mâchoire, les doigts de l'autre côté.

Et après, elle…

Part.

C'est comme si son corps avait été électrocuté. Elle tremble. Sa colonne vertébrale s'avachit, les bras devant, comme un zombie. Ses mains s'accrochent au vide. C'est son cerveau qui court-circuite pendant une seconde.

Je la tiens.

« *Todo está bien**, je dis comme sa mère. *Todo está bien.* »

Ses crises commencent avec des tremblements profonds. Little m'a dit une fois que, pour lui, le corps de sa petite sœur était comme la terre et son cerveau, comme une faille. Une faille de San Andreas dans la tête. J'ai jamais oublié ça. Les tremblements durent pas longtemps. Dix secondes, peut-être. Mais ils se répètent, toute la journée, chaque jour. Certains pires que les autres.

Quand c'est fini, elle fait : « C'est bon, arrête. »

Alors je la lâche. Elle se redresse. Et elle me regarde par-dessus l'épaule. Ses lunettes ont glissé sur son nez. Elle dit : « Tu reviens pour de bon ? »

Et je regarde Little. Little me regarde. Parce que ni lui ni moi on a une bonne réponse à ça.

13

La *máma* de Little et sa tante ont servi un festin sur la table de la salle à manger. Les hilachas au bout, avec à côté une assiette de riz aux carottes, des petits pois. Il y a des nouilles sautées à la guatémaltèques aux carottes et aux oignons verts crus, qui cuisent dans la vapeur des nouilles. Du ketchup. J'avais jamais goûté de nouilles sautées avant d'habiter chez eux, et je savais pas que les assaisonner avec du ketchup c'était bizarre jusqu'à ce que Wizard m'emmène au resto chinois sur Imperial et que j'en demande. Il a fait : *Quoi ? Tu es un* chapín* *maintenant ? Arrête avec ton ketchup dans les nouilles.* Il y a aussi les bananes plantain frites. Des petits pains, des bolillos, mon pain préféré de tous les pains du monde. Et il y a des chuchitos faits avec du masa* bien tendre, parsemés de rondelles de piment. C'est surtout pour Jimena. Les repas du week-end, c'est pour elle.

Elle adore la cuisine. *Passionnément.* Elle veut devenir chef, elle y pense tout le temps. Elle demande ce qu'il y a dans les plats, ferme les yeux et essaie de trouver les ingrédients. Mme Matta change toujours des petites choses dans les recettes pour voir si Jimena arrive à trouver. Des trucs au hasard. Elles jouent à ça, parce que plus le cerveau de Jimena est fixé sur quelque chose, moins elle a de crises en fait.

Little se penche au-dessus de mon épaule et dit : « Tu lui manques, à ma mère. Elle veut que tu reviennes. »

Ça fait du bien d'entendre ça. Et ça fait bizarre.

« Je suis même pas son gosse », je dis.

Il hoche la tête vers l'entrée de la cuisine. « Faut pas que tu lui dises alors. »

Mme Matta est là, à me regarder. Avec un sourire. J'ai manqué de respect à cette femme dans sa propre maison. Je lui ai crié dessus. Et la voilà qui sourit. Ses grands yeux marron se plissent derrière ses lunettes. Mais ce sourire ? Il se transforme en froncement de sourcils quand elle voit que j'ai le visage amoché. Elle approche. Et elle fait quinze centimètres de moins que moi. Mais ça compte pas, parce qu'elle monte sur la pointe des pieds et me prend dans ses bras. Comme les mamans, tu sais ? Mais pas comme la mienne, qui faisait jamais ça. Comme dans les pubs et les films. J'ai l'impression de pas le mériter. Elle me lâche pas tant que je la serre pas dans mes bras aussi. J'ai envie de pleurer. À ce moment-là, j'ai juste envie de dire pardon pour tout, de lui dire à quel point j'ai peur pour le revolver et…

Je ravale.

Je dis : « *Lo siento mucho**. Vraiment, *señora* Matta. »

Elle me tapote l'épaule, puis sort de la pièce et revient avec de l'alcool pour me tamponner le visage avec un coton. Et ça brûle, putain. Mais j'encaisse.

Tout ça là ? Ça me donne envie de jamais quitter cet endroit. Ça me fait peur tellement que je le ressens profondément. J'ai juste envie de rester dans cette maison avec les Matta. Je veux plus sortir. Je veux pas voir Wizard. Je veux pas entendre ses mauvaises nouvelles. Et même si je pouvais dire ce que je ressens en espagnol, ça aurait pas d'importance, parce que Mme Matta, elle donne pas dans la tchatche. Elle donne dans la cuisine. Elle veut juste qu'on s'assoie tous ensemble et qu'on mange. Maintenant. Avant que ça refroidisse.

Little prend le bol de haricots refrits juste au moment où sa tante arrive avec un plateau de boissons et l'arrête. Tout le monde doit d'abord se tenir la main avant que la nourriture soit servie. Mme Matta baisse la tête et prie pour toute la table en espagnol. Elle est reconnaissante pour la nourriture, elle la bénit. Et elle Lui demande de guider et de protéger nos proches qui ne sont pas là. La tante de Little me serre la main à ce moment-là. C'est pour ma mère. Je serre sa main à mon tour pour son frère, le père de Little et de Jimena, expulsé du pays juste après les émeutes pour des conneries. Et on mange.

Je commence avec une bouchée d'hilachas : tout en acidité salée, avec la graisse de la viande par-dessus. Ça me donne des frissons dans tout le corps. La première chose que je mange depuis deux jours qui soit pas des céréales. Manger ça, c'est revivre.

Et Little doit être en train de me regarder quand ça me traverse l'esprit, parce qu'il fait : « Tu peux revenir quand tu veux, tu sais. Prendre un boulot. Participer au loyer. Ça lui ferait plaisir.

– Ce serait bien. » *Trop bien*, je me dis, alors je chuchote : « Sauf que je vais me faire serrer.

– Genre, interroger ou arrêter ?

– Chais pas, je dis en haussant les épaules. Arrêter sûrement. »

Jimena a une trop bonne oreille, parce qu'elle dit : « Qui va se faire arrêter ? »

Ça fait réagir tout de suite sa mère et sa tante. Elles veulent savoir ce qui a été dit et à propos de qui. Little s'en charge.

« Personne, il fait. Arrête, Jimenita. On parle d'un épisode de *Cops* où un mec s'est rétamé dans un buisson en essayant de sauter par-dessus. Truc de malade. »

Je souris, hoche la tête. Le regard de Jimena se fixe sur moi comme si elle savait qu'on mentait. Mais elle peut rien prouver.

Alors je change de sujet : « Alors, t'as trouvé l'ingrédient mystère, Jimena ? »

Elle fronce les sourcils, pas dupe. Elle cherche encore ce que c'est. Elle me fait signe de lui passer les nouilles. Une fois, Mme Matta avait préparé de la *carne guisada** avec des pistaches. Elle les avait moulues et avait essayé de les cacher pour Jimena. Je ne sais pas comment elle a deviné avec le goût de la sauce tomate. Mais elle a trouvé.

Quand elle est occupée à goûter, Little se penche : « Arrêter pour quoi ? »

Sous la table, je fais un revolver avec ma main, je montre à Little.

Il lève les yeux au ciel.

Je me penche et je continue : « Wizard a peut-être fait quelque chose. Et son agent de probation a entendu que c'était peut-être lui, alors il est venu et il a fouillé. Et soi-disant, ils l'ont trouvé… tu sais. Dans ma chambre. »

J'avale une bouchée de nouilles. Elles sont moins bonnes maintenant.

Little met sa serviette devant sa bouche et chuchote en dessous : « C'est pour ça que t'as besoin d'aide ? »

Je hoche la tête. « Je veux savoir qui a mis le flingue dans la maison d'Angela. Parce qu'ils l'avaient laissé chez Scrappy, super loin. C'est Wizard qui me l'a dit. »

Little a la mâchoire bloquée. Il digère. Il dit : « T'es sûr qu'il est pas à Angela ? »

Je secoue la tête quand on frappe à la porte coulissante. Sur la vitre. Fort.

Mme Matta veut savoir qui c'est. Little regarde sur le mur l'horloge-chat qu'il avait achetée pour elle à un vide-greniers. Il dit à tout le monde que c'est un pote à qui il avait dit de passer, et qu'il l'avait juste oubliée. Il est subtil comme ça, à toujours avoir la réponse.

On continue à parler en sortant du salon. Je dis : « Angela a toujours interdit les trucs illégaux dans la maison. Elle savait les risques qu'on courait avec un gars en liberté conditionnelle.

– Te prends pas la tête là-dessus. Je me demandais, c'est tout. Mais je sais pas trop comment je vais gérer ça.

– T'es grave intelligent, je fais. Tu peux trouver des trucs que les autres peuvent pas. »

Il baisse les yeux en silence.

À la porte, on vérifie qui c'est. Je tire les rideaux. On regarde tous les deux dehors. Et ce qu'on voit, c'est Wizard. Le voir là d'un coup, ça me calme direct. Il regarde par terre, écrase des fourmis qui sortent d'une petite fissure dans le béton. Il a pas l'air content. Little déverrouille la porte et la fait coulisser.

Quand elle s'ouvre, Wizard lève les yeux et pointe le menton vers moi. « Je viens te chercher, mon gars. On y va. »

J'ai l'impression que je vais gerber, alors j'essaie d'avoir l'air aussi cool que possible quand je dis : « On va où ? »

Wizard fait une gueule comme s'il avalait un médicament dégueulasse. Il dit : « On va se faire embarquer. Prépare-toi à mettre les bracelets. »

Je me mords la lèvre si fort que j'en saigne à l'intérieur.

J'ai le goût dans la bouche. Comme du métal.

Tout ça pour pas pleurer. À ce moment-là. Parce que je dois partir. Parce que j'ai pas le choix.

JEOVANNI MATTA, AKA LITTLE, AKA LITTLE GUY

8 DÉCEMBRE 1993
12 H 10

14

Je connais assez bien Jacob pour savoir que quelque chose est en train de mourir en lui. Il essaie de se la jouer cool, mais je vois comme il est pâle. Il ne s'est jamais fait arrêter. Il ne veut pas de ça, mais il ne le dira jamais à Wizard. Ce haussement d'épaules qu'il lui fait, c'est aussi pour Wizard, pour montrer qu'il accepte, genre ça ou autre chose. Il ne remettrait jamais Wizard en question. Personne ne le ferait. Il a le bras long.

*Y ahora**, Wizard regarde la fumée qui flotte au-dessus de la clôture derrière laquelle mon voisin est en train de faire un barbecue. Wizard nous cadre avec ses mains, Jacob et moi, comme pour une photo. « Ha ! Bougez pas. »

Puis il fait un pas sur la gauche pour avoir juste Jacob dans l'espace entre ses doigts. « On dirait que t'as de la fumée qui te sort des cheveux. »

Il baisse les bras et prend le carnet qu'il a toujours avec lui dans sa poche. Il se met à écrire. Quand ça arrive, t'attends. Ce que tu dis pendant qu'il écrit ne sera jamais entendu, et ça peut même l'énerver si tu le déconcentres. Mais je vais pas mentir, c'est sexy, cette façon qu'il a d'écrire tout le temps.

En regardant Jacob, je vois que quelque chose le travaille. Il penche la tête pour me regarder. « Si le flingue qu'ils ont trouvé est celui qui a été utilisé, peut-être que je reviendrai jamais. »

Et je chuchote : « Tu crois que quelqu'un l'a ramassé sur place et l'a mis chez toi ? Qui pourrait faire ça sans être vu ?

– Je t'avais dit que c'était un putain de cerveau », Jacob dit à Wizard.

Ces mots me font sourire, mais Wizard me dévisage. Son carnet est de retour dans sa poche. Et il me lance un regard d'homme de Cro-Magnon, comme s'il allait ramasser un caillou et me défoncer avec parce que j'en sais trop sur ce que je ne devrais pas savoir.

Il hoche la tête vers Jacob. « Pourquoi tu lui racontes ces trucs-là à ce gars ?

– Quelqu'un doit bien comprendre ce qui se passe pour nous si on peut pas. Il est là. Il est discret. Il est *malin.* »

Wizard renifle. Il me regarde de haut quelques secondes avant de dire : « Bon, d'accord. »

Et Jacob dit : « D'accord. »

Ils me regardent tous les deux comme si je devais dire quelque chose, montrer ma matière grise, alors j'attaque : « Est-ce que Scrappy a des gars qui auraient pu prendre le flingue et l'apporter chez toi ? Des gars qui pourraient passer par la porte de derrière, le cacher et te balancer après ? »

Ils se regardent, et Wizard se prend la tête. « Putain, j'avais pas pensé à ça. »

Je continue. « Il y a un moment où ils auraient pu passer par une fenêtre ? Quand ni Angela ni vous deux étiez là ?

– Presque tout le temps, Wizard fait en haussant les épaules. Soit elle travaille, soit elle est au lycée de Lynwood pour son truc d'infirmière le soir. Et je m'étais planqué depuis que ce truc est arrivé. Je me suis fait de la chatte. C'est possible, j'imagine. Je suis sûr qu'ils ont sous la main des toxicos assez accros pour faire ça. »

La façon dont Wizard parle de chatte, c'est juste *indecente*. Mais ses lèvres quand il le dit, elles me déplaisent pas. Un drôle de mélange de sensations, bonnes et mauvaises à la fois.

Jacob ajoute : « Et je suis pas rentré depuis qu'elle m'a largué. »

Je hoche la tête. « Alors je vais peut-être demander dans le quartier si quelqu'un a vu quelque chose, parler à des junkies. »

Wizard dit : « C'est pas une mauvaise idée. »

Ça fait plaisir à entendre, venant de lui. Je continue : « Peut-être qu'il faut que les gens sachent que je vais poser des questions dans le quartier ? Ils parleraient plus s'ils savaient que c'est Wizard qui est derrière tout ça. »

Il acquiesce. « C'est vrai. Il te faut autre chose ? »

C'est la première fois que Wizard Tavira me demande s'il me faut quelque chose. C'est bon, surtout quand ça vient si vite après qu'il m'a regardé comme s'il voulait me frapper.

Je lui dis : « Quelqu'un de baraque pour venir avec moi, pour que les gens soient plus coopératifs, tu vois ? »

Jacob hoche la tête.

Et Wizard dit : « Je vais te mettre avec No Neck et Jerry. »

J'acquiesce aussi, parce que ça me va. Puis Wizard nous emmène derrière, au-delà du garage, jusqu'à sa voiture garée dans l'allée, mais il s'arrête net. « Putain, je savais que je connaissais ce spot ! C'est là où le frère de Payasa s'est fait buter, hein ? C'était super triste, cette histoire. Je me souviens, on m'avait posté là-bas. »

Il montre le bout de l'allée avant de dire : « On arrivait à voir les lumières du parc, mais j'étais pas assez près pour voir ce qui se passait. »

Je ne lui dis pas que je me souviens de cette nuit-là, de la première émeute. Ernesto qui rentrait chez lui alors que mon grand frère et moi, on était dans le jardin parce qu'il voulait sortir et faire le con. Moi, je voulais qu'il m'emmène. Et on a entendu crisser les pneus de la voiture. On a tous les deux regardé par-dessus la clôture et on a vu un gars planter Ernesto. On n'est pas sortis après ça.

Wizard claque des doigts devant ma gueule. « Tu m'écoutes, petit cerveau ? J'entends des trucs sur toi, sur comment t'es différent, comment t'es efféminé, quoi. Je te dis tout de suite, je m'en fous tant que tu le montres pas. Ce qui compte, c'est comment tu vas t'y prendre. Tu me trouves qui a déplacé le putain de *cuete**. C'est tout. »

La façon dont Wizard dit « différent » avec un regard atroce, il pourrait aussi bien dire pédale, ou *puto**, ou *maricón**, ou ce que disent les gens à quelqu'un comme moi.

Il n'y a pas de secret par ici. Les gens voient ce qu'ils veulent, ou ils détournent le regard si c'est plus facile pour eux, mais tout le monde se connaît. La sœur d'Ernesto, Payasa, m'a dit ça avant de se barrer. *Le seul moyen d'être en sécurité ici* – elle m'a tapé la poitrine – *c'est d'être toi-même, putain.*

Alors je dis à Wizard : « Entendu. »

Et j'y mets du cœur, parce que c'est moi en train de monter de trois putains de grades. Et comment je le dis, c'est plus qu'un simple *je te comprends.* Ça veut dire : *j'accepte cette putain de responsabilité* et *je ne te décevrai pas.*

Et Wizard capte, parce qu'il monte dans la voiture et dit : « C'est bon, petit cerveau. Si tu fais ça bien, personne te marchera plus sur les pieds. »

Jacob me sourit comme s'il était content, mais il a encore la tête dans ses problèmes, et ça me déchire le cœur rien qu'à regarder sa tête amochée. Je sais qu'il souffre.

Lui et moi, on parle jamais du truc d'être différent. Je sais qu'il sait, mais il a toujours été de ceux qui détournent le regard.

Je prends à moitié Jacob dans mes bras et je veux le tenir plus longtemps, mais je ne peux pas, parce qu'il faut qu'il monte dans la voiture, puis elle s'en va. Je la regarde passer par l'endroit où Ernesto est mort, à côté du garage de M. Romero et de la clôture avec le trou. Ma voisine mettait des fleurs dans ce trou. Elle l'a fait pendant presque un an. Je ne l'ai vue le faire que deux ou trois fois, mais chaque fois que je passais, il y avait des fleurs, jamais fanées. C'est pas commun, un truc comme ça. C'est peut-être pour ça que je continue depuis qu'elle s'est mariée avec un pompier et qu'elle est partie. C'est comme ça que Payasa m'a trouvé. Elle a vu que les fleurs étaient revenues et elle a demandé qui les déposait là. Je suis devenu son petit garçon aux fleurs, Little Flower Guy, elle disait. C'est comme ça que j'ai eu mon surnom. Après c'était juste Little. Je pense encore tout le temps à elle, à sa manière de dire qu'il fallait que je fasse tout pour donner à ma famille plus de sécurité que la sienne en avait eu. C'est ce que je ressens en ce moment, cette *responsabilidad.* Parce que Jacob est ma famille, et je risque de le perdre pour de bon. Il a besoin que je fasse tout ce que je peux pour le sauver, et ça commence par poser aux gens des questions auxquelles ils ne veulent pas répondre.

OMAR TAVIRA, AKA WIZARD

8 DÉCEMBRE 1993
12 H 14

15

Je gigote dans le siège conducteur. J'arrive pas à trouver la bonne position pour me détendre. Depuis que j'ai dit à Dreamer qu'on allait à Tam's Burger parce que quelqu'un nous a balancés, il est parti dans sa tête, il rêve encore tout éveillé. Il regarde par la fenêtre les maisons qui défilent, et on passe devant la caserne de pompiers de Platt Avenue. On roule tout droit sur MLK avec rien que des feux verts. Ma vitre est baissée. Le volume de la radio est si bas qu'on entend juste un bourdonnement qui sort des haut-parleurs. Les aigus claquent par-dessus le bruit de la rue.

Sérieux, on dirait que Dreamer va gerber dans ma caisse. Je l'aime, mon Dreamer, mais putain, ce con est plus vert qu'un Gatorade. Il a esquivé trop d'emmerdes parce que je l'ai protégé. Ou parce que No Neck et moi on a dit à des témoins qu'ils avaient rien vu. Je lui ai dit de rester aussi clean que possible. Pas de tatouages. Joue pas les *locotes.* Il a jamais été arrêté. Aujourd'hui, c'est le dépucelage. J'ai pas fait de grand discours, je lui ai juste dit de baisser la tête et de parler à personne d'autre qu'à son avocat. Je lui ai dit qu'il fallait qu'il tienne le coup et qu'il écoute les conseils qu'on lui donnera, parce que la maison d'arrêt, c'est une autre école. C'est faire des choses que tu pensais jamais avoir à faire. Il apprendra.

Je lui dis pas que je l'ai laissé chez Little pour aller chercher cinq ballons que je me suis enfoncé pour la zonze. Le gros *homie* l'a demandé. C'est pas la première fois que je fais la mule. Je gagne dix fois plus à l'intérieur que ce que je me fais dehors. Je vais toucher six mille, et tout ira à Angela, pour la maison. C'est le loyer qu'elle aura pas parce que je serai pas là. Et c'est bien. Un juge va pas me libérer sous caution après que j'ai tiré sur quelqu'un. Pas pour une affaire de gangs. Pas de nos jours.

J'ai même pas demandé ce qu'il y a dans les petits ballons bleus et rouges. Héroïne. Speed. On s'en fout. Je me suis juste assuré qu'ils étaient bien fermés. J'ai regardé si y avait des trous avant de les mettre dans des capotes, et puis, je suis allé aux toilettes pour me vider, mettre de la vaseline, lubrifier chaque ballon. J'ai fait ça lentement. Un à la fois. J'ai expiré, écarté, enfoncé. On s'y fait. J'ai appris ça à Chino. Les enculés de *mayates** voulaient toujours se foutre sur la gueule là-bas. Tu savais jamais quand t'allais avoir besoin d'une arme. Alors tu emballais un schlass dans du PQ, tu mettais dessus une capote que les docteurs te donnent parce qu'ils ont peur qu'y ait des maladies qui se répandent, et tu te le mettais bien profond. Mieux vaut être mal que mort. Les fois où je l'ai fait, je psychotais sur comment ça me pouvait me lacérer à l'intérieur. Mais ça l'a pas fait. Le pire, c'est d'y penser. Toujours. Dreamer a pas besoin de savoir tout ça. Je porterai ce fardeau pour nous deux.

Je me penche vers lui. « Si les shérifs nous repèrent en premier, c'est bien. Tu te fais tabasser ? T'encaisses. C'est mieux que de se faire descendre par les *homies* de Scrappy. »

Il hoche la tête, mais il regarde dans le vide. Merde. Je me souviens quand j'étais comme ça, la première fois.

Un pote à nous s'est fait tirer dans la gueule chez Tam's. Il était au drive. Il a une cicatrice brillante sur la joue parce qu'il a tourné la tête. Il a survécu. Tam's est de l'autre côté de la ligne pour nous. C'est risqué de s'y rendre, mais ça en vaut la peine, pour envoyer un message. Et les shérifs adorent cet endroit. À cette heure-ci, si tu les cherches et qu'ils sont pas au poste ? Y a des chances pour qu'il y en ait en train de grailler des frites au chili au Tam's.

Je tourne au croisement de Louise et Long Beach, je prends à droite sur School, puis sur Virginia. J'ai un frisson. C'est les mêmes rues que l'autre soir, quand on s'est fait un joint au PCP avec No Neck et que Jerry nous a conduits pour qu'on bute Scrappy. On connaissait la mission. Fallait le faire parce que les gros *homies* avaient décidé, point barre. C'était elle ou nous. Quand l'ordre arrive, tu l'exécutes, sinon c'est pour ta gueule. On l'a tous senti quand on est arrivés l'autre soir. On a vu le junkie à peine capable de marcher tellement il était mal. No Neck a fait : « Faut le suivre », parce que, s'il allait quelque part dans cette rue à cette heure-là, c'était chez Scrappy. C'était de la prophétie, ça. On a regardé le tox aller direct à sa porte, se faire rembarrer et commencer à arracher le revêtement de la maison. J'avais jamais vu ça, putain. Quand elle est sortie et qu'elle l'a marave, j'ai dit à No Neck d'attraper le .38 et j'ai mis des gants pendant qu'il me le passait en le tenant avec les manches de son sweat. Mais elle avait tabassé le camé vite fait, et elle était déjà en train de rentrer dans la maison. Putain, sérieux. Je croyais que c'était fini. On avait raté notre moment, j'en étais sûr, mais elle nous a surpris quand elle est ressortie pour lui donner la dope. C'est tout ce qu'il nous fallait pour qu'on puisse s'approcher avant que No Neck crie : « Scrap ! » et voilà. Elle s'est retournée pour voir, j'ai fait ce que j'avais à faire. Pendant ce temps-là, Jerry a laissé le moteur tourner.

Je tourne à droite pour reprendre Long Beach à partir de Virginia, puis encore à droite sur le parking de Tam's. Au fond, à côté des poubelles, y a une ambulance qui attend les portes ouvertes. Quand je me gare juste à côté, je vois une dame sur un brancard qu'on fait monter. Elle a le crâne en sang. Le visage tout blanc. Autour d'elle, y a quatre sacs de bouffe que personne a ramassés et deux canettes renversées. Je scrute le parking. Il y a quatre autres voitures, mais personne dedans, alors on descend et on fait un mètre cinquante jusqu'au premier sac par terre.

« Eh ! » J'essaie d'attirer l'attention des gars en uniforme. « Qu'est-ce qui s'est passé ? »

C'est deux ambulanciers. Un vieux. Un jeune. Le jeune me regarde même pas avant de dire : « Elle est tombée. »

Y en a beaucoup qui tombent par ici. Mais l'important, c'est ce qui te fait tomber. Putain. Je veux dire, Scrappy est tombée l'autre soir après que je lui ai mis quelques bastos.

Je hoche la tête vers Dreamer pour qu'il ramasse les sacs. Il le fait. Un ou deux burgers tombent par terre, mais c'est pas une raison pour les jeter. Ils sont emballés, alors on les remet dans le sac. Dans l'ambulance, la dame s'agite. Elle doit croire que Dreamer va partir avec sa bouffe. C'est ouf.

Je frappe sur la porte ouverte. « On peut vous les laisser pour elle ? Pour plus tard ? »

Le jeune ambulancier lève les yeux. Un Blanc aux yeux bleus. Il voit les sacs dans la main de Dreamer, puis il regarde son collègue. Le gars à la moustache grise hausse les épaules, alors oui, voilà. On les pose dans l'ambulance, à côté d'une bouteille d'oxygène avec une étiquette dessus qui dit « inflammable ». Quand c'est fait, Moustache nous presse : « Plus vite vous partez, plus vite elle recevra les soins nécessaires.

– Ouais. » J'acquiesce du côté de la dame dans l'ambulance. « J'espère que ça ira mieux, madame. »

Elle cligne des yeux. Personne répond, mais c'est pas grave. Dreamer et moi, on est déjà en train de s'en aller. Moi devant. Je rentre par la porte de derrière la tête haute. La salle est étroite. Y a des banquettes à droite et à gauche. Une petite allée au milieu. Des étiquettes Mean Streak noires sur les pieds en métal des tables fixées au sol. Les fenêtres ont été taguées par le crew de Scrappy. Je regarde la pièce vite fait, et mon pouls s'emballe. Y a pas de shérifs encore, et je sais pas si ça me va, mais je regarde les visages pour voir s'il y a des gars de la *clica* de Scrappy qu'il va peut-être falloir gérer. J'en vois pas. Tant mieux. Y a une famille dans le coin. La mère, la fille et le père, ou le copain. Un vieux qui mange des frites avec sa femme. Deux jeunes. Je les regarde, ils ont les yeux sur leur table. Petites putes. Ils savent pas que venir comme ça tous les deux, c'est montrer à tout le monde à Lynwood qu'on s'enfuit pas. Putain, on reste.

C'est comme dire, *Tu maîtrises rien si je peux entrer ici et encaisser.* On est sur le terrain de Scrappy, debout comme des guerriers. Ça envoie un putain de message bien clair que les autres guignols entendront de loin. *Je sais où vous habitez,* c'est ce qu'on dit. *Je sais où vous mangez. J'ai pas peur de vous, ou des flics, ou de qui que ce soit.* Tout le monde savait que j'avais pas peur de Scrappy avant, mais, maintenant, ils savent que j'ai pas peur du frère de Scrappy, ou de son cousin, ou de ses oncles. *J'encule votre crew de fils de pute,* je dis, *je vais où je veux. Je fais ce que je veux, où je veux. Je descends qui je veux, et je vais me taper des putains de frites au chili, nigga.*

SHÉRIF ADJOINT IVICA « JOHN » MIRKOVICH

8 DÉCEMBRE 1993
12 H 16

16

Quelqu'un se fait embarquer dans une ambulance quand on arrive chez Tam's pour manger un bout. Ce n'est pas la première fois que je vois les secours ici. Ce ne sera pas la dernière. Ils font le ménage après les bagarres ou les fusillades. Mais là, on dirait qu'il n'y a qu'une seule victime – sexe féminin, quarante-cinq ans, cheveux bruns. Elle est étendue sur le brancard, mais elle doit faire un mètre soixante. Je l'ai déjà vue, j'ai l'impression. Louis doit se dire la même chose, puisque qu'il étire son cou au-dessus du volant en se garant dans l'emplacement au fond du parking qui fait face à Long Beach Boulevard.

Le temps qu'on se gare, ils ont déjà chargé le brancard, mais les portes du véhicule sont encore ouvertes, et je reconnais la mère de Scrappy, Rosalinda. Ses yeux sont vitreux. À côté d'elle, un jeune ambulancier lève les yeux de ses notes quand il nous voit approcher. Je lui demande comment elle va.

« Elle est stable. Trauma crânien. Déshydratation. Pas d'AVC. » Il baisse les yeux pour être précis. « Elle parlait toute seule quand on est arrivés. Elle dit qu'elle veut retourner à l'hôpital. »

Louis me regarde, puis demande : « Elle a dit pourquoi ?

– Non. »

Ma radio bourdonne. Ça fait stéréo avec celle de Louis. Ce n'est pas pour nous. C'est pour une autre voiture de patrouille. Je ne réponds pas et je dis à l'ambulancier que sa délinquante de fille s'est fait tirer dessus l'autre soir.

« Sa maison est à un jet de pierre d'ici, Louis ajoute.

– Ça porte malheur. » L'ambulancier coince son stylo sous la pince de son porte-bloc. Il a fini. « Faites attention à vous.

– Vous aussi », je dis.

D'après ce que m'a dit Vazquez, la mère de Scrappy est venue faire une déposition sur les événements du soir de la fusillade, mais il est très vite devenu évident qu'étant à l'intérieur de la maison elle n'avait rien vu. On l'a donc remerciée d'être venue et renvoyée chez elle. Avant de partir, elle nous a suppliés d'arrêter les personnes qui avaient fait ça. Vazquez a dit qu'elle n'avait pas l'air de savoir dans quoi sa fille trempait.

Louis et moi regardons l'ambulance tourner à droite sur Long Beach tout en nous dirigeant vers l'entrée de devant : « Elle est venue de Saint-Francis à pied ?

– Sûrement. Quel monde de fous, hein ? La mère de Scrappy, partie chercher à manger – probablement pour sa fille – perd connaissance sur le parking. Elle se cogne la tête et finit dans le même hôpital que sa gamine. *Jebiga**.

– Pourquoi tu racontes tout comme si tu écrivais un compte rendu, Mirk ?

– J'en ai tellement rédigés que c'est devenu une déformation professionnelle. Ça t'arrivera aussi, Louis.

– La galère, j'espère que non. » Louis me répond avec son petit rictus. « Au moins, elle se fait raccompagner. Elle aura marché qu'à l'aller. »

Ça me fait rire. « Le verre est toujours à moitié plein à ce que je vois.

– Je peux pas m'en empêcher. Hé, tu as entendu qu'on a eu deux appels sur Saint-Francis hier soir ?

– Non.

– Les gangsters ont fait salon dans la salle d'attente à côté de la chambre de Scrappy. Ils ont fait du bruit, agressé le personnel. On a envoyé une voiture.

– Elle était pas sous surveillance ?

– On n'a pas assez de monde pour ça. En plus, s'ils voulaient encore essayer de la descendre, ils auraient fait ça aux urgences, pas en haut.

– Il s'est passé quoi alors ? »

Il sourit. « On a distribué des violations de conditionnelle pour association avec un gang.

– Bien », je réponds.

À l'intérieur de Tam's, il n'y a pas de queue. Un coup de chance. Louis regarde le menu. Je le parcours aussi. La saucisse polonaise me dit bien. Le burrito au machaca*, c'est toujours bon aussi. Mais je suis en train de bloquer sur le burrito au pastrami quand nos talkies-walkies se réveillent en même temps et nous disent que les suspects du 664 de l'autre soir ont été aperçus. Nos suspects. Notre planque. Tavira et Safulu.

J'ai un coup de chaud dans la nuque quand l'adresse nous arrive par radio. « 11816 Long Beach Boulevard. »

« *Isus Krist* !* » mon rythme cardiaque s'accélère. Ils sont au même Tam's que nous – n° 9. Juste là, putain. Ça me donne un coup de jus, comme si ma colonne vertébrale était branchée à une prise électrique.

Ma main saisit mon arme de service. Je la sors de son étui. J'incline le canon à quarante-cinq degrés avec mon index au-dessus de la gâchette, en me tournant pour faire face à la salle, dos à la porte. J'étudie la scène et le nombre de victimes collatérales potentielles.

Louis couvre mes arrières, il appelle déjà le central, leur dit qu'on est sur les lieux, code 10-97, avant de lâcher et de crier : « Shérifs ! Restez où vous êtes. Ne bougez pas ! »

La procédure prend le dessus : les suspects sont-ils dans la salle comme cela nous a été signalé ? Si oui, où sont-ils ? Sont-ils armés ? Leurs mains sont-elles visibles ? Les suspects semblent-ils avoir l'intention de s'attaquer à moi, à mon coéquipier ou aux passants ? Je compte les personnes présentes. J'ai une famille à côté de moi, avec un gosse – environ huit ans. Deux seniors – soixante-dix ans environ. Deux ados – qui frôlent la vingtaine. Et oui, je vois Wizard sur la banquette la plus éloignée de moi. Il a la même tête que sur sa photo d'identité judiciaire, sauf qu'il a une espèce de moustache de merde toute fine. Il a un coude sur la table. Son autre main est en dessous. Je ne vois que le dos de la tête de son compagnon. Ça pourrait être Dreamer. Ça devrait.

Je lui dis : « Omar Tavira. Ne bougez pas. »

Il répond : « J'ai l'air de bouger, monsieur l'agent ? »

Il a un certain ton en disant ça. Arrogant. Pas fiable.

« Ne bougez pas, je répète.

– OK. Je ferai pas ce que je fais pas. »

À son compagnon, je dis : « Jacob Safulu, tournez-vous vers moi. »

Il le fait. Lentement, mais il le fait.

« Vos mains ! j'ordonne. Montrez-moi vos mains ! »

Je lève mon arme pour garder le contrôle de la situation. Pour que Wizard sache qu'il ne peut pas dégainer et tirer plus vite que moi. Je vise le haut de son corps, alors qu'il pose son autre main sur la table. Il tient une fourchette. Je soupire de soulagement et réduis la distance entre nous. Dans ma vision périphérique, je vois un pick-up sombre ralentir dans le drive à côté du restaurant. Le conducteur me regarde la bouche ouverte. Je passe devant la famille. J'entends Louis les évacuer derrière moi. Je passe les seniors. Louis tente de faire la même chose.

Et le vieux monsieur : « Vous voulez bien m'apporter du ketchup, s'il vous plaît, jeune homme ? »

Louis insiste, il faut qu'ils partent. Ils refusent. Ils font les difficiles, n'ont pas fini de manger. Louis cesse d'essayer de les convaincre, il avance. Il passe aux ados. Même pas besoin de les persuader. Je les entends courir vers la porte d'entrée. Je suis à cinquante centimètres. Je vois la sueur sur le visage de Jacob Safulu, ses deux mains, celles de Tavira. Je vois des frites au chili, à moitié mangées. Il n'y a rien sous la table. Pas de paquets. Pas de sacs à dos.

Je dis aux suspects : « Vos mains. Sur la table. À plat. »

Wizard sourit et agite sa fourchette en l'air. « Vous voulez que je la pose ? »

Je m'énerve. Je lui dis : « *Jebo ti vrag mater**. »

Wizard regarde Louis. « Qu'est-ce qu'il a dit, là ? C'est une menace ça !

– On calme le jeu », dit Louis juste derrière moi.

Je recule d'un pas, visant toujours sur la table, mon arme pointée sur Tavira, la *pička**. Louis demande à Safulu de se lever en premier, de mettre les mains derrière le dos. Safulu se laisse menotter. Le soulagement quand on entend le bruit du métal dans le métal ; quand on tient un voyou, c'est l'une des meilleures sensations qui soient. Ça me fait respirer plus profondément. Louis prend les menottes à ma ceinture, fait la même chose à Tavira. Je me prépare à ce que Wizard résiste. Il ne le fait pas. Il se laisse entraver, et je le tiens. Mes bras fourmillent comme si la barre de muscu me semblait légère malgré ses cent dix kilos. Je me sens solide, fort. Je leur énonce leurs droits.

Louis informe le central – les deux suspects ont été arrêtés, nous sommes en route.

Quand on les sort, Louis dit : « Qu'est-ce que tu faisais de ce côté de toute façon, Wizard ? Tu enfonçais le couteau dans la plaie ? »

Tavira n'a pas de repartie pour ça. Du silence, c'est tout.

IV

SOUS ÉCROUS

« Si vous voulez savoir qui sont vos amis,
faites-vous condamner à une peine de prison. »

CHARLES BUKOWSKI

OMAR TAVIRA, AKA WIZARD

LE 8 DÉCEMBRE 1993
12 H 22

17

À l'arrière de la voiture des flics, je suis à droite. Dreamer, à gauche. Ils m'ont bien serré les menottes. Tellement que le métal me scie la peau, mais je peux pas broncher. Ma main gauche s'engourdit, mais on bouge pas quand le Noir appelle le central. Suspects arrêtés. On arrive. Je me penche vers le siège devant moi pour enlever le poids sur mes poignets, mais ça me fait tellement mal au cou que je reviens en arrière. Ici, ça sent l'aisselle de clochard. C'est dégueulasse – je respire par la bouche. Je regarde Dreamer, mais il a pas l'air de sentir, ou en tout cas ça se voit pas. Ça a l'air d'aller, pour une première fois. Il garde la tête haute. C'est bien, mais c'est parce que je suis là, parce qu'on est ensemble dans l'affaire. S'il s'était fait serrer tout seul, ça aurait été la merde. Y aurait eu des mots et des larmes, mais, comme je suis calme, il est calme.

Le grand Blanc démarre. J'attends une seconde pour voir s'il met la clim, mais il le fait pas, alors je me penche encore une fois. « Hé, m'sieur l'agent, on peut avoir un peu d'air frais, s'il vous plaît ? »

Ils détestent quand tu les appelles « m'sieur l'agent ». C'est des shérifs, mais ils préfèrent *monsieur l'adjoint.* Il répond pas. Il joue le rapport de force. Il ouvre sa fenêtre d'un centimètre, juste pour lui, c'est tout. Nous autres, on a juste le droit de rôtir. On quitte le parking pour prendre Long Beach puis Josephine. L'enfoiré. Je sais ce qu'il est en train de faire. Il nous emmène là où Scrappy est tombée. Pour le coup de pression psychologique. Les deux adjoints portent des lunettes de soleil, mais je sais qu'ils guettent mes réactions, alors je leur donne rien qu'ils puissent mettre dans un rapport. Je regarde droit devant quand on passe devant chez Scrappy, qu'on tourne à gauche devant l'école primaire. Il va lentement, et ça me fait penser qu'il me traîne dans le quartier pour qu'on me voie à l'arrière, pour faire le grand bonhomme qui fait respecter la loi. Putain, ça me fait marrer. Ils nous auraient jamais trouvés si quelqu'un nous avait pas balancés, mais bref.

On prend Lynwood Road jusqu'à Bullis et on passe sous l'autoroute, et je me dis qu'on va juste aller directement à la maison d'arrêt de Lynwood d'ici, mais on tourne encore, sur Fernwood, et je sais qu'ils se foutent de ma gueule. C'est pour les heures qu'ils ont dû passer devant chez Angela. Il tourne sur Birch, il fait le fiérot comme un pêcheur qui montre sa poiscaille. Y a pas beaucoup de gens dehors, mais y en a. Des gens qui vont vers leur voiture. Une vieille dame assise sous son porche. On passe devant le parc, puis on roule vers l'hôpital Saint-Francis, et c'est pas bon ça. J'ouvre encore ma grande gueule. « On va à la prison de Lynwood ou quoi ? »

Aucun me répond, alors je psychote sur ma peine. C'est plus fort que moi. Je pense aux années que je vais me prendre s'ils arrivent à prouver que le flingue qu'ils ont trouvé est le bon, et à combien de mois je vais faire en préventive. Le temps, un concept à dérouler en rimes. C'est quoi l'énigme déjà ? Le temps, il file sans rouet. Le temps, inoffensif mais mortel. Le temps, invaincu. Contre lui, pas même la montagne l'emporte. Je veux écrire. *File. Mortel. Invaincu. Montagne.* Le pire, avec les menottes, c'est que je peux rien noter. Et si je dois attendre six mois en prison ? Putain. Merde. Je peux le faire. Je bosse ici pour prendre du galon là-bas. On s'en fout de qui est le décideur* chez les *Sureños**. Quand j'arriverai là-bas, ce sera peut-être même moi, et je serai le maître des clés.

Attends. On arrive à l'hôpital, l'accès des urgences. Ils s'arrêtent. Le gros fils de pute de Blanc me sourit dans le rétro, il ouvre sa portière et va à l'intérieur. Dreamer me regarde avec l'air de me demander ce qui se passe. Je lui fais comprendre qu'il doit attendre et la fermer. Il pige parce qu'il baisse la tête. Le moteur tourne toujours, et le Noir a pas l'air de s'inquiéter, mais il devrait, putain, parce qu'autant être une cible dans un stand de tir et attendre qu'on ouvre le feu sur ta gueule. Si Scrappy est là, ça veut dire que ses gars sont là aussi. Ça veut dire qu'ils peuvent venir ici, me voir assis ici avec nulle part où aller. Ils peuvent sortir leur arsenal et mitrailler. J'ai envie de lui dire tout ça, au Black, mais je peux pas. Soit il est trop con et il sait pas que c'est mortel pour lui, soit il croit que ça vaut le coup pour me faire flipper ma race. Si les gars de Scrappy sortent et me voient, il y passe aussi, le *mayate*, il est du même côté de la caisse que moi.

Chaque fois que les portes automatiques s'ouvrent, j'ai le bide en vrac. La première fois, c'est une infirmière qui sort. Je souffle, le plus discrètement possible pour pas donner satisfaction au flic. Les portes s'ouvrent encore, et c'est un vieux monsieur avec la tête toute bandée. Les portes restent ouvertes, et une petite fille court après lui, sa petite-fille, je sais pas. Après ça, rien pendant une minute. Seulement le bruit du moteur pendant qu'on attend. Un oiseau passe, il vole bas, sous la voûte en béton. Il ressort de l'autre côté, le petit con. Je bouge mes poignets. Les deux sont engourdis maintenant, mais c'est pas grave, parce que, quand la porte s'ouvre encore, je me redresse pour voir qui sort et c'est le Blanc, les yeux sur moi. Cet enfoiré a une barre au chocolat dans la main. Et même il me sourit en mordant dedans. C'est le pire, putain. Il se fout de moi, et je lui ai donné une réaction. Il sait que ça a marché, et ça brûle, putain. Bien profond. Il a gagné, et il sait qu'il a gagné, et il kiffe que je puisse rien y faire. J'ai plus qu'à encaisser.

JACOB SAFULU, AKA DREAMER

LE 8 DÉCEMBRE 1993
12 H 39

18

Wizard reste calme, les menottes aux poignets. Mais moi ? Je me sens pas bien. Pas bien du tout. Mes poignets me font mal. Et dans ma tête j'arrête pas de me dire que c'est pas juste. Je le prends en pleine tronche maintenant. C'est pas juste, putain ! J'y étais pas ! J'ai pas appuyé sur la détente, moi ! Et le pire, c'est que je peux rien dire. À personne. Surtout pas maintenant. Je suis content que mes mains soient dans mon dos pour que Wizard voie pas comment elles tremblent. Mes doigts tapent dans la poche en plastique derrière moi. Et je finis par serrer les poings.

J'essaie de me rappeler par cœur par où on est venus, au cas où ça serait utile. On est passés par Alameda... Imperial jusqu'à Alameda. On a tourné à gauche. Tout droit jusqu'à Nadeau. C'est comme ça qu'on s'est retrouvés à passer par les 90e puis les 80e Rues. J'ai jamais été aussi loin, alors je cherche ce qui est nouveau. N'importe quoi. Et je sais même pas combien de fois je vais encore pouvoir regarder dehors.

Et j'y repense, une fois de plus. *Putain.* Je vais en *prison.*

Je savais que ça allait arriver à un moment ou à un autre. Mais pas comme ça. Pas pour quelque chose que j'ai même pas fait.

On passe un immeuble rouge sur Nadeau avec un panneau peint à la main qui dit *CARNICERÍA** en lettres majuscules. J'avais pas faim après les frites au chili. Mais avec l'enseigne, là ? J'ai encore la dalle en fait. En néon, y a écrit « Miller Light » juste à côté. J'ai envie d'une bière aussi. Bien fraîche. À l'arrière de cette voiture où on crève de chaud. Peut-être que ça me calmerait.

On tourne à gauche sur Compton, on passe l'immeuble en béton au coin avant de tourner à droite juste après. On passe entre deux murs de parpaings peints en blanc, à hauteur d'homme. Le Blanc nous fait passer par un portail pour entrer dans un parking bourré de voitures de flics, derrière le bâtiment. On se gare contre le trottoir du côté de Wizard. Le Noir m'emmène par la porte de derrière jusqu'à une petite zone d'accueil aux murs blancs, avec un banc et un bureau derrière une grille, et une porte sur le côté.

C'est là que j'ai l'impression que c'est sans espoir. Y a plus moyen d'en réchapper. C'est plus vrai que quand j'étais à l'arrière de la voiture. Il y a des cages maintenant. Des barreaux, et je vais devoir passer derrière. Je me suis déjà imaginé comment j'allais tomber. Sous les balles dans la rue. En fuyant la police, à deux doigts de m'en sortir. Genre, le héros, quoi. Mais ça, c'est juste… triste.

C'est comme un bureau ici. Il y a le bruit des téléphones qui sonnent en fond. Les shérifs vont et viennent derrière la cage.

Señora Matta m'en voudra pour ça. Elle va être déçue, putain. C'est ça qui fait mal.

« C'est ma troisième arrestation la plus rapide », dit le mec en ouvrant la porte avec la grille en métal. Il nous sourit comme si Wizard et moi, on était un prix qu'il avait gagné. « Ah, si seulement vous aviez roulé plus vite. »

Le Blanc menotte Wizard à un banc en bois avant d'aller ouvrir la porte.

En y allant, il dit : « Kelley est là ?

– Non, il est en réunion avec les gradés. Mais il veut te parler. Il a annulé ton P.-V. pour le quarante-quatre-cinquante-sept. »

Pas que j'y comprenne quelque chose. Ils ont leur langage à eux.

« Quoi ? Pourquoi ?

– Regarde la note. Il a dit que c'était un quarante-quatre-soixante-quatre, je crois. » Le gars derrière la cage se marre.

« Il croit que la dame a vandalisé sa propre plaque d'immatriculation ? »

Le mec lève les mains au ciel. Genre, *je suis que le messager*. Parce que c'est pas sa faute.

Ils me font passer en premier pour des photos. Ils en font une comme ça. Je reste immobile avec une feuille où y a marqué mon numéro. Mon nom aussi. Et je suis devant les mesures qu'il y a sur le mur pour montrer ma taille. Ils en font une de face. Une de chaque côté. Le flash est aveuglant. J'ai une tache dans l'œil après, quand je cligne des yeux.

« Encore une », il me dit, le flic avec l'appareil.

Ils me font enlever mon tee-shirt, et j'en mets un spécial avant de me mettre de face.

Je le fais parce que je peux pas *ne pas* le faire. Mais je dis : « Pourquoi ? »

J'attends pas de réponse. On m'en donne quand même une.

Le mec derrière l'appareil dit : « C'est neutre. Comme ça, vous pouvez aller à l'identification et porter la même chose que les autres. »

Quand on a fini, le mec derrière le bureau hoche la tête vers moi et dit : « Celui-là, il a un carton ? »

Il doit parler au Noir, parce que c'est lui qui répond.

« Non. »

Ils parlent de mes empreintes sur une carte. La main droite. Les doigts. Le pouce. Il paraît que ça va aller dans une base de données nationale pour la prévention de la délinquance, pour que tout le monde aux États-Unis se sente en sécurité la nuit. Sauf les gens de mon quartier, j'ai envie de dire. Mais je me tais.

« On sait qui t'es maintenant. Pour toujours. » C'est le Noir qui dit ça. Et j'aperçois son nom sur son badge. Louis. « Tu sors de prison, et tu fais quelque chose ? On viendra te chercher. »

Il essaie de me faire peur. Le pire, c'est que ça marche. Je flipperais presque. Je recommence à me mordre l'intérieur de la lèvre. Pas assez pour saigner. Mais presque. Après, ils me disent qu'ils doivent prendre des photos de tout mon corps. Je dois enlever mon tee-shirt, baisser mon pantalon jusqu'aux chevilles. C'est pour le registre des gangs. Ma photo va aller dedans. Mon nom aussi.

Depuis le banc, de l'autre côté de la pièce, Wizard dit : « Il est pas dans un gang. Je bosse pas avec ce crevard, moi. C'est pas lui. »

C'est bon d'entendre ça. Et ça fait chier aussi. Je sais qu'il dit ça parce que je suis innocent. Mais ça fait mal. Qu'il m'appelle crevard. On y croit. Ça me met un coup. Parce que je suis là, quoi. Je suis pas un crevard. On m'embarque pour un truc que j'ai même pas fait, et il dit ça comme ça ? Putain. Ça devrait rien me faire, mais si. Ça me fait quelque chose.

FEUILLE D'ÉCROU ET INVENTAIRE DES EFFETS PERSONNELS, il y a marqué sur le formulaire, et en dessous : *MAISON D'ARRÊT DU COMTÉ DE LOS ANGELES*. Louis le remplit pour moi. Il me demande mon nom complet.

Je dis : « Jacob Aaron Safulu. »

Poids. Taille. Couleur des yeux.

« Quatre-vingts kilos. Un mètre soixante-quinze. Marron. »

Date de mise en accusation. Il laisse en blanc.

Et le plus fou, c'est que Louis me demande même pas mon blase ou mon surnom. Il écrit juste *Dreamer*. Mon sang se glace. Genre, comment il savait si j'étais pas fiché ?

Ça pue, ces conneries.

Sérieusement.

Et à ce moment-là, je sais que je rentrerai pas. Là, je sais que c'est fini pour moi. Ils connaissent mon nom ? Putain. Quelqu'un a dû me balancer exprès. Avec ce nom-là. Comment c'est possible sinon ? La seule possibilité, c'est que c'est un piège contre moi. Pas juste Wizard. À chaque nouveau truc qui se passe, je me dis, *OK, c'est tout. Ça peut pas être pire.* Et si.

Louis arrive à la case « argent liquide et biens » sur le formulaire. Il écrit tout ce qu'ils m'ont pris. Dix-sept dollars. Ceinture marron. Pas de lunettes. Pas de montre. Pas de bagues. Il met son nom dans les petites cases *arrêté par* et *mis sous écrou et fouillé par.* Puis il tourne le papier pour moi, met le doigt là où je dois signer. *Signature du détenu.*

Je signe. J'y crois pas vraiment.

Je suis un détenu, je me dis.

Je signe mon nom pour dire que je le suis. Merde. C'est la *réalité.*

Maintenant, je dois être un monstre. Je dois tuer mes sentiments, parce que je vais pas me laisser faire à la maison d'arrêt. Je dois faire ce que dit Wizard. Survivre. Coûte que coûte…

Ils font passer Wizard ensuite. Ça va plus vite pour lui. Peut-être parce qu'il est déjà fiché.

Ensuite, on nous fait passer par une grosse porte. Wizard est reconnu par le gars qui tourne la clé.

« Alors, mon gars ! On vient de te laisser sortir, et tu reviens déjà ? Qu'est-ce qu'en dit ta mère ? »

Wizard se crispe. Il se tourne vers le mec.

D'un ton glacial, il dit : « Ma mère est morte. Elle s'en fout maintenant, *puto.* »

Je m'attends à ce que le shérif le défonce.

Le mec se tourne et regarde Wizard dans les yeux. Il dit : « Je suis désolé. J'ai perdu la mienne en février. Je sais ce que c'est. »

Wizard crache sur le carrelage blanc. « Va te faire enculer, Vazquez. Tu me connais pas, putain. »

SERGENT INSPECTEUR WILLIAM « WILLIE » MONTERO

8 DÉCEMBRE 1993
13 H 42

19

J'entre par la porte réservée au public et aux connards qui sont pas de garde comme moi. Me faire rappeler un jour de congé me donne une excuse. J'ai pas besoin de me retrouver coincé ici à serrer des pognes et à superviser les opérations alors que je devrais emmener Sheryl dîner quelque part et aller voir le match de hockey. On n'en est qu'au début. J'essaie de pas merder.

Je suis surpris de voir Ruiz brillant comme un sou neuf en train de répondre au téléphone.

« Eh ben, je te vois pas de la semaine et je te retrouve derrière un bureau. Qu'est-ce que t'as fait cette fois, Ruiz ?

– Mon représentant pense que je devrais fermer ma gueule. »

Jankowski est notre représentant. C'est exactement comme ça qu'il parle.

« Tu sais que je vais finir par savoir, hein ?

– Vaut mieux que ce soit par quelqu'un d'autre que moi.

– C'est bien, mon garçon. Le lieutenant est là ?

– Réunion au QG. Avec Kelley aussi.

– Je vois.

– Vous allez au match ce soir ?

– Ouais. J'ai un rencard.

– Super ! Les Panthers vont mettre le feu. Je le sens. C'est dans l'air, mon sergent. » Cet abruti débarqué de Miami fait semblant d'attraper du vent comme si c'était des bouffées de victoire pour la Floride. Quel couillon.

« Ils ont pas intérêt, je dis. Gretzky perd pas devant des équipes de l'expansion. Et pourquoi vous êtes si fiers en Floride de votre pauvre équipe de hockey ?

– Pensée positive au stade terminal. Ça nous tuera un jour, mais avec le sourire. »

Je ne lui donne pas la satisfaction de réagir, je vais derrière, où je retrouve Mirkovich et Louis sur leur cul en train de faire mumuse avec la paperasse.

« Alors, on n'est pas sur le terrain ? C'est ça qui se passe quand le lieutenant est en vadrouille ?

– Le dossier n'est pas complet, Louis me dit.

– Ça m'étonne pas. Qui s'occupe de qui ? »

Louis répond comme s'il était habitué à faire le porte-parole pour les deux. « J'ai fait Safulu.

– Ce qui laisse Tavira à ton gros crétin de Croate. » Je désigne John Mirkovich.

« Hé ! » Il fait comme s'il était vexé. « Je suis pas si gros que ça. »

Mais il se saborde en souriant.

« Dis ça à ta mère, adjoint. Elle te nourrit trop, mais qu'est-ce que j'aime son mostaccioli. Comment va ta sœur, au fait ? »

Kristina Mirkovich et moi, ça n'aurait jamais pu marcher, mais ça, on voulait pas le voir au début. Elle avait trop d'énergie, et moi, j'étais trop relax, mais ça ne nous a pas empêchés d'essayer de trouver un juste milieu pendant deux bonnes années et une vraiment mauvaise. Essayer de rester en bons termes après, c'est le plus dur, et son frère le sait très bien. Mais bon, j'ai dû bien me démerder. Il m'a pas encore poignardé.

John Mirkovich tape dans le pied du bureau comme s'il en testait la solidité. « Kristina a pris du galon. T'as pas vu ? »

Je le regarde pour voir s'il se fout de moi. Il est sérieux.

« Non, je dis. Je savais pas.

– Elle est substitute en chef adjointe à la section des gangs. Tu vas peut-être même la croiser. »

Je ne sais pas si c'est physiologiquement possible d'avoir un mal de crâne foudroyant, mais j'en ai un. Tout de suite. « Tu te fous de moi ?

– Non, mon sergent.

– Je n'aime pas ce ton, Ivica. » Je le regarde de travers.

Mirkovich a une expression que seul un ex-beau-frère peut avoir. Langue dehors, sourcils arqués, et tant mieux si personne ne le voit faire, parce que comme ça j'ai pas besoin de faire semblant d'avoir rien vu.

Je me tourne vers Louis. « Vous me filez le dossier, ou on va y passer la journée ? »

En tournant les pages, je me dis : *Mon Dieu, j'espère que non. En fait, Jésus, si Tu m'entends, je T'en prie, donne pas ce dossier à mon ex. Ce serait super. Merci. Ah oui et ce serait super que Gretzky ait des passes décisives à la pelle dans sa manche, que les Panthers se fassent dérouiller et que Tu démolisses tous leurs fans, les douze pauvres supporters qu'ils ont. Ce serait super, Seigneur. Je pourrais emmerder Ruiz avec ça la prochaine fois que je le vois, mais, Tu sais, Dieu, avec respect.*

Mais l'annonce de Mirkovich me revient, et je me dis : *C'est bien pour Kristina. Sérieux.* Elle a du flair pour les affaires de gang, et les tripes qui faut avec. Elle sera redoutable. Quand elle tient quelqu'un, elle ne lâche pas. Je suis bien placé pour le savoir.

Pour reprendre la conversation, je dis : « C'est une bonne prise. Ça vous vaudra quelques Bongars. Ils vous ont donné du fil à retordre ?

– Ils nous attendaient. » Il y a un peu d'agitation dans la voix de Louis. « Je crois que leurs collègues les ont balancés et qu'ils le savaient. »

La case où sont censés figurer les biens personnels est vide. Aucun d'eux n'avait de portefeuille. Tout laisse à penser qu'ils avaient prévu le coup. Un détail intéressant sur le formulaire de Safulu. Louis a noté des cicatrices qui ressemblent à d'anciennes plaies perforantes le long du bras gauche, et aussi sur les côtes. Autre chose qui me plaît pas : la case « informations supplémentaires » vide ; je préférerais ne pas voir ça.

Je dis : « Pourquoi le service des mandats et détentions n'a pas encore donné de date de mise en accusation ? »

Louis hausse les épaules. « J'attends la suite. Je vous tiendrai au courant.

– Merci. Vous avez autre chose ? Ils ont dû passer aux aveux, on peut juste leur filer une peine, non ?

– C'est du sérieux, Willie. » Mirkovich a repris son air grave. « Une nouvelle branche de la clique de Big Fate. Tu sais, celui qui a tué Trouble et les autres l'an dernier. On n'avait rien pu prouver. »

Si je m'en rappelle. La pire scène de crime que j'aie jamais vue, un bordel impossible à démêler. Les gars de la Crim en parlent encore. Et personne n'a témoigné, mais c'est aussi pour ça qu'Erickson a été transféré. Ils ont appelé ça une « mutation latérale », en réalité c'était une rétrogradation.

« Je ne suis pas sûr qu'ils soient tous les deux actifs, ajoute Louis. Tavira oui, c'est sûr. Mais même lui, ça lui a pas plu d'attendre devant Saint-Francis avec le crew de Scrappy qui pouvait sortir à tout moment. L'autre est un bleu, je crois. »

Louis est malin. Il ira loin. Les bons flics noirs prennent toujours du galon. S'ils restent à leur place et s'occupent de la paperasse en temps et en heure.

« Ils ont demandé un avocat ? »

Louis répond : « On a déposé une demande auprès des services du défenseur public*, mais on n'a pas de nouvelles.

– Avec moi, les adjoints : "Ce département a pour politique de mettre à disposition la méthode de communication la plus rapide entre les détenus et leur avocat, ou toute autre personne cherchant à assurer leur libération." »

Ils ne le répètent pas avec moi. Ils ne connaissent pas le 5-03/060.00 par cœur. Bande d'amateurs.

C'est peut-être parce que j'ai envie d'être à mon rendez-vous de ce soir, mais je lâche une évidence : « On ne les garde que s'ils parlent. Dites-moi que Vazquez a demandé le car qui part le plus tard possible. »

Mirkovich me fait un clin d'œil. « Il paraît qu'il a un souci de moteur. »

Louis ouvre la bouche pour objecter, mais il prend le coude de Mirkovich dans les côtes. Il tousse et dit : « Ils partent avec celui de demain matin, mais Vazquez dit qu'on verra comment ça se passera quand leurs avocats seront là.

– C'est bon, ça », je dis. Et je retourne aux cages.

20

Je demande à Vazquez de les amener et de les poser sur une chaise. Tavira dans la salle 1. Safulu, salle 2. Séparés, mais égaux. Ensuite, j'arrache le mot à côté du thermostat qui dit : « N'y pensez même pas, Montero. » J'obéis et je mets la clim dans les deux salles sans même y penser. Maintenant, si le mot disait : « Ne mettez pas la clim à fond, Montero », ce serait différent. Comme ce n'est pas le cas, je descends la température à seize degrés. J'enfile mon blazer.

D'habitude, le lieutenant me laisse faire ce que je veux en matière d'interrogatoire avec les suspects, mais, ces dernières semaines, elle m'a dit qu'elle allait me priver de clim et que je pourrais la récupérer pour mon arsenal qu'au mois de mai. Coupures budgétaires. Je lui dis que quand la criminalité explosera et que le taux de condamnations s'effondrera, ce sera parce que je peux plus congeler mes dindons. Mais, comme elle est pas là et que je suis pas censé être là non plus, je bosse comme j'ai envie. Elle peut me refiler un « T'asmerdé » plus tard, mais seulement si elle s'en rend compte.

Il me reste quelques Bongars, alors je vais les donner à Mirkovich et à Louis. Dessus, il y a marqué :

Pour votre prestation exceptionnelle
Vous recevez
« UN BONGARS »

Quand on le retourne, il y a marqué :

> Avec mille Bongars, vous pouvez devenir un meneur d'hommes, effectuer des heures supplémentaires avec le sourire, présenter des dysfonctionnements divers et variés à la direction et être considéré comme un héros local.
>
> NOTE : Un « T'asmerdé » remet le compteur à zéro, et il faut tout recommencer.

Et les « T'asmerdé », c'est brutal. Tout le monde a sa façon de les distribuer. Kelley m'a refilé mon premier avec un coup de poing dans le ventre. Je faisais de la paperasse caché au fond du magasin d'alcool de Goldhammer, au coin de la 95e et d'Alameda. Il m'avait fait me lever pour le recevoir avant de me faire rasseoir immédiatement. C'était parce que j'avais chargé dans la mauvaise baraque à crack la tête haute et le flingue à l'air. J'aurais pu, et j'aurais probablement dû, prendre une balle – au moins être traversé de part en part. Je m'en suis sorti. J'ai eu le gars que je voulais, mais j'aurais dû attendre. De cette façon, James J. Kelley me disait : *Bon travail* et *Enfoiré, recommence plus jamais ça* en même temps. Cette leçon, je l'ai retenue.

Moi ? Je les distribue en disant « Bons gars ! » à Mirkovich et à Louis, et j'arbore un sourire benêt quand je leur mets une petite claque au visage comme dans *Le Parrain.* Je laisse mes paumes sur leurs joues deux secondes de trop. Ivica avec la main gauche, Louis avec la droite. Je rends la chose très inconfortable pour eux. Ils disent rien. Ils encaissent. Comme il se doit.

On retourne aux cages. Vazquez semble désœuvré, et je peux pas laisser passer l'occasion. Je demande : « Hé ? Il a fait quoi, Ruiz ? Pourquoi il est de mission téléphone ? »

Vazquez regarde ma poitrine. « C'est quoi cette cravate ? C'est des poissons dessus ?

– Des marlins, je dis. Tu devrais venir avec moi sur mon bateau un jour.
– Non, merci. Kelley dit qu'il va couler, ton bateau, un jour.
– Kelley connaît que dalle en bateaux. Alors, Ruiz ?
– Une fusillade.
– Où ça ?
– À cinq rues de Nadeau.
– De quel côté ?
– Vers Alameda.
– Là où y avait Sonny's ?
– Putain de Sonny's.
– Et ?
– La racaille avait un couteau. Deux, en fait. Tu peux me dire pourquoi il se baladait avec deux couteaux ? Tout ça pour braquer un bar. »
Je fais : « Pourquoi on m'a rien dit ?
– T'étais à Riverside pour interroger un témoin, peut-être. T'es très demandé.
– Alors ?
– Ben alors, Ruiz arrive avec Jackson derrière lui.
– Le nouveau ? Celui qui a rentré le revolver pour… » Avec mon pouce, je montre le bout du couloir où se trouvent Tavira et Safulu, les couillons qui ramènent chez eux un revolver avec lequel ils ont descendu quelqu'un, histoire qu'on le trouve.
« Ouais, lui-même.
– Hm-hm.
– Alors, ils rentrent, une femme se met à gueuler que le méchant est derrière le bar. Ruiz se retourne. Le méchant se lève, il fait un geste indiquant qu'il va lancer un des couteaux, et tu sais, quoi… boum.
– Deux boums ou un seul ?
– Un.
– Où ça ?
– Au torse.
– C'est bien, je dis. On n'a pas pu le sauver ? C'était trop propre ?

– Non, c'était bien visé, mais il aurait dû survivre. Le problème, c'est qu'il a pas lâché ses couteaux pendant qu'il perdait tout son sang. Les deux. Personne a pu s'approcher de lui pour lui prodiguer les premiers soins.

– Merde, je dis. En tant qu'expert, j'ai envie de dire que le protocole a été respecté et que c'était tout à fait justifié.

– Tu connais les procédures d'évaluation. Ça prend du temps. Et en attendant… » Vazquez fait semblant de répondre au téléphone et il fait une voix d'abruti. « Bonjour, vous êtes bien au poste du shérif de Firestone, ne quittez pas. »

Je commence à m'éloigner. « Ton imitation téléphonique est grotesque. Je devrais te dénoncer au lieutenant. »

Son rire rebondit comme un aboiement dans le couloir devant moi.

La salle 1 est bien froide. Comme j'aime. Tavira résiste. Il est courbé, il essaie de pas montrer de signe de faiblesse, mais il se les gèle sur sa chaise à même le métal. Le diable est dans les détails.

Avant que la porte se ferme derrière moi, Tavira me fatigue déjà : « J'ai demandé un avocat. Je vois pas d'avocat, alors on n'a rien à se dire. »

Je lui dis ses droits. Pour être sûr. Pour ne rien laisser au hasard. Tout est devenu très carré depuis les émeutes qu'on est pas censés appeler comme ça. Je trouve que c'est une bonne chose personnellement. Il est en état d'arrestation, il a le droit de fermer sa gueule, s'il dit quelque chose, on peut et on va utiliser ce quelque chose contre lui devant une cour de justice, s'il a pas les moyens de se payer une pourriture d'avocat pour sa défense, un avocat commis d'office complètement surmené lui sera assigné.

J'ouvre son dossier. Je lis à voix haute les charges contre lui – il bronche pas. Je dis : « Comment ça se fait qu'on ne se soit jamais croisés avant ? Tu bouges beaucoup. Je connais ton nom. Je vois ton casier. Je te vois dans le registre des gangs, mais c'est sympa de voir ta tête en couleur.

– Un avocat, il dit.

– On attend toujours que ton représentant légal commis d'office nous contacte. »

Je creuse un peu, pour voir s'il contredit « commis d'office », au cas où il aurait déjà quelqu'un, mais j'ai aussi un mot de Vazquez sous les yeux qui dit que M. Wizard a déjà passé ses trois appels téléphoniques, aucun pour un cabinet d'avocats. Mais il aurait pu appeler un intermédiaire.

Je lui demande comment il trouve les Dodgers cette année. Rien.

« Et les Kings ? T'aimes bien Gretzky ? »

Rien.

On tourne en rond comme ça pendant quinze minutes. Je le provoque. Il dit que dalle. Ça sert à rien, mais ça me va. Ça me rapproche du moment où je vais pouvoir câliner Sheryl en haut des gradins – au moins on sera assis au niveau de la ligne bleue de la bonne zone d'attaque. Quelle est la probabilité de trouver une femme qui aime le hockey ? Je n'avais jamais eu cette chance jusqu'à maintenant.

Quand je sors, Louis m'attend. « Les gars des mandats et détentions ont appelé. La mise en accusation est pour le 10 décembre.

– Avant la fin de la semaine. Ça me plaît, ça. » Je hoche la tête vers la salle 2. « J'y vais, on va voir ce qui se passe. »

JACOB SAFULU, AKA DREAMER

8 DÉCEMBRE 1993
14 H 05

21

Cette chaise… J'ai jamais été assis sur quelque chose d'aussi froid. On dirait qu'ils l'ont trempée dans une eau glacée. Je sens le froid filer dans mes os. Et j'essaie de pas trembler quand la porte s'ouvre et qu'entre un mec genre convoi exceptionnel dans une veste comme celle des commentateurs de foot à la télé. Sauf qu'il rentre à peine dedans.

Il fait de la muscu. Ça se voit. Et il soulève du lourd, avec la ceinture et tout. On dirait un Hulk mexicain. Si Bruce Banner devenait marron quand il se transforme. Pas vert. Le seul truc qui colle pas, c'est son énorme moustache noire.

Il lève les yeux de ses papiers et dit : « Je suis l'inspecteur Montero. »

Hulktero, je me dis. *Hulkitito.*

Je sais pas si c'est le gentil ou le méchant flic, ou un de ces tarés de Vikings* de Lynwood, alors j'attends de voir. Je reste là. Je me plaindrai pas, même si je suis complètement engourdi. Je vais écouter, observer. Il me regarde, l'air de me jauger, d'essayer de voir qui je suis.

« Première arrestation, hein ? »

Pas besoin de dire oui. Il sait.

Il dit : « Safulu, c'est ton vrai nom, ou on va devoir attendre les empreintes pour savoir ? »

Je réponds pas. Plein de fois, le grand frère de Little y est allé avec le nom et le numéro de sécurité sociale de son cousin. Parce qu'il avait chouré de l'alcool ou qu'il avait un peu de beuh sur lui. C'est quand quelqu'un l'a balancé pour des tags qu'ils lui ont fait un mandat à son nom. Les shérifs sont allés chercher son cousin à son boulot. Ils l'ont même arrêté et tout. Il leur a fallu une demi-journée pour se rendre compte que c'était pas le mec de la photo. Ils ont dû le laisser partir.

Le Hulk mexicain fait : « Tu veux boire quelque chose ? »

Gentil flic. Je dis pas oui. Il se replonge dans ses papiers.

Il dit : « Qu'est-ce qu'un Samoan fait avec un gang de Mexicains ? Qu'est-ce qui se passe, tu t'es perdu sur le chemin de Carson* ? »

Il parle tout seul maintenant. Il déduit par rapport à mes traits. Wizard dit qu'ils font ça aussi. Ils te devinent. J'essaie de rien montrer.

« Alors, il dit, où est-ce que tu t'es chopé toutes ces cicatrices ? Celles que tu as sur le bras. On dirait des marques de morsures. »

Je lui dirai jamais.

Et il doit le savoir, parce qu'il enchaîne : « C'est pour ça qu'on t'appelle Dreamer, parce que tu regardes dans le vide comme ça ? »

Je hausse les épaules pour cacher un frisson.

« Laisse tomber, va, je crois que je connais la réponse. » Il tapote la table avec son stylo. « Je t'explique. Monsieur Wizard là-bas, il dit que tu as appuyé sur la détente et que c'était pour monter en grade. Il était juste là pour surveiller et s'assurer que ça ait bien lieu. Il dit qu'il va avouer sa complicité. T'en penses quoi ? »

Je suis sur le point de bondir de ma chaise. Je crie presque : *Mec, j'ai pas tiré, putain !*

Presque.

Et je me mords presque la lèvre.

Parce que même si c'était vrai, que Wizard a dit ça ? Que c'est moi ?

Le revolver se serait jamais retrouvé dans ma chambre après.

Merde.

Ça me fait péter les plombs.

J'ai le sang qui me monte au visage. Et il me regarde devenir tout rouge.

Il sait qu'il me tient. Ses sourcils se rapprochent, comme s'il se souciait de ce qui allait m'arriver. Il essaie de m'avoir par les sentiments.

« Tu n'as pas de casier. Lui, il en a un très épais. Il ment sûrement, mais je ne peux pas le savoir, à moins que tu dises quelque chose. »

Le stress me fait transpirer. Et il y a une voix dans ma tête. Elle demande si c'est vrai, si Wizard a vraiment essayé de me balancer comme ça. Et vrai ou pas, je peux rien faire.

Pour l'instant, je peux pas montrer de signe de faiblesse.

Et je sais que je peux rien dire… que je dois rien dire, mais j'y peux rien.

La vérité monte en ébullition.

« J'y étais pas. » Je le dis vite. « Vous vous trompez de gars. »

Ça fait pas du bien de le dire. Genre, *oh putain !* C'est comme si bien faire parce que c'est la vérité, c'était agir contre moi-même. Parce que je vois une étincelle dans les yeux d'Hulktero à ce moment. C'est là que je sais que j'ai fait une erreur.

Je dois fermer ma gueule pour l'instant. Je suis *obligé*.

Je peux rien dire de plus sur quoi que ce soit, même si une part de moi veut dire ce qui est arrivé ce soir-là. Ça me passe par la tête pendant une seconde, qu'il pourrait m'aider. Je prends mes désirs pour des réalités. Rien de ce que je dirai me fera sortir d'ici. Je pourrais que m'enfoncer encore plus. Quand t'as ma tête dans le quartier, s'ils te ramassent, tu disparais. C'est fini, mon gars, parce qu'ils te jettent aux ordures.

Et je sais que tout ce que je peux dire sera déformé. Wizard me l'a dit. Il m'a dit d'être détaché. Que c'était comme ça. Le mot le plus important, c'est celui que j'ai sur la langue et je le dis…

Je dis : « Un avocat. »

Le Hulk mexicain fait une de ces gueules. Genre, je l'ai grave déçu. J'en ris presque. Il le fait comme si j'avais jamais vu quelqu'un de plus vieux que moi me faire cette gueule à la con. Comme si j'étais pas un expert. Et il se lève.

Avant de quitter la pièce, il dit : « Jacob, un avocat ne suffira pas si tu n'as rien fait. Il faut que tu sauves ta peau, parce que le système, c'est le système. Il fait toujours tomber ceux qui sont le plus près du sol. Réfléchis bien. »

OMAR TAVIRA, AKA WIZARD

9 DÉCEMBRE 1993
4 H 02

22

La lumière se rallume sur les shérifs qui se pointent pour nous dire : « Debout ! » et « C'est l'heure d'y aller ». Ils ont l'air bien frais, comme s'ils avaient l'habitude de se lever aussi tôt. C'est toujours les jeunes qui ont les horaires pourris, mais ceux-là n'attendaient que ça. Ils sont prêts à vider la petite prison pour pouvoir la remplir à nouveau. Là, je suis content de m'être réveillé et d'avoir remis les paquets vers minuit. Y a pas de caméra ici, et j'en ai profité. J'ai déchargé le matos quand il faisait encore bien noir. Je l'ai repêché dans les toilettes. J'ai vérifié, lavé les trucs dans le lavabo et, comme un con, j'étais juste super soulagé qu'il y ait du savon dans le distributeur. Pas de vaseline, j'ai dû faire rentrer tout ça à la salive. C'est mieux que rien.

Putain, mais j'aurais *carrément* pas dû manger des frites au chili. C'était vraiment une connerie. J'avais trop la confiance parce qu'on était en territoire ennemi, et ça m'a monté à la tête. Je paie cher pour avoir bouffé du gras, en crampes d'estomac, en gaz, mais sans rien qui sort. *Merci mon Dieu.* Un fois rhabillé, j'ai frotté mes bras au savon comme un chirurgien. Deux fois, je suis allé jusqu'aux coudes. Personne est passé voir ce que je foutais. J'ai eu de la chance.

Y a des apprentis Crips* avec moi. Un qui dort comme une masse, et l'autre qui faisait semblant quand j'ai ajusté ma cargaison. On développe certains talents quand on a l'habitude d'être enfermé ; on s'arrange pour pas avoir à parler aux autres ou voir des trucs qu'il vaut mieux pas. Mais on est tous les trois réveillés maintenant, debout, attendant de nous faire menottés. Je m'inquiète pour Dreamer, parce qu'ils l'ont mis dans une autre cellule après leur interrogatoire de merde. Je savais qu'ils allaient essayer de le manipuler. Merde. Si j'étais shérif, c'est sur lui que je me concentrerais. Je lui aurais mis des mensonges dans la tête : *Wizard, il dit que c'est toi ! Il va témoigner contre toi !* Je sais qu'il doit flipper, surtout parce qu'il y est resté super longtemps, mais ça ira mieux quand on se retrouvera à la maison d'arrêt.

Ils nous alignent devant la cellule. Je suis menotté au grand apprenti Crip. On se regarde même pas. Ils mettent le petit avec un gars d'une autre cellule. Après ça, ils passent aux chevilles. C'est nouveau. Ils avaient pas fait ça la dernière fois que je me suis fait embarquer à Lynwood. Je me demande si quelqu'un a essayé de se barrer, si c'est pour ça qu'on est pieds et poings liés. Je respire un peu l'air du couloir parce que ça sent meilleur qu'une cellule avec des toilettes et deux autres corps. J'ai mal au cœur à ce moment, mais c'est pas à cause du chili. C'est à cause du trajet qui m'attend : arriver à la maison d'arrêt du comté sans que les adjoints trouvent ce que j'ai à l'intérieur. S'ils trouvent, ce sera des charges en plus. Détention et intention de céder des produits stupéfiants. Des crimes. Ce sont des années de ma vie que je transporte en moi. *Des années* cachées dans mes entrailles. Dans les dizaines, putain. Mais c'est rien comparé à ce qui va m'arriver si je désobéis. Alors ce fardeau, je veux bien le porter – et j'avance quand la porte s'ouvre.

L'air dehors est trop bon. Je sens les arbres. Je veux rester pour les sentir un moment, mais les shérifs ont des fusils, et personne déconne avec ça. Je vais là où on me dit d'aller, je descends du trottoir, sur l'asphalte, je passe devant l'avant du bus, les phares m'éblouissent – le moteur est en marche –, pointés vers la rue pour partir direct le moment venu. Je monte les marches.

Le car est une grosse masse argentée qui ressemble à un Greyhound, mais pour les détenus envoyés dans les grosses prisons. On doit pas être son premier arrêt, parce qu'il y a déjà des têtes au-dessus des sièges derrière la porte grillagée qui s'ouvre, mais je vois personne qui vaille la peine d'être reconnu. Personne de la clique à Scrappy. Personne de Long Beach Boulevard, alliés ou autres. La bonne nouvelle, c'est que je vois Dreamer déjà assis tout au fond. Il se tient droit, même s'il est enchaîné à un mec qui a l'air de criser. Je lui lance un regard, un regard qui dit que je suis là pour lui, que je le protège, alors il a pas besoin de flipper. Il hoche la tête, et c'est bien. Ça me fait plaisir.

Une fois, avant que Dreamer vienne habiter avec Angela et moi, on est allés cambrioler des maisons parce que Big Fate avait dit de le faire. Il nous avait collés avec des gars commandés par un tox. La mission, c'était de rentrer et de voir si on trouvait des guns ou des couteaux pour s'en servir ou faire envoyer d'autres que nous en zonze. Ça aurait été sympa si le mec avait pas été complètement défoncé avec toutes les cames possibles et imaginables, en permanence. À la première maison, j'ai regardé ce connard gober tous les comprimés qu'y avait dans l'armoire à pharmacie juste pour voir ce que ça faisait. Lil Creeper, il s'appelait. Le crevard, il était complètement barré, putain. Merde. J'ai même entendu dire qu'il s'était fait tirer une balle en pleine gueule pendant les émeutes, mais faut pas croire tout ce qu'on dit. Bref, Dreamer et moi, on est avec le mec, et on va visiter trois maisons en scrède. On a nos petits gants, on a un chauffeur qui attend dans l'allée derrière, tout se passe bien jusqu'à ce que Lil Creeper voie la maison et dise un truc du genre : « Ah, mais c'est la maison de Dwayne. Ce couillon, je l'encule. On va niquer sa planque. » Et Dreamer et moi, on voulait pas y aller, mais il fallait. Et je te jure, au moment où on a escaladé la clôture et où on est dans le jardin, on entend aboyer. Fort. La flippe. Le truc vient direct sur nous. Et derrière, j'entends du mouvement, alors je regarde, et c'est

Creeper qui est déjà en train d'escalader la clôture comme un gymnaste du ghetto, il se barre comme si de rien. Quand je me retourne, je vois des yeux brillants qui deviennent de plus en plus gros. Alors Dreamer me pousse et gueule : « Barre-toi ! » Et il se met devant le monstre, et il le frappe ! C'est là que j'ai vu le guerrier sortir du Samoan, j'oublierai jamais jusqu'à ma mort. Il laisse le chien en train de gémir et repasse la clôture quelques minutes plus tard, le bras gauche en sang. Quand il arrive à la voiture où on l'attend avec Lil Creeper, on se casse sans dire un mot. Dreamer demande même pas à se faire recoudre, il se plaint pas de s'être fait mordre, pas même quand, une rue après, Creeper dit à tout le monde : « Oh, attendez, c'était pas la maison de Dwayne tout à l'heure. C'est celle-là en fait. »

Assis dans le car, je rigole. Je peux pas m'en empêcher. Même ici, maintenant, je trimballe tout ça avec moi.

JACOB SAFULU, AKA DREAMER

9 DÉCEMBRE 1993
4 H 47

23

Être enchaîné à un gars que j'ai jamais rencontré, c'est pire que ce que je pensais. Chaque fois qu'on passe un feu dans ce car qui sent le pet, il tire. Et ça tire sur mon poignet, parce qu'on est attachés l'un à l'autre. Alors, je dégage mon bras. Mais ça n'arrange rien. Il continue. Il marmonne. Il crise. Et mes menottes me tuent les poignets. Ça frotte. Ça me scie.

Je déteste ça. Ça me donne la chair de poule. Ça me rappelle comment le chien voulait pas me lâcher, il y a longtemps. Comment il était bloqué. Et j'essaie de faire profil bas, mais je peux pas. C'est pas possible.

L'autre galérien, il va trop loin. Et j'ai les mots de Wizard dans la tête, comme quoi je dois pas montrer ma faiblesse.

Alors, je lui dis dans l'oreille : « Si tu continues à tirer sur les chaînes, je trouverai un moyen de t'étrangler avec. »

Il me regarde. La lumière jaune des lampadaires éclaire son visage à travers le grillage des fenêtres, en quadrillage.

Je vois ses yeux. Rouges. Écarquillés. Je vois la taille de ses pupilles. Et on repasse dans l'ombre. Mais voir ces yeux ? Ça me fait penser, *Oh-oh.* Ce gars va péter un câble. On n'y est pas encore. Alors, je me demande si le menacer était une bonne idée. Si j'aurais pas dû lui demander son nom ou essayer de le calmer. Puis le prochain feu arrive.

Et ce crevard, il se met hurler comme si je le poignardais.

« Aaaahhhh ! » C'est rauque et profond. « Aaaahhhh !!! »

J'ai l'estomac qui bondit.

Devant, l'adjoint crie : « Qu'est-ce qui se passe, bordel ? »

Et la seule chose que je peux faire, c'est lever les mains pour qu'il voie que je ne lui fais rien.

« Monsieur, je dis. Il est fou ! Il s'est mis à flipper tout seul. »

Les autres l'ouvrent aussi. Ils disent qu'ils ont pas besoin de ça si tôt le matin. Ce gars-là est forcément un 5150*. Et quelqu'un doit lui fermer sa gueule. Je regarde Wizard qui hoche la tête, *Fais ton truc. Personne t'en voudra.*

Parce que le car va pas ralentir. Et les cris continuent. Et je regarde même comment l'adjoint blanc le plus proche de moi avec un fusil me regarde… et me tourne le dos juste après !

Bon, ben voilà, je me dis.

Un carré de lumière jaune traverse le bus. J'attends qu'il passe, qu'il fasse à nouveau sombre. Avant que le monstre sorte.

Je regarde le mec à côté de moi un bon coup. Je baisse les épaules avant de remonter mon coude. Fort. Directement dans sa mâchoire.

Le premier coup suffit pas. Le deuxième non plus. Mais le troisième ? Sa tête rebondit contre l'encadrement de la fenêtre. Genre, « pa-klank » ! Et il devient tout calme.

Personne encourage. Personne dit rien.

Y a des grognements après. C'est tout.

Mon coude me fait mal. Je regrette. Le mec s'est même pas protégé.

J'essaie de voir si je suis dans la merde, mais les shérifs disent rien. Ils doivent être contents qu'il la ferme.

L'ambiance a changé. Les gars se détendent, ils regardent l'autoroute défiler. Je fais pareil. Sur toute la 110, je regarde juste le mec qui saigne à côté de moi. Ç'a pas l'air si grave. C'est bon.

Une Camry défoncée roule à côté de nous un moment. C'est une fille qui conduit. Elle porte un uniforme, mais j'arrive pas à voir ce que c'est. Il est noir. Il y a un écusson sur son bras. Elle est vigile, je sais pas. Je la regarde pendant deux ou trois kilomètres. Sa nuque. Comment elle est lisse. Douce. Putain, c'est déprimant de savoir que j'approcherai pas de femme avant longtemps. Je peux pas lui parler. Je peux pas essayer de la faire rire. Je peux même pas savoir à quoi elle ressemble. Elle lève pas la tête. Peu importe à quel point je veux qu'elle le fasse.

Et je remarque que c'est tout le temps la même chose. Partout sur la route. Avec toutes les voitures. T'es invisible dans le car. Aucun conducteur se donne la peine de nous regarder. J'en vois même qui s'enfoncent derrière leur volant. Ils se penchent en avant. C'est comme s'ils se cachaient de cette prison sur roues. Ils veulent pas voir ce qu'il y a dedans. Personne veut être vu par les démons qui regardent par la fenêtre.

Alors, j'arrête de penser à eux. Aux conducteurs. Je pense aux voitures plutôt. À quoi elles vont ressembler quand je vais sortir ? J'ai entendu dire que, quand les petits *homies* prennent six mois, les gros les mettent au taf. Ils les chargent de faire circuler de la drogue. De planter des gens. Tout et n'importe quoi. Et c'est comme ça que six mois deviennent dix ans.

C'est ce qui est arrivé au cousin de Wizard. Dix mois se sont transformés en deux ans. Puis en huit. Il a fait six ans et demi.

Quand il est sorti, il reconnaissait plus rien. Il disait que c'était comme dans *Retour vers le futur*. Quand t'es à l'ombre, rien ne change, puis tu sors et la mode est plus pareil. Les voitures sont différentes. Lire le journal, c'est pas comme voir les choses par toi-même, il disait. En couleur.

Putain… Si je fais six ans et demi ? Ça veut dire que je ressors pas avant le siècle prochain.

Et je bloque là-dessus pendant une minute, en gros jusqu'à ce que le mec à qui je suis enchaîné se réveille. Il ouvre les yeux.

Je lui montre mon coude avec son sang dessus. Juste au cas où j'aurais besoin de m'en servir encore une fois. Ce connard met ses mains devant son visage.

« Crie pas, je fais doucement. Et je te frapperai pas. »

Il hoche la tête sous ses mains. Ses tresses bougent. Et on dit rien de la 110 à la 101, jusqu'à la sortie Alameda. Mais, dès qu'on quitte l'autoroute, d'autres se mettent à parler.

C'est comme ça que je sais qu'on approche. Les gars jacassent sur ceci ou cela qui est pareil, qui est différent. Le garant de caution judiciaire qui avait son enseigne deux rues plus loin est parti. Il a tué sa femme parce qu'elle allait voir ailleurs. Il est à Pelican Bay maintenant. Puis quelqu'un d'autre parle de buffets*. Ça ira pour lui, parce que tout le monde viendra le voir pour ses tortillas et ses tamales. Et je dis presque tout haut : *On te laisse faire des tortillas et des tamales là-dedans ?* Mais je le dis pas. Je demanderai à Wizard plus tard.

Ils parlent tous comme si la maison d'arrêt était un hôtel où on va comme ça, comme s'ils revenaient pour des petites vacances. Wizard est déjà venu. Et je l'ai jamais entendu en parler comme ça. Une autre leçon à retenir, j'imagine.

J'ai une drôle de sensation quand on s'arrête au feu près de Union Station. Ma mère m'avait emmené à l'inauguration du Metrolink. Elle disait qu'elle voulait aller quelque part où elle pouvait voir des arbres. Elle avait choisi Moorpark sur le plan, parce qu'y avait le mot « park » dedans. On a pris le bus de Lynwood jusqu'à Downtown. C'était super long avant qu'on puisse prendre le train. Et on l'a pris. C'était sympa. Mieux que le bus. Deux heures assis avec les vieux Blancs en casquette de conducteur, avec leurs petits classeurs et leurs collections de photos de trains. Quand on est arrivés à Moorpark, il y avait rien à faire. On a monté et descendu une rue jusqu'à ce qu'on arrive à un petit restaurant. Le Cactus, un truc comme ça. Elle a commandé un thé glacé. J'ai juste eu droit à de l'eau avec une rondelle de citron et deux sucres. Puis, après, on a repris le train et on est rentrés. Deux semaines après, elle est partie. Je crois qu'elle a pris le train pour Oakland. Pour voir sa sœur. Elle m'avait emmené pour un repérage, mais elle m'a laissé ici.

Le feu est encore rouge. En face, un clochard fait les poubelles. Il lève pas la tête quand on passe.

24

Le car s'arrête dans une espèce d'aire de chargement. La porte s'ouvre, et on se lève, on avance en rang. Wizard est devant moi. On nous emmène au sous-sol, où on suit un long couloir qui me fait flipper parce qu'on dirait presque une école primaire. Y a des fresques peintes tout autour de nous, y a écrit des trucs niais du genre « Comté de Los Angeles, patati patata ». On bloque tous sur les murs jusqu'à ce qu'on nous crie dessus de regarder devant nous. Ils sont pas obligés de crier. Personne dit ou fait rien de chelou, pas même le gars à qui je suis enchaîné.

Ils nous font prendre plusieurs couloirs. Ça me fait tourner la tête. C'est presque comme si quelqu'un avait conçu les lieux pour nous désorienter. Et je sais même pas où on est censés aller jusqu'à ce que l'adjoint en chef ouvre une porte blanche avec une petite fenêtre et nous dise d'entrer.

On nous enlève nos menottes à la porte avant d'entrer. Un par un.

Dedans, c'est pas comme j'avais imaginé d'après les films. Y a pas de barreaux ou de vitres super épaisses. C'est juste une salle. Des murs blanc cassé teintés jaune sale. Le sol ressemble à du béton mouillé. Dans le coin, il y a des toilettes avec un muret à côté, pour l'intimité. Mais tu peux quand même voir qui est assis. Le haut du corps.

Je vois Wizard et je vais vers lui. Il est calé dos au mur. Il fait dégager un gars pour que je me mette pareil.

Il a l'air content de me voir. Il me dit que j'ai bien fait avec le taré que j'ai dérouillé. En fait, il était plus inquiet pour moi que je croyais. Je suis reconnaissant, ça me fait plaisir du coup. C'est le meilleur feeling que j'ai eu depuis qu'on m'a mis les menottes. Sérieux.

On reste l'un près de l'autre pour parler tout bas et vite. Côte à côte. Je lui raconte comment Montero a essayé de me piéger.

« Je t'avais dit, mon gars, Wizard sourit genre il connaît la chanson. Mais écoute, quand tu seras avec ton avocat, tu demanderas qu'ils séparent pas les dossiers.

– Ça veut dire quoi ?

– Ça veut dire que toi et moi, on voyage ensemble.

– Même procès ?

– Même procès, même tout. »

Ça m'a pas l'air normal.

Parce que s'il a descendu Scrappy sans même que je sois là, ça veut dire que je m'enfonce pour qu'il puisse s'en sortir.

Je comprends, je crois. C'est son privilège, sa porte de sortie. Et puisque je suis plus bas sur l'échelle, c'est comme ça.

Mais c'est pas normal.

Je me sens… Je sais pas. *Mal.* Mal et triste en même temps.

Genre, je croyais qu'il en avait quelque chose à foutre de moi. Je croyais qu'on était potes et qu'il allait me sortir d'ici s'il le pouvait…

Mais c'est peut-être lui en train de me tester. Et même si je le vois venir, je dois laisser faire.

Je dois juste encaisser.

Et ça fait tellement longtemps que je parle plus que Wizard me regarde pour voir s'il doit encore expliquer.

« OK, je fais. Je pensais bien que ce serait comme ça, de toute façon. »

C'est pas vraiment un choix. Je le sais.

Si je lâche Wizard maintenant, il me protégera pas. Et pour ça, y a pas photo.

Tout le monde en prison a besoin de protection, même si tes alliés s'occupent d'abord d'eux-mêmes.

« Bien, *homes.* » Wizard regarde les autres. « Très bien. »

Il me fait observer les autres, repérer qui est quoi. De quel quartier. Je cherche quelqu'un de la bande à Scrappy. Je vois personne. Il y en a peut-être à l'intérieur. Wizard cherche les grosses pointures, s'ils sont là en attendant leur procès ou autre. Il voit personne.

Tout ça, c'est trop. L'odeur surtout. Tous ces gars qui transpirent, qui pètent, qui respirent. Certains sont des junkies qui se sont pas douchés ou qui ont pas mis de déodorant depuis une éternité. C'est la pire odeur que j'aie jamais sentie. Mais je dois faire comme si c'était pas un problème.

Cet endroit, c'est pas la rue. Tu peux toujours te planquer dehors. Être seul. Mais ici ? Il y a nulle part où aller que vers les autres. Dans leur espace. Avec tes yeux. Ton corps.

Et on dirait que tout peut exploser à n'importe quel moment. Ça sent l'imprévisible.

Wizard observe mon visage, il me jauge.

« T'as l'impression d'être dans un zoo, hein ? » Wizard a son col sur le nez, façon *bandito*. « Tout le monde veut savoir qui est quel animal. Qui va se faire manger. Qui faut pas approcher. »

La porte s'ouvre et les gardiens nous disent de reculer. D'autres corps entrent. Personne sort. On les mate. Trois Noirs. Deux Blancs. Ils cherchent un endroit où se mettre. Ils vont même pas vers les bancs. On est trop ici. Quarante, peut-être. Quarante-cinq ? Y en a un seul qui cherche les yeux des autres avec un regard super froid.

« Oh putain », Wizard lève la voix à côté de moi. « C'est Big Dev ou quoi ? »

Les corps s'écartent quand Wizard avance vers le plus fort des Noirs qui viennent d'arriver, celui qui fixe les autres du regard.

Je le suis, les yeux sur son dos tout le chemin. Des mecs du car nous regardent. Ils hochent la tête vers moi parce qu'ils ont vu ce que j'ai fait avec mon coude.

Quand on s'approche, Big Dev reconnaît Wizard. « Yo, putain, Wizard ? J'ai pas vu ta gueule depuis Chino ! »

Et Wizard dit : « Ça va, mon nigga ? »

Ils font une de ces demi-embrassades, tout souriants.

Mais les autres dans la salle ?

Putain ! La température a chuté quand Wizard a dit « nigga ».

Et je sens les regards sur moi maintenant. Sur nous.

Je pourrais jurer que je sens même les poings qui se serrent, prêts à frapper.

J'aurais carrément préféré avoir le dos au mur, au lieu de me trouver au milieu de la salle avec des corps tout autour de moi.

Big Dev le sait.

« Du calme, tout le monde », il dit et il les regarde. « Il est de South Central, et si vous êtes pas contents, c'est que vous êtes pas de chez nous. C'est comme ça qu'on parle. Et celui qui veut se faire cet enculé-là, il passe d'abord par moi. Comme ça vous savez avec qui commencer. »

Ça fait sourire Wizard. Je vois bien qu'il appuie là où ça fait mal exprès.

Il sait jusqu'où il peut aller. C'est sa façon de montrer sa force. Son pouvoir. Le genre que personne veut défier.

Et je vois maintenant que c'est la bonne décision de pas séparer nos dossiers. Il y a de pires façons d'arriver à la prison du comté qu'à la traîne de Wizard.

Je suis reconnaissant quand je regarde autour de moi pour voir si quelqu'un veut le tester. Personne. Surtout parce qu'il y a un nouveau souci…

Un des junkies est assis sur les chiottes. Il essaie de se cacher derrière le petit mur. Mais on voit ses épaules et sa tronche, alors tout le monde sait qui est le mec qui répand une odeur insupportable dans la pièce.

Et ça provoque une émeute.

Quelqu'un crie : « *¡Aguas, aguas, aguas!* »

Parce qu'il veut qu'il mette de l'eau.

Un autre gars fait : « Et la chasse de courtoisie, connard. Tu chies, tu tires ! Putain ! »

Et c'est Big Dev qui dit : « Tu sais pas faire de la prison, salope ? T'es pas tout seul ici ! »

Et ça, ça résonne. Parce que je me dis, *oui, je suis* certainement *pas seul ici.*

Personne ne l'est.

OMAR TAVIRA, AKA WIZARD

9 DÉCEMBRE 1993
6 H 54

25

Quand ils ouvrent enfin la porte, ils nous emmènent tous. On passe par d'autres couloirs jusqu'à une grande salle d'accueil avec des bancs, mais on peut pas vraiment s'asseoir dessus, il faut se mettre à califourchon parce qu'ils sont trop étroits. Je me mets debout à côté. Je vais pas mettre ce genre de pression sur mon cul vu ce qu'il y a dedans. Ils me laissent rester debout, et c'est une bonne nouvelle ça aussi, parce qu'un des adjoints crie à ceux qui sont assis : « On se serre. Couilles contre cul ! »

Ils séparent d'abord les K-10. C'est les célébrités ou les gars super dangereux. Y en a quatre qu'on retire du groupe pendant que le reste va passer la visite médicale. Dépistage de la tuberculose et autres maladies sanguines. On passe un entretien après. Des questions du genre « T'es avec quel gang ? ». Ils me demandent pas. Ils savent. Tout est sur mes papelards. Ils ont mes tatouages en photo aussi. On nous fait passer par un tourniquet quand c'est terminé, et c'est de l'autre côté qu'on sait qu'on est en prison pour de bon. Je le vois sur le visage de Dreamer quand on reçoit nos kits d'hygiène – rasoir, déodorant, savon – dans un sachet en plastique. Et on attend encore. C'est ça la prison, mon gars. Tu vas quelque part. T'attends.

Tu sors. T'attends et t'attends encore. C'est leur horloge. Il faut juste suivre le rythme.

Un détenu de confiance apporte une caisse de nourriture avec des sandwichs et des fruits. Tout le monde prend quelque chose, sauf moi. Je dis à Dreamer de prendre un truc, parce qu'on sait pas quand la prochaine tournée arrivera. Il me demande si je suis sûr que je veux rien. C'est un bon gars, Dreamer. Il est là pour ses potes. Mais je vais rien me mettre de plus à l'intérieur pour l'instant, alors je lui dis non merci. Dreamer y va et revient avec un sandwich au beurre de cacahuète et à la confiture tout écrasé, et une pomme qui a l'air d'être tombée par terre.

Je suis soulagé qu'il ait pas protesté contre le fait qu'on soit jugés ensemble. Mais il a réfléchi. Il est assez malin pour savoir que c'est pas bon pour lui, mais que c'est ce qu'il faut faire. C'est pour ça que je dois pas le lâcher. Il faut qu'il soit content. Que je m'assure qu'il ait ce qu'il lui faut. On m'appelle pour me désaper. Je hoche la tête vers Dreamer et je vais à côté de la porte qu'on me montre.

La dernière fois que j'étais ici, la porte était fermée pendant la fouille intégrale. Cette fois, elle est ouverte. Je crois que c'est parce que le détenu de confiance l'a pas refermée quand il est allé chercher l'uniforme, mais l'adjoint a pas remarqué. Je sais pas. Ils sont débordés. Dans cette pièce, y a au moins cent autres connards qui attendent leur tour. Là, je dois être sûr que je suis bien calé, parce que c'est là que tout peut foirer. Je serre les fesses. J'imagine tous les pochons en train de remonter. De l'hélium. Je les imagine qui montent jusqu'à mes côtes et qui rebondissent contre mes os. Je prie pour qu'ils restent là.

Personne me regarde, alors je me penche pour voir la pièce où je vais aller après, à quoi j'ai affaire. La gueule de l'adjoint. Dedans, y a l'apprenti Crip à qui j'étais enchaîné tout à l'heure, il est face au mur. C'est un Black tout keus d'un mètre quatre-vingts, avec la tête rasée et un cul qui pend comme s'il était dégonflé, mais je m'en fous de ça. C'est ses pieds qui me font tripper. Ils sont roses. Complètement roses, comme si on avait collé les pieds d'un Blanc sur le corps d'un Noir. J'avais jamais vu ça. Y a aussi des taches sur ses tibias. De la peinture rose sur sa peau. Et c'est tout. Pas d'autres marques sur tout le corps à part trois petites sur le dos. C'est surtout ses pieds. C'est ouf.

« Avance. » L'adjoint montre le sol du doigt.

Je remarque qu'il porte pas de gants, et c'est là que je comprends qu'il doit être nouveau, que c'est son premier jour ou quoi, d'où la porte ouverte.

L'apprenti Crip avance. Il est sur le bout de carrelage qu'on lui a montré. Je lève la tête quand l'adjoint demande au gars : « Accroupis. Tousse trois fois. »

Il doit le faire avec le sourire-prison, parce que j'entends le déclic de la lampe de poche. Il tousse une fois, deux fois, mais, avant d'arriver à trois, l'adjoint annonce « contrebande », comme si c'était pas grave, comme s'il en voyait tous les jours.

Je regarde et tout ce que je vois, c'est du métal qui sort du gars. Je sais même pas vraiment ce que c'est au début, mais, en tournant la tête un peu, j'arrive à voir, ouais. Waouh ! C'est le haut d'un briquet ! Putain. Il est même pas emballé ou quoi. C'est du travail d'amateur, ça. Tu peux pas mettre ça comme ça, ça va s'infecter. Et je sais même pas comment c'est passé à Firestone. C'est à ça que je pense quand l'adjoint se retourne et regarde vers la porte, me *voit* et ordonne : « Détenu, attrape le briquet. »

Je regarde encore, et il sort un peu plus. Le briquet est rouge, on dirait un truc sorti de Bip Bip et Coyote. Un bâton de dynamite en dessin animé. Comme si son cul était une bouche en train d'essayer de le fumer. J'essaie de pas rire. Je te jure. Je me retiens grave, parce qu'il faut que je garde les pochons à l'intérieur. Il faut qu'ils restent en place. *Hélium*, je me dis. *Hélium.* Et putain, les adjoints détestent rien de plus au monde que se répéter, mais il le fait. « Détenu, le briquet ! »

Je réponds : « Euh, je veux pas manquer de respect, monsieur l'adjoint. Je vais pas prendre le briquet de son derrière. »

Le Crip tremble. Il est accroupi depuis trop longtemps, ses jambes faiblissent. Il gémit : « Je peux me lever maintenant ? » juste au moment où le détenu de confiance passe à côté de moi, et je sais même pas d'où il vient parce que je le voyais plus, mais il a un uniforme bleu dans les mains et un petit sac pour le briquet. C'est un *veterano**. Il connaît la chanson. Il ferme la porte derrière lui, alors tout ce que je peux faire c'est m'y coller pour écouter.

« Enlève-le toi-même, il dit au détenu. Mets-le dans ce sachet. »

On demande au Crip s'il a autre chose. L'autre répond que non, c'est tout ce qu'il a eu le temps de se mettre, et on le laisse partir. Et voilà. La porte s'ouvre et le gars sort derrière le détenu de confiance dans son uniforme bleu. L'adjoint remet son talkie-walkie dans son étui pour ajouter une nouvelle charge à son dossier.

C'est mon tour. Je transpire de peur. Je me déshabille comme il me demande, et quand j'avance jusqu'au même endroit pour me faire examiner, je réalise. Je me sens gonflé. Je fais face au mur et j'ai envie de pleurer, mais rien à foutre. Je rentre le ventre et le remonte avant de m'accroupir. Je te jure, je sens les pochons près de mes côtes, alors je sais qu'ils peuvent sortir que par ma bouche. En bas, c'est sans issue, je me dis. L'impasse.

Le truc, c'est de pas tousser trop vite. Enchaîne pas les trois fois comme si tu voulais te débarrasser. Tu tousses une. Et deux. Puis trois. Tousser, c'est pas pour que tu chies en fait. C'est au cas où tu cacherais quelque chose dans ta gorge. Quand j'entends le déclic de la lampe, je tousse une fois, et c'est bien, pas trop fort. Je sens que ça tient, mais la peur de lâcher me rentre dans la tête. Je commence à flipper que l'instinct prenne le dessus, de pas pouvoir résister, alors j'imagine que j'ai une ficelle attachée à l'arrière de ma langue. Elle va jusque dans mes intestins et elle tient tous les ballons noués les uns aux autres comme du chorizo. Ils bougeront pas. Je tousse encore une fois.

« Dépêche », il me fait, le gardien.

Je prie. *La* Virgencita*, *écoute-moi. Que tout reste à l'intérieur. Aide-moi à pas tout lâcher. Aide-moi à pas perdre toutes ces années, parce qu'ils vont les emballer,* Virgencita. *Cette preuve-là me fera disparaître très longtemps. Ne me laisse pas perdre ces années. S'il te plaît. S'il te plaît, s'il te plaît, s'il te plaît. Aide-moi à les garder à l'intérieur. Aide-moi à les retenir.*

Je tousse une troisième fois. Je sens quelque chose qui glisse parce que la gravité m'attaque, et je veux me lever, mais je dois faire un dernier sourire avant que la lampe s'éteigne, puis elle s'éteint. Je me relève vite et je serre les fesses si fort que j'arrive à bien faire remonter tout ce qui glissait. Je me dis juste, *hélium, hélium, hélium !* Et ça marche, alors je remercie la *Virgencita* de toutes mes forces. Je dis aussi merci aux saints que je connais, mais je remercie surtout la *Virgencita*, parce qu'elle m'a sauvé les miches aujourd'hui, genre, pour de vrai.

AUGUSTINE CLARK, AKA AUGIE

9 DÉCEMBRE 1993
10 H 31

26

J'ai pas retrouvé l'équilibre, mais ça va. Je peux marcher. Je peux parler. La dope d'hier soir m'a aidé. J'aime pas trop comment je l'ai trouvée. Mais, ici, tu trouves, quand tu peux pas faire autrement. Et j'avais pas le choix. Pas de tremblements de terre aujourd'hui. Pas encore. Et je suis même levé pour le petit-déjeuner.

On te laisse quinze minutes pour manger, c'est tout. Des flocons d'avoine à l'eau réchauffés qui ont le goût de poussière. Après, je me demande si je devrais essayer de lire mon *Villette*, avec les dix premières pages en moins – c'est Desi One-Ear qui me l'a filé. Je me dis que je pourrais aussi aller voir pour le pruno* de Ralph quand un adjoint m'appelle pour une visite. Y a pas moyen, je me dis, mais j'y vais. Pas le choix.

En traversant le dortoir, j'espère que c'est Irma. Avec ses foutues hanches osseuses.

Irma viendrait pas ici. Elle mettrait pas son nom sur un registre de visiteurs, et elle a même pas de permis de conduire à présenter à l'accueil. Elle me manque, Irma. Dire son nom me manque. Personne sait trouver de la came comme elle. J'ai jamais rencontré personne qui te baratine si bien quand tu découvres qu'elle cache ta came, que tu te mets pas en colère, t'es juste impressionné qu'elle sache détacher le miroir d'une armoire à pharmacie de motel, emballer et repasser la poudre pour la rendre si plate qu'elle peut la glisser dessous.

Putain. Irma. Et cette femme avait un de ces culs. Je pouvais tout cacher dedans. Tout un kit. Deux pochons. C'était magique.

Quand je me mets en rang pour les visites, d'autres font des bonds dans la queue comme des chiens tout contents. J'ai Irma dans la tête maintenant, l'odeur de ses cheveux après un fix, comment elle aimait que je l'étrangle, juste un peu, quand la vague arrivait. Mon cerveau part dans tout un tas de scénarios de folie, et mon cœur part avec. C'est comme ça jusqu'à ce qu'on me dise que je vais voir mon avocat. C'est une nouveauté.

Je veux pas être impoli, mais je peux pas m'empêcher de le dire. « Chef, je savais même pas que j'en avais besoin ici. Je croyais que c'était juste fais ta peine et casse-toi. »

Derrière moi, quelqu'un se marre.

« C'est ta peine qui te fait. » C'est Ralph qui dit ça. Le salaud.

On se fait tous inspecter, et on dit les quatre derniers chiffres de notre bracelet, puis les noms sont barrés. Pendant qu'on attend, je demande pourquoi je dois voir un avocat.

« Détenu, fait le gardien. J'ai la liste et je lis ce qu'il y a dessus. C'est pas moi qui la fais. »

Ce gardien-là est toujours comme ça. On l'appelle BBQ, barbecue, derrière son dos, parce qu'il est si rouge, tout le temps, qu'on dirait qu'il est en train de cramer dans son uniforme.

BBQ dit plus rien, il me donne juste un passe pour le parloir des avocats, alors je me mets en marche avec les trois autres en bleu clair de mon bloc. On fait un bout de chemin en suivant la ligne sur le sol et en disant « attention ! » chaque fois qu'on arrive à une porte, un couloir, ou qu'on prend un virage. L'adjoint doit nous faire signe d'y aller avant de continuer. La seule prison que j'ai faite où on te laisse marcher seul.

On se serre les uns aux autres parce que la population générale en bleu foncé regarde pas pareil ceux qui vont dans le dortoir protégé, comme si on était les pires des pires, des balances ou des pédophiles. Ça va tant qu'ils nous approchent pas ou qu'ils essaient pas de monter en grade. Tous ou presque, on essaie d'éviter les rouges, les PSV*, qui sont escortés par un sergent, menottés en permanence.

Ça se passe bien. C'est rapide. On suit des lignes pour pas avoir à réfléchir. On descend l'escalator jusqu'au couloir ouest avec ses dessins qui offrent toujours une vue agréable, mais il y a un foutu courant d'air ici. Ralph a pris une serviette avec lui et l'a enroulée autour de son cou, rentrée dans son tee-shirt, parce qu'il est malin. Ça fait écharpe.

Le groupe me laisse sur ma ligne jaune pour signer le registre, puis ils continuent sur la ligne orange pour les visites. Seul Ralph hoche la tête vers moi, alors je fais pareil. Je regarde et donne mes numéros à l'adjoint de l'accueil. Il note mon nom et m'emmène au-delà des tabourets vers le zigzag de vitres qui montent et descendent dans toute la salle. C'est toujours ici que je me suis assis, une main menottée et l'autre sur le combiné du téléphone, mais on me dirige vers les petites salles individuelles vertes au fond. Du coup, je me demande ce qu'il y a de si important pour qu'un avocat vienne me voir ici.

Je suis le premier arrivé dans le petit parloir judiciaire, alors je m'assois un moment pour trouver un peu de sérénité. J'essaie d'inspirer profondément une ou deux fois, et je veux répandre mon corps dans l'air de la pièce pour le prendre pour moi, juste pour moi.

« Tout cet air est à moi », je dis à la pièce à moitié vide.

Et c'est vrai.

Jusqu'à ce que la porte s'ouvre de l'autre côté. Alors je pivote vers l'adjoint qui fait rentrer un Noir en costume marron et cravate marron avec des rayures en diagonale jaunes, et referme la porte. Ce type doit être avocat depuis pas longtemps, parce qu'il s'assoit sur la chaise à côté de moi. Il a la quarantaine. Mais il a une tête de chien battu, comme si c'était celle d'un homme bien plus âgé. C'est ce que disait mon père quand t'avais les joues qui tombaient.

Il prend le combiné, alors moi aussi.

« Je m'appelle Manfred. Je suis votre avocat commis d'office. » Il sourit avant de parler, et après.

Il est baraqué, mais il fait pas de gym. Je pourrais l'étaler si je devais. Viser la gorge et m'enfuir. On peut pas s'empêcher de penser à ces choses-là ici, même quand y a une vitre énorme qui nous sépare.

Je dis : « Pourquoi j'ai besoin d'un avocat ? Je suis ici à cause de ma conditionnelle que j'ai pas respectée.

– Je n'en sais pas plus que vous. J'ai reçu un appel tout à l'heure, et me voici.

– Ah. » C'est tout ce que j'en dis. « Il fait comment dehors aujourd'hui ? Il y a du soleil ? Contre qui ils jouent, les Dodgers ? »

Quand la porte s'ouvre à nouveau, une femme débarque, et je parle bien de *débarquement.* Elle est pressée de partout, ses longs cheveux traînent derrière elle, ses talons cliquettent rapidement sur le sol. Elle serre même pas la main de Manfred quand il se lève. Blanche. Plus d'un mètre soixante-dix. Mince. Veste noire. Chemise noire. Collants noirs. Chaussures noires. Rien de trop cher, mais bien choisi. Dans la rue, je la braquerais si je devais, mais j'en profiterais d'abord.

Manfred se rassoit tandis qu'elle s'installe à côté de lui. Elle dégage ses cheveux de ses yeux, me montrant son visage félin. Des yeux bleu-vert comme les chats. La forme aussi. Et ils sont perçants. Froids.

Mon avocat dit : « Pourquoi sommes-nous là, Kristina ? »

Ils s'appellent par leurs prénoms, alors je me dis que c'est bien.

Kristina met une carte contre la vitre pour que je la voie. Il y a son nom dessus, son prénom s'écrit différemment de ce que je pensais, mais son nom de famille est un bordel de « r » et de « k » et de « v », j'essaie même pas de le lire, pas vraiment. *Mrrrkrrvv.* Quelque chose comme ça. Mais voilà ce que je capte par contre.

Comté de Los Angeles, ça dit. Bien propre et bien aligné avec un sceau et tout.

Bureau du procureur.

Son nom, suivi de la cerise sur le gâteau. Son titre. *SCA. Poursuites des bandes criminelles.*

Elle dit : « C'est mon nom, comme ça, vous savez qui je suis et que c'est sérieux. Quand je dis quelque chose, je le fais. »

Les mots *bandes* et *criminelles* ne m'inspirent pas des pensées heureuses. Dès que je les vois, je sais qu'il s'agit de Wizard. Qu'ils l'ont serré. Alors je commence à vraiment m'inquiéter. Si on l'a arrêté, il est où ? Ici ? À la maison d'arrêt du comté ? Où ça ? Dortoir du Tonnerre* ? Quartier des gangs ? Population générale ? Mon estomac s'excite, mais j'essaie de rester calme. De garder mon sang-froid. Au moins, ils m'ont mis en détention protégée direct. C'est pour ça que je suis bleu ciel.

Je dis : « Ça veut dire quoi, SCA ?

« Substitute en chef adjointe. » Elle retourne des papiers. Mes papiers. Elle entre déjà dans le vif du sujet. « Monsieur Clark, vous effectuez ici la totalité de votre peine pour avoir violé les termes de votre libération conditionnelle à cause d'une nouvelle charge pour détention de stupéfiants, c'est bien ça ? Et vous avez encore cinq mois à faire. »

Mon avocat me regarde. Je sais même pas s'il a ouvert mon dossier.

« Ouais », je dis, mais j'ai presque peur, parce que c'est peut-être une question piège. « Quatre mois et trois semaines maintenant. »

Elle plisse les yeux.

« Au temps pour moi », elle dit, mais, à en croire son regard, c'est pas important. Pas pour elle. « Je dois attirer votre attention sur quelque chose : il y a des changements qui se profilent dans le système criminel californien, en particulier dans la façon dont sont traités les dossiers de trafic de stupéfiants. Vous me suivez ? »

Je hoche la tête. Elle parle comme les livres difficiles à lire.

« Bien, elle dit. Connaissez-vous le terme *tribunal de traitement de la toxicomanie* ? »

Je dis : « Je sais ce que veut dire aller au tribunal à cause de la toxicomanie. »

Elle plisse encore les yeux. « En effet. »

Quand elle me dit ça, je me sens tout petit.

Elle est sur le point de dire autre chose, mais je l'arrête. « Vous avez déjà lu *Villette* ? J'essaie de me décider si ça vaut le coup de le lire. J'ai le temps, j'imagine, hein ? »

Je ne sais même pas pourquoi je le dis, ça sort tout seul. J'imagine que je veux qu'elle sache que je lis. Je sais faire ça au moins. Je ne suis pas rien.

Elle se tourne vers Manfred et dit : « Maître, veuillez informer votre client qu'au lieu de parler il devrait écouter. »

Manfred lève la main comme si j'étais un gamin. Il me fait pouce.

« Je suis pas un putain de gosse », je lui dis.

Ça la fait sourire, la Kristina.

« Ce qu'il faut que vous me disiez, c'est que vous allez maintenir vos déclarations, que l'on peut compter sur vous pour vous présenter au procès et identifier Wizard Tavira comme étant l'homme qui a tiré sur Lucrecia Lucero lors d'une tentative d'assassinat, et que Dreamer Safulu était présent lors des faits. En résumé, monsieur Clark, je veux entendre de votre bouche que vous êtes un témoin fiable. »

J'imagine que je savais qu'elle allait dire ça, que j'allais devoir faire ça. Mais je dis pas oui, pas encore.

« La fiabilité a un prix », dit mon avocat.

Ce choix de mots est si intéressant que je me tourne et regarde Manfred sous un jour complètement différent. Il lui sourit. Peut-être que je l'ai jugé trop vite.

« Bien sûr, Carlos. Les tribunaux de traitement de la toxicomanie vont être mis en place dès le début de l'année prochaine. Je ne peux pas vous dire quand exactement, je ne suis pas une bureaucrate de Sacramento, mais je peux vous assurer qu'ils seront implémentés. Cette révolution judiciaire met l'accent sur la réinsertion et non sur l'incarcération. D'après vos condamnations, monsieur Clark, il est évident que c'est d'aide dont vous avez besoin, pas d'être enfermé avec des criminels violents, même en bénéficiant de mesures de protection. N'est-ce pas ? »

J'aime bien où ça va. « Oui.

– Alors, voilà ce que je peux faire pour vous aujourd'hui, monsieur Clark. À condition que la chose soit approuvée par un juge – et si vous acceptez ce que je vous propose, je peux organiser une rencontre avec le juge Olney dès demain pour lancer la procédure –, je peux faire en sorte que vous soyez le premier à passer par le TTT. Le premier sur le pont, pour ainsi dire. Premièrement, vous allez donc pouvoir sortir en liberté conditionnelle le plus tôt possible, et vous allez respecter vos obligations. Deuxièmement, vous irez dans un centre de réinsertion, et *pas* dans un hôtel fréquenté par des dealers connus des services de police, comme c'était le cas jusqu'à présent. Et troisièmement, vous aurez l'obligation de participer à des réunions des Narcotiques anonymes, comme ça, quand je vous amènerai devant le TTT l'année prochaine, vous apparaîtrez comme un citoyen exemplaire qui a réussi à retrouver le droit chemin, et vous obtiendrez la peine la plus avantageuse possible. »

Personne me pose la question, mais tout ce cirque ne m'intéresse pas vraiment. Moi, je pense plutôt à qui va s'occuper de moi une fois sorti, et si je vais pouvoir continuer à respirer.

Je dis : « Si vous me relâchez, les gars de Wizard vont me trouver. Y a pas un programme de protection des témoins ? »

Ses yeux se plissent encore plus. « On peut vous trouver un centre de réinsertion ailleurs qu'à Lynwood pour réduire le risque de croiser les complices de Wizard Tavira. Nous n'avons pas les mêmes ressources que l'État fédéral, et croyez-moi, même si nous avons recours à une nouvelle méthode pour accélérer les affaires de gangs, ce n'est pas la priorité que vous imaginez.

– Peut-être que je devrais rester ici. C'est peut-être plus sûr. »

Elle lance un regard en direction de mon avocat avant de dire : « Monsieur Clark, ce que je m'apprête à vous dire n'a pas été rendu public, mais je crois qu'il est dans votre intérêt de le savoir : Wizard Tavira et Dreamer Safulu ont été transférés ici hier soir. Je crois que ni vous ni moi ne sommes assez naïfs pour présumer qu'ils ne vous atteindront pas, même avec des mesures de protection, par des moyens extraordinaires et violents. Demain, ils seront formellement mis en accusation et leurs avocats auront notre dossier – votre déclaration anonymisée y compris. »

Quand elle me voit cligner des yeux, elle s'arrête.

« *Anonymiser* signifie qu'on a rayé votre nom, mais on a vu beaucoup de dossiers où ça ne changeait rien. L'encre noire peut être mal appliquée ou un avocat pourri peut le leur communiquer. Quoi qu'il en soit, ils auront connaissance de votre identité et de ce que vous avez déclaré. Je pense donc qu'il vaut mieux partir du principe que vous serez plus en sécurité dehors que dedans. »

Je ne sais pas quoi répondre à ça. Et elle le sait.

« Parlez-en avec votre avocat. Je reviens dans dix minutes », elle dit, et elle ouvre la porte.

SCA KRISTINA MIRKOVICH

9 DÉCEMBRE 1993
11 H 44

27

Je ressors par le sas de sécurité pour aller m'asseoir sur un banc à l'accueil. Je cherche mon téléphone cellulaire dans ma mallette. J'appelle le bureau. Je dis à mon assistant que l'offre est sur la table et que j'appellerai plus tard quand ce sera bon. Un coup de fil rapide, facile. Pas comme le deuxième. Ça pulse dans ma poitrine quand je compose le numéro. Ça sonne trois fois, et mon ex-mari décroche.

« Montero. »

Il est laconique, il ne doit pas reconnaître mon nouveau numéro.

« C'est Kristina.

– Madame la substitute. » Il est surpris, mais pas choqué. Mon frère a dû lui annoncer ma promotion.

« Inspecteur. » Je croyais m'être remise de sa voix, mais non. Sa profondeur me manque. Son rire me retourne encore. Et je n'en suis pas fière. « Tu ne pensais pas à Catalina, si ?

– Pas avant que tu en parles.

– Bon. » Passons à la raison pour laquelle j'appelle. « J'ai ton dossier, le complot avec tentative de Tavira.

– J'avais peur que tu le récupères, justement. Félicitations pour la promotion, au fait. Ivica t'a balancée.

– Il ne peut pas la fermer avec toi. » Je change d'oreille. « Écoute, j'étais avec notre témoin star, Augie Clark. Il est pas fiable, Willie.

– Tu essaies de le dresser ?

– Dit celui qui sait exactement comment ça fait.

– Dit celui qui s'en est sorti et qui n'en est devenu que meilleur.

– C'est bas, ça, Willie.

– Pourquoi c'est bas ? Parce que j'ai dit que je m'en étais sorti ? J'ai *aussi* dit que tu avais fait de moi un homme meilleur. Merde. Qu'est-ce qu'il te faut, Kristina ? »

J'aime bien quand il s'embrouille tout seul.

« Sache que, sous réserve d'approbation du juge, je vais remettre Clark en liberté conditionnelle avant de le faire passer devant le TTT l'année prochaine.

– Sacré cadeau. C'est qui, le juge ?

– Olney.

– C'est bon alors. »

C'est vrai. D'un autre côté, je sens que Willie est en train d'étudier le plafond comme il le fait toujours quand il attend la vraie nouvelle.

« Tu n'as toujours pas dit ce qu'il te faut, madame la substitute.

– Je vais l'envoyer en centre de réinsertion. Idéalement, un qui se trouve pas loin de Firestone…

– Je t'arrête. J'ai un boulot, et ce n'est pas de m'occuper des témoins des autres. C'est à ça que sert la probation, mais je crois pas que cette affaire soit prioritaire. La victime n'est même pas morte !

– Malheureusement, non.

– Putain, tu t'entends parler ?

– Je rigole, Willie : c'est une blague de mauvais goût même pas drôle, mais je rigole quand même.

– Écoute, je sais que tu veux commencer fort avec une condamnation et marquer des points, mais je ne peux pas faire du baby-sitting pour toi.

– Et ce n'est pas ce que je suggère, mais si ton équipe savait juste où se trouve le témoin, peut-être qu'ils pourraient aller le voir de temps en temps, vérifier si tout va bien. »

Il soupire dans mon oreille. « Écoute, avec tout le respect que je te dois, ce n'est pas à moi que tu demandes ça. Tu demandes ça à la *probation*. C'est leur putain de boulot de faire ça : surveiller ceux qui merdent. Je te donnerai les coordonnées de l'agent qu'a trouvé le revolver. Petrillo. Je suis sûr qu'il sera heureux de faire le boulot pour toi.

– "Qui a". » Je ne peux pas m'en empêcher. « L'agent *qui a* trouvé le revolver.

– Ouais, c'est ça. Ce sera tout ? »

Son cou rougit quand je le corrige. Ses oreilles doivent aussi rougir en ce moment.

Je le perds, alors je change encore de sujet. « Quelles sont les chances pour que Lucrecia Lucero témoigne contre Tavira et Safulu en audience publique ? »

Sa réponse est un rire amer.

« Si minces que ça ?

– Zéro, Kris. Avec du bol, on aura droit à un interrogatoire. T'as un pour cent de chances pour qu'elle le dise pour l'enregistrement, mais je te garantis qu'elle le fera pas. Même si elle le faisait, tu peux toujours l'appeler à la barre, mais elle va nier. C'est comme ça que marche leur code. Pour eux, nous, on est rien. Leur monde est tout ce qui existe. On n'a aucune chance de la voir désigner quelqu'un. Le tribunal est un univers abstrait où ils se pointent une fois de temps en temps. La rue, c'est du concret, c'est réel. Et ceux qui sont derrière les barreaux tirent les ficelles. Ils font quelque chose, se font enfermer, mais s'ils sont en bons termes avec les gros *homies* ? Alors ils n'ont *rien* à craindre. Merde, ils sont *adoubés* même.

– C'est intéressant de t'entendre dire ça, parce que j'ai envoyé mon gars enquêter sur la rumeur selon laquelle quelqu'un de haut placé aurait ordonné l'assassinat de Scrappy de l'intérieur. Et ça, ça la ferait changer d'avis ?

– C'est pas vrai, tu m'écoutes au moins ? *Bien sûr* que ça vient de très haut. Raison de plus pour que Scrappy morfle, reste en vie et marque des points en gardant le silence. Scrappy se fout de Wizard, mais elle se fout pas des gens qui sont *au-dessus* de lui. C'est ce qui fait qu'elle parlera pas, qu'elle parlera jamais. Et pour le mobile, je vais te résoudre le mystère tout de suite : c'est la *drogue*. Elle vendait au mauvais endroit ou aux mauvaises personnes, ou elle payait pas ses taxes aux gros bonnets de Pelican Bay et de San Quentin… Ouais, de rien, bordel. Je t'envoie les coordonnées de Petrillo. »

Il faut toujours qu'il ait le dernier mot. Son grognement me reste. Ça m'excite et m'attriste en même temps, et je m'en veux d'avoir encore des sentiments pour William Montero, mais, merde, sa voix me manque tellement – son assurance, sa force.

J'aurais pu faire mieux. Il aurait pu être content de m'entendre, mais j'ai merdé. J'ai voulu lui refiler quelque chose de trop, alors qu'il ne me doit plus rien. Au moment où je range mon téléphone dans mon sac, j'aperçois quelqu'un que je n'ai pas vu depuis longtemps. Nick Park. Il arrive du couloir, le nez dans un dossier.

« À ce rythme-là, tu vas te prendre un mur dans la figure, Nick. C'est quoi ? »

Il lève la tête, me voit, tente de lisser son front. « Affaire de gang. Je n'en vois plus beaucoup ces temps-ci. »

Nick et moi travaillions ensemble chez le procureur jusqu'à l'année dernière, quand il est passé à l'ennemi, la défense des criminels.

Il tourne les pages. « Y a rien sur ce gamin. Aucune infraction. Rien. »

J'ai un feeling. « C'est Safulu ? »

Nick regarde ses papiers. « Comment tu…

– C'est de la mauvaise graine, Nick. Allez. On a des flics de l'unité des gangs prêts à témoigner qu'il *est* dans un gang. Wizard Tavira ne t'accueille pas parce qu'il t'aime bien. Tu viens habiter chez lui parce qu'il te l'a demandé, et si tu es présent quand le crime est commis, tu es tout aussi coupable. »

Nick sourit maintenant, referme son dossier. On échange un regard. Je connais déjà ses arguments, son angle d'attaque, et il connaît les miens.

Ma stratégie : on a trouvé le putain de revolver dans la piaule de *son* client, dans une maison qu'il partageait avec l'un des bébés gangsters les plus connus de Lynwood ; la victime a *identifié* le tireur comme étant le colocataire de Safulu, avec des paroles prononcées alors qu'elle se croyait à l'article de la mort ; et vous savez quoi ? Mon témoin direct est peut-être un junkie, mais il est blanc et il a fait l'armée, et ces deux choses-là veulent encore dire quelque chose dans ce pays – surtout avec le bon jury. Et il aura une bien meilleure dégaine une fois qu'il sera clean et prêt à passer devant le TTT. Je le garantis.

Sa stratégie : son client n'était pas là, il a un alibi, c'est une brebis égarée injustement accusée.

Nick se balance sur ses talons. « Son ex affirme qu'il n'était pas sur les lieux. »

Bingo. Confirmation de la stratégie de défense à la con. Parfait. Je dois mettre ce dossier dans la colonne « victoires ». Un : ça justifiera ma promotion. Deux : ça calmera les connards de la municipalité qui croient que j'ai eu la promotion parce que je suis une femme. Le fait que je me trouve en face d'un des trous du cul qui m'ont barré la route chez le proc pendant des années, merde, ça fait du bien. C'est la justice en pleine action. Ce matin, quand je me suis réveillée, je croyais pas qu'on pouvait être plus motivée, mais tomber sur Nick Park, c'est le destin qui me donne la possibilité de lui broyer les tripes.

Je souris. « Ce ne sont que des on-dit. On n'a aucun moyen de vérifier les déclarations de la copine quant à l'heure exacte. Et d'ailleurs, pourquoi elle ne mentirait pas pour le couvrir ?

– Parce que c'est son *ex* ?

– Parce que, jusqu'à ce soir-là, elle résidait avec deux gangsters notoires et pourrait aussi bien être considérée comme complice. » Je ris. « J'en ai fait des choses pour des *ex*. »

Bordel, je mentirais pour William Montero sans me faire prier.

Cependant, peu importe sa nouvelle propension à croire les histoires tragiques qu'on lui raconte, Nick Park est un adversaire de taille, et il le montre en faisant preuve de bon sens. « Je vais essayer de le convaincre d'être jugé séparément. »

C'est malin. Envoyer Wizard en prison sera facile, surtout quand on aura le résultat du test balistique. Pour Dreamer, c'est moins évident, mais, tant qu'il comparaîtra avec Wizard, la présomption de culpabilité le poursuivra. Je sais aussi que si les deux affaires sont traitées conjointement, la possibilité d'un accord négocié est bien plus envisageable. Je parie sur le deux-en-un. C'est ce qui va arriver. Ça se passe toujours comme ça.

« Mon taux de condamnation préférerait que tu évites, mais bonne chance quand même. Tu sais que ça se passe pas comme ça, ici – ce serait à l'encontre du code. » Je parle comme Willie, je ne sais pas si ça me plaît trop.

Nick ouvre la bouche pour dire quelque chose, mais je m'approche de la vitre pour voir ce qu'il se passe à l'intérieur. « Je dois y aller, Nick. C'est bien de savoir qu'on se verra plus tard.

– Oui. »

Je ne me retourne pas pour voir s'il sourit ou me fusille du regard.

MAÎTRE NICK PARK

9 DÉCEMBRE 1993
12 H 01

28

Voir Kristina Mirkovich me donne l'impression d'avoir à nouveau vingt-six ans, quand on se chamaillait pour avoir le privilège de faire les motions préalables. Je l'ai invitée à dîner une fois, comme un abruti, et je me suis pris un vent. Elle m'a dit qu'elle ne fréquentait pas *les hommes issus du patrimoine génétique du bureau* ; ça m'est resté. Ce n'était pas contre moi personnellement. Il m'a toujours semblé que c'était une façon un peu merdique de dire qu'elle ne fréquentait pas les Asiatiques. Encore aujourd'hui, je ne sais pas si elle croit que c'est l'une des raisons pour lesquelles je suis parti rejoindre les services du défenseur public l'année dernière – comme si faire en sorte de ne plus être son collègue était une tentative maladroite de lui faire la cour.

L'année dernière, pendant *Sa-I-Gu**, mon cousin John s'est fait arrêter devant un bâtiment en feu à Koreatown. Il avait un fusil qui n'était pas le sien. Ça a été le chaos après les émeutes – Dieu sait que je n'avais jamais noirci autant de papier de ma vie – et pourtant personne au bureau n'a été surpris quand j'ai démissionné. Ils savaient pour John, que je suivais l'affaire de près. En revanche, Kristina ne m'a jamais rien demandé, elle s'en fichait. Dans son monde, l'explication était simple. Je suis parti parce que soit : (1) je n'étais pas assez bon ; (2) j'avais un faible pour elle, pris un vent, mais étais toujours assez intéressé pour risquer ma carrière ; (3) les deux. C'est la raison pour laquelle rien ne me ferait plus plaisir que de la battre lors de son premier procès à son nouveau poste. Et dans ce cas, eh bien, ça n'aurait rien de personnel.

Quand l'adjoint au guichet me dit que mon client arrive, je me dirige vers la porte et j'attends qu'on me laisse entrer.

Jacob Safulu a dix-sept ans, mais il en fait quinze. Ses yeux sont marron clair, il a de larges épaules, pas de tatouages visibles. Ses cheveux sont noir de jais, tous là, ce qui est une bonne chose. Il ne se les rase pas encore, comme Tavira sur sa photo d'admission, et je préfère que ce soit comme ça. Si c'était le cas, ça ne ferait que renforcer la conviction qu'il fait partie d'un gang dans l'esprit des jurés. Tavira à côté de Safulu au tribunal, comme deux jumeaux – l'image même de la culpabilité par association –, c'est précisément ce que je compte éviter.

Quand il décroche le combiné, je me présente et lui demande à quelle heure il a été transféré ici.

« Je sais pas, il dit. Tôt. »

Il frotte les articulations de ses doigts contre sa main gauche menottée. Elles se violacent.

« Ils vous ont placé ?

– Oui, dans le bloc 4700. »

J'aurais préféré le dortoir à la cellule. Ça aurait sous-entendu qu'il n'est pas considéré comme dangereux. Mais, au moins, il porte l'uniforme bleu foncé de la population générale, ce qui veut dire qu'il n'est pas particulièrement surveillé en raison de ses liens avec Wizard Tavira – qui, lui, aurait des liens présumés avec la mafia mexicaine. « Où a été placé M. Tavira, vous le savez ?

– Pourquoi ? »

J'arrête de prendre des notes. Je le regarde droit dans les yeux. « J'aimerais savoir parce que je voudrais que vous envisagiez de séparer votre dossier de celui de M. Tavira, et je crois que vous le feriez plus volontiers si vous n'étiez pas assignés au même quartier. »

Safulu me répond avec un rictus. « Là d'où je viens, on sépare pas les dossiers. C'est pas comme ça que ça se passe. En plus, il est aussi au 4700.

– Le soir des faits, je dis et son rictus se contracte, étiez-vous présent quand M. Tavira a tiré sur Mlle Lucero ?

– Non. J'étais avec ma copine… » Il se reprend. « Mon *ex*. Elle me larguait quand Scrappy s'est fait descendre.

– Angela Alvarez, c'est ça ? »

Il fait un geste de la main, comme s'il voulait effacer son nom. « Yo, ouais. On peut arrêter de parler d'elle, s'il vous plaît ?

– Dans sa déclaration, elle corrobore vos dires. »

Il me fixe du regard.

« Ça veut dire qu'elle est d'accord avec vous. »

Son front se plisse. « Alors pourquoi les shérifs disent que c'est moi ?

– Un témoin dit que vous étiez sur les lieux.

– Il dit que Wizard aussi ?

– Qu'il était le tireur, oui. »

Safulu rit. « L'inspecteur Hulk m'a fait trop peur à Firestone ! Quand il a dit que Wizard m'avait balancé, en fait, y avait un témoin, il voulait juste jouer avec moi ? C'est tordu comme truc.

– C'est la règle du jeu, monsieur Safulu. La police use de tous les moyens à sa disposition pour faire parler les suspects, y compris le mensonge. Ça n'a rien d'illégal. »

Son sourire devient sardonique, puis il se tasse dans sa chaise. « Le revolver qu'on a trouvé dans ma chambre, c'était le même qui a tué Scrappy ou quoi ?

– On ne sait pas encore. On attend les résultats du rapprochement balistique. »

Il hoche la tête.

« Monsieur Safulu, vous devez séparer votre dossier, c'est probablement le *seul* moyen d'éviter une longue peine. Selon toute vraisemblance, M. Tavira a commis ce crime…

– Sérieux, monsieur Park, j'essaie pas de jouer au con ni rien, mais je pourrai me cacher nulle part si je lâche Wizard comme ça. » Il laisse tomber sa tête et continue : « Wizard a assez de galon pour le faire, peu importe où il est. Pelican Bay ? Lompoc ? Il s'en fout.

– Le procureur a un témoin.

– Scrappy dira rien.

– Il ne s'agit pas de Lucrecia Lucero, monsieur Safulu. C'est un passant qui était venu acheter de la drogue à mademoiselle Lucero ce soir-là et qui lui a sauvé la vie apparemment.

– Un secouriste toxico ? » Il renifle à cette idée. « Alors, j'ai une question. Et si Wizard avait rien fait ? Et si c'était juste pour nous coincer ? Je veux dire, je sais pas comment le revolver est arrivé dans ma commode.

– Le scénario le plus plausible est qu'après avoir abattu Scrappy, M. Tavira a rapporté l'arme chez vous et l'a cachée dans la commode de votre chambre. Il y avait accès puisque votre porte n'était pas fermée à clé. C'est plutôt Wizard qui aurait essayé de vous faire accuser pour se sortir d'affaire. »

À ce moment-là, le visage de Safulu exprime la plus pure incrédulité. Ce serait parfait pour une pub. Cette expression pourrait vendre des céréales et des jouets. Sans exagérer.

Il dit : « Vous me faites marcher ?

– Non. Je suis convaincu qu'il est dans votre intérêt de séparer votre dossier du sien. Ou, du moins, de faire très attention avec M. Tavira. »

Il hoche la tête. Pour la première fois, on progresse. Il a sûrement des griefs contre Wizard Tavira, sinon il ne réagirait pas comme ça.

Il dit : « Je vous revois quand ?

– Au tribunal demain. Vous serez formellement mis en accusation, vous allez plaider – je pense que vous devriez plaider non coupable –, et on verra à partir de là. Je dois vous informer que ce dossier est géré par la section des bandes criminelles et a été assigné à une magistrate spécialisée. Vous allez voir ici des prévenus qui attendent leur procès depuis des mois, ce qui est normal pour un système débordé, mais vous, vous comparaîtrez le mois prochain. Ce type de crimes – des exécutions à pied ou en voiture menées par des gangs – sont exactement ce que le bureau du procureur cherche à réprimer le plus durement possible dans un effort de dissuasion. Vous comprenez ? »

Il hoche la tête.

« Bien. Il faut qu'on parle sanctions pénales. »

Sanctions pénales. Il a un mouvement de recul.

« Vous allez être jugé, monsieur Safulu. Votre avenir est en jeu. » Je lui montre les chefs d'accusation. « Vous voyez ça ? Menace de violence avec arme ? C'est un crime qui peut vous valoir trois ou quatre ans, mais ce n'est qu'une mise en bouche. Tentative d'assassinat ? C'est puni de la même façon qu'un assassinat. Si vous êtes jugé coupable, c'est la prison à vie avec possibilité de libération conditionnelle. Complot en vue de commettre une infraction ? Si on a un crime de sang – ce qui est le cas –, c'est dix années supplémentaires. Si ça se passe mal, vous pourriez être condamné à la prison à vie plus quatorze ans, monsieur Safulu, même sans compter les charges pour mutilation. Ça pourrait représenter votre vie entière. Vous pourriez finir vos jours dans une prison d'État.

– Putain ! » Les larmes lui montent aux yeux. Il regarde ses mains avant de les essuyer rageusement.

Je connais déjà la réponse, mais je demande quand même. « Est-ce que M. Tavira vous a spécifiquement demandé de ne pas séparer vos dossiers ? »

Il me regarde, puis il regarde à gauche et à droite, comme s'il avait peur que Tavira nous entende, même ici, alors que nous sommes seuls, avant de dire : « Oui.

– Croyez-vous qu'il pensait à votre intérêt quand il vous a demandé de faire ça ? »

Il soupire bruyamment, une bourrasque dans le combiné. « Non.

– Êtes-vous *certain* de ne pas souhaiter séparer votre dossier du sien ? »

Il frissonne. Bien sûr qu'il n'est pas certain. Il ne pourrait pas se trouver dans un cadre plus effrayant – en dehors d'une zone de guerre –, enfermé avec quelqu'un en qui il croyait pouvoir avoir confiance. Une part de lui veut se dissocier de Tavira au plus vite. C'est comme si je pouvais voir cette idée l'emporter, mais il respire profondément et dit : « J'peux pas, quoi. *Je peux pas.*

– Pourquoi ?

– Vous faites ça depuis quand ?

– Avocat ? Sept ans. Avant, j'étais assistant juridique.

– Alors vous savez pourquoi. »

Oui, je sais. S'il comparaît seul, Wizard ne le protégera pas. Il doit même s'attendre à des représailles, et sans personne pour le soutenir, au mieux, elles pourraient s'avérer sérieuses. Au pire, fatales.

Je lui dis : « L'idée est de le faire maintenant, pour ne pas finir en centre pénitentiaire. Séparez les deux affaires, dites aux shérifs que vous craignez pour votre vie, et ils vous mettront dans un dortoir protégé pour la durée de votre séjour ici. »

Je ne sais pas s'il rit ou s'il pleure. Les deux peut-être ? J'ai connu des membres de gang intégrés, j'en ai défendu, je connais bien leurs manies, et je peux dire sans l'ombre d'un doute que Jacob Safulu n'en est pas un – du moins, pas encore.

Quand il s'est suffisamment ressaisi pour parler, il a pris sa décision. « Je peux pas. Il y a pas que moi qui cours un risque, d'accord ? Et en plus, ils ont trouvé l'arme dans ma putain de chambre. Dans ma putain de commode. Je pourrais pas avoir l'air plus coupable ! Je m'en sortirai jamais. *Y a pas moyen*. C'est ça qu'on fait aux gens de là d'où je viens. Je sais déjà que je vais pas revenir avant longtemps. Prison à vie plus quatorze ans, vous avez dit. OK. Ben voilà. On s'en fout si c'est moi ou pas. »

Le pire, c'est qu'il n'a pas tort. C'est exactement ce que fait le procureur aux gens de là d'où il vient, aux gens qui lui ressemblent, aux gens sans argent. Partout, des Kristina Mirkovich montent leurs dossiers, des portes grincent et leurs corps finissent derrière les barreaux.

JACOB SAFULU, AKA DREAMER

9 DÉCEMBRE 1993
15 H 20

29

Ce que m'a dit mon avocat m'a foutu en l'air. Ça m'a foutu en l'air quand je marchais le long de la ligne. Ça me fout en l'air dans ma cellule. Pire, j'ai les mots de l'inspecteur qui me reviennent dans la tête aussi. *Le système, c'est le système.*

C'était hardcore comment mon avocat m'a offert une porte de sortie si je lâchais Wizard. Je voulais la prendre. Pendant une seconde. Je voulais grave. Et j'avais pas si peur de ce qui m'arriverait ici. J'avais plus peur de ce qui arriverait aux gens à qui je tiens. À Little. Mme Matta. Jimena.

Séparer mon dossier les mettrait dans la ligne de mire. Leur vie pourrait se changer en enfer en une seconde. Mme Matta pourrait se faire dénoncer à l'immigration, expulser vers le Guatemala. Elle verrait plus ses enfants. Et la famille qui resterait ? Ils pourraient se faire jeter à la rue et finir dans une planque de merde, un appart de gang où ils font tourner la drogue. Et comment ils s'occuperaient de Jimena alors ? Little vivrait au jour le jour sans la protection de personne. Et la chasse serait ouverte à cause de ce qu'il est…

Nan. Je peux pas faire ça. Pas à Mme Matta. Je veux plus jamais lui faire du mal.

Je refuse cette merde.

Voilà, c'est ça le choix que j'ai à faire.
C'est moi ou les autres.
Et c'est facile. C'est les autres, toujours.
Et j'ai même pas besoin de pleurer là-dessus.
Parce que les monstres, ça pleure pas. Les monstres, ils ont pas de sentiments.
Sauf la rage. La rage qui bloque tout le reste.
Et j'ai même pas besoin de trouver ma rage.
C'est elle qui me trouve.
Me faire enfermer pour une connerie que j'ai même pas faite ? Rage.
Wizard qui se sert de moi comme bouclier en risquant ma vie ? Rage.
Croire que je pouvais faire confiance à Wizard ? Rage.
L'idée que quelque chose pourrait arriver aux Matta ? Rage.
Ça me motive. C'est de l'énergie. Et quand ce sera le moment, y en aura assez pour exploser comme il faut. Pour me faire un nom.
Celui du mec avec qui faut pas déconner.
Ici ou ailleurs.
C'est ce qui rebondit dans ma tête quand on nous dit que c'est l'heure de la promenade.
Les gars du 4700 autorisés à aller sur le toit doivent se mettre en rang. Tu te mets en rang, et t'avances. À la queue leu leu. Tu t'arrêtes où on te dit de t'arrêter. Tu repars quand on te dit de repartir. Je regarde personne dans les yeux quand le groupe passe devant les gars des autres blocs. Je mate pas mes godasses non plus. Je fais comme a dit Wizard. Je marche la tête haute. Parce que c'est un jour de plus où mon corps appartient au comté.
La porte verte qui donne sur la cour s'ouvre, alors on entre en piétinant pour y passer nos trois heures. Je regarde droit devant moi, vers le haut. Pas très loin, un haut-parleur vibre comme de l'aluminium. C'est la chanson sur un gars qui marche cinq cents miles pour finir devant ma porte.
La cour est grande comme un entrepôt, ou un demi-terrain de foot. Plus longue que large. Différentes sections. Droite.

Milieu. Gauche. Entre les sections, des pylônes de métal alignés. Pas de toit au-dessus. Juste le grillage et le ciel. Et le soleil, il est pas au-dessus de nous. Il est déjà passé. C'est un autre groupe qui en a profité aujourd'hui.

Des téléphones à pièces sont installés sur le mur du fond, des gars y vont. Des poids traînent sur le côté, près de l'endroit par où on est entrés. Sur la droite, des mecs forment des équipes avant de se renvoyer une balle contre le mur. Une partie de basket commence au milieu. En demi-terrain, parce qu'il y a deux paniers l'un à côté de l'autre, sûrement pour éviter qu'y ait deux matchs en même temps. Y aurait des bagarres sinon. C'est vraiment malin d'avoir fait ça. À gauche, y a des racks de musculation. Des cages rectangulaires avec ce qui ressemble à des barres noires. Dedans, y a juste des barres à dips pour la gym et un téléphone payant. Les mecs dedans peuvent pas être avec nous. Il y a un shérif dans l'une d'elles, personne dans les autres.

C'est pas mal ici. Je suis presque sûr que j'ai jamais été aussi haut. J'entends la ville tout autour de nous. Mais elle est loin. Il y a des voitures. Pas le bruit de la circulation, mais juste un bourdonnement. Un long klaxon du côté d'Union Station qui s'estompe quand le train part. On dirait qu'il va vers le nord. Ou peut-être que c'est là que j'aimerais qu'il aille…

Je repère Wizard pas loin du terrain de basket avec six *homies* que je reconnais pas.

Je sens d'abord monter ma rage, comme une vague de sang qui m'engloutit la tête pour se transformer en *fils de pute*, et puis finalement, c'est pas si simple. Parce que c'est bon de le voir aussi.

Je commence à avoir l'habitude de ressentir deux choses qui me tirent dans deux directions différentes.

Il me regarde, hoche la tête, alors je me dirige vers lui.

Quand je l'ai rejoint, il me dit de m'adosser au métal, puis il me regarde dans mon uniforme bleu foncé et dit : « Ça y est, t'es plus puceau, hein ? »

Il me présente aux autres comme son *homeboy* du quartier. Je me souviens moins des noms que des endroits. City Terrace.

Lincoln Heights. Un gars de Chula Vista, à côté de San Diego. Il s'est fait prendre à Los Angeles à faire des conneries pour son beau-frère. Wizard leur dit qu'il doit me parler, alors on s'éloigne.

Il dit : « T'as vu les gardiens dans les tours ? »

Il y en a un au-dessus, je l'ai vu. Wizard pointe un autre du doigt dans le coin en disant : « Et ils te descendront vite fait bien fait. »

Sur le demi-terrain, c'est Noirs contre Blancs. Les Noirs gagnent. Ils sont meilleurs. Mais il y a un Blanc qui est trop fort. Il tire des fadeaway de l'extérieur de la raquette.

Le gars va pour faire un quatre-pour-cinq avant que Wizard dise : « Tu vois comment tout le monde reste dans son coin ?

– Ouais.

– C'est comme ça ici. Tu restes avec ceux de ta race. »

J'ai vu, j'acquiesce.

« Tu te démerdes bien, il dit. T'observes. T'apprends. Tu t'apitoies pas ou quoi. »

Ça m'énerve. Parce que je le regarde et je me dis, *va te faire foutre, sale enculé. Je suis ici à cause de toi ! Je m'apitoie sur mon sort toute la journée, putain ! Je vais juste pas te le montrer, c'est tout.*

Je ravale cette rage pour plus tard et dis : « Je suis là, alors autant m'y mettre.

– Voilà. Ça, c'est malin. »

Je suis son regard. Il vise les racks de muscu avec le mec dedans. Le gars finit ses dips, puis il se tourne vers nous pour hocher la tête vers Wizard. Ailleurs, ça voudrait rien dire. Mais ici ? Ça veut dire quelque chose.

Wizard me voit le regarder. Il fait : « On est bons ici. Partout. J'ai apporté du matos pour ce gars-là. »

Je demande pas ce que ça veut dire. On dirait qu'il vaut mieux pas.

« T'as des questions ? »

Je réfléchis une seconde. J'en ai un million. Mais c'est pas la peine de lui demander. Ça changerait rien. Alors je repense plutôt au car de ce matin. Et je dis :

« C'est quoi un buffet en fait ?

– Mec, écoute ça ! Alors, les gars, ils prennent leur pain de mie, tu vois ? Ils l'écrasent et... »

Wizard s'arrête. Un petit Mexicain aux cheveux longs vient vers nous, l'air hyper sérieux. Un gars s'est assis sur son lit. Après avoir obtenu le nom du gars, Wizard se tourne vers un groupe de Blancs assis près du terrain de basket. Et un des Blancs, qui ressemble au catcheur Rowdy Roddy Piper en tout maigre, hoche la tête vers Wizard avant de le retrouver à mi-chemin. Ils parlent trente secondes. Wizard revient. Roddy retourne avec sa clique. Trois Blancs se lèvent et vont voir les joueurs sur le terrain.

« C'est une histoire entre Woods* maintenant, mon gars, Wizard dit. On a plus trop de temps, alors parle-moi de l'avocat. Il paraît qu'on t'a appelé. »

Je lui raconte tout sauf l'histoire de séparation des dossiers. Qu'ils savent pas si le revolver trouvé à la maison est celui qui a servi pour Scrappy. Le test qu'ils attendent. L'autre témoin. Le gars qui a sauvé la meuf. Wizard dit qu'il est au courant. C'est juste un tox. Il va trouver son nom. On va le choper. Il témoignera pas. Je lui dis la peine qu'on risque. Il pose la main sur mon épaule. Comme s'il en avait quelque chose à faire de ce que je ressens ou je sais pas quoi. Je dégagerais mon épaule si c'était pas manquer de respect. Si je savais pas qu'il le prendrait mal.

Quand j'ai fini de dire tout ce qu'y avait à dire, l'équipe de basket de Blancs a changé. Les trois gars qui sont déjà près du terrain tabassent leur meilleur joueur. L'enfoiré qui enchaînait les fadeaway.

Ça se met à crier.

Wizard regarde même pas.

Moi si. Ils le frappent dans les genoux. Fort.

Et quand il tombe ? C'est la tête. Les côtes.

La sirène hurle. On doit tous se mettre à terre. Les mains sur la tête.

Wizard dit : « La diplomatie, *homeboy*. C'est comme ça que ça marche. Pareil que dehors. T'assieds jamais sur le plumard de quelqu'un. Si tu fais ça, même moi je peux pas te sauver d'un défonçage en règle. »

Quand les adjoints interrompent la bagarre, le Blanc saigne comme si on lui avait jeté un pot de peinture dans la gueule. On le menotte. Les trois autres aussi. On les emmène.

Et on nous dit de nous mettre en rang.

C'est fini pour nous. Plus de ciel.

Pendant qu'on va jusqu'au panneau ALIGNEZ-VOUS ICI, Wizard dit : « Hé, c'est quoi l'histoire avec ton pote pédé ? Il a trouvé quelque chose ou quoi ? »

Je hausse encore les épaules, parce que je sais pas. Mais j'espère, putain.

V

DES LIEUX DE PIERRE

« Les prisons sont bâties avec les pierres de la Loi… »

WILLIAM BLAKE, « PROVERBES DE L'ENFER »

JEOVANNI MATTA, AKA LITTLE, AKA LITTLE GUY

9 DÉCEMBRE 1993
15 H 44

30

J'ai un truc à avouer. Je n'aime pas vraiment les gens. Si je pouvais faire ce que je voulais, je resterais dans ma chambre toute la journée à jouer à Zelda sur la Gameboy jusqu'au week-end. Puis j'irais au Silver Fox à Long Beach pour regarder des vidéos, danser, mais toujours dos au mur, pour que personne passe derrière moi sans que je décide si ça me va ou pas. S'il est mignon, si je l'ai déjà vu, on irait aux toilettes, sans fermer la porte ; je m'appuierais dessus, je dirais qu'embrasser c'est pas mon truc ; il pourrait me caresser, mais je ne me laisserais pas sucer ; si ça lui plaît pas, tant pis, je le toucherais moi, mais s'il en veut plus, c'est mort, je fais pas ça le premier soir ; s'il s'énerve, je me casse ; s'il m'empêche de partir, je lui dis que j'ai un couteau, sans dire s'il est dans ma poche arrière droite, je dis juste que je lui ferai pas de mal. Sauf s'il essaie de m'en faire.

J'ai un autre aveu à faire. Certaines personnes savent ce que je suis au premier regard, quand elles me voient silencieux, dans l'expectative, en retrait. On m'a déjà forcé à faire des choses. Des ex-détenus plus âgés. Ils reviennent de Lompoc, de Chino ou d'ailleurs. Ils y ont pris goût, ou c'est l'habitude, ou bien ils ont toujours été comme ça, et la prison a concrétisé les choses. J'avais quatorze ans quand ça m'est arrivé la première fois. Ça a commencé avec un OG*. Quatre fois ça m'est tombé dessus cette année-là. Je ne l'ai jamais dit à personne, même pas à mon frère. Je voulais être seul. Mais, maintenant, j'ai un couteau sur moi. Toujours.

Les gens, c'est de la *mierda*. Ils sont lâches et méchants et stupides. Ils voient pas ce qu'ils ont en face des yeux. Mais je ne pose pas de questions pour les gens. Je le fais pour Jacob, pour qu'il ait une vie. Mais tu sais quoi ? Je le fais aussi pour moi. Je vais pas mentir. Je le fais pour marcher dans ma rue la tête haute, pour aller où je veux. Pour mon frère aussi, pour ma sœur, pour qu'ils n'aient pas à avoir honte de ce qu'on raconte sur moi. Et s'ils ont des conneries à dire sur moi, *se pueden callar sus pinches bocas**, garder ça pour eux ! C'est comme ça quand tu te fais respecter.

No Neck et moi, on fait le tour du quartier depuis deux jours. Ça n'a rien donné de parler à tous les junkies qu'on a pu trouver. Tous, ils voulaient dix ou vingt dollars, ou un fix. Ils regardent No Neck comme s'ils savaient qu'il avait quelque chose, mais qu'il le gardait pour lui. Des journées frustrantes, déprimantes. Qui ont rien donné, jusqu'à ce que j'aie l'idée de mettre un guetteur dans la rue de Wizard. C'est si bon comme idée que je m'en veux de ne pas y avoir pensé plus tôt.

Le gamin est dans le jardin quand on arrive. Il n'a pas de tee-shirt, porte un short du club de foot des Chivas*. Il court après un ballon sur le gazon sans trop savoir quoi en faire.

Quand on arrive, il stoppe net et nous regarde. « Tranquille, m'sieur No Neck ? »

Il bondit comme un chiot autour de No Neck. Il me regarde même pas, alors je dis : « Y a qui qu'est passé chez Wizard depuis le soir où Scrappy s'est fait descendre ? »

Le petit connard fait une gueule genre il croit même pas que j'aie pu lui adresser la parole. Je vois sur son visage qu'il croit que je suis moins homme que lui. Il n'en est même pas encore un.

Y ahora, il sourit et crache par terre. « J'te parle pas à toi, enculé de pédé. Le prends pas mal, mais pourquoi tu vas pas niquer des trous de balle jusqu'à ce que ta bite tombe par terre et que tu crèves ? »

Il rit comme s'il avait fait la blague de l'année. Bravo à No Neck à côté de moi qui montre rien.

Ce petit, il a dix ans. C'est le fils cadet d'Adalberto. C'est pas la peine de foutre son monde en l'air en lui disant ce que branle son oncle en scrède, que Ramón de Guadalajara se fait parfois appeler Sirena à Long Beach quand ça lui prend. Je lui parle dans un langage qu'il comprendra : j'avance vers lui comme si j'allais lui chuchoter quelque chose à l'oreille, mais je mets mon pied derrière le sien et le pousse fort. Il tombe sur son cul dans le gazon.

« Me parle plus jamais comme ça, petit. » Je le dis en sortant mon couteau. Je sors la lame ; elle est nue, aiguisée. Je la tiens le long de la couture de mon jean, pour qu'il la voie et qu'il réfléchisse à ce qu'elle peut faire alors qu'il est à terre. Ses yeux s'écarquillent. Je veux être gentil. C'est vrai. *Lo prefiero**. Je veux être gentil avec tout le monde, et je veux que tout le monde soit gentil avec moi. Mais ça marche pas comme ça. C'est ce monde-là qui m'a mis en morceaux et rapiécé comme je suis. Et c'est ça qu'il récolte maintenant.

Il est même pas encore debout qu'il recommence à l'ouvrir. « Comme ça quoi ? "Pédé" ? "Enculé" ? Tu préfères "*maricón*", sinon ? »

Il a le sourire insupportable des gens qui croient que le monde est de leur côté et qu'ils peuvent se permettre d'être des pourritures.

Je regarde No Neck l'air de dire que je vais m'en occuper, qu'il doit juste faire avec, mais il s'en mêle.

Il dit : « Écoute, petit *homie*. Tu parles à ce gars comme tu parles à Wizard. C'est l'affaire du *llavero**. On rigole pas. »

Il n'y a pas vraiment de mots pour décrire comment les yeux du petit gars s'écarquillent, et comment sa bouche s'ouvre grand, avant que No Neck dise : « Excuse-toi. »

C'est là que l'horreur s'installe, et le moutard comprend que c'est plus une blague, et qu'il a mal géré.

« *Lo siento* », il dit, mais No Neck y croit pas, parce que le gamin me regarde pas.

No Neck aboie dans ses oreilles : « Regarde-le dans les yeux ! »

Et il le fait. Il s'excuse, et peu importe s'il le fait parce qu'il veut être bien avec Wizard et No Neck, ou s'il rentre chez lui en pleurant et en me haïssant encore plus. L'important, c'est qu'il le dit. Je range mon couteau, vite, comme je me suis entraîné à le faire. C'est bon, de se sentir puissant. Avoir du muscle avec moi, ça fait que les gens se comportent comme des êtres humains. Ça pourrait me monter à la tête. Et ça m'inquiète, et en même temps non. Les gens devraient toujours être corrects. Ils devraient être polis et respectueux, quitte à les forcer.

Je demande encore une fois : « Alors, qui t'as vu rentrer et sortir ? »

« Angela. L'agent de probation, il est venu deux fois. Une fois avec un adjoint, et l'autre fois il est allé voir quand la voiture des shérifs surveillait la maison. »

No Neck et moi, on échange un regard.

Et je dis : « Quel agent de probation ?

– Celui de Wizard. Petrillo. »

Je me tourne vers No Neck. « Angela est là, tu crois ? »

Il hausse les épaules. Ça veut dire, *y a qu'un seul moyen de le savoir.*

31

On va à pied jusqu'à la maison d'Angela, et je frappe. Elle ouvre la porte vêtue du haut de son uniforme de travail et d'un jean délavé blanchi aux coutures. Il est super stylé. Dans la maison, on entend les Boyz II Men passer à Shanice. J'aurais plutôt cru qu'Angela aimait les vieux trucs, pas le R&B, mais les gens sont surprenants.

« Je dois être au lycée à 16 h 30. Qu'est-ce qu'il y a, Jeo ? » Elle me sourit d'une façon qui me réchauffe le cœur, mais elle envoie un regard glacial vers No Neck. « Hernán. »

La façon dont elle le dit, je me demande si elle le tient responsable de l'arrestation de Wizard, mais ça me fait triper qu'elle l'ait appelé par son vrai prénom. J'ai jamais pensé à demander comment la mère de No Neck l'avait baptisé. Ça a toujours juste été No Neck pour moi. Maintenant, c'est aussi Hernán.

« Salut, Angela. » Ça me fait bizarre de le dire, parce que je ne l'ai pas vue depuis que c'était devenu sérieux entre elle et Jacob. « On peut entrer ? »

Elle montre No Neck du doigt. « Lui aussi ? »

Je la regarde dans les yeux. Je sais qu'elle me parlera plus ouvertement s'il n'est pas là, alors je lui dis : « Tu peux aller chercher le truc dans la voiture ?

– Quel truc ? » No Neck comprend pas.

Avec un rictus, Angela se cale bien, la main sur sa hanche. C'est tellement fluide quand elle bouge.

Je fais une tête en espérant qu'il comprendra que je n'ai pas besoin de ses muscles pour parler à Angela. Il me faut de la douceur, mais le message passe pas, alors je dois faire : « Tu peux attendre dans la voiture, s'il te plaît, Hernán ? »

Il me lance un regard qui me dit : *m'appelle pas comme ça.* Il dit aussi : *on en reparlera plus tard.* Mais il y va.

Angela me fait signe de la suivre jusqu'à sa chambre, celle qu'elle partageait avec Jacob.

Je dis : « Je sais qu'on t'a déjà posé un tas de questions, mais Wizard m'a demandé de me renseigner un peu pour lui. »

J'ajoute presque « pour Jacob aussi », mais je laisse ça de côté, au cas où il y aurait un froid entre eux à cause de la rupture. Merde, je sais que mon frère a refusé d'adresser la parole à Jacob pendant un mois quand il a su qu'il emménageait chez Angela. Il croyait encore pouvoir la récupérer, alors qu'il n'y avait pas moyen.

« C'est nouveau pour Jellybean, d'envoyer quelqu'un comme toi. Tout respectueux. » Elle me lance ces mots par-dessus l'épaule tandis qu'elle enlève sa chemise. « Il devient plus malin ou quoi ? D'habitude, il envoie Hernán ou Jerry pour parler, et pas vraiment avec des mots. »

Il me faut un moment pour me rendre compte que Jellybean, c'est Omar. Mais je comprends ce qu'elle veut dire. Je me retiens de dire que c'est l'idée de Jacob, parce qu'elle se fermerait sinon. Je l'aime bien. Lui aussi. Je les aime bien ensemble, mais c'est fini maintenant, et j'ai un boulot à faire.

Elle tourne dans le couloir pour entrer dans la chambre. Elle a complètement enlevé sa chemise, et elle porte un soutien-gorge en dentelle noire qu'elle enlève en me tournant le dos. Elle ferait jamais ça si No Neck était encore là. *Es obvio**. Je sens qu'elle me fait confiance et ne me voit pas comme une menace. Je lui en suis reconnaissant. Elle court encore, fait des pompes. Je le vois à la forme de son dos. Ça me fait sentir que je devrais en faire plus. Shanice finit sa chanson où elle dit vouloir rester avec toi pour toujours, tandis qu'Angela enfile un soutien-gorge plus confortable, bleu avec des bretelles plus larges.

Elle me regarde. « Je croyais que tu avais des questions. »

Je montre la commode. « C'est là qu'ils ont trouvé le revolver ?

– Sous le tiroir du bas. » Elle passe la tête dans le col d'un tee-shirt des Dodgers blanc et se recoiffe après. Le blanc va très bien avec sa peau. Ça lui donne un certain éclat.

« Je peux regarder ?

– Vas-y. »

Angela inspecte son sac à dos pour s'assurer qu'elle a tout. Je tire le dernier tiroir au maximum. Il me faut peu de temps pour comprendre comment le sortir. Et c'est triste de voir les affaires de Jacob à l'intérieur. Ça me fait comme un choc en voyant ses tee-shirts. Il n'a pas dû avoir le temps de revenir les chercher.

« Tu savais que... » J'évite de dire *Jacob* ou *Wizard.* « ... quelqu'un cachait quelque chose ici ?

– Je savais même pas qu'on pouvait. Je croyais qu'il y avait un fond. J'ai mis la main sur une chaussette que j'avais perdue quand ils ont tiré tous les tiroirs.

– C'était quand ?

– Les shérifs sont revenus après avoir trouvé le revolver, et ils ont fouillé encore une fois. Ils ont rien trouvé d'autre apparemment. »

Maintenant, on entend « Hip Hop Hurray » de Naughty by Nature.

Je dis : « C'est une compile ou quoi ? »

J'aime bien les initiales du morceau, « OPP* », leur flexibilité. Comment ça peut vouloir tout dire. Propriété. *Pussy**. Pénis. Ça reste ouvert. J'ai tout mon temps pour Naughty. Et Treach, ses lèvres et ses marcels ? Laisse tomber.

« Ouais. Un mec du boulot me l'a filée.

– Parce qu'il te kiffe, je parie.

– Sérieux ? » Elle penche la tête comme si elle ne s'était jamais posé la question, mais c'est des conneries. Si tu vois Angela et que t'es hétéro, t'es obligé de la kiffer, et elle le sait.

Je rigole. Elle aussi.

« Tu m'as manqué, Jeo. » Elle pose la main sur mon bras, avant de la laisser glisser. « Ton frère ? Certainement pas. Mais toi ? Si. »

Y ahora, je devrais sûrement vous avouer que j'ai pas beaucoup d'amis. Pas du tout même, à part Jacob, mon frère et ma sœur ; alors ça me déstabilise. Il y a tant de choses que j'aimerais dire à Angela, lui demander, à cette jeune femme qui a de l'expérience, mais je peux pas. Un autre jour peut-être.

« Tu m'as manqué aussi, en fait », je réponds.

Elle sourit et referme son sac. « Une autre fois alors. Passe à la maison. Ça me ferait plaisir. C'est vide ici en ce moment. Viens. Je dois y aller. »

Je la suis. « Alors personne n'est venu ici à part toi, Wizard, Jacob, l'agent de probation et l'adjoint ? Aucune trace d'effraction ni rien ?

– Effraction ? Euh, non. Jellybean a condamné les fenêtres lui-même. Il faudrait casser les vitres pour entrer. »

On est à la porte. Elle est sur le point de l'ouvrir.

Je cogite. « Et t'as rien remarqué de bizarre ? »

Elle s'arrête. « Je crois que l'agent a un faible pour moi. Il est venu chercher Omar l'autre jour, alors qu'il y avait déjà des shérifs devant. C'était un peu bizarre. Il avait pas besoin de venir, tu vois ? Évidemment que Jellybean allait pas être là. »

Et voilà. C'est ce qu'a dit le *pendejito** dehors.

« Combien de fois tu l'avais vu avant ?

– Peut-être quatre ou cinq fois depuis que Jellybean est rentré de Chino. Il faisait juste son boulot, il vérifiait que tout était bon.

– Tu l'as déjà vu regarder dans la commode avant ?

– Non, mais il aurait pu. Je ferme pas toujours la porte à clé. Et si la chambre était ouverte et qu'il pensait qu'Omar pouvait y être entré, il allait regarder. Ils sont obligés.

– Il a un nom ?

– Petrillo. Ça s'écrit comme si tu prononçais *petriyo*. Il est pas mal. Il te plairait. »

J'ai une sensation dans le ventre que les pilotes doivent ressentir avant de s'éjecter. « Tu sais que tu peux pas te le faire, hein ?

– Je ferais jamais ça. » Elle le dit, mais je vois dans ses yeux qu'elle le ferait.

Comment on dit ? Il y a une étincelle. Une toute petite. Mais elle est là. Puis elle ouvre la porte.

ANGELA ALVAREZ

10 DÉCEMBRE 1993
9 H 03

32

Jellybean et Jacob passent devant le juge cet après-midi. Ce matin, je fais la caisse chez Tom's pour le petit-déjeuner. J'ai une douleur aux côtes, à gauche. Je l'ai remarquée le soir où j'ai cassé avec Jacob. C'est pas un point de côté comme en course de fond. Ça, j'ai l'habitude. C'est pas une raison pour m'arrêter. Cette douleur-là est plus profonde. Je m'en veux parce que ça ne fait que quelques jours, mais son rire me manque. C'est dur de ne pas l'avoir pour me remonter le moral. Et c'est con, parce que c'est de ma faute.

Je fais partir juste un café. Je fais partir une omelette, la spéciale, sans oignons et sans poivrons.

Tout d'un coup, je me dis que c'est un peu moi, cette commande. Je veux le plat, mais je le veux pas comme il est. Je veux enlever des choses. Je veux Jacob, mais pas celui du menu. Je le veux lui, mais *différent*.

Je fais partir un burrito œufs-bacon. Une assiette œufs-côtes de porc.

Et je suis prête à lancer une œufs-chorizo quand ça devient surréaliste. Phil Petrillo passe la porte et se cale dans ma file avec un journal. Mon estomac se met à faire des bonds comme avant une course. Je suis nerveuse et j'ai peur. Il est grand.

C'est un *homme*. Trente-six ans ? J'ai jamais été avec un mec comme ça. Mais il est pas mal avec ses cheveux lissés en arrière. Le genre qu'on regarde et qui fait se demander d'où il vient, genre, s'il est blanc ou autre ? Il a pas l'air, pas complètement. Déjà, il y a d'autres filles qui le matent, qui se font des films sur lui, je le vois bien.

Merde. Je l'ai dans la tête maintenant ! Et c'est pas bien, mais je suis curieuse. Je veux pas, mais je le suis quand même. Ça fait quoi d'être avec un mec qui a un boulot et qui tient la route ? Je m'en veux de penser ça. Je trahis Jacob et Jellybean en pensant ça.

Ce que je veux dire, c'est qu'il y a plein de gens du quartier ici en train de prendre leur petit-déjeuner, et si je lui parle d'une certaine manière, ça remontera jusqu'à No Neck et peut-être même jusqu'à Jeo, puisque c'est lui qui est sur l'affaire maintenant, ce qui est dingue, mais bref. Raah ! Pourquoi j'ai dit ça à Jeo ? Je sais que j'aurais rien dû dire sur Phil.

Ma file avance. Une vieille dame au front ridé commande des *huevos rancheros*, avec un supplément de sauce et de tortillas, parce qu'elle va partager avec sa petite-fille, de toute évidence. La petite est trop jeune pour aller à l'école, même si elle marche et qu'elle essaie de courir à la table de quelqu'un d'autre. Je relaie la commande sans faire payer l'*abuelita** pour les trucs en plus.

Phil est encore un peu plus près de ma caisse, toujours les yeux sur son journal, comme s'il était plus intéressant que moi. Je peux pas m'empêcher de penser qu'il me facilite la vie en ne me regardant pas. Merde. Si je suis déjà toute retournée maintenant, qu'est-ce que ça va être quand il va me regarder ? Et qu'est-ce que je vais lui dire ? Je peux rien dire. Je dirai rien.

L'ouvrier qui vient à ma caisse veut des œufs brouillés bien cuits, un steak à point et des patates pas trop cuites, mais je réponds pas. Je me tourne et je demande en espagnol au cuisinier s'il peut faire tout ça. Il peut, alors tout va bien.

Phil m'a pas encore regardée, pas même une fois. Je suis pas son genre ? Trop jeune ? Il est marié ? Mais j'ai jamais vu d'alliance. Il a une copine peut-être. Je regarde le haut de sa tête pendant qu'il est en train de lire.

L'ouvrier paie au centime près avec son petit porte-monnaie, et il s'écarte pour aller chercher des serviettes.

C'est au tour de Phil. Il s'approche. Mon estomac est encore nerveux, la peur est là.

AGENT DE PROBATION PHILLIP PETRILLO

10 DÉCEMBRE 1993
9 H 06

33

Ça s'appelle Tom's Burgers, mais ce matin ça sent que le bacon et les œufs. La préparation est la clé du succès : je planifie cette rencontre avec Angela depuis un moment (parce qu'elle vaut tellement plus que Renee). J'ai fréquenté l'établissement les matinées où elle ne travaillait pas afin qu'on me connaisse, qu'on me voie comme un habitué. C'est pour ça que je suis venu dix-huit fois les dix dernières semaines. Personne ne peut savoir que je l'ai aperçue en uniforme un jour lors d'une visite de contrôle à son domicile et que je savais qu'elle travaillait ici. Grâce à une simple surveillance, j'ai pu déterminer son emploi du temps. Pour toutes les parties intéressées, il s'agit simplement d'une coïncidence à Lynwood.

J'ai observé l'intérieur par la vitre avant d'entrer (seulement après m'être assuré qu'aucune des personnes dont j'assure le suivi n'était présente). Je savais quelle était la file d'Angela, ce qui m'a permis de me faire désirer. Pendant que je faisais la queue, je n'ai pas levé les yeux une seule fois.

Ça demande un certain effort, tellement elle m'attire. Elle est si proche et si loin en même temps. Ça vaut le coup. Elle est déstabilisée, me reconnaît tout de suite. Une fille comme elle n'est pas accoutumée à l'indifférence. Elle se demande pourquoi. Elle panique un peu, peut-être qu'elle pense avoir fait quelque chose de déplacé. C'est très bien. Je veux la faire vaciller. Je ne pensais pas que ce serait si facile.

Tous les regards sont sur moi. Je la vois m'observer à la périphérie de mon champ de vision, par-dessus mon journal. Je me force à lire autre chose qu'elle. Patrick J. Morris, juge à San Bernardino, veut interdire la fabrication, la vente et la possession de toutes les armes de poing. (Bonne chance, sale dégénéré de gauchiste.) Il veut aussi instituer des tribunaux pour la toxicomanie afin de favoriser le traitement plutôt que l'incarcération. Mais bien sûr. Autant nourrir et habiller tout le monde gratos pendant qu'on y est, et tenir les gens par la main quand ils ont peur du noir.

Je tourne la page. La personne qui est devant moi avance, et moi aussi, dans un vacarme de fourchettes qui raclent les assiettes autour de moi. Je déteste ce bruit, mais je reste parfaitement calme. Je me concentre sur les infos. Apparemment, l'avocat de Lyle Menendez a versé une larme pendant sa plaidoirie, et son assassin de client a pleuré pour les beaux yeux du jury. Plein de gens ont vécu des choses difficiles avec leurs parents, mais tous ne les tuent pas à cause de ça. Personne n'assume plus rien de nos jours. J'en ai ma claque.

Quand j'entends Angela parler avec une autre caissière, mon regard descend sur son cou, puis plus bas. Je ne m'attarde pas, mais je me demande ce qu'elle porte en dessous. C'est ça le problème, après avoir vu son tiroir à lingerie et m'être efforcé d'en retenir le contenu. (Violet, bleu clair ?) Aucun homme ne pourrait s'empêcher de l'imaginer. C'est normal, c'est naturel.

Avant de me décider pour les dessous violets (ça y est, j'en suis sûr), Angela pivote pour prendre une assiette et la mettre de côté sur le comptoir. Elle appelle le numéro. Une petite fille arrive en courant, mais une vieille dame la devance et lui fait « pas touche » de la main. C'est alors que je me décide : quand elle dira oui à notre premier rencard, je l'emmènerai quelque part où elle se fera servir.

La personne devant moi avance, alors j'approche du comptoir. Elle se tourne.

« Bienvenue chez Tom's, qu'est-ce qu'il vous faut ? »

On y est. C'est le moment de vérité. Je dois la jouer finaude. Je ne la regarde pas, je dirige mes yeux juste au-dessus de sa tête et je les plisse devant le tableau avec le menu derrière elle.

« Prenez votre temps. C'est pas comme s'il y avait la queue ni rien. »

On entend bien l'irritation dans sa voix. C'est parfait, exactement ce dont j'avais besoin. C'est comme ça que je sais que ça marche.

Je retarde la prise de décision avant de lui dire que je veux le menu n° 1 avec deux pancakes, deux œufs (brouillés) et trois morceaux de bacon (croustillants).

Elle enregistre ma commande, saisit des chiffres sur sa caisse.

Je baisse les yeux sur mon journal. Un employé du comté (agent de détention pour mineurs), Michael Cornell Bullard, trente-neuf ans, a été inculpé pour avoir essayé de vendre dix kilos de cocaïne à des agents des stups en civil. La caution est fixée à un million de dollars.

Elle s'éclaircit la gorge (c'est presque comme si elle me suppliait de lui prêter attention). « Quelque chose à boire ? Un jus ? »

Et là, enfin, je la regarde pour la première fois. Elle cherche un signe de reconnaissance dans mon regard et, ne le trouvant pas, elle cligne des yeux.

J'ai envie de lui dire que je n'irai pas à l'audience aujourd'hui. S'il n'est pas rare qu'un agent de probation y soit présent, c'est un risque inutile. Je ne veux certainement pas que ma présence l'indispose si elle décide de s'y rendre.

« Non, rien à boire. »

Elle presse deux boutons et ajoute un soda avant de sortir le total. Je lui donne dix dollars, elle les prend. Je ne dis rien. Je veux voir comment ça va se terminer.

Elle regarde le ticket de caisse et fait : « Oh-oh ! »

Quelque chose sonne faux dans son exclamation. Elle n'est pas spontanée, ça ne va pas avec l'expression de son visage. Quand on était chez elle, quand je lui ai dit quel âge j'avais, sa mâchoire a tressailli. J'ai repensé tous les jours à ce mouvement.

Et là, elle ne fait pas le même geste, ce qui laisse à penser qu'elle n'est pas surprise du tout, elle fait semblant.

« Ça ira si je vous donne pas un autre reçu ? » Elle déchire le papier à l'endroit où il sort de la caisse, elle raye le soda, puis elle écrit quelque chose. « On essaie d'économiser le papier.

– Pas de problème », je dis.

Angela ouvre son tiroir de caisse et prend la monnaie. Quand elle me la donne avec le reçu, c'est là que je la surprends. Je souris. Je lui offre mon meilleur sourire : impressionné, intéressé, curieux d'en savoir plus. Je me montre chaleureux.

Ça marche, parce qu'elle ne s'y attendait pas. Elle rougit, mais, avant que le sang ne colore ses joues, elle se retourne face à la cuisine pour que personne d'autre ne la voie.

Par-dessus son épaule, elle fait : « Merci. Ça devrait être prêt dans quelques minutes. »

Je me dirige vers le bord du comptoir, je dégage la voie. C'est seulement plus tard (après avoir mangé et quitté les lieux) que j'extrais le reçu de ma poche avant droite, le déplie et regarde : dessus, sous la ligne du Coca barré, se trouve son numéro sur liste rouge.

HERNÁN GARRIDO, AKA NO NECK

10 DÉCEMBRE 1993
9 H 28

34

Avec Jerry, on va chez lui et on explique à Little comment ça s'est passé. Il écoute comme s'il était déjà le patron. Ça me fait halluciner : on dirait qu'il est fait pour ça. Je lui raconte qu'on a suivi le mec de la probation depuis son bureau jusqu'au parking derrière chez Tom's et qu'on l'a vu se mettre devant la vitre et mater l'intérieur avant de rentrer et de choisir la queue d'Angela. Alors Jerry s'approche de la vitre et tourne le dos. Il allume une clope mais le but c'est de bloquer la vue aux gens pour que je mate à l'intérieur sans me faire cramer. Tout se passe bien après ça. Normal quoi. Le gars il lit son journal. Angela fait partir les plats, mais, quand il arrive devant elle, elle se goure dans la commande. Little se penche en avant quand je lui dis ça. Je vais souvent chez Tom's quand elle est là et je l'ai jamais vue faire ça. Elle connaît le menu par cœur et elle écoute bien ce que les gens demandent. Je l'ai vue gérer des queues de malade alors sa connerie m'a fait penser que Little avait raison de poser des questions sur elle en fait. À ce moment-là, Jerry me tape et me dit de parler du reçu. Je dis que je l'ai vu imprimer son reçu et puis rayer un truc et *écrire* dessus. On se demande tous c'est quoi. Little pense que c'est un endroit pour se retrouver plus tard. Jerry, il croit que c'est un numéro de téléphone. C'est là que Little il se met la tête dans ses mains et dit putain. Jerry veut savoir s'il croit qu'Angela a quequ'chose à voir avec le piège contre Dreamer. Little fait non de la tête. Il dit qu'elle a encore rien fait avec le gars de la probation. Il dit qu'il a parlé avec elle de lui. Jerry et moi on se regarde. On est d'accord pour croire Little sur parole. Little dit qu'on sait même pas s'il la kiffe pour de vrai ou même s'il compte se la faire. Je lui dis comment le gars il la regardait. Little fait genre ça compte pas. Il me dit qu'un regard c'est pas une preuve. Ça me rappelle que Little c'est le petit intello qui faisait nos devoirs à tous quand on était gamins quand il parle comme ça. On séchait l'école et il faisait notre rattrapage. Il nous a aidés pour nos contrôles jusqu'à ce qu'on lâche l'affaire. Il était cool comme ça. Et ça a pas changé parce qu'il dit qu'il nous faut plus d'informations. Ce qu'on a pour l'instant c'est pas assez pour raconter à Wizard. On comprend. On est tous d'accord. Personne veut stresser Wizard tant qu'on sait pas vraiment.

Little regarde sa montre. Il dit qu'on doit continuer à la suivre. Peut-être qu'Angela va retrouver monsieur Probation, alors on va voir. Little veut savoir si Jerry peut le conduire à l'audience de Wizard ou quoi. Il dit qu'après il doit voir Dreamer, si le gars a droit aux visites. Mais Jerry peut pas. Le pick-up de son daron est en panne et il doit l'emmener au boulot et retourner le chercher, alors il dit à Little comment y aller en bus. Je commence à me sentir comme le gars de trop, alors je demande ce que je suis censé faire. Little hoche la tête grave bas et me donne une mission. Il dit que je dois trouver le connard qui a sauvé la vie de Scrappy.

35

Je vais le trouver ce putain de connard. Je vais le trouver ce putain de connard. Les mots défilent en boucle dans ma tête. Je dois beaucoup à Dreamer parce qu'il a pris ma place pour que je doive pas payer pour Scrappy. Je vais trouver ce putain de connard. Y en a qu'un seul qui a pu sauver Scrappy. C'est forcément le tox qui voulait foutre en l'air sa maison. Il avait une capuche mais elle est tombée quand il a essayé d'arracher les volets de la *casa*. Il avait le crâne à moitié chauve aussi. C'était un *gabacho* gringalet comme un ado. Mais vieux. C'est le gars qui faut que j'trouve. Et je suis seul sur le coup parce que Jerry est avec son père et Little prend le bus. Silencio doit passer devant le juge pour la pension de son gosse et Lil Puffer s'est niqué la cheville hier en soirée. J'ai décidé de faire comme Wizard il dit toujours : je vais former un petit. Je prends ma caisse et je roule jusque chez Adalberto, où le gamin est en train de jouer avec un ballon de foot. Je le cuisine pour savoir son nom. Johnny il dit. Il roule avec moi aujourd'hui une fois qu'il aura mis un tee-shirt. Il fait une gueule comme si je venais de lui acheter des bonbons chez Cork N Bottle et je lui dis de calmer sa joie là. Il court jusqu'à la maison et revient avec un maillot des Chivas avec « Galindo » écrit dans le dos. On passe devant tous les spots que Little et moi, on a vus avant mais on le fait encore et plus lentement. Le parc à côté de la piscine. Rien. Personne. Le marché. Nada. Le Chuck E Cheese derrière le marché où les tox vont des fois vendre les merdes qu'ils ont chourées. Que dalle. Mais ça nous occupe jusqu'à l'heure où les camés se réveillent et commencent à avoir besoin de dope et de bouffe.

Je roule jusqu'à Tacos El Unico. J'achète deux tacos à Johnny. Le gamin se jette dessus comme un animal, alors je lui demande s'il a mangé ce matin. Il me dit qu'il a trouvé des biscuits dans le canapé et c'est tout. Entendre ça me donne envie d'aller trouver Adalberto et de lui casser les dents pour pas s'occuper du gosse. J'achète encore un taco à Johnny et je le regarde se lâcher sur une assiette de carottes marinées qu'il a chourée au bar à condiments pendant qu'il attendait. Je suis au comptoir quand mon *homie* Fat passe la porte. Fat a beaucoup de surnoms. Gordo. Gordy. Fatty T. Et même Juan John Silver. Il a plein de putains de *nombres*. Bref, je prends son autre taco à Johnny, et Fat et moi, on discute. Il vient de rentrer d'Arizona pour aller voir sa tante qui est malade. Je dis que ça craint, puis je lui décris le genre de tox que je cherche et à quoi il ressemble. Il sait qui c'est direct. Augie : c'est le nom du gars. Je lui demande comment ça s'écrit et il me le note pour que je donne à Little. Ce mec il devenait tellement fou avec les speedballs* que Fat voulait même plus lui en vendre. Y a beaucoup de gars qui veulent plus. Mais Fat dit que Scrappy a jamais vu un dollar qui lui plaisait pas alors elle a continué à lui vendre. À lui et à l'autre salope qui était toujours avec lui. Irma elle s'appelle. Et Fat sait où elle habite alors je prends Johnny et on y va.

Y a plein de conneries qui se passent au Islands Motel. Ce connard de Gancho s'est fait buter sur le parking y a deux ans. J'ai entendu son autre nom quand j'étais petit : c'était *La Ciudad de las Fresas,* genre la Cité des fraises. C'est parce que toutes les meufs tox y vont quand elles ont besoin de vendre leur chatte ou pécho. Fat nous emmène jusqu'à la chambre quatorze dans le coin au fond et il frappe. Quand la porte s'ouvre il nous présente à Irma. Elle a un bleu qui noircit sur le front et ses yeux sont comme des yeux d'animal : ils bougent super vite et s'arrêtent jamais longtemps sur quelque chose. Bref Fat demande où est Augie. Elle dit qu'elle sait pas mais Fat me montre du doigt et dit ce gars-là il a besoin que tu le trouves mais seulement si t'es discrète. Elle écoute. Elle dit qu'elle veut savoir ce qu'elle y gagne. Je tourne pas autour du pot. Je lui dis que ça vaudra toute la merde qu'elle pourra s'injecter. Ses yeux s'ouvrent grand et elle dit qu'elle va le trouver. Cette pute fait pas dans les sentiments. Je dis à Irma que c'est bien pour elle et je respire, puis je souris et pense à comment je vais vraiment trouver ce connard.

JEOVANNI MATTA, AKA LITTLE, AKA LITTLE GUY

10 DÉCEMBRE 1993
13 H 30

36

Le bâtiment du Tribunal pénal. C'est là que je vais. Je descends les marches en béton qui partent de Temple Street et je longe l'immeuble, jusqu'à l'endroit où est indiquée l'entrée. Ils ont des détecteurs de métaux ici et un scanner, alors je fais comme les autres et je sors mon portefeuille, mes clés, ma carte de bus aussi. Je les mets dans un bol en plastique blanc, sale et gris au fond. Je retiens mon souffle quand je passe, et le vigile de l'autre côté me regarde et attend que je récupère mon bol. Je lui demande où je dois aller, et il montre ce qu'il y a derrière lui avec un signe de tête.

Dans le lobby principal, il y a un autre comptoir qui dit INFORMATIONS, alors je demande à l'adjointe qui s'y trouve où je peux trouver Safulu.

Elle regarde ses papiers. « Neuvième étage, Département 102, à gauche en sortant de l'ascenseur. »

Une fois arrivé devant le Département 102, je me baisse pour regarder par la petite fenêtre près des poignées. Je vois qu'il y a encore deux autres portes avant d'être dans la salle sur la gauche, alors je rentre par là et je m'assois au fond. La salle d'audience est à peine remplie. Il y a du bois partout. Sur les murs. Là où va s'asseoir le juge. Là où iront les avocats. Ça a un côté historique. Au-dessus, on dirait que le plafond est fait de rangées de lumières. Un adjoint-huissier dans son uniforme marron vient me demander ce que je viens faire ici. Il me rend nerveux à se pencher sur moi alors que je suis juste assis sur le banc, les genoux serrés.

« Je viens pour la mise en accusation », je dis. *Por supuesto.* Pour quoi d'autre ?

Il veut savoir laquelle.

« Euh, celle de mon meilleur pote. » C'est sorti tout seul. Ça surprend de dire ces mots-là tout haut. *Mon meilleur pote.* Je n'avais jamais dit ça avant, mais je sais que c'est vrai. Ça me fait bizarre, comme si d'un coup ma peau se tendait sur tout mon corps.

Il veut le nom.

« Euh… Safulu. Jacob. »

Il regarde sa liste. Le nom doit y être, parce qu'il se retourne et me laisse tranquille. Peu de temps après, le juge entre. Ça me surprend de voir une dame qui s'appelle Susan Ayers. Ses cheveux sont argentés, elle porte une robe noire et des demi-lunes pour quand on peut voir de loin mais pas très bien de près.

Ils font d'abord passer une autre affaire. Un Noir avec une cicatrice en forme de vague sur le crâne, qui plaide coupable parce qu'il a déjà négocié un accord avec le ministère public. Il prend trois ans de prison. Sa mère pleure. Elle est à deux rangées de moi. À ce moment-là, je me fais la promesse de ne jamais faire ça à ma *mamá*.

Y ahora, je sens une main sur mon bras. C'est Angela. Elle s'assoit à côté de moi. « Ils sont pas encore passés, hein ? »

Je secoue la tête. *Non.*

« Comment t'es venu ?

– J'ai pris deux bus. Le 60 et le 81. No Neck m'a donné l'itinéraire.

– Tu veux que je te ramène ?

– Je dois aller voir Jacob à la maison d'arrêt.

– Je vais voir Omar. Je t'emmène.

– Oh. Cool. Merci !

– De rien. » Sa main revient sur mon bras. « T'inquiète pas. Ça fait toujours peur la première fois. On s'y fait. »

Je hoche la tête. Je suis assis sur le banc, nerveux. Ça me fait bizarre, j'ai envie de poser à Angela toutes les questions possibles et imaginables sur ce qu'elle a écrit à Petrillo sur le reçu, mais je le ferai pas. Le gars avec la cicatrice repart en prison, c'est ce qu'a dit la juge, et l'huissier le fait disparaître derrière une porte. Son avocat prend sa mallette et escorte la mère dehors pendant que la juge boit de l'eau dans un gobelet, hoche la tête vers le gars qui est assis au bureau à côté du sien. Ils annoncent l'affaire suivante.

Le ministère public de Californie contre Omar Armando Tavira et Jacob Aaron Safulu. Ils disent le numéro.

Angela glisse sa main dans la mienne. Elle est chaude. J'ai froid. Angela serre. Elle sait que j'ai mal pour lui. Elle monte encore dans mon estime, et ça me pose problème.

Wizard, en combinaison bleu foncé, se lève en premier et avance jusqu'à la table du milieu. Jacob le suit. Il a la tête rasée. Il ressemble à un chien qui a peur de se faire frapper. J'ai envie de l'attraper et de fuir. Il ne se tourne pas pour nous regarder. Wizard, si. Il regarde d'abord Angela, et quand il me voit à côté d'elle, il hoche la tête. Il a l'air content de me voir d'ailleurs, genre je suis là pour lui. Puis on leur lit les charges, et c'est grave. Complot en vue de commettre un meurtre. Tentative d'assassinat, parce que ça a raté. Menaces de violence avec arme. Par contre, mutilation, je comprends pas.

La juge vérifie que les accusés sont bien dans la salle et demande ce qu'ils plaident. Ils plaident tous deux non coupables. La juge se tourne vers son assistant, un homme noir, mince, costume beige, lunettes, cheveux coupés très court, presque chauve. « On sépare ? »

Il lève les bras, genre il sait pas.

L'avocat assis à côté de Jacob se lève. Il dit : « Nick Park, madame la juge, pour M. Jacob Safulu. Mon client ne souhaite pas être jugé seul.

– *Ne souhaite pas* ?

– Oui, madame.

– Eh bien, c'est vous qui payez après tout. »

Ça fait mal d'entendre ça. Ça paraît être une chose méchante et injuste à dire alors que la personne est juste là.

« Je voudrais aussi contester l'accusation de complot, madame la juge. La formulation de la plainte est trop vague pour justifier le mandat. »

La juge lève la main comme si elle se fichait de ce qu'il avait à dire. « Madame la substitute, est-il avéré que M. Tavira fasse partie d'un gang ?

– Oui, madame.

– Et la victime… » Elle s'arrête, regarde sur son bureau. « Lucrecia Lucero est aussi membre d'un gang rival et connue pour des incidents violents ?

– Oui, madame, dit la substitute.

– Ces faits me suffisent, maître Park. Je suis peut-être vieux jeu, mais je me fie à nos forces de l'ordre quand il s'agit de ces choses-là. Si vous voulez les remettre en cause, vous pourrez le faire à l'audience préliminaire. Et puisqu'on en parle : audience dans une semaine, ça convient aux deux parties ? »

La substitute se lance avec : « Madame la juge, j'ai des motions prévues le 16 et le 17, le 15 ça irait ? »

La juge regarde l'assistant. Il hoche la tête.

« Tout à fait. Une objection, maître Park ?

– Non, madame.

– Bien. Je suis ravie que nous soyons fixés, alors. » La juge s'éclaircit la gorge. « Le ministère public a-t-il un montant à proposer pour la caution ?

– Madame, nous demandons le maintien des accusés en détention provisoire. »

L'avocat de Jacob n'est pas d'accord.

« Madame la juge, c'est la première arrestation de mon client, il n'a jamais fait l'objet d'une condamnation…

– Maître Park, si votre client voulait faire exception aux yeux de la cour, il aurait dû séparer son dossier de celui de M. Tavira. Puisqu'il ne l'a pas fait, je n'ai d'autre choix que de les mettre sur un pied d'égalité. » La juge se tourne vers la substitute. « Pourquoi refusons-nous d'accorder la libération sous caution, madame ?

– Nous pensons que le risque est trop grand, madame la juge. M. Tavira occupe un poste important au sein du gang auquel il appartient, et c'est un criminel notoire. Le ministère public pense qu'il y a de fortes chances pour qu'il y ait subornation de témoin et représailles violentes dans le cadre de cette affaire. »

La juge parcourt ses papiers, ne trouve pas ce qu'elle veut. Elle se tourne vers l'assistant. « On a ses antécédents ? »

Elle doit parler du casier de Wizard, tout ce qu'il a fait de mal.

« Oui, madame », l'assistant répond. Il est mignon, mais je crois qu'il le sait.

Je le mate quand il avance vers le siège de la juge et lui tend une chemise.

« Merci. » Elle tourne les pages, fait la grimace, tourne quelques pages de plus. « Vous êtes un sacré numéro, monsieur Tavira. »

Wizard dit : « Merci, madame. »

La juge regarde par-dessus ses lunettes, façon tata méchante. « Je vous assure qu'il ne s'agit pas d'un compliment. »

Elle repose le dossier. « Je suis d'accord avec vous, madame Mirkovich. La libération sous caution n'est accordée à aucun des accusés. Évitons d'autres effusions de sang. Les accusés seront remis en détention. »

Le marteau tombe avec un son que j'avais entendu que dans les films.

ANGELA ALVAREZ

10 DÉCEMBRE 1993
18 H 35

37

Le tribunal a fermé à 16 h 30, puis tous les prisonniers sont repartis vers les cars. Je nous ai vite conduits à la maison d'arrêt centrale dès que c'était fini, et Jeo et moi, on attend depuis que les visites de cinq à sept ont commencé. L'entrée est bondée, il se pourrait qu'on attende pour rien, mais on attend quand même. Au moins, il y a des distributeurs de boissons. J'ai déjà bu deux Pepsi light, et je suis allée trois fois dans ce truc qu'ils appellent des toilettes. La plupart des gens avaient déjà pris rendez-vous. Il faut attendre.

On est un peu lents au démarrage, parce qu'il y a rien qui pourrait me faire me sentir plus coupable d'avoir donné mon numéro à Petrillo que d'être assise à côté de Jeo. Mais on finit par se détendre assez vite en fait. Il aime pas les Raiders. Je les adore. On est d'accord que Long Beach, c'est de la balle. On est tous les deux fans de l'émission *In Living Color.* James Carrey est trop barré. Je demande à Jeo ce que c'est cette rubrique « Deux hommes au ciné ». Jeo dit que c'est pas mal, il dit que parfois c'est drôle comment ils parlent des petites choses qu'on voit dans la société qui sont gays sans dire le mot, genre, ils donnent un nouveau regard, mais il dit aussi qu'il est mal à l'aise quand c'est aussi exagéré, parce que tous ceux qui sont comme lui sont pas comme ça et que les gens vont peut-être croire que si en fait. Il dit qu'il y a beaucoup de façons d'être comment il est, mais après il se ferme. Je crois que c'est parce qu'on est en public et qu'il en parle pas, de ces choses-là. Mais je veux qu'il sache que je sais et qu'y a pas de problème avec moi, mais on dirait que je m'y suis mal prise.

J'arrive plus à le faire parler après ça. Sûrement parce que lui et moi, on a pas tiré les choses au clair à propos de Jacob, pourquoi on a cassé, mais une partie de moi sent qu'il a pas vraiment besoin de le savoir. C'est mes affaires. Mais aussi, j'ai pas envie de lui dire comment je me sens mal, que Jacob me manque, et comment c'est déstabilisant, triste et stupide.

Alors je lui dis : « Jacob était avec moi ce soir-là, au moment où c'est arrivé. Je l'ai dit aux flics et tout. »

Il me regarde comme s'il savait déjà, mais qu'il était quand même content de l'entendre. Soulagé que je dise quelque chose.

On est partis pour parler de ça quand on m'appelle. Je vais à l'accueil. Quand j'y suis, c'est lui qu'ils appellent, mais au lieu de dire *É-ovanni*, ils prononcent *Djé-ovanni*.

Je lui dis que je le verrai après. Il hoche la tête.

L'adjoint prend mon permis de conduire et m'envoie au parloir avec un passe que je dois porter.

J'arrive dans le petit box en même temps que Jellybean. Pour lui, c'est bien que je sache comment ça se passe ici. Les lignes sont surveillées, alors quand il veut parler de quelque chose, il tourne autour, il essaie d'avoir l'air naturel. Et il sait que je vais pas faire des trucs pour lui dans la rue, on s'est mis d'accord. Il décroche l'appareil de l'autre côté, alors je décroche le mien.

« Hé, hé », il fait. Ça a l'air d'aller, à l'entendre, il semble tenir le coup.

« Qu'est-ce que tu racontes, Bonbec ? »

Ça le fait sourire et hocher la tête. « Oh, si je savais que t'allais m'insulter, j'aurais refusé la visite ! »

Il rit. Moi aussi.

« Qu'est-ce qui t'amène jusqu'ici ? T'as pas cours ce soir ? C'est vendredi.

– Juste une fois, c'est bon. J'ai même prévenu mes profs.

– Alors, ça se passe bien ?

– Comme d'hab. Y a beaucoup à lire, les devoirs sur table. Ça avance. Il faut juste que je tienne encore un peu pour avoir mon certificat.

– Tu l'auras. T'as jamais raté quoi que ce soit, Angela. T'as toujours tout ce que tu veux. »

Il est un peu ailleurs. Il guette. Les autres. Se tourne, regarde derrière lui. « Alors, tu peux mettre des thunes sur mon compte ou pas ?

– Je viens de recevoir ma paie. Tu sais que je l'ai déjà fait.

– Merci, Ange. J'ai vraiment besoin de papier. Ça me tue de pas écrire. »

Après ça, Jellybean veut savoir ce qui se passe dans le quartier. Je lui raconte que j'ai gardé les enfants de la cousine Elisa. Leur maman aime bien qu'il soit plus là, elle les sent plus en sécurité. Il fait la grimace, mais il me dit que ça va tant que ça m'empêche pas d'étudier ou de travailler. Je dis que Snoop Dogg avait aussi sa mise en accusation aujourd'hui, les caméras le suivaient dans les couloirs.

Il cligne des yeux et dit : « Comment va Jerry ? Son père déconne toujours ?

– Il essaie d'épouser la pétasse qu'il se tape.

– Bien sûr. Il sait que je suis pas là pour le recadrer, alors il fait ce qu'il veut. »

Je hausse les épaules. C'est pas mes affaires.

« Hé, dis-moi que tu as des nouvelles de Jose, au moins. » Jellybean hoche la tête à la fin, pour s'assurer que je sais qu'il parle de *Jose*, de Big Fate. On dirait que c'est la question qui l'intéresse depuis le début, mais qu'il fallait qu'il y arrive progressivement.

« Non. » Et je sais même pas pourquoi j'en aurais, moi personnellement, mais on dirait que c'est important pour lui.

« Bon », il fait, mais il a l'air un peu inquiet. « Tu vas en avoir. »

Je dis : « Pourquoi ?

– Je voulais juste payer les factures, contribuer pour le loyer si t'as pas assez.

– T'en fais pas. Je vais faire des heures supplémentaires le matin. Occupe-toi de toi. Mets pas ton gros pif là où faut pas. »

Il me sourit et me lance un regard qui a l'air de dire qu'il le ferait même s'il avait le choix. Il aime bien se laisser prendre à ce jeu. Et il l'a jamais dit, mais j'ai toujours su que s'il s'excitait dans la rue, c'était pour qu'en prison – et il y aura toujours un autre séjour en prison – il soit la pute de personne. Il a le bras long.

On parle de l'audience, et c'est clair que Jellybean a rien de bien à dire sur son avocat.

« Et t'as vu comment celui de Dreamer était à fond ? Il a posé des questions sur ci, sur ça ? Je veux dire, ouais, il s'est fait remettre à sa place, mais il s'est donné, ce bâtard ! Ils m'en ont filé un mauvais exprès. Putain, comment ça se fait que Dreamer a fini avec un avocat de l'État et que j'ai eu un connard d'apprenti ? C'est fait exprès. Ils veulent que son incompétence m'envoie en prison. » Il regarde dans le vide pendant une seconde, avant de sourire et de dire : « Il est à côté de ses pompes, mais c'est peut-être pas plus mal. »

Jellybean m'explique pas ce qu'il veut dire.

JEOVANNI MATTA, AKA LITTLE, AKA LITTLE GUY

10 DÉCEMBRE 1993
18 H 44

38

Y ahora, quand j'ai Jacob devant moi, il a pas l'air trop mal. J'avais pas idée à quel point ça me ferait du bien de voir son visage, voir qu'il va bien. Ça m'enlève le poids que je me trimballais, celui qui me comprimait les côtes, qui m'écrasait les épaules. C'est comme porter un gilet hyper lourd, les bras libres et tout le reste comme enfermé à double tour. Je souris et j'essaie de respirer comme si tout était normal, comme si ça allait bien et que Jacob était pas en uniforme derrière une vitre. Ça me donne envie de pleurer, mais jamais de la vie je lui ferais ça. Je ne peux pas lui faire ça. Je dois être fort.

Angela m'a prévenu en entrant que je ne dois pas parler de l'affaire parce qu'on est sur écoute.

Je dis : « Comment tu vas ?

– Comme on peut.

– Tu tiens le coup ? »

Il baisse les yeux et touche la table plusieurs fois, comme s'il touchait du bois pour se porter chance. « Ce serait pire si j'avais pas d'amis, tu sais ? Si on me protégeait pas. J'ai du monde pour assurer mes arrières. C'est bien. »

J'avoue que j'ai envie de continuer à lui poser des questions sur comment il va, mais, en même temps, je veux pas. Il essaie de se motiver, je le vois bien. Déjà pour moi, ça a été une dure journée, alors j'imagine même pas ce qu'il est en train de se prendre.

Je dis : « Ma mère était vénère quand elle a su.

– Ouais ? Merde. » La peau entre ses sourcils se fronce. « Dis-lui que je suis désolé. Que c'est même pas moi. Même si on s'en fout.

– Pourquoi on s'en foutrait ?

– Ils ont décidé que c'était à moi de prendre, *hermano**. »

Je frissonne quand il m'appelle « mon frère ».

« C'est quand la dernière fois qu'un gars s'en est bien sorti, d'un procès ? Pas en négociant, pas en sursis, mais genre le mec, il gagne ? »

Non. J'ai jamais entendu ça.

« Ça me rappelle un truc, il dit. Tu te souviens de ce qui s'est passé sur Augustine Avenue et Clark Street ? La maison qui faisait le coin ? C'était il y a super longtemps, pas la semaine dernière. »

Je dois faire une drôle de gueule parce que ça me dit absolument rien.

« C'est pas grave si tu te rappelles pas », il dit.

La semaine dernière. Comment il l'a dit, je peux pas m'empêcher de penser que c'est important, ou peut-être que ça a quelque chose à voir avec ce qui lui est arrivé, mais cette rue-là, Clark ? Elle est toute petite. Elle relie Atlantic à Edgebrook. Ou Phillips si tu vas vers le nord au lieu d'aller vers le sud. Elle croise Wright. Il y a une vieille église, ça, je sais. Et il y a aussi l'école primaire, Abbot. Mais elle croise pas Augustine à ce que je sache, mais je pourrais y retourner avec No Neck, ou regarder sur une carte. Mais, à ce moment précis, je sais même pas s'il y a quoi que ce soit qui s'appelle Augustine à Lynwood, pas même un restaurant. *En serio**.

Et c'est là que je comprends. Il me donne un indice pour quelque chose, en fait.

C'est un nom. C'est obligé.

Augustine Clark ou Clark Augustine. L'un ou l'autre.

Et je sais pas d'où il l'a eu, ou comment, et si je voulais savoir, je pourrais pas demander de toute façon. J'essaie juste de passer en revue ce que je sais déjà.

Quelqu'un a sauvé la vie de Scrappy ce soir-là. On le sait. C'est pour ça que Jacob est là pour *tentative* d'assassinat. Mais c'est aussi probablement le témoin qui a balancé Jacob.

Je dis : « C'était là que, euh, le gars a fait les gestes qui sauvent sur la grand-mère qui s'était fait renverser par une voiture y a longtemps, et grâce à ça elle a survécu, c'est ça ?

– Ouais. » Jacob me sourit.

C'est bon de le voir sourire. C'est bon d'y être pour quelque chose. Ça enlève encore plus la pression, ça allège le poids. Mais après il dit : « C'est ça. Tu sais s'il est toujours dans le coin ? Ma mère veut que je lui écrive. »

Dès qu'il parle de sa mère de misère, je sais que c'est sérieux, une question de vie ou de mort.

Alors, je dis : « Je peux toujours demander. »

Mais ça veut dire : *Oui.* Te lo prometo*. *Je le trouverai coûte que coûte.*

« Ouais, fais ça », il dit.

SCA KRISTINA MIRKOVICH

10 décembre 1993
19 h 07

39

Mon portable professionnel sonne en plein rendez-vous galant organisé par ma mère. J'ai le petit-fils de Marina Sedlak en face de moi, Peter, que j'ai miraculeusement réussi à ne jamais croiser bien que nous ayons vécu à trois kilomètres l'un de l'autre presque toute notre vie. Nous sommes assis chez Ante, restaurant à vitraux et banquettes à hauts dossiers. Il a cinq ans de plus que moi, c'est un plombier aussi attirant que le père dans *Roseanne*. En fait, il est exactement aussi séduisant que lui, avec l'humour en moins. C'est le genre de rencard qui me fait me demander si ma mère m'aime encore. La preuve : il est allergique aux champignons et n'aime pas la pizza. Quand je lui dis que je n'en reviens pas, qu'une pizza peut être *littéralement tout ce qu'on veut*, qu'il faut vraiment être dénué d'imagination puisqu'on choisit les ingrédients soi-même, il me fait l'expression de quelqu'un qu'on vient de pincer et me dit que c'est sûrement le pain le problème. *Isus Krist*. Je ne connais Peter que depuis trente-sept pénibles minutes et je me dis déjà que c'est pratique que le port soit à deux rues pour éventuellement aller m'y noyer. Aucune chance pour que ça colle entre nous. Alors, oui, je réponds à mon téléphone cellulaire, à table, et je sors. Il fait la même tête pincée, bien sûr, parce qu'il a déjà dit en passant qu'il n'aimait pas les femmes qui travaillent. C'est un homme, un vrai, Peter. On se demande pourquoi il est encore célibataire.

« Mirkovich.

– Kristina Mirkovich ? Du bureau du procureur ?

– Elle-même. De quoi s'agit-il ? »

Je suis devant la porte en bois et je regarde Palos Verdes Street. Le centre-ville de San Pedro est calme pour un vendredi soir. Rien sur la 7e Rue, pas de gens ivres, mais il n'est que 19 heures. Attendons un peu.

« J'appelle de la maison d'arrêt centrale. On m'a dit de vous informer qu'un de vos accusés vient de mentionner les noms Augustine et Clark en les faisant passer pour des noms de rue au parloir alors qu'il était surveillé. On pense qu'il s'agit d'une tentative de communiquer le nom d'un de vos témoins.

– On a l'enregistrement ?

– J'aimerais vous dire que oui, madame, mais on n'a pas le budget pour ça. Je dirais que vous pouvez vous féliciter qu'on l'ait repéré.

– Il me faut le nom du visiteur.

– Jeovanni Matta, madame. » Il me l'épelle pour être clair. « Bonne soirée. »

Je ne réponds pas, parce que ma soirée est foutue. J'appelle le bureau. Margaret n'est pas là.

J'appelle chez elle. Quand elle décroche, j'entends la télé en arrière-fond. C'est *Jeopardy !* Je reconnais le son du point bonus.

« Margaret, il me faut le numéro de Nick Park. »

Elle dit qu'elle va devoir me rappeler.

Je coupe la communication. L'idée que je peux perdre à tout moment un témoin dans une tentative à la Scrappy me vient soudain.

Margaret rappelle avec le numéro. Je le gribouille au dos d'un reçu de pressing que je trouve dans mon sac à main, je raccroche et j'appelle chez Park.

Une femme répond. En coréen. Je m'excuse de déranger et je demande si Nick Park est là.

Elle passe à l'anglais. « Un instant, s'il vous plaît. »

Quand il prend le téléphone, je frappe sous la ceinture. « Sa voix me dit qu'elle est jolie, Nick. Et *jeune*. »

Il me reconnaît immédiatement, soupire pour me dire de me mêler de mes affaires. « Qu'est-ce que tu veux, Kristina ? »

Je passe à la vitesse supérieure : « Nick, si c'est toi qui as merdé, je te jure que…

– Oh, qu'est-ce qui se passe ?

– Tout à l'heure, ton client a donné le nom de mon témoin de façon codée à un visiteur à la prison.

– Comment ça, codée ?

– En utilisant des noms de rue, Augustine et Clark. » J'attends qu'il digère. « Je vais en parler directement à la juge, Nick. Je te ferai condamner pour outrage si ça vient de toi.

– J'ignore comment il l'a appris, mais je vais tirer ça au clair. »

C'est une réponse d'avocat, toujours remettre au lendemain ce qu'on ne veut pas faire le jour même.

« Comment aurait-il pu savoir ? Tu lui as montré la déclaration ? Elle était anonymisée, non ?

– Oui, mais je ne la lui ai pas montrée.

– On ne prend pas ses responsabilités. Je vois. Comment il sait alors ?

– C'est sûrement l'avocat de Tavira qui a dû lui montrer ou faire circuler les papiers pour qu'il le voie ? Je ne sais pas. Je préfère ne pas spéculer. »

Mais il vient de le faire. Pour moi.

« Ça n'explique toujours pas comment Safulu connaissait son nom.

– C'est assez évident, Kristina. Il suffit que Tavira le sache. Ils sont en prison ensemble. Ils n'ont que ça à faire là-bas, parler. »

Bien sûr. Je pourrais trouver l'avocat de Tavira et faire pression pour qu'il se récuse, mais le mal est fait. Le nom de Clark est sorti.

« Je dois y aller. Bon appétit. »

Il commence une phrase, mais je raccroche pour composer le numéro de Montero.

« Un instant. » Il répond et met une de ses grosses paluches sur le téléphone.

Je l'entends s'excuser à une table. Il y a des chuchotements, des verres qui s'entrechoquent. J'en déduis qu'il est en rendez-vous galant lui aussi, et qu'il est en train de faire exactement ce que j'ai fait, il sort du restaurant. Une fois qu'il est dans la rue, une voiture klaxonne.

« Dis-moi. » Willie Montero, toujours droit au but.

« Jeovanni Matta.

– Je suis censé le connaître ?

– Il fait partie d'un gang ? Est-ce qu'il est dangereux ?

– Je ne suis pas au bureau, mais tu as de la chance. J'ai mémorisé les noms de tous les gangsters de Los Angeles, Kristina. Je suis un ordinateur sur pattes. » William Montero, roi du sarcasme.

« Super, alors dis-moi.

– Non, je rigole... Merde, Kris. Tu veux dire qu'il fait partie du gang de Tavira ?

C'est ce que je te *demande*.

– Bon, on se calme, d'accord ? » Il souffle dans le téléphone, pas exprès, il essaie de se concentrer. « Je ne connais pas de Matta, mais ça change tous les jours. Ça défile. J'ai un pote à l'OSS* qui le connaît peut-être. Je l'appelle demain. Pourquoi tu demandes ?

– Safulu a reçu une visite de Matta à qui il a dit les mots "Augustine" et "Clark". »

Il comprend. « Ah, sacré Augie.

– Tu sais où est mon témoin ?

– Bah tiens, justement. Je dîne avec lui ce soir. C'est magique. Il a pris une soupe et...

– Super. T'es où ? J'arrive. »

Je suis presque sérieuse. Je veux le retrouver. Et en même temps je ne veux pas. Mais j'aurais presque envie de la voir, la nouvelle.

« Bon Dieu, Kristina ! T'as pas entendu ce que j'ai dit ? » Willie Montero, au bord de la crise de nerfs. « Appelle Petrillo !

– Oui. Je vais le faire.

– Bien ! »

Il raccroche tandis que Peter sort la tête du restaurant. « Tu reviens ? »

Je le regarde. Ce mec… Il ne mangerait jamais de poulet au marsala ou de pizza aux champignons chez Niccolo. Je secoue la tête.

« Non, désolée. Merci quand même. »

AGENT DE PROBATION PHILLIP PETRILLO

10 DÉCEMBRE 1993
19 H 18

40

Je suis en chemin vers mon domicile quand mon bipeur sonne. Je me rends à la cabine la plus proche (au 7-Eleven côté Wilmington de la Pacific Coast Highway) et j'utilise ma carte téléphonique pro. Au moment où j'entends la tonalité, un type grassouillet aux cheveux longs avec une casquette des Giants se retourne et me regarde. Il fume une cigarette mentholée à cinq mètres des pompes à essence, ce couillon. Je lui lance un hochement de tête, pour qu'il sache que je le vois. Il ne me salue pas, mais il prend une autre bouffée, il tire longtemps sur sa clope, un anneau incandescent orange remonte le papier. Il est à cinq mètres de moi, mais j'entends l'aspiration.

Je fumais avant. Ça me manque. Ce n'est pas parce qu'il fume que ça m'énerve ; il y a juste une mauvaise façon de faire les choses.

« Vous êtes un peu trop près du combustible, je lui dis. Allez fumer plus loin. »

Du menton, j'indique la tache d'essence à ses pieds, et je penche la tête vers les pompes pour souligner. Il cligne des yeux en me regardant, continue à fumer. Il est sourd ou quoi ? Je garde un œil sur lui, lui fais comprendre que s'il veut jeter son mégot, ça va mal finir.

Je compose le numéro. Ça sonne deux fois.

Une femme répond. « Mirkovich. »

Sa voix est dédaigneuse, comme les jolies filles le deviennent quand on leur a dit pendant des années qu'elles sont jolies.

« Phil Petrillo. Vous m'avez bipé.

– Merci de me rappeler. Kristina Mirkovich, substitute en chef adjointe, section des bandes criminelles.

– Qu'est-ce que je peux faire pour vous, maître ?

– J'ai besoin de trouver un témoin. »

Elle veut dire qu'elle a besoin que je le trouve pour elle. Je sors le reçu de Tom's Burgers de ma poche. Il y a encore le numéro d'Angela dessus. Je sors aussi un stylo.

Je dis : « Numéro CDC ?

– Désolée, je ne l'ai pas devant moi.

– Vous voulez dire que vous ne vous baladez pas avec tous les numéros CDC dont vous pourriez avoir besoin à 19 heures ? Je suis outré, mademoiselle Mirkovich. »

C'est le moment pour elle de me dire si c'est plutôt madame, ou de me demander de l'appeler par son titre, mais elle rit, c'est tout. Un rire agréable, presque séduisant.

« Vous avez un nom ?

– Clark, Augustine. »

Ça me fait sourire. Ça doit être mon jour de chance.

« OK, est-ce qu'il a été libéré de prison ? Et quand ?

– Maison d'arrêt centrale. Aujourd'hui.

– Une adresse ?

– Centre de réinsertion. » Elle me donne les coordonnées. Je connais l'endroit. C'est à Huntington Park.

J'ai une autre question, mais elle s'échoue sur ma langue quand le gros me regarde et jette sa cigarette allumée par terre. Quand elle atterrit, elle crache des cendres orange, étincelantes.

« Ne quittez pas, s'il vous plaît, mademoiselle Mirkovich. J'ai un problème à régler.

– Euh, oui, je... »

Je pose le combiné sur le dessus du téléphone à pièces, ramasse la cigarette par terre et rattrape le gros de l'autre côté du 7-Eleven alors qu'il s'apprête à monter dans sa voiture. Je le plaque contre la portière côté conducteur avant qu'il puisse l'ouvrir, et sa clé se casse dans la serrure.

Il lutte, sans aller nulle part. Il est sur le point de crier à l'aide, mais je tiens le mégot près de son visage. Ses yeux louchent dessus.

« Mange-le », je dis et j'enfonce le mégot dans sa bouche. Il secoue la tête.

« Mange-le ou c'est ça que tu vas te manger. » Je le fais se retourner par le poignet pour qu'il voie mon arme de service dans son étui. Ça le fait paniquer. Il se débat, essaie de fuir, mais je lui tords le poignet si fort qu'il tombe à genou.

« OK, il fait. OK ! »

Il ouvre la bouche. Je lâche le mégot sur sa langue. Il fait la grimace, comme s'il allait vomir, mais il mastique trois fois.

« Encore, je dis. Compte jusqu'à vingt. »

Il le fait, son visage est de plus en plus vert.

« Avale », je dis.

Ses yeux me supplient. Je lui tords le poignet. Il déglutit. Il tousse, il a un haut-le-cœur. Bien fait pour sa gueule.

« Ne refais plus *jamais* ça ! » Je le lâche. Je retourne au téléphone et reprends le combiné comme si rien ne s'était passé.

« Pardon, on en était où ? »

Elle soupire. J'aime bien sa façon de le faire, comme si elle n'était pas habituée à ce qu'on la fasse attendre. « Tout va bien ?

– Maintenant, oui. Quelque chose s'est passé pour que Clark soit devenu une priorité ?

– Son nom a été cité par des individus affiliés à un gang, qui souhaitent décourager son témoignage. »

C'est un problème, pas inattendu, mais un hic quand même.

« Il doit se signaler dans les vingt-quatre heures. Normalement, je devrais attendre pour aller voir et vous avertir, mais vu que c'est une priorité, je vais passer maintenant au centre de réinsertion.

– Merci. » Elle est sincère.

« Ravi de vous aider. » Je sens qu'elle est sur le point de raccrocher, alors je dis : « Je peux vous demander quelque chose ?

– Quoi donc ?
– Vous n'avez pas un shérif adjoint dans votre famille ?
– John ? Oui. C'est mon frère aîné.
– Ah, voilà. Vous n'êtes pas jumeaux, si ? »
Elle rit encore une fois. « Non, Dieu merci. On a trois ans d'écart. D'où le connaissez-vous ?
– On a fait quelques parties de softball ensemble.
– Ah ! Où ça ?
– Peck Park.
– Vous n'êtes pas de San Pedro, si ?
– Coupable. Je suis allé au lycée de San Pedro, j'ai déménagé et je suis revenu récemment.
– Vous me faites marcher ! Vous êtes de quelle année ? »
Je lui dis. On se rend compte qu'elle était deux années au-dessus de moi. Je ne me souviens pas d'elle, elle ne se souvient pas de moi. C'était un grand lycée.
« Quand même, on a dû se croiser à un moment ou un autre dans les couloirs.
– Deux navires en adolescence.
– Eh bien, monsieur Petrillo, voici ce que je vous propose. Si vous trouvez mon témoin et que tout va bien, je vous paie un verre à San Pedro un de ces jours.
– Marché conclu.
– Appelez-moi quand vous l'aurez trouvé.
– Je n'y manquerai pas. »
Elle raccroche sans dire au revoir. C'est une femme comme ça.
Je remonte dans ma voiture et ouvre le sac King-Taco encore chaud (un burrito au poulet, viande seulement, des oignons en plus) que je gardais pour mon dîner sur la terrasse, parce que finalement je ne rentre pas à la maison.

La clôture autour du centre de réinsertion sur la 58e trahit la nature du lieu. L'allée qui donne sur la rue est close par un portail et, derrière, la bande de béton débouche sur une arche et un autre portail, à hauteur d'homme. Il ne s'agit pas d'empêcher les intrus d'entrer, mais d'empêcher les résidents de sortir.

J'ai appelé avant de venir. Augie Clark est déjà sur la pelouse où pullulent les mauvaises herbes. Il est vêtu d'une chemise à manches courtes, il se frotte les bras. Ses manches étaient longues la dernière fois que je l'ai vu, sinon j'aurais remarqué son tatouage de toxicomane : un paon sur le bras gauche. La queue, dont les plumes sont en dégradé, forme un joli motif à l'intérieur du coude. Elle trompe le regard en dissimulant les marques de piqûre. C'est aussi comme ça qu'on voit qu'il est droitier. Il se pique dans le bras gauche.

Je ne lui tends pas la main. « Bienvenue parmi nous, Augie.

– Monsieur Petrillo. » Il me paraît méfiant.

« Je viens d'avoir au téléphone Kristina Mirkovich, du bureau du procureur. Tu l'as déjà rencontrée ?

– Ouais. Elle dit qu'elle peut me faire aller au tribunal de traitement de la toxicomanie.

– Bien sûr », je dis en pensant *ça reste à voir.* « T'es clean ?

– C'est bon. » Il fixe le sol, met un coup de pied dans une motte de terre.

« Te fous pas de moi, Augie.

– On me donne de la méthadone.

– Saupoudrée à la H, c'est ça ? Pour le manque ? »

Il cligne des yeux. « Je... je mélange pas. »

Menteur. Je lui demande où il se fournit.

« À six rues d'ici. »

C'est louche. Je dis : « Par où ?

– Vers Vernon.

– Tu mens, Augie.

– Non, je... j'mens pas. C'est un centre médical itinérant pour SDF. Ces mecs font aussi de la désintox. Ils disent qu'ils signeront ma carte si vous les appelez. »

Il sort une brochure de sa poche. En réalité, ce n'est qu'une infirmerie mobile dans une camionnette gérée par des médecins à peine qualifiés. D'après la présentation, c'est un programme expérimental, « Rue propres », une initiative du centre médical Cedars-Sinai.

« Un programme expérimental, ça peut disparaître du jour au lendemain.

– Oui, je… je veux dire, c'est ça ou je dois prendre six bus pour aller jusqu'à Saint-Francis.

– À Lynwood ? Super. J'appelle le crew de Wizard pour les prévenir que tu arrives ? »

Il frissonne. Bien sûr qu'il a peur. Il n'est pas stupide.

« Où se passent les réunions ? »

Je parle des Narcotiques anonymes.

« Cedars, il dit.

– T'as des actions chez Cedars ou quoi ? C'est trop loin. Ça va pas durer. Va à Koreatown, Saint-James sur Wilshire.

– Mais y a personne qui me connaît là-bas, il pleurniche.

– Justement. Écoute, Augie, t'as fait du bon boulot. T'as respecté ta part du marché, et moi je respecte la mienne. Tu crois que Mirkovich s'est dit toute seule qu'elle allait te faire sortir ? Bien sûr que non. Elle signe les papiers, elle joue à la patronne, mais c'est *grâce à moi* que t'es dehors. »

En fait, c'était bien l'idée de Mirkovich et d'elle seule, mais il n'a pas besoin de le savoir. Maintenant, ça vaut mieux pour tout le monde qu'il croie que rien de tout ça n'est une question de chance ; il doit croire que c'est moi qui tire les ficelles, qui assure sa sécurité. De cette façon, il fera ce qu'il doit faire.

Je dis : « Tu fais trente sur trente ? »

Ça pourrait être quatre-vingt-dix réunions sur quatre-vingt-dix jours, mais c'est fort peu probable s'il doit témoigner si vite. Il acquiesce, confirme qu'il suit le programme le plus bref.

« Bien, je dis. Fais ton mois. Fais signer tes papiers pour le tribunal, et quand le moment viendra, tu iras à la barre. Tu diras, *Oui, madame, c'est ce que j'ai dit. Oui, madame, c'est lui qui a tiré,* et voilà. »

Je l'entends déglutir.

« Dis-moi. Est-ce que tu risques une condamnation pour détention d'arme et de stupéfiants destinés à la vente ? Est-ce que tu fais une peine de plus de dix ans à Pelican Bay ? Non. T'es à moitié libre. » Je le regarde digérer. « T'es là grâce à moi, non ? »

Il regarde un bout de pelouse mort, ne lève pas les yeux.

« Réponds-moi, Augie.

– Ouais.

– Et je t'aiderai jusqu'au bout. C'est ce qui arrive quand tu coopères avec le système. »

Je le laisse là et je regagne ma voiture sur une bonne note. Ça a pris. Wizard et Dreamer vont finir derrière les barreaux. Et ce n'est pas seulement bon pour moi, ça l'est pour quiconque pourrait se trouver sur leur chemin, braqué, poignardé ou tué. C'est la justice en marche, et j'ai hâte d'appeler Angela.

Je touche le reçu dans ma poche. Il émet une chaleur, presque comme un briquet que j'aurais allumé trop longtemps et que j'aurais rangé là, encore chaud.

ANGELA ALVAREZ

10 DÉCEMBRE 1993
19 H 42

41

Le téléphone sonne, alors je pose mon livre direct. C'est peut-être Phil qui appelle. Mon cœur bondit, et je file à la cuisine. Je le regrette aussitôt parce que je veux pas avoir l'air toute retournée, je me sens déloyale envers Jacob, puis je me sens juste con. Aaaah ! J'ai la gorge qui me fait mal depuis cet après-midi. J'ai peur que ce soit à cause de la prison, avec l'air pollué qu'ils recyclent dans la ventilation, alors je prends un bonbon pour la gorge à la cerise avant de répondre, j'ai un petit paquet à côté du téléphone. Je le suce un peu pendant une ou deux sonneries, puis je réponds. Je peux pas m'empêcher de sourire quand je dis : « Allô ? »

La réponse, c'est une machine qui me dit que j'ai un appel de la maison d'arrêt du comté. Mon cœur s'effondre, et je me rappelle que Jellybean m'a dit qu'ils étaient à six dans une cellule pour quatre dans le bloc 4700. Ils ont un téléphone sur le mur de la cellule. Ils peuvent appeler avec des cartes prépayées, mais on peut pas les appeler. Quand mon cousin arrive sur la ligne, je lui demande ce qu'il a à me dire.

« Salut, euh… J'appelle parce que je voulais te remercier d'être venue aujourd'hui. Et pour la thune. Ça me sert déjà.

– Pas de problème. Tu peux compter sur moi. »

Et c'est vrai. Je suis venue, non ? J'ai filé l'argent, non ?

Mais je pense à Phil. Je me sens encore coupable de m'imaginer avec lui. Mais c'est pas comme s'il y avait quelque chose entre nous, et en plus, c'est pas comme si Jellybean avait fait grand-chose pour moi. Tout ce qu'il fait, c'est me mettre dans la merde. Puis j'ai un déclic, et je me dis que c'est pas possible qu'il ait déjà une carte. Ça devait être pour demain au plus tôt.

Je dis : « T'as déjà une carte téléphonique ?

– Nan. Un gars de la cellule m'en a prêté une de son paquet qui est presque finie. » Puis il parle à quelqu'un dans la cellule. « Ouais, merci Peeper. Merci, mon gars. »

J'entends une main passer sur le combiné super vite, et il y a des bruits de conversation derrière, mais je comprends rien.

Jellybean revient. « Il veut te parler.

– Qui ?

– Peeper. Le mec qui m'a filé la carte. T'inquiète pas. Il sait qui t'es par rapport à moi. C'est pas pour le cul ou quoi. »

Peeper ? Comment il a eu ce nom-là ? À force de mater les meufs, façon peep-show ?

« Je veux pas », je dis, mais c'est trop tard, le téléphone a déjà changé de mains.

« Hé, salut. » La voix à l'autre bout du fil a l'air d'avoir des problèmes de gorge. La mère de Jellybean parlait un peu comme ça avant de mourir d'un cancer. « Hé. »

Une voix de femme dit : « Il vous reste une minute. »

Peeper l'entend aussi. Il accélère. « Tu me dis comment il a fait aujourd'hui là où t'es ? »

C'est ce genre de mec, alors ? « Euh, la météo ? Bah, il a fait beau.

– Ça me dit rien, ça. » Peeper a l'air déçu. « Y avait du soleil ou quoi ? Il faisait chaud ? Ça faisait comment ? »

Je dois réfléchir un peu. « Il a fait plutôt froid en fait.

– Froid comment ?

– Je sais pas, dans les quinze degrés ? J'avais un blouson.

– Y avait du soleil ?

– Attends, t'es pas sorti aujourd'hui ? T'as pas vu le soleil ou les nuages ?

– Si, mais je voulais juste savoir comment c'est loin d'ici. »
Il est sérieux. Et ça me fait un peu pitié.

« Oh, je dis. Ben, alors, ce matin, il a fait gris, mais ça s'est dégagé quand je suis partie au boulot. Un peu de vent dans l'après-midi, comme quand on a l'impression qu'il va pleuvoir, mais qu'il pleut pas finalement. Tu vois le genre ?

– Oui, merci. Je te repasse ton cousin. »

Un frottement, et Jellybean revient. « Ça va ?

– Oui, mais y reste que quelques secondes.

– OK, cool. Alors tu sais que Jose va passer à un moment, faut juste que tu sois là.

– Ouais, je serai là.

– Et bon courage avec les cours. Tu seras infirmière avant que je sorte d'ici. Sérieux. »

Ça me fait quelque chose. Il a probablement pas tort.

J'essaie d'ajouter un dernier mot, histoire de dire un truc con comme de garder la tête haute, mais ça coupe, alors je raccroche le téléphone sur le mur, dans sa petite maison. Ma tante l'appelait toujours la « petite maison », alors moi aussi.

Oh là là, elle me manque trop. Je déteste être la seule adulte. Même son café me manque, et c'était le pire que j'aie jamais goûté. Tout brûlé avec trop de lait, du coup il refroidissait trop vite. Elle était comme ça. Une fois, elle est rentrée à la maison les bras chargés de fruits qu'elle avait cueillis dans les arbres des gens. Des clémentines, des abricots. Et elle demandait jamais la permission. Parce qu'elle savait qu'ils allaient pourrir et que personne les ramasserait. Plus tard, elle retournait là où elle avait pris les fruits avec des confitures et des gelées qu'elle avait appris à faire avec son livre de recettes Betty Crocker. Elle aimait mettre les choses dans un bocal. Elle a essayé de faire ça aussi avec Jellybean, à toujours lui dire de pas sortir, mais il supportait pas d'être enfermé comme ça. Il faisait le mur. Il sait pas que j'ai encore les confitures de prunes que j'avais cachées. Je les garde pour moi, au fond d'un des placards du bas, derrière les poêles. *CIRUELA**, il y a marqué sur les étiquettes. Ses préférées. Elle les avait faites la semaine avant de mourir. Elle a travaillé jusqu'à la fin. Et tout était en ordre pour me léguer la maison. À moi, et même pas à son propre fils. J'étais la fille sage. J'avais un avenir. Je faisais de la course. Et Jellybean savait que ça se faisait d'avoir une maison au nom de quelqu'un d'autre, alors ça a jamais été un problème entre nous.

Le téléphone sonne encore et fait trembler sa petite maison. Un jour, il va tomber du mur.

Je veux même pas répondre. Jellybean a dit que Peeper avait plein de cartes. S'il a bien aimé ma voix et s'il veut encore que je lui raconte le temps qu'il fait, je crois que je vais devoir me taper un autre coup de fil, au moins pour lui dire que je veux plus parler.

Je réponds et je dis : « C'est mon téléphone. Qu'est-ce qu'il y a ? » parce que je crois que ça va être l'enregistrement.

Mais j'entends rien. Puis une voix arrive, grave, sexy sans essayer de l'être :

« Salut, c'est Phil. Tu m'as donné ce numéro pour que je t'appelle.

– Oui. » C'est tout ce que j'arrive à dire parce que mon cœur s'excite et qu'il fait des bonds même si je ne bouge pas.

Et il fait : « Tu veux passer un moment avec moi dimanche ? »

C'est pas bien, mais sa voix, on dirait du miel. C'est complètement con, mais je peux pas m'empêcher de me dire que je suis jamais sortie avec quelqu'un de plus grand que moi. Et il est plus grand. De beaucoup.

Et après, je lui dis : « Ça dépend où », avant même de réfléchir.

Il marque une pause, et c'est comme si je l'entendais sourire à l'autre bout du fil, sans qu'il ait rien à dire.

« Loin », il dit enfin, et je sais qu'il veut dire hors du quartier, et ça me ferait trop plaisir. J'en ai *besoin.*

Il choisit Long Beach. Je sais pas si c'est assez loin, peut-être. Et c'est pas bien, je le sens, mais Jellybean est plus en conditionnelle, Phil a plus à s'en occuper. Voilà ce que je me dis, que ces deux-là ont plus aucun rapport.

Je veux lui dire non, et je devrais lui dire non, mais je le fais pas.

AGENT DE PROBATION PHILLIP PETRILLO

12 DÉCEMBRE 1993
12 H 39

42

J'entre au Potholder sur Broadway vingt minutes en avance pour choisir une table, mais Angela est déjà assise sur une banquette capitonnée, penchée sur un livre de cours, stylo-bille à la main, cheveux attachés en queue de cheval. Elle m'a devancé. C'est bon signe. Peut-être qu'elle est impatiente. Je la regarde souligner un long passage. Elle porte un haut noir avec un haut col et des manches longues, mais la texture opaque s'arrête juste en dessous de ses côtes pour se transformer en soie transparente devant son ventre. Son nombril est juste en dessous de la table. De là où je suis, je peux voir. Elle porte une jupe noire qui lui arrive aux genoux. J'imagine sa lingerie (dentelle noire, forcément). Ses mollets se contractent ; avec son talon droit, elle tapote son orteil gauche au rythme de la musique qui sort de la cuisine. C'est la chanson de Meatloaf à laquelle personne ne peut échapper en ce moment, « I'd Do Anything for Love », tout pour l'amour mais pas ça. Franchement, ça n'a pas de sens. C'est tout ou rien.

Je ne la rejoins pas directement. Je prends un itinéraire plus long. Elle ne me voit pas arriver. « On n'avait pas dit une heure ? »

Elle lève les yeux, me jauge et dit : « Je nous ai trouvé une table. De rien. »

Je ne m'attendais pas à ça. « Je voulais éviter le coup de feu. »

Elle regarde sa montre. « En arrivant en plein coup de feu ? C'est du boulot d'amateur. Il faut venir à 11 h 50 pour ça. Tu le saurais si tu travaillais dans un resto. »

Ses cheveux rebondissent quand elle dit ça. Quelque chose que je ne lui dirai jamais : j'ai acheté un flacon de voyage de son déodorant, je ne l'utilise pas, mais je le respire pour me remémorer ses cheveux mouillés ce jour-là. Il est dans ma voiture, dans la boîte à gants. Les odeurs jouent un rôle important dans l'instauration de l'intimité.

Elle referme son livre. Ses lèvres : bordeaux, soulignées par un trait de crayon noir.

« Merci, je dis. Pour la table. »

De la main, elle me signifie que je n'étais pas obligé, mais c'est fait. La gratitude, c'est important pour elle, de toute évidence.

« On fait moit moit ? » Elle parle de la note.

« Non, j'invite. »

Elle sourit en regardant le menu avant de lever les yeux et de trouver les miens. « Tu dois vraiment aimer le petit-déjeuner.

– Je conçois que tu puisses avoir cette impression. »

Elle ricane, grimace, les yeux écarquillés, le menton en avant. Je ne l'avais jamais vue aussi animée, aussi libre. Elle est si ouverte que je me demanderais presque si elle ne me fait pas marcher, mais je me rappelle où nous sommes (Long Beach). Peut-être que c'est ce qui arrive quand elle quitte Lynwood. Elle devient elle-même. Elle respire.

Je fais : « J'ai dit quelque chose de drôle ? »

Elle se redresse au maximum et m'imite. « "Je conçois que tu puisses avoir cette impression." » Elle se met à rire. « Tu parles bizarrement. Tu le sais, non ? Dis-moi que tu le sais.

– Je le sais, je dis. C'est mal ? »

Elle plisse les yeux. « C'est différent. J'aime bien que tu parles bien comme ça. J'ai pas l'habitude, c'est tout. »

Les choses auxquelles Angela Alvarez est habituée : gangsters latinos, fusillades dans le quartier et perquisitions intempestives. Je regarde la cuisine, le plafond. Je laisse agir le silence, et ça marche, parce qu'elle se confie.

« C'est pas bien que je sois là. Certaines personnes feraient un scandale si elles me voyaient ici, tu sais ? Mais tu es *attirant*, et tu as un vrai boulot, même si je suis censée le détester. »

Elle se couvre les yeux de la main, regarde entre ses doigts.

« Désolée ! Je voulais pas le dire tout haut. »

Je me penche en avant. Je susurre : « Je ne serais pas là si je ne pensais pas que tu valais la peine de prendre le risque, et pour répondre à ta question de tout à l'heure : je ne suis pas fan de petit-déjeuner, je préfère les burritos, tu vois ? Ils sont consistants. Fiables. Tout en un, c'est tout moi. »

Ce changement de vitesse la surprend. Elle rit. « Quoi ?

– Je sais pas. » Je me cache derrière mes mains. Je n'avais pas fait ça depuis mon enfance, mais je sais que c'est important de l'imiter quand elle se touche le visage, pour qu'elle voie que nous sommes semblables. « C'était bien dans ma tête, mais ça doit être la chose la plus stupide que j'ai jamais dite. Pardon.

– Non, j'aime bien.

– Quoi ? Le burrito ou ma stupidité ?

– Euh, les deux ? » Elle rit encore, se penche au-dessus de la table, touche mon bras. « J'aime bien comment je te voyais comme le mec qui prend les choses en main, mais maintenant qu'on est là, je t'imagine quand t'étais petit. Genre, le petit mec qui a peur de l'impression qu'il va donner. »

La serveuse arrive, prend notre commande. Je ne la regarde même pas. Je commande le plat du jour. Angela veut des pancakes, du jus d'orange. Elle veut aussi des œufs brouillés. Elle dit à la serveuse que c'est moi qui paie. Elle me montre du doigt en le disant (le savoure), et quand la serveuse est partie, Angela dit : « Qu'est-ce que tu fais pour t'amuser ?

– Je complote et je planifie. »

Elle rit fort, sans artifice. C'est un rire qui n'a pas l'habitude de sortir. « Arrête de mentir ! »

Elle me touche à nouveau le bras, mais, cette fois, elle ne retire pas sa main. Elle fait se dresser les poils de mes bras, j'ai la chair de poule.

« Je joue au softball », je dis. J'ajoute une expression sérieuse (pour qu'elle se demande ce que je vais dire ensuite). « Et je cuisine.

– Arrête !

– J'arrêterai si tu veux que j'arrête », je dis.

Elle me montre du doigt, avec son index droit. Ça veut dire : *Dis-m'en plus, fais pas le timide maintenant.*

« Je fais surtout des grillades, des pâtes, des lasagnes. De la cuisine italienne. Ma grand-mère m'a appris. Elle n'a pas eu de petites-filles, alors c'est tombé sur moi.

– Elle était d'où, ta grand-mère ? Pas de L.A.

– New York, mais ses parents étaient des Abruzzes, avec leurs collines et le meilleur blé d'Italie, et donc les meilleures pâtes.

– Je déteste les pâtes », elle dit.

Je sais qu'elle plaisante. Je fais quand même la grimace. J'exprime la surprise et la déception qu'elle cherchait à susciter. Ça l'amuse énormément. Elle penche la tête en arrière, gorge nue, rougissante. J'ai envie de lui offrir un collier (en argent, peut-être, quelque chose d'impressionnant sans être trop cher).

Finalement, elle dit : « Je te fais marcher ! J'adore les pâtes, probablement plus que tout. J'en mangeais tellement quand je courais. Ma tante les faisait à sa manière. Quand je demandais des spaghettis aux boulettes de viande, j'avais des spaghettis au chorizo ! Ou de la sauce marinara pimentée.

– Ça a l'air pas mal, en fait.

– C'était pas mal du tout même ! Cuisine mex-italienne. » Elle lève à nouveau l'index. « Ça pourrait être la prochaine mode. »

Angela cligne des yeux, fronce les sourcils ; elle est perdue dans un souvenir apparemment.

Je dis : « C'était quelqu'un de bien, ta tante, hein ?

– La meilleure. Personne n'avait rien à dire de mal sur elle quand elle était là, et même après. Et c'est rare. Normalement, il y a toujours des gens pour raconter des ragots, pour accuser, trahir tes secrets quand tu pars.

– C'est les humains, ça. C'est partout pareil. »

Elle lisse ses cheveux. Arrange sa queue de cheval. « T'es un vieux sage, tu sais ? »

Je souris. « Et toi, tu fais quoi pour t'amuser ? »

Elle ne mord pas à l'hameçon. Elle détend son cou, le fait craquer. « Je vais au travail pour m'amuser. Je vais en cours.

– Ça n'a pas l'air amusant, tout ça. »

Elle cligne des yeux, les plisse. « Je n'ai pas le temps de m'amuser. J'ai hérité d'un prêt immobilier, mon vieux.

– Ça fait deux fois que tu m'appelles comme ça. Mon âge te gêne ? »

Ses épaules tombent. « Non.

– Tu as quel âge ? »

Elle me fixe du regard, il y a de l'incertitude, comme si elle se demandait si c'était dissuasif. « Je vais avoir dix-neuf ans l'année prochaine. »

L'âge parfait (la vie ne l'a pas encore gâtée). Je ne trahis rien. Je ne bouge pas un muscle. « Dix-huit ans, alors. »

Elle rougit quand elle dit : « T'as toujours pas peur, on dirait.

– Oh, je dis. Ça viendra après. »

Elle rit encore comme tout à l'heure ; surprise, heureuse, heureuse d'être surprise. C'est mon nouveau son préféré, ce que j'ai envie d'entendre, ce que j'ai besoin d'entendre.

Elle baisse la voix. « Tu crois que c'était de la folie de te donner mon numéro ? Tu sais que personne ne doit savoir, hein ?

– Je sais. C'est une première pour moi. » Ce n'est pas un mensonge, si on ne compte pas Renee (et elle ne compte pas, la pute). « Je ne sais pas ce que je suis censé faire au juste. Je sais juste que j'ai envie de continuer à parler avec toi.

– Moi aussi, j'ai envie de parler avec toi. »

Les plats arrivent devant nous, fumants. Elle prend sa fourchette, mais, avant d'attaquer les pancakes, elle dit : « Tu as ton arme sur toi, là ?

– Toujours.

– Tant mieux, elle dit.

– Pourquoi ?

– Comme ça tu peux me protéger, tu sais, en cas de besoin.

– Je te protégerai toujours », je lui dis, les yeux dans les yeux.

Elle soutient mon regard.

JEOVANNI MATTA, AKA LITTLE, AKA LITTLE GUY

12 DÉCEMBRE 1993
13 H 30

43

Elle reste une heure. Elle lui touche le bras, lui fait les yeux doux. Elle rit plus que je l'ai jamais vu rire, mais ce qui me frappe, c'est à quel point elle ne se gêne pas, elle jette la tête en arrière, elle se touche les cheveux. À la fin, elle le prend même dans ses bras. Ils en meurent d'envie tous les deux.

Moi, je suis assis à la place du mort. No Neck, derrière le volant. Jerry, à l'arrière.

Je dis au tableau de bord : « Putain, *dios mio* ! »

L'agent de probation de son putain de cousin. Ça me donne la gerbe, mais pas que ça. Je le dirai jamais à personne, mais je suis impressionné par son courage. D'aimer qui elle a envie d'aimer, même si elle sait que c'est dangereux. Putain. J'ai pas de mots pour ça.

Petrillo l'accompagne jusqu'à sa voiture, lui ouvre la portière, lui fait au revoir de la main quand elle repart vers Lynwood. Je parie qu'elle va s'arrêter sur le chemin pour se changer, essuyer son rouge à lèvres, faire comme si de rien n'était. L.A. est une ville énorme quand tu sais comment te cacher dedans. *Y ahora*, j'ai un feeling de malade.

No Neck se coupe l'ongle du pouce avec un couteau sorti de je sais pas où et il me voit tirer la tronche. « Quoi, Little ?

– C'est lui.
– C'est lui quoi ?
– C'est Petrillo qui a bougé le flingue de là où Scrappy s'est fait descendre.
– Et pourquoi ?
– Tu l'as devant toi, le pourquoi, No Neck ! Il voulait se débarrasser des autres pour se faire Angela. C'est lui que ça arrange, que les autres soient en taule. Il va bouffer avec elle et tout. »
À l'arrière, Jerry l'ouvre. « Putain. C'est dur, ça. Sans pitié. »
No Neck comprend toujours pas. « Mais comment ?
– Je sais pas encore, je dis, mais je sais que quelqu'un a déplacé le flingue exprès. Quand on trouvera Augie Clark, on saura comment. »
No Neck finit sa manucure.
« Irma dit qu'elle a entendu qu'il était à la maison d'arrêt centrale, mais, quand elle a appelé, il y était plus. Alors soit on l'a transféré, soit il est sorti. »
Jerry dit : « C'est une chienne de chasse, cette Irma. »
Y ahora, j'arrive pas à oublier les sourires d'Angela. Ça me fait penser à quel point les gens sont tordus et égoïstes. Même ceux que t'apprécies. Ils te trahiraient, toi et ceux que t'aimes. La seule façon de les faire se tenir à carreau, c'est de leur faire peur. Y a pas d'autre moyen. Je comprends maintenant. Ce pouvoir-là, je veux m'en servir.
« Et il y a autre chose, je dis. Si c'est le gars qui a mis le flingue chez Wizard, je parie qu'Angela ne le sait pas, alors, quand on aura ce qu'on veut, c'est quelque chose qu'on pourra utiliser contre les deux.
– *Chingón**. » Ça, c'est No Neck. Jerry lui tape sur l'épaule. « Pas mal, hein ? »
Puis il tape la mienne. « Tu deviens trop un gangster, mon gars ! Je savais pas que t'avais ça en toi, mais, putain, t'es *né* pour ça.
– Carrément. » No Neck me regarde comme s'il me jaugeait, puis il démarre. « Oh hé, vous savez que Scrappy elle a roulé hors de l'hôpital aujourd'hui ? »

Je comprends pas. « Roulé ? Genre elle est debout maintenant ?
– Non, elle a *roulé*, mec. Sur les roues d'un fauteuil. »
Jerry gesticule sur la banquette arrière comme s'il était assis sur une chaise roulante et qu'il allait vraiment quelque part.

LUCRECIA LUCERO, AKA SCRAPPY

13 DÉCEMBRE 1993
8 H 37

44

C'est la première fois que je vais au palais de justice de Long Beach, ou n'importe quel palais de justice, sans être menottée. Première fois au bureau des Affaires familiales aussi, et putain c'est super triste, tous ces gens. C'est une putain d'épidémie de violence que se tapent les femmes. Ma mère est amochée, putain. Deux doigts cassés. La tête égratignée. C'est con, voilà. On m'a dit de pas sortir à pied de l'hôpital. Mais mon *homeboy* a volé une chaise roulante et me voilà à remplir des putains de formulaires. Requête en vue de la délivrance d'une ordonnance de protection temporaire contre des violences conjugales, voilà.

Faire les choses bien, c'est l'obsession de ma mère depuis que ça s'est passé. Je lui ai dit que quelque chose pourrait arriver au gars qui l'a frappée. J'ai même pas dit mon père. J'ai évacué le lien. C'était codé, mais j'ai été claire. Un truc pourrait lui tomber sur la gueule. Ton copain qui s'est jamais marié avec toi, celui qui s'est barré pour de la chatte plus fraîche ? Celui qui t'envoie pas d'argent. Celui qui t'a volée, en plus. Peut-être que ce gars-là, il pourrait avoir un accident. Il est *touchable*, quoi.

C'est là que ma mère s'est mise à pleurer. C'est ça qui fait venir les balles jusque devant ma porte, elle a dit. Être comme ça, prendre des décisions de ce genre. Le Mal engendre le Mal, elle a dit, mais pas en utilisant le mot « mal ». *La maldad**.

*A mal nudo, mal cuño**, c'est ce que j'ai répondu. Combattre le feu par le feu.

C'est ce que je me redis en voyant toutes ces femmes dans ce petit bureau, formant une triste file, les employés derrière les vitres. On est une trentaine à attendre, alors qu'ils viennent d'ouvrir. Deux d'entre elles ont des coquards, et une, un bras cassé. Du coup, je me dis qu'on devrait peut-être toutes se rebeller notre race. Les femmes et les copines avec des armes et des battes de baseball. Un putain de gang de *femmes*, quoi. Que tout le monde sache que si tu viens nous emmerder, tu te fais calmer direct. Y a que ça pour que ça s'arrête. Y a une race d'hommes faibles qui comprend ce que ça fait les coups que quand on les marave. Ces putes comprennent même pas la douleur avant qu'on la leur *inflige*.

Si j'avais été à la maison et pas à l'hôpital quand mon père lui a fait ça ? Ce crevard aurait pris *cher* pour l'avoir attaquée alors qu'elle rentrait d'un traitement pour déshydratation. Il a attendu. Il a même pas les clés. C'était un guet-apens, comme disent les avocats. Préméditation. Et quand elle rentrée, toute mal, juste pour me prendre des chaussettes, se changer et prendre une douche, il l'attaque ? Il la frappe ? En criant que c'est sa faute ce qui s'est passé ? Qu'elle doit mieux me protéger ? Sale bâtard ! Depuis quand t'as quelque chose à branler d'autre chose que la thune que tu me taxes ? En plus, c'est ma faute. Pas la sienne. Je sais ce que j'ai fait. Et comme j'ai dit, s'il était venu quand j'étais là ? Je lui aurais défoncé sa gueule. Et je le ferai, la prochaine fois que je le vois. Je m'en bats les couilles. Les gens font juste ce qu'on les laisse faire. Si j'étais pas sortie de la maison ce soir-là pour la gueule d'Augie, j'aurais rien eu. C'est moi, la conne.

Merde. Je suis défoncée aux antidouleurs. J'arrive pas à avaler correctement depuis que c'est arrivé. C'est comme si j'avais un truc coincé dans la gorge et qui peut aller nulle part. On m'a dit que la balle m'avait traversée, mais c'est pas ce que je ressens. On dirait que la balle est restée à l'intérieur et qu'elle sortira jamais, mais on s'en fout. C'est pas comme si je pouvais pas écrire. Ma mère m'observe. C'est un faucon, ma mère, un aigle. Il y a une ligne sur la personne à protéger, alors je mets nos noms, celui de mon fils aussi.

Les trois infirmières et les deux docteurs ont dit que j'avais besoin de plusieurs semaines pour aller mieux. J'ai perdu beaucoup de sang, ils m'ont dit. Mais après, j'ai demandé, vous m'avez pas remis du sang ? Et ils ont fait si. Du coup, j'ai dit, alors c'est bon ! Ils ont raconté que c'était passé à côté des « organes vitaux » et que j'avais de la chance d'être en vie. Sérieux ? Je leur fais la liste des gens que je connais personnellement qui sont venus dans le même hôpital après avoir pris des balles mais qui ont survécu. Un pour chaque doigt, puis j'ai recommencé, et je me suis arrêtée à trois de plus. J'aurais pu continuer. Se faire tirer dessus par ici, c'est rien, tout le monde le sait. Dans certains cas, t'es pas pris au sérieux tant que t'en as pas pris une.

Ma mère m'a dit que l'inspecteur avait appelé la maison. Le Montero, là. Il est même passé à l'hôpital en me laissant la liste des droits des victimes. M'en bats les couilles de ces conneries. Ma mère dit que son nom à l'inspecteur c'est le nom d'un métier. C'est le gars qui part chasser dans les montagnes et qui tape dans les buissons avec un bâton pour faire s'envoler les oiseaux pour qu'on puisse leur tirer dessus. Je la crois sur parole. Ma mère, elle est intelligente. Elle lit tout le temps, et ce qu'elle lit, ça lui reste. J'aurais aimé avoir ça. Ç'aurait été plus facile à l'école. Enfin, non. Tomber enceinte et avoir Adrian, ça a été la fin des études pour moi. Je vais rien dire à ce connard des montagnes, je le sais. Il va falloir me donner une très bonne raison de parler au tribunal. Me convoquer, quoi. Et même avec ça, je dirai rien. Ce sera un outrage, je m'en fous. Vous avez qu'à me foutre en taule. Je ferai ma peine.

Merde, j'ai franchi une grosse ligne rouge. J'ai franchi la frontière entre les races que les *big homies* ont tracée et qu'on n'est pas censés traverser. Mais je l'ai fait. Exprès. Parce que je croyais qu'on allait perdre la maison, avec les migraines de ma mère qui l'empêchent de travailler. Et la seule chose qui venait, c'était du Mexique via El Farallon. Et j'ai payé des taxes là-dessus, beaucoup, alors tout le monde aurait dû être content. Mais si tout le Southland* est à sec et que rien arrive chez les Crips par la Louisiane ou par Houston, ou par je sais pas où, si j'ai des contacts avec le seul fournisseur de la ville et que des Crips sont à bout, qu'ils en veulent *beaucoup* et qu'ils sont prêts à payer dix fois le prix ? Putain ! Et si je vois que je peux passer au niveau supérieur en distribuant la came sur Compton pour que le père d'Adrian en profite sans que ce soit moi qui aie l'air de vendre en direct, voilà quoi. Je le fais. Le seul truc, c'est que les *big homies* l'ont su. Mais je respire encore, alors je regrette rien, pas même avec toute cette histoire des Bruns contre les Noirs.

Ça a pas toujours été comme ça. La guerre. C'était pas terrible entre nous, mais c'était pas genre on nique tout ce qui ressemble pas à la famille, jusqu'à y a pas longtemps.

Le père d'Adrian et moi, on était au collège ensemble. Plein de gamins différents qui venaient de partout. Des Thaïs. Un d'Arabie quelque chose. Tout le monde avait de tout. C'est là-dedans que j'ai grandi. C'était les années 1980. C'était pas la haine au moins. Les Noirs et les Bruns se mélangeaient, et on pouvait rien me dire. Ma mère a essayé. Putain, elle a essayé. Mais à force de me dire traîne pas avec ce garçon ? Putain. Ça marche pas avec moi. J'étais une tête de con fois dix. Je sortais, je rentrais pas. On faisait la fête quand on séchait avant que ça soit la mode. Tiens ! Comme si personne faisait ça avant que ce soit cool ? Le mur, l'école buissonnière. Ça date pas d'hier. Y a trop de jeunes qui croient qu'ils inventent des trucs. Flash info, connards, c'est pas vous tout ça. Les années 1980 étaient pires avec le crack. Les gens devenaient fous. Le père d'Adrian est allé à Chino pour meurtre après avoir vendu cette merde. C'est pour ça que sa famille a bougé vers le sud.

Je regrette rien, comme je disais. Je respire, mais *continuer* à respirer, c'est autre chose. J'entends les gens parler sur Wizard qui est en zonze pour ce qu'il m'a fait, et ça me va, c'est pas comme s'il le méritait pas, mais j'ai besoin de m'entendre avec sa clique. Mes *homies* assurent. Ils sont forts et y a rien qui les arrête, mais ils peuvent pas me protéger partout. Je le sais. Mais les gars de Wizard ? Il faut qu'ils sachent que je dirai rien et que j'échange mon silence contre quelque chose de concret. Sinon, je sais pas de quoi je suis capable.

Ma mère me tapote le bras. Elle me fait signe de continuer d'écrire, de finir de remplir le formulaire. Elle veut que je fasse les choses bien. Mais c'est pas ma came.

VI

PARMI LES RONCES

« Qui nous sommes et ce que nous faisons
Nous apparaît
Comme un homme en long manteau noir,
Un percepteur
Qui nous présente un papier à signer
Et nous dit que nous n'avons d'autre choix
Que de le faire. »

JIMMY SANTIAGO BACA, « ACCOUNTABILITY »

OMAR TAVIRA, AKA WIZARD

13 DÉCEMBRE 1993
13 H 14

45

Il pleut dans la cour. De grosses gouttes tombent à travers le grillage et éclaboussent le béton. Un groupe de *Sureños* traîne sous le toit à côté des murs de balle à main pour profiter de la pluie sans se mouiller. C'est vital. Si tu te mouilles en haut, ça reste avec toi jusqu'en bas, et le froid te quitte plus. Il te pénètre les os. Te rend malade. J'essaie de trouver une rime là-dessus, mais je me retiens. J'ai pas mon carnet. J'ai dû le laisser dans ma cellule, je veux pas trouver quelque chose pour le perdre.

De toute manière, je suis en train de surveiller la porte de sortie. Un morceau des Counting Crows joue à fond dans les haut-parleurs brouillés. On entend surtout une guitare et un gars qui chante « *Mister Jones and me* » en boucle, mais y a un moment où il parle de se balader dans le *barrio**.

À côté de moi, quelqu'un s'énerve. « Yo, qu'est-ce qu'il y connaît aux *barrios*, de toute façon ? »

Un autre *homie* rigole. « Il se balade, hein ? Il a dit "balade" ? Genre, il marche tout décontracté du gland ? Il devrait essayer de se balader dans mon quartier. On va voir comment ça va se passer.

– Il peut se balader à l'hôpital. À la putain de clinique. »

La première voix revient. « Qui choisit la musique, bordel ? On veut autre chose. »

Je hoche la tête, mais jamais de la vie un adjoint nous laissera choisir. Question de rapport de force. Je crois que ça les fait kiffer de nous faire écouter de la merde, mais je m'en fous. C'est sympa d'entendre de la musique, même si j'aime pas. Ça veut dire que le monde tourne encore, et il y a autre chose que des cellules et de la promenade. Dreamer arrive à la porte de sortie avec son passe. Ça me soulage de voir ça. Il se fait contrôler par un adjoint, mais il sort. Je laisse le groupe et je le rejoins à mi-chemin. On trouve un endroit où notre tête peut rester au sec et notre dos se coller à un mur.

« Je croyais qu'ils allaient au moins te priver de promenade. Ils t'ont pas mis au trou après le truc avec Augie ? »

Il hausse les épaules, genre ben non, mais il a pas l'air content. On dirait qu'il essaie de me jauger, il se demande si c'est ma faute. C'est dur, parce que oui, c'est ma faute. Je lui ai même dit comment faire avec les noms de rue et tout. Je suis désolé qu'il se soit fait gauler, mais je suis pas désolé que ce soit fait. Y avait que Dreamer pour faire ça. Le nom du témoin devait sortir d'entre ces murs pour Jerry et No Neck. Je pouvais pas le faire moi-même, pas avec Angela.

Je suis sincère avec lui : « Écoute, *homeboy*. Je suis désolé. J'aurais préféré que ce soit moi qui parle à Little, mais ça s'est pas passé comme ça, arrête de triper. »

Ça n'arrange rien. Il tripe encore. Je vois bien qu'y a pas la même confiance qu'avant, mais c'est pas grave, il est pas obligé de me faire confiance. Il doit juste faire ce que je lui dis s'il veut que ça aille pour lui. Il le sait. Il hoche la tête.

« Bon, c'est bien. » Je me rapproche de lui. « Ils vont me bouger. Je le sens. »

Et pas sans bonne raison. Un connard a clamsé à cause de la came que j'ai ramenée. Ils peuvent pas m'accuser, mais ils ont des soupçons. Les stups m'ont interrogé. Ils voulaient que je balance. J'ai dit que j'avais aucune idée de quoi ils parlaient, mais je leur ai dit ce qu'ils voulaient entendre : je vais garder l'œil ouvert, poser des questions, enquêter. Le mec moyen, le détenu sans pouvoir, il voit ces trucs-là comme une marque de respect de la part des adjoints, mais un vieux de la vieille m'a dit qu'en fait c'est plus facile pour eux de parler à une seule personne qu'à trente. Ils ont autant besoin des décideurs que nous. Notre hiérarchie aide le système à calmer le jeu. Ils gardent l'autorité. Les décideurs gardent le pouvoir. C'est mieux pour tout le monde.

Le même putain de jour, j'ai vu le chef de l'unité des gangs, qui voulait savoir comment Dreamer connaissait le nom d'Augustine Clark. Je lui ai dit que je savais pas, mais le gars était trop malin. Il savait que je racontais des conneries. Je pensais pouvoir rester en dehors de ça, mais ils savaient déjà que c'est mon avocat qui m'a montré le papelard, et que j'ai fait passer le nom à Dreamer. Le gars a dit que la substitute allait s'en prendre à mon avocat, mais y a pas moyen pour moi de savoir à coup sûr jusqu'à ce que j'aie droit à ma première consultation juridique.

Je dis à Dreamer : « L'idée, c'est de plus baisser la tête. À partir de maintenant, tu marches comme un gangster, tu agis comme un gangster. T'as un truc à faire ? Vas-y fort, comme si t'en avais rien à foutre. Y a des bons yeux sur toi, des *big homies* qui te regardent, et c'est bien, parce que je serai pas là pour encore très longtemps.

– Fais chier. » Je sais pas s'il est sincère ou pas.

Mais je continue : « Ouais, mais je contrôle pas où on va. Sois content que ça ait duré aussi longtemps. Quand je serai parti, tu m'entendras que par les *wila**. »

Il plisse les yeux, et je sais que je dois m'expliquer. « Les cerfs-volants, mec. Des papiers pliés où c'est écrit tout petit. Les premiers que j'ai vus, ils étaient comme dans le jeu de foot en papier là, mais c'est encore plus petit maintenant. Après, toi, t'en écris jamais, c'est super important. Tu les reçois, c'est tout. Quand t'as fini de lire, tu t'en débarrasses. Tu le fous aux chiottes. Fais ce que t'as à faire. Faut pas que ça serve de preuve contre toi si quelqu'un tombe dessus. »

Il lève la tête. « Contre moi ? C'est pas toi qui les écris ?

– C'est quelqu'un d'autre qui prend le risque, pas moi. »

Son regard change quand je dis ça, c'est presque comme si je pouvais le voir faire le lien pour le merdier avec Augustine Clark, mais j'ai pas le temps pour ça maintenant.

Je lui mets un petit coup de coude. « Y a un truc qui se prépare avec les *mayates*. Je sais pas si t'as remarqué, mais leur décideur s'est fait transférer. »

Il secoue la tête, parce que ben non, il a rien calculé.

Je l'engueule. « Putain, Dreamer ! Tu *dois* voir ces choses-là. Les informations, c'est grâce à ça que tu survis, mon gars. Faut voir la merde arriver avant qu'elle te voie.

– C'est bon, j'ai compris, Wizard.

– T'as intérêt. » Je le regarde bien et j'insiste avant de revenir sur le sujet. « Tu te souviens de Big Dev, de quand on est arrivés ? C'est lui qui est parti. »

Dreamer hoche la tête. Il se rappelle. Je lui ai jamais dit que Dev et moi, on a fait Chino ensemble, qu'il y avait eu une énorme baston, que Dev aurait pu me défoncer, mais qu'il a préféré taper sur l'adjoint qui nous arrivait dessus. Il a fait un mois au trou après ça, condamné pour violences sur personne dépositaire de l'autorité. Je lui ai demandé plus tard pourquoi il avait fait ça, et il a dit qu'il voulait frapper l'adjoint plus que moi. C'est tout. La seule raison pour laquelle Dev portait pas d'uniforme rouge ici, c'est parce que c'était arrivé qu'une fois, il y a des années, et ces enfoirés de la prison du comté, ils sont graves. Il faut recommencer plusieurs fois pour qu'ils te classent dans cette catégorie. Bref, je me suis occupé de Dev avec mon compte après ça. J'ai fait en sorte qu'il ait toujours des timbres, et quand j'ai su que sa meuf aimait les trucs artistiques, j'ai fait faire des dessins par un gars pour qu'il puisse les envoyer chez elle. C'est dommage, mais c'est fini maintenant. Les Noirs qui protègent les Bruns ? Les Bruns qui aident les Noirs ? Nos *big homies* veulent plus que ça se passe comme ça, je vais pas aller contre.

« Tu restes avec la *raza**, je dis à Dreamer. T'as mon nom pour toi. Si quelqu'un te casse les couilles ou te parle mal, ça va chier pour lui, mais tu dois être le guerrier que j'ai vu avec le chien, parce que c'est que ça ici. Toi et des clebs assoiffés de sang. »

Dreamer contracte son bras. Les traces de morsure bougent sous ses poils.

Je hoche la tête vers le terrain de basket. « T'étais pas là pour voir, mais ils savaient pas dans quelle équipe aller aujourd'hui. Normalement, Dev fait les équipes parce qu'il kiffe le basket, et il prenait avec lui tous les gars qui étaient pas des égoïstes, mais maintenant qu'il est parti ? Ils la jouent aux lancers. » Je continue de parler pendant que les yeux de Dreamer dérivent vers là où les Noirs jouent au basket. « Ils vont faire un Roi de la montagne pour savoir qui sera le prochain décideur dans le bloc. »

Il plisse les yeux. « Genre, comme un Royal Rumble ?

– Exactement. Pas de règles. Juste une bande de fils de pute sans pitié. Celui qui reste debout à la fin, c'est lui le roi.

– Des trucs de sauvages, quoi. » Il a pas l'air content, mais il se rend compte qu'il a pas le choix. S'il respecte pas ça, je peux pas le protéger.

Je hoche la tête. « Ouais, et celui qui gagne, je veux que tu le défonces, et après on s'y met tous pour que je parte sur un gros clash. Faut faire passer le message que les rues sont à nous parce que ce qu'il y a ici, c'est à nous. On taxe plus seulement les nôtres. On veut aussi taxer les Blacks. On est assez ici, alors on prend le contrôle. C'est à nous maintenant. »

Je vois dans les yeux de Dreamer que quelque chose a changé. Il a pris sa décision. Il va le faire, et je suis content.

« C'est une partie d'échecs, mon gars. » Je regarde Dreamer serrer le poing, puis relâcher. « L'important, c'est qui gagne où, et rien est plus important que de contrôler des lieux d'où personne peut s'échapper. »

On bouge pas jusqu'à ce que la musique s'arrête, puis on nous dit de nous mettre en rang. Les gars arrivent avec le regard méfiant, ils choisissent leur place. Personne veut tourner le dos à personne, mais on a pas le choix dans la file. Personne dit rien, et ça rend nerveux même les adjoints. Si t'as passé assez de temps en prison, tu sais ce qui se prépare, une bande de fils de pute sur les nerfs qui avancent et attendent le bon moment pour attaquer.

JACOB SAFULU, AKA DREAMER

13 DÉCEMBRE 1993
14 H 01

46

Je devrais pas être ici. Voilà ce que je pense. *J'y étais pas. J'ai pas appuyé sur la détente.*

C'est pas ma faute. Mais je paie le prix.

Et maintenant, je dois me jeter tête la première dans la merde parce que Wizard a dit de le faire ?

Putain. C'est pas normal.

C'est pas juste ce qui se passe.

Que je sois sur le point de faire un truc grave. Quelque chose qui pourrait être un nouveau crime. Une peine plus longue.

Tout ça parce que c'est le seul moyen d'être en sécurité ici. Je sais même pas comment ces deux choses-là peuvent aller ensemble.

Mais c'est comme ça. C'est la réalité.

Et la chose qui est bien là-dedans, c'est que je suis presque content de pouvoir frapper quelqu'un juste après ce que vient de dire Wizard.

Il est désolé. Arrête de triper.

J'avais envie de dire : « Putain, je tripe grave. »

Je croyais que c'était mon pote. Je l'admire depuis toujours.

Et maintenant il me fout dans la merde pour qu'il y soit pas.

Ça réveille ma rage…

Je suis content de savoir que je vais pouvoir me lâcher et la laisser sortir.

J'ai pas à me retenir ou à me taire. J'ai pas à attendre que ça me bouffe de l'intérieur pendant des journées entières. Je peux juste me lâcher sur quelqu'un.

Et je me monte tellement la tête en me disant que ça va être un énorme soulagement que j'ai le sang qui bout.

Je regarde tout sur le chemin jusqu'au bloc. Je cherche des gars nerveux, qui transpirent ou qui attendent que ça commence.

Mais je vois rien. Des gars qui marchent, c'est tout. Des épaules qui bougent normalement. L'arrière des têtes.

Je repère tous ceux que je verrais bien devenir le Roi de la montagne. Il y a Tim Muhammad. Il est à six gars devant moi. Tout le monde a entendu parler de lui. Linebacker et receveur rapproché. C'était une star du foot au lycée de Compton, jusqu'à ce qu'il bute sa copine un soir d'été où il faisait super chaud. Il croyait qu'elle le trompait. Je sais pas pour ça. Je sais juste que les infos ont dit qu'il lui avait arraché la tête d'un coup de fusil. Juste *blah*.

Tim fait un mètre quatre-vingt-dix, il est prêt à taper sur n'importe qui. Il fait de la muscu tous les jours. Mais ça veut pas dire qu'il sait se battre. Ça veut juste dire qu'il est fort. Et fort, c'est pas être capable d'encaisser la douleur. Fort, c'est pas savoir esquiver. Fort, c'est pas intelligent.

Le troisième gars derrière Tim, c'est Sykes. On l'appelle Pretty Boy. Ce connard dit à tous ceux qui veulent bien l'écouter qu'il était mac dehors. Et qu'il a gagné au loto dans l'Illinois. Laisse tomber. Il paraît qu'il s'est fait serrer après avoir braqué un prêteur sur gages, parce qu'il s'était arrêté pour acheter un sandwich à deux rues de là. Il est teubé à ce point.

Derrière Sykes, il y a un gars qu'on appelle Barrel Roll, je sais pas pourquoi. Et après que Wizard m'a dit de faire gaffe, je me dis que c'était une erreur de pas demander. Je dois faire mieux. Pas réunir les informations et pas en savoir autant que possible sur ceux qui sont autour de moi ? C'est con.

Je dois être sur le coup. Je dois savoir qui pourrait faire quoi. Venir de quel côté. Wizard a raison.

Barrel Roll a quarante balais. Il a l'air d'un dur. Taille moyenne. Il fait des squats avec deux fois son poids. Et il est musclé de partout.

Avant de rentrer aux Samoa pour s'occuper de ma grand-mère, mon oncle essayait toujours de me faire penser comme un guerrier, d'avoir la mentalité. Il disait de pas te mesurer au gars qui a les poignets les plus épais parce qu'il t'explosera la cervelle avec ses poings. La force, ça veut rien dire si tes articulations tiennent pas le coup. Sans ça, tu peux rien envoyer, il disait mon oncle. Des gros poignets, ça veut dire *barre-toi*. C'est ce qu'il disait.

J'allonge un peu mon cou. Je regarde devant. Tim a les poignets les plus épais. Mais Barrel Roll est pas loin derrière. Ce qui me rassure, c'est que ni l'un ni l'autre est plus fort que moi. J'ai un avantage. C'est inné chez moi. Parce que c'est comme ça que Dieu a fait les Samoans. Prêts à frapper.

Je regarde derrière mon épaule le petit *Sureño* qu'on appelle Peeper.

Je chuchote vers lui : « Hé, Peep !

– Quoi ?

– Pourquoi on l'appelle Barrel Roll ?

– Parce que c'est un gros mytho. Il dit qu'il a fait le Vietnam et qu'il est pilote. Il dit qu'il a la licence et tout. Alors on l'appelle Barrel Roll pour l'emmerder, mais aussi parce qu'il ressemble à un tonneau, non ? Ha, ha ! »

De derrière nous, un adjoint gueule : « Détenus ! Fermez-la ! »

Peeper fait : « Oui, chef. »

On attend que la porte s'ouvre, puis on entre dans le 4700 comme des souris qui se faufilent. Les *vatos** vont plus lentement. Les *mayates* vont un peu plus vite.

C'est comme ça qu'on se sépare.

Mais quand les adjoints comprennent ce qui se passe, le passage devant les cellules est bloqué. De leur poste d'observation au milieu, derrière la vitre, ils voient juste que les gars vont se la mettre.

Et ils peuvent rien faire. Ils doivent juste regarder jusqu'à ce qu'ils aient une unité pour tous nous niquer.

Les sirènes hurlent.

Et j'ai l'impression que mes tympans vont exploser.

Je me touche le visage, je m'attends à trouver du sang.

Rien.

Et c'est bien. Parce que je me sens libre.

Je pousse jusqu'au bord de la foule où un gros connard bloque le passage.

Je vais là où je suis pas censé aller.

Je fais ce que j'ai pas le droit de faire.

Et c'est bien. Ça fait du *bien*.

Quand Pretty Boy balance le premier coup et frappe Barrel Roll derrière l'oreille, tout le monde se met à rugir comme si on était à un match de boxe.

47

La surveillance est dans la salle de contrôle en train de nous crier d'arrêter par les haut-parleurs. Mais y a pas moyen.

Tim est malin, il attend que Barrel se relève. Il charge Pretty Boy, il lui rentre dedans avec l'avantage du poids.

Ils se cognent dans les barreaux d'une des cellules.

Et c'est fini pour Pretty. Il finit avec de la peau qui lui pend du visage. Du sang lui coule sur le dos.

Le métal lui a ouvert la tête.

Putain.

Il essaie de plaquer la peau sur son crâne. Ça sert à rien.

Son uniforme bleu vire au violet.

Il s'appuie sur les barreaux. Presque assis par terre.

Et c'est là que Barrel se tourne. Et que Tim charge sur lui.

Mais il arrive trop vite, trop précipitamment. Il sait pas calculer la distance de ses coups.

Et mon sang est en ébullition.

Dans ma gorge, mes oreilles, mon visage.

Je sais que je peux y arriver.

Je sais que je peux me les faire tous les deux.
Surtout pendant qu'ils se tapent comme ça.
Ils savent pas cogner.
Ils rentrent dans la rambarde sans faire exprès.
Coup de tête.
Crachats.
Et c'est là que ça se passe.
Tim passe sous le bras de Barrel. Lui rentre dans la poitrine.
Il lui met des coups de poing sous les aisselles…
Lui met la pression par en dessous.
Comme pour un blocage à l'entraînement de foot.
Comme on lui a appris à le faire pendant longtemps.
À faire perdre l'équilibre.
Et il le fait.
Oh putain ! Il le fait tomber.
Les pieds de Barrel touchent plus terre et ils se retournent,
Et Barrel passe par-dessus la rambarde,
Il tombe d'un niveau.
Putain, sept mètres,
Et ce connard s'écrase sur le béton en bas.
Splat.
Et quand ça arrive,
Tout le monde s'arrête pendant une seconde.
Deux, peut-être.
Les sirènes rugissent toujours.
Personne bouge.
Et là, c'est comme si le toit s'effondrait.
Peeper saute à côté de moi. Les mains en l'air comme au concert.
Il articule, *Oh putain, mon gars !*
Genre, *T'as vu ça, mon gars ?*
Les autres flippent. Ils regardent de tous les côtés.
Mais pas moi.
J'ai ma cible.
Je vois Tim.
Tim est le nouveau roi.
Et tous les autres le comprennent aussi.

On voit les mecs qui réalisent. Ils s'habituent au choc d'avoir vu Barrel passer par-dessus la rambarde.

C'est là que j'avance.

Wizard me tape la hanche, genre *Putain, ouais !*

Genre, *Vas-y, tue-les, ces fils de pute !*

Y a qu'une chose entre Tim et moi.

Le gros qui barre la route à tout le monde pour que le tournoi du Roi de la montagne puisse se jouer.

Il est dos à moi.

Ça me donne le temps d'aligner mon coup.

C'est comme au ralenti.

Et je me concentre...

Je mets en boule tout ce que j'ai de mauvais en moi.

Être enfermé dans cette merde. Les putains d'ordres qu'on me donne. Le putain de quoi, le putain de quand. Avoir à pioncer à quelques dizaines de centimètres de là où y a quelqu'un qui chie sa race, là où je peux pas y échapper. Putain de Wizard qui se sert de ma gueule pour pas se mouiller les couilles.

Je cale mes pieds bien comme il faut et je fais monter la rage en moi comme un ouragan

Le long de mon bras

Je la mets dans mon élan

Avec tout mon poids

Chaque kilo,

Visée parfaite,

Parce que j'ai tout aligné,

Et quand le coup atterrit...

Quand mon poing lui rentre dedans comme une masse...

Il s'effondre.

Pop. Le rein droit.

Fini.

Je le frappe si fort qu'il crie comme si on lui avait tiré dessus.

Et il titube, il se tient le dos.

Je jure que je lui ai déchiré le truc à l'intérieur.

Le pauvre bâtard, il avait aucune chance.

Il va devoir porter le putain d'uniforme marron de l'hôpital pendant des semaines.

Et je regrette même pas.

Je l'encule, voilà ce que je ressens.

Je le frappe comme j'aurais voulu frapper Wizard.

Parce que j'encule Wizard. J'encule tout le monde.

Il faut protéger tes arrières tout seul ici ! Rien montrer à personne.

Et ce pauvre connard a complètement baissé sa garde.

Je jette un œil rapide derrière moi pour voir si je suis seul. Non.

J'ai du monde avec moi. Wizard est juste derrière, il sourit comme un enfoiré. *Il kiffe sa race.*

Peeper derrière lui avec son schlass fait maison juste au moment où je me demande d'où il vient, ce couteau.

Derrière Peep, des cousins d'East L.A., que j'ai rencontrés hier, des enfoirés de gangsters qui font barrage aux adjoints. Ils vont se faire arroser. Ils assurent.

Ils prennent le gaz lacrymo en pleine gueule comme des vrais et ils restent debout, ils luttent avec les boucliers en plexi et les matraques et les casques derrière.

Je me retourne pour regarder Tim. Et c'est là qu'il me voit.

Son expression a l'air de dire qu'il sait ce qui va se passer.

Il y a quelque chose de différent.

Il a perdu son courage.

Ça se voit.

Il est tombé avec Barrel Roll par-dessus la rambarde.

Et c'est là que j'apprends que Tim Muhammad est pas hardcore.

Je le regarde dans les yeux. Tout ce que je vois c'est un petit gamin qu'a peur.

Je suis même pas arrivé jusqu'à lui quand je me dis,

C'est moi le roi.

Tim le voit dans mes yeux.

Comment je l'humilie d'un regard.

Et il lève pas vraiment les bras quand j'arme le mien.

Il me laisse le frapper.

Je viserais bien la mâchoire. Mais le cou est dégagé, alors je vise ça.

La gorge.

Je traverse sa garde paresseuse.
En plein milieu.
Et la seule chose qui le sauve, c'est qu'il tourne la tête.
Il prend sur le côté du cou, pas en pleine face.
Mais c'est cool. Ça suffit pour le faire basculer en arrière.
Et je suis déjà en train de lui donner des coups de pied.
Dans le torse.
Le crâne.
Les côtes.
Partout où je peux frapper.
Parce que je suis le putain de Roi de la montagne.
Et tout le monde le sait.
Wizard sourit avec son sourire de démon.
Je vois la fierté dans ses yeux. *C'est mon putain de* homeboy, *t'as vu* !
Même moi je sais que c'est bon pour lui,
Que je fasse ce qu'il m'a dit de faire,
Que ses ordres soient exécutés,
Je regarde comment il frappe Tim.
Et un coup pour Pretty Boy pendant qu'il y est.
Pendant que Peeper plante ce connard de Pretty Boy, je vois les yeux de Wizard refroidir parce que la mission est accomplie.
Un *soldado* doit savoir quand s'arrêter. Il est discipliné.
Et Wizard me fait signe pour me dire, *Baisse-toi.*
Pendant une seconde, je le fais pas.
Pour lui montrer que je peux rester seul debout.
Et il s'allonge à plat sur le sol en béton, il met les mains sur la tête, il me fait signe de la tête de faire pareil.
Je le regarde de haut.
Juste une seconde…
Avant de le faire.
Pour qu'il sache ce qu'il a fait. Que je fais ce que je dois faire.
Et ça veut pas dire que ça me plaît.
Juste avant que l'atmosphère blanchisse autour de nous et que je puisse plus respirer.
Juste avant que s'abattent les matraques.
Et que je sois persuadé d'être en train de mourir…

MAÎTRE NICK PARK

14 DÉCEMBRE 1993
11 H 01

48

Jacob Safulu ne ressemble plus à un gamin de dix-sept ans. Ses yeux sont cernés de rouge ; ses joues sont encore enflées à cause du gaz lacrymogène. Une éraflure sur sa tempe droite fait penser à la semelle d'une botte. Le plus pénible : un hématome rectangulaire sur le bas de son visage, qui s'étend de sa mâchoire jusqu'au coin de sa bouche ; il est large comme une matraque. C'est rare de voir des lésions si éloquentes que la cause en est évidente. Les articulations de sa main gauche, celle qui est menottée à la table, ne sont plus que des plaies ouvertes. On peut pratiquement lire le récit de ce qui est arrivé à Jacob Safulu sur son corps. Ce qu'il a donné, et ce qu'il a reçu en échange.

Je ne suis pas médecin, mais il me semble qu'il devrait être pris en charge par l'infirmerie de la maison d'arrêt. Le fait qu'il n'y soit pas suggère qu'il faisait partie des agresseurs, ce qui n'est certainement pas une bonne chose. Il est maintenant enfermé vingt-trois heures par jour en quartier disciplinaire. Il est entré menotté, ne peut se déplacer qu'avec une escorte. De l'enfant à celui que j'ai devant moi, la transition a été rapide comme un bobsleigh lancé à toute vitesse. C'est précisément ce dont j'avais peur ; si un jury le voit comme ça, peu importe où il se trouvait le soir du crime.

« Je suis venu hier, je dis. Ils vous l'ont dit ?

– Non. Quand ?

– Après le déjeuner. Le bloc était en confinement. Je suis revenu deux heures plus tard, le quartier avait rouvert, mais vous n'étiez plus là. »

Il me regarde comme s'il savait où je voulais en venir et qu'il m'y attendait.

« Et tout ça… » Je montre son visage et ses mains, pour qu'il sache que je parle de ça aussi, « … invite à se demander, et excusez-moi de le dire si brutalement, qu'est-ce que vous foutez en putain de quartier disciplinaire ? »

Il cligne des yeux. Le changement de registre fait son effet.

« J'avais pas vraiment le choix, chef. »

Cette façon de me parler me met hors de moi.

« Écoutez-moi bien. » C'est inutile de me retenir maintenant. « Vous ne m'appelez pas "chef". Vous ne vous adressez pas à moi comme à un gardien de prison ou un shérif adjoint. C'est une pratique insidieuse, et ça vous restera. Ces choses-là, ça rentre dans votre esprit, et quand vous sortirez – si vous sortez –, vous les trimballerez avec vous dehors. Est-ce que vous comprenez ? »

Il cligne des yeux. Il dit : « Oui.

– Bien. Quand vous sortirez de l'isolement, on vous mettra ailleurs. Vous risquez de vous retrouver dans la section haute sécurité ou dans le quartier des gangs. Ça vous paraît être quelque chose de *constructif* ? »

Il baisse les yeux. Enfin, j'ai touché un nerf.

« Non.

– Non. C'est très dommageable. Votre comportement ici est un argument que la substitute peut utiliser contre vous ; elle peut illustrer votre implication dans l'activité des gangs, votre personnalité et, surtout, votre volonté et votre capacité à infliger des violences.

– Tirer sur quelqu'un et taper quelqu'un, c'est pas la même chose.

– Bien sûr, mais faites-vous confiance à des jurés qui ne sont pas vos pairs pour faire la différence ? Des gens qui ne vivent pas dans le même monde que vous, qui ne peuvent pas comprendre la pression qu'on y subit ? Ces faits qui vous concernent suffiront à les convaincre que vous êtes capable de ce dont on vous accuse. Croyez-moi. »

Il se mord la lèvre inférieure.

« Vous êtes prêt à entendre la pire nouvelle ? Votre petit cinéma avec Augustine et Clark ? Ils vous ont *entendu*. Vous étiez *surveillé*. »

Safulu fait la grimace. Comme s'il avait mordu dans quelque chose d'amer. Et ça me dit qu'il a déjà été interrogé à ce sujet par le personnel de la prison.

« Je veux savoir par qui vous avez reçu cette information. Sinon, il va falloir que je me récuse, et on vous assignera quelqu'un d'autre, quelqu'un de bien pire.

– C'est l'avocat de Wizard qui lui a donné le nom. On en a parlé après. Il m'a dit que je devais faire passer. Mais c'est entre nous. Faut pas que ça se sache.

– Je comprends, monsieur Safulu, mais il se pourrait que ce soit impossible de ne pas révéler comment vous l'avez su. Si la juge n'a pas encore eu vent de l'incident, ça ne va pas tarder. Un autre argument contre vous. L'adjoint qui vous a entendu sera appelé à la barre. Le rapport qu'il ou elle aura déposé à la prison sera utilisé comme preuve. Vous devez vous demander une chose : *Comment ça fait avancer mon affaire ? Quelle impression peut donner l'utilisation d'un langage codé pour livrer le nom d'un témoin ?* »

Il baisse la tête. Il a compris.

« Pas une bonne, il dit.

– C'est pire que ça. Ça donne l'image d'un *coupable*. » Mon estomac n'est plus ce qu'il était. Mon déjeuner décide de se manifester. « On dirait que vous essayez de dissimuler le rôle que vous auriez joué dans la tentative d'assassinat de Lucrecia Lucero. On pourrait croire qu'Angela ment pour vous protéger. C'est – et je ne pourrais pas être plus explicite – une connerie monumentale de votre part. Ce que vous avez fait en prononçant ces deux mots sur cette ligne téléphonique pourrait suffire à vous faire condamner pour un crime que vous n'avez pas commis. »

Des larmes apparaissent entre ses longs cils tandis que je le laisse prendre conscience de la réalité. Et d'un coup de baguette magique, Jacob Safulu retrouve ses dix-sept ans. C'est bon de voir ça, à vrai dire. Ça veut dire que j'arrive encore à le toucher et que je dois aller plus loin tant que c'est possible.

« Jusqu'à présent, je vous ai suivi. Contre mon avis, les dossiers n'ont pas été séparés. Mais n'oubliez pas une chose : les peines ne seront pas les mêmes. Les années de prison ne seront pas réparties équitablement entre vous. Il s'agit de quantifier votre rôle, et avec ça en tête, où êtes-vous allé après qu'Angela a mis un terme à votre relation ? »

Il renifle. « Je suis allé chez Spider. On a fumé beaucoup de beuh. »

Je lui demande où Spider habite. J'obtiens une adresse et un vrai nom, Melvin Dominguez. Je demande qui d'autre était présent à la fête. Safulu me donne des noms complets et des adresses, celles qu'il connaît du moins. Je note tout pour mon enquêteur. Il reste peu de temps avant l'audience préliminaire, mais si j'arrive à les joindre, on pourrait avoir les interrogatoires par écrit pour les présenter demain à la communication des preuves.

« Combien de ces gens pourront attester votre présence ?

– Attest…

– Dire où vous étiez ce soir-là.

– Témoigner ? Se mettre à la barre là ?

– Oui, monsieur Safulu, exactement.

– Deux ou trois, peut-être. Mais c'était une soirée, vous savez ? Drogues, alcool, tout ça. Y a pas beaucoup de gens qui voudront parler. Ils auront peur que ça leur retombe dessus.

– Il faut quand même essayer. Plus ils seront fiables, mieux c'est. »

Il se creuse la tête.

« Il nous faut d'autres témoins comme Angela Alvarez. Une étudiante, sportive, jeune femme qui travaille le jour et étudie le soir. En gros, on a besoin de gens dignes de confiance, des citoyens irréprochables pour confirmer votre alibi. »

Et voilà ce à quoi je voulais en venir. Je ne savais pas exactement comment le dire. En fait, jusqu'à maintenant, je ne m'en croyais pas capable. Mais la fin justifie les moyens.

« Si on retrouve Augustine, il est *impératif* que rien ne lui arrive. J'ai besoin que votre nom soit le plus éloigné possible du sien. On parle de tout acte délibérément commis contre sa personne par un membre de votre gang. Si ça arrivait, si la police parvenait à établir un lien de cause à effet entre ce que vous avez dit au parloir et ce qui serait arrivé à monsieur Clark, c'est fini. Cependant… – je laisse le mot suspendu entre nous – … s'il décidait soudain qu'il n'avait pas vu ce qu'il a vu, si sa mémoire se brouillait entre-temps – c'est un toxicomane après tout –, eh bien, ça pourrait considérablement arranger notre affaire. »

Et compliquer celle de Kristina Mirkovich.

Safulu fronce les sourcils un moment avant d'écarquiller les yeux. Entre surprise et respect, son regard suggère qu'il me voit aussi comme un gangster – une idée à la fois stimulante et terrifiante.

SCA KRISTINA MIRKOVICH

15 DÉCEMBRE 1993
14 H 23

49

Des chaînes résonnent dans l'antichambre. Ce sont les cloches du père Noël, sans les rennes, de plus en plus bruyantes, jusqu'à ce que les détenus entrent dans la salle d'audience dans leurs combinaisons de couleurs différentes. L'un d'entre eux a les chevilles attachées, certains sont seulement menottés aux poignets, et deux sont enchaînés l'un à l'autre. L'huissier leur ordonne de s'asseoir dans le box des jurés, l'un de mes moments préférés. Ils choisissent leur place. Ça leur plaît de prendre la place des jurés, même pour un jour.

Je partage la table du ministère public avec Janet Pettibone et Raymond Weisman. Tous les deux attendent également leur audience préliminaire. Janet passe en premier, ensuite ce sera à moi, et Ray fermera la marche. Janet passe d'un témoin à l'autre, et du côté de la défense, les avocats discutent avec leurs clients dans le box. Ray pourrait voir son audience reportée, mais j'espère que Nick Park ne fera pas objection pour ouï-dire à mes témoignages pour qu'on puisse tous sortir d'ici à l'heure.

Willie Montero, ex-mari des stars, est assis dans la rangée de chaises installées derrière moi, avec Ivica, Louis et Jackson. Le reste de mes témoins est éparpillé dans la salle d'audience, mais ceux des autres aussi. Aujourd'hui, le planning est chargé, et la salle est pleine à craquer. Le seul qui manque, c'est Petrillo.

La juge n'est pas encore arrivée, mais je maîtrise la situation, alors je jauge le box des jurés.

Je dis à Willie que Safulu a une sale gueule. Il se tourne pour le regarder.

« Aïe. Y a des adjoints qui s'en sont donné à cœur joie. Oh, et Kris ? »

Il hoche la tête vers une jeune femme qui se trouve derrière nous, sosie latino de Vanessa Williams. « Angela Alvarez est là.

– *Isus.* » Je cracherais si je le pouvais. « Ce visage pourrait lancer mille navires. »

Willie sourit. « Ouais. »

Je le déteste pour avoir dit ça. Vraiment.

Mais ça me permet d'élaborer une stratégie pour le jury. Qu'elle vienne à la barre ne nous arrangera pas, mais Nick Park l'appellera si je ne le fais pas. Une jeune femme aussi belle a un certain pouvoir, et c'est précisément pour ça qu'il me faut une majorité de femmes au sein du jury. Deux raisons à ça : elles compatiront avec la victime et éprouveront de la jalousie envers Angela Alvarez. C'est plus difficile de croire quelqu'un qui nous fait complexer.

« Mademoiselle Mirkovich. »

Je me détourne de mes notes pour voir Willie saluer un homme qui serre la main de mon frère. « Voici Petrillo. »

Petrillo fait plus d'un mètre quatre-vingts, il a des cheveux noirs, ondulés à la méditerranéenne. Son nez a pris quelques coups, mais il n'y a rien à faire, l'agent de probation Phillip Petrillo est un beau salaud. Je lisse ma jupe et j'attends qu'on me présente.

« Maître. » Petrillo me sert un demi-sourire.

Il regarde ma main gauche, sur laquelle il n'y a pas d'alliance.

« Monsieur Petrillo. » Je tends la main droite. Il la serre. Sa poigne est chaude. « Merci d'avoir trouvé mon témoin.

– J'ai fait mon travail, c'est tout. » Il désigne un banc à côté. « Je vais m'asseoir. »

Ça me demande un effort de ne pas le suivre du regard, mais la juge entre, et on nous dit de nous lever. Devant son siège, il y a marqué : L'HONORABLE SUSAN J. AYERS.

Le meurtre avec préméditation de Pettibone ne pose aucune difficulté. C'est bouclé en quarante minutes, ce qui veut dire que c'est déjà mon tour. Toutes les personnes concernées se lèvent tandis que l'assistant de la juge annonce le numéro du dossier et les inculpés : « Les accusés Omar Armando Tavira et Jacob Safulu. Les parties sont-elles toutes présentes ? »

Les deux accusés répondent par l'affirmative et les charges leur sont lues : complot en vue de commettre une infraction, tentative d'assassinat, menace de violence avec arme et mutilation.

La juge Ayers penche la tête. « On dirait qu'on va être là un certain temps. Asseyez-vous, s'il vous plaît. »

Je commence avec le complot. C'est le seul point de friction, puisqu'il n'y a pas de preuve directe. J'appelle l'inspecteur William Montero à la barre, mais, avant son témoignage, je précise qu'il est mon ex-mari. Des sifflets retentissent du côté du box des jurés.

« Ça suffit ! » La juge Ayers jette un regard autoritaire vers le box. Tous les détenus se tassent sur leur siège, sauf Tavira, qui soutient son regard. Il a *forcément* tiré sur Lucero.

On a évoqué ma relation avec le témoin dans le cabinet de la juge avec la défense, mais elle leur demande quand même s'ils ont une objection. Les deux avocats répondent que non.

Une fois que Willie a prêté serment, je me lance : « Vous avez bien reçu une formation agréée FOR ? »

Formation et normes des forces de l'ordre : le niveau minimum de compétence exigé en Californie, et le meilleur moyen de faire savoir à la cour que mon témoin sait de quoi il parle.

Après sa réponse affirmative, nous parlons du qui, du quand et du quoi. Il décrit le crime étape par étape, puis lit la déclaration d'Augustine Clark.

« Objection, madame la juge. Ouï-dire.

– Maître Park, comptez-vous faire traîner cette séance avec vos objections fallacieuses ?

– Non, madame, mais l'inspecteur Montero n'était pas présent et ne peut donc pas confirmer ces dires.

– C'est vrai, maître Park, mais d'un point de vue pratique, je ne vois pas l'intérêt d'appeler à la barre un témoin qui a signé une déclaration sur l'honneur. »

C'est à moi. « Je souhaite ajouter la déclaration d'Augustine Clark aux preuves comme pièce à conviction du ministère public A. »

L'huissier me prend des mains le formulaire signé.

« Libellé "Ministère public A". » La juge Ayers note quelque chose. « Continuez.

– Inspecteur Montero, d'après vous, les actes délibérés d'obtention d'une arme non enregistrée, recrutement d'un membre du gang…

– Objection, monsieur Safulu n'avait pas de casier judiciaire avant qu'il soit accusé pour ces faits, et il ne porte aucun tatouage montrant son affiliation à un gang.

– Rejetée. Maître Park, le procès n'a pas encore commencé. Vous faites un excellent travail, mais il n'y a pas de jurés à impressionner pour le moment, alors si vous ne voyez pas d'inconvénient à ce que nous poursuivions. »

Dans le box des jurés, des détenus mettent la main devant la bouche en réaction au savon que Park vient de se faire passer. J'adore cette juge.

Je demande à Willie de nous parler des détails du plan.

« J'en déduis, d'après les actions des accusés, qu'un plan avait été élaboré. Ils ont obtenu un revolver, conduit jusqu'à la maison et attendu la victime. »

Willie est un pro. Il est allé au tribunal tant de fois qu'il parle quasiment comme moi. Il nous fait un superbe déroulé des événements.

« Inspecteur, décririez-vous cette séquence comme préméditée ?

– C'est indéniable. » Il n'y a pas plus crédible.

Je le serrerais presque dans mes bras.

« Selon vous, aurait-il pu s'agir d'un acte de légitime défense ? » C'est une question stupide, mais je dois lever tout doute possible sur le caractère criminel de l'homicide.

« Absolument pas. »

On passe à la démonstration de l'aspect vindicatif de la mutilation avec les récents incidents violents entre gangs rivaux, celui de Tavira contre celui de Lucero, qui ont sûrement motivé la tentative d'assassinat, avant que Willie ne quitte la barre et que j'appelle l'adjoint Louis. Il identifie les accusés comme étant bien Tavira et Safulu. Je lui demande de nous rappeler la date et le lieu de l'arrestation. Il décrit l'impassibilité des accusés durant leur interpellation, et il en déduit leur culpabilité.

« Objection », Nick paraît stressé. « Spéculation.

– Retenue. »

Après la pause, c'est au tour de Jackson. Il nous dit tout au sujet des preuves matérielles et de l'arme du crime. Il décrit la chambre, qui y dormait et qui y avait accès, comment Petrillo a trouvé l'arme et comment l'agent de probation sur les lieux a pris des photos pour documenter la saisie. J'ajoute les photos aux pièces à conviction, ainsi que l'arme.

« Reconnaissez-vous ceci comme étant l'arme trouvée dans la chambre de monsieur Safulu, monsieur Jackson ?

– Oui.

– À quoi la reconnaissez-vous ?

– C'est moi qui ai rempli le bulletin de saisie la concernant. » Il désigne le papier dans le sac.

« Merci. Je n'ai pas d'autres questions, madame la juge. »

Nick prend le relais. Il veut savoir si des empreintes ont été trouvées sur l'arme. On lui répond qu'elle n'a pas encore été analysée. Il n'a pas d'autres questions.

Quand Jackson retourne s'asseoir, la juge me regarde. « Avez-vous d'autres témoins, madame la substitute ?

– Non, madame.

– Excellent. Je crois qu'on peut dire que les faits de cette affaire remplissent les critères de prépondérance de la preuve, et nous allons donc passer au procès, qui se tiendra au plus tôt. »

C'est ma chance d'imposer une date plus rapprochée, et je la saisis.

« Madame, si je puis me permettre, un nouvel élément de preuve a été mis au jour.

– Ce n'est pas le moment, madame Mirkovich. Dois-je vous faire la leçon à vous aussi ?

– Le ministère public présente ses excuses pour ce signalement tardif, madame la juge, mais j'ai l'obligation d'informer la cour qu'on a trouvé un message secret provenant de la prison de San Quentin et émis par un membre de gang haut placé. Il y ordonnait la mort de Lucrecia Lucero. Le ministère public pense que cela vient étayer l'accusation de complot. Par ailleurs, la victime et les témoins potentiels courent un grand risque…

– Objection. Pourquoi cela n'a-t-il pas été signalé quand les éléments concernant le complot…

– Ne me forcez pas à utiliser mon marteau, maître. Et vous savez comme j'adore ça. »

Nick Park prend une couleur qu'on ne voit que sur les fraises.

« Merci. » La juge se tourne vers moi. « Maître Park n'a pas tort. Pourquoi nous n'apprenons cela que maintenant ?

– Le personnel de la prison l'a confirmé hier, madame. » Ce n'est pas tout à fait exact, on a l'information depuis une semaine. « Le ministère public n'a pas encore les preuves en main, elles sont en cours d'acheminement et, pour cette raison, je pensais qu'il n'était pas opportun de faire perdre du temps à la cour alors que le complot est déjà largement étayé.

– Je vois. Que voulez-vous que je fasse avec cette révélation, madame Mirkovich ?

– Nous demandons l'accélération de la procédure.

– Le ministère public aurait-il une date en tête ?

– Janvier, madame.

– Le mois prochain ? Vous me demandez de retarder d'autres procès ?

– Madame la juge, le ministère public ne se le permettrait pas. Cependant, avec la mise en place des TTT l'an prochain, nous comptons sur votre plus grande disponibilité pour le traitement des crimes comme celui-ci. »

La juge soupire et fait signe à son assistant. Il prend le calendrier. On attend alors qu'il vérifie et revérifie, annote et lève les yeux. « Le 10 janvier, madame. »

Nick Park réagit. « Madame la juge, ça ne laisse absolument pas assez…

– Vos objections ne m'intéressent plus, maître Park. N'ai-je pas été claire ? » Elle me regarde par-dessus ses lunettes. « Cette date convient-elle au ministère public ? »

Je sens en moi un feu d'artifice. « Absolument. Merci, madame.

– Très bien. Nous nous réunirons à ce moment-là, alors. »

La juge abat son marteau en regardant Nick Park.

J'*adore* cette juge.

SERGENT INSPECTEUR WILLIAM « WILLIE » MONTERO

15 DÉCEMBRE 1993
17 H 42

50

C'est sûr que je vais pas dire que j'avais pas envie d'être là, dans la chambre 1103 de l'hôtel Miyako. Je suis assez grand pour l'admettre, mais ça ne fait pas moins de moi un abruti au cerveau de primate. J'ai pas supporté la façon dont Kristina a maté Phil Petrillo quand je les ai présentés. C'est terrible, mais c'est de là que c'est parti.

Sheryl et moi, on s'est vus deux fois. Un match des Kings et un dîner. Les deux fois, ça s'est bien passé. Elle est en voyage cette semaine, mais, quand elle reviendra, on se verra encore. C'est pas sérieux entre nous. On n'a pas parlé d'aller plus loin. Mais je me sens comme une merde.

Kristina me lance : « La douche est à toi. » Elle a remis son chemisier noir, mais ses jambes sont encore nues, elle n'a pas encore enfilé ses bas.

Ses escarpins sont par terre à côté de la porte.

La télé est allumée. On ne parle plus que des frères Menendez. Je propose d'éteindre. Elle refuse.

Je dis : « Tu penses quoi de cette affaire ?

– Je ne pense qu'en procureur, elle m'avoue en se remaquillant. Qu'est-ce que j'en pense selon toi ?

– Coupables.

– Willie, ils ont déjà avoué qu'ils étaient coupables.
– Préméditation alors.
– Peine de mort ? »

Elle hausse les épaules. Kristina ne s'investit pas émotionnellement dans les affaires qui ne dépendent pas d'elle. J'aimerais pouvoir faire pareil.

Elle rayonne comme au tribunal, les yeux éclatants, ce centimètre en plus qui vient de nulle part. Elle est comme ça quand elle obtient ce qu'elle veut.

Est-ce que toutes les charges ont été retenues pour le procès ? Oui.

Le calendrier a-t-il été avancé ? Oui.

Est-ce que Nick Park est déstabilisé ? Oui.

C'est parce que ça s'est bien passé que c'est parti en vrille.

Dans le couloir, quand les autres shérifs sont retournés à Firestone, comme un abruti, je lui ai proposé d'aller prendre un verre pour fêter la nouvelle étape franchie : sa première condamnation à son nouveau poste. Je savais qu'elle ne refuserait pas. Je m'étais déjà fait remplacer pour venir au tribunal, et elle n'avait rien d'autre de prévu. On est allés au bar du premier étage de l'hôtel Miyako à Little Tokyo, près du palais de justice, mais pas trop près. Mon lieutenant aime bien, et elle connaît les meilleurs restaurants japonais. Elle dit que c'est parfait après les audiences, quelle qu'en soit l'issue. La clientèle est surtout composée d'hommes d'affaires japonais et de touristes. Personne n'emmerde personne. Des bières, on est passés au whisky, et des verres, on est passés à la chambre sur la carte de crédit personnelle de Kristina avant que le karaoké se mette route.

Et puis il y a le reste. La familiarité entre nous. On ne s'apprécie pas toujours, mais on se *connaît.*

Ce qu'elle aime. Ses oreilles. Son cou. Une certaine lenteur. Je lui ai massé la tête. J'ai attrapé une poignée de ses cheveux, tiré doucement.

On évite ce qu'elle n'aime pas. Ne jamais la chatouiller. Ne jamais la pincer.

On évite d'irriter l'autre en parlant trop ou en demandant si ça lui a plu.

Elle aime ça. Cette façon de faire. Je l'ai apprise il y a longtemps.

C'est un soulagement de voir qu'on ne se fait plus obstacle. C'est un soulagement, parfois, d'être avec quelqu'un qui sait à quel point le monde est pourri, le mal que les gens se font entre eux, qui connaît les ténèbres. Mais il ne dure jamais, le soulagement.

À la fin, il ne reste plus qu'un rappel de pourquoi tout s'est écroulé, et comment j'ai pas su réparer les choses. Je me remémore la grossesse qui n'est jamais venue, l'isolement, les disputes, les questions incessantes. Je reste assis à ressasser pendant qu'elle occupe la salle de bain.

Se souriant à elle-même devant le miroir, Kristina finit par me demander :

« C'était comment ? Mieux qu'avec la nouvelle à qui tu paies des soupes ? »

Kristina Mirkovich se tourne vers moi, éloignant sa bouche du tube de rouge à lèvres flamboyant qu'elle tient en suspens devant son visage, les yeux rivés sur moi.

Elle est parfaitement maquillée, performante, mesquine.

Elle a toujours ma clé, peu importe à quel point je veux la récupérer.

LUCRECIA LUCERO, AKA SCRAPPY

16 DÉCEMBRE 1993
21 H 12

51

Elle sort du lycée de Lynwood en marchant vite, comme si elle allait quelque part, et ça me va pas, alors je dis à mon cousin Vulture de descendre, j'ouvre ma portière à l'arrière pour bloquer la sienne et l'empêcher de s'asseoir au volant. Mais Angela ? Elle voit rien. Elle marche en roulant du cul et regarde son calendrier ou autre chose, des papiers dans un classeur vert qui fait officiel, comme si elle prenait ces conneries au sérieux.

Quand elle est assez près de moi, je l'arrête avec : « T'es un beau morceau. »

Elle s'arrête. Se fige plutôt.

Les filles comme elle ? Elles se croient mieux que moi. Elles se le disent tous les jours. Alors c'est bien de leur mettre la pression de temps en temps. J'aime bien les voir tirer la gueule. Il faut leur rappeler qu'elles sont pas ce qu'elles croient. Je leur fais savoir que je peux leur prendre leur beauté si je veux. Suffit de quelques secondes et d'un rasoir.

« Merde. » Ça se voit que c'est sorti tout seul. Elle voulait pas vraiment dire ça.

Elle est surprise. Elle a peur. Je me demande bien pourquoi.

Avec un rire, je fais : « La revenante, ouais. Trois balles, c'est que dalle. »

Mon fauteuil roulant est dans le coffre, et j'en suis pas encore à pouvoir le déplier moi-même, ou à rouler pendant plus de vingt minutes sans avoir la tête qui tourne, mais elle a pas besoin de le savoir. Pour l'instant, c'est de la puissance qu'elle doit voir. Moi, debout.

Je hoche la tête. « Alors, c'est comment l'école d'infirmières ? Tu vas t'occuper de vieux pour que j'aie pas à le faire ? »

Elle veut pas me dire. Elle veut se fermer. Mais c'est pas possible avec moi. Pas après ce que j'ai vécu.

Vulture a pas besoin que je lui dise de s'approcher d'elle. Il la colle, c'est tout.

Elle est un peu fébrile quand il s'approche, alors elle répond enfin.

« Ou… oui.

– J'aime bien ça, chez toi. T'as bon cœur.

– Merci, elle chuchote presque.

– Y a pas de quoi. »

Ses jambes se tendent dans son short ras-la-moule. Je vois le papier qui tremble entre ses doigts.

« Écoute, Angela. Faut que tu restes calme. Je vois que tu veux t'enfuir, parce que t'es une coureuse. T'es comme ça, et c'est ton truc de courir. Mais là, ce serait pas bien, tu vois ? Pas maintenant. Pourquoi tu poses pas tes fesses à côté de moi ? C'est confortable ici. »

C'est pas vraiment une question. Vulture lui fait comprendre. Et elle veut pas bouger, mais elle bouge.

Elle ferme son cahier, le tient d'une main.

Elle se glisse à côté de moi, et je bouge même pas.

Elle s'approche, maladroitement, pour pas avoir le cul à moitié dehors.

Je la regarde fixement, j'essaie de voir ce à quoi elle tient le plus, comment être sûre qu'elle me donne ce qu'il me faut.

Je dis : « Comment vont les gosses d'Elisa ? »

Ah, putain ! Si tu trouvais qu'elle était coincée tout à l'heure, il faut la voir maintenant.

On dirait Han Solo transformé en brique avec la bouche ouverte et les mains en l'air !

Je peux pas m'empêcher de rire.

« Rowland a quoi ? Cinq ans, non ? Il est trop mignon, celui-là. Adrian et lui, ils s'entendraient bien tous les deux. Deux petits clowns. Deux *payasos** avec leurs petits délires à une fête d'anniversaire. Je le vois trop bien. Ce serait super en fait. Et ce serait bien pour Marisela. À frère joyeux, sœur joyeuse, non ? »

Elle répond pas, alors je continue. « Écoute, Angela, je sais pas qui fait quoi maintenant que Wizard est au frais, mais je sais que quelqu'un doit prendre sa place. Dis à *ce mec-là* que je veux lui parler. C'est pour qu'on s'arrange. Et je dis pas que ton cousin va rentrer, Angela, je suis pas juge, avocate et jurée, mais s'il est déclaré coupable, ce sera pas à cause de moi, parce que je vais pas le balancer. *Entiendes** ? »

Elle acquiesce gentiment.

« C'est bien, Angela. Tu peux partir. Dis-leur que je veux le rencontrer chez Mariscos El Paisa demain. J'amènerai Vulture. Il amène qui il veut. On va déguster un peu de poisson, parler un peu. »

Elle glisse. Son short s'accroche à la banquette quand elle sort, et elle hoche la tête encore une fois.

Je dis : « J'ai dit quoi, alors ?

– El Paisa, demain, déjeuner. À quelle heure ? »

Je lui fais un clin d'œil. « À quelle heure tu veux ? »

Ses narines s'élargissent. « Midi et demi ?

– À une heure alors. Et tu sais quoi, Angela ? T'es vraiment mignonne aujourd'hui. Trop belle. J'espère que tu vas rester comme ça. »

Tu vois, je la menace pas. Je fais pas dans la menace, moi. Jamais. Je suis un petit chaton tout gentil.

Mais c'est marrant comment les gens croient que je fais ça, hein ?

C'est vraiment dingue.

JEOVANNI MATTA, AKA LITTLE, AKA LITTLE GUY

17 DÉCEMBRE 1993
12 H 55

52

Jerry nous conduit chez Marisco El Paisa. No Neck parle, il me dit que personne n'en sait plus que moi, alors il faut que ce soit moi qui parle à Scrappy.

Je lui réponds : « Ça va pas ? C'est pas ma vie, ça, c'est la tienne. »

Ça a dû être dur pour Angela de venir nous voir, apeurée comme elle était. Elle a dit que Scrappy avait été claire : si on n'y allait pas, il lui arriverait quelque chose. Et je dois être un gars sympa, parce que la première chose qui m'a traversé l'esprit, c'est que c'était peut-être mérité en fait. J'ai failli lui ressortir ses conneries avec Petrillo, mais je me suis retenu.

« Ça va être ta vie aussi. Et c'est à toi de jouer cette fois. C'est Wizard qui l'a dit. C'est toi qui gères. » No Neck me dit ça alors qu'on ralentit à un feu rouge. Il crache par la fenêtre ouverte.

« Ouais, gros. » Jerry appuie sur l'accélérateur quand le feu passe au vert.

« Tu veux que personne parle mal de toi, tu veux le pouvoir de faire les choses, mais tu veux pas la merde qui va avec ? C'est pas comme ça que ça marche, gros. Il faut faire les deux. En plus, s'il t'arrive quelque chose à toi, genre comme une vengeance, alors c'est moins grave. »

Je savais que je pouvais mourir, ou du moins me faire tirer dessus comme Scrappy. Ça me fait une sensation glaçante le long de la colonne vertébrale.

« C'est logique, je dis. Les gens diront que je me suis mêlé à des histoires et que je savais pas dans quoi je me fourrais. »

Jerry ne me contredit pas. « Oui, c'est ce qu'ils vont raconter.

– Mais il va rien se passer. Tout le monde sait à qui il est, le resto. » No Neck roule un joint. « Scrappy a bien choisi. C'est neutre. Alors, je te dis, ouais, tu pourrais te faire niquer ta gueule pour ça, mais ce sera pas aujourd'hui, et ce sera pas au Paisa, alors du calme. »

Y ahora, on entre et j'imprime tout. Les murs bleu ciel avec une ligne bleu marine en bas, et tout autour une terrasse couverte avec des tables en métal brillant et les bancs assortis fixés dans le béton. Au plafond, il y a des ventilateurs pour la chaleur l'été. Et il y a de la musique, Chalino Sánchez, super fort. C'est « Nieves de Enero* ». Parfait pour ne pas être entendu.

À côté du comptoir, il y a un grand tableau avec des mouettes en plein vol et une île. À côté de ça, il y a Scrappy, à une table dans le coin le plus proche de l'entrée. Un grand gars est assis pas loin à une autre table. Ça doit être Vulture, Jerry en a parlé avant qu'on monte dans la voiture. No Neck et Jerry s'assoient à l'autre extrémité de la même table, et ça leur plaît pas trop.

Quand j'ai récupéré ma commande, je m'avance vers la table de Scrappy. Elle a un pansement blanc qui vire au marron dans le cou. Je décide de ne plus le regarder, de ne pas en parler non plus. Un bol de soupe fume devant elle.

Je m'assieds sur le banc en face. Je pose mon plateau avec mon assiette de tacos. « Angela m'a dit de venir. »

Scrappy me regarde vite fait et décide que j'ai rien à faire là. « Vas-y, casse-toi. T'es pas dans un gang, toi.

– Sur cette affaire, si. »

Scrappy me regarde trop mal. « T'es un peu trop *un doux*, toi, pour faire ça. »

En disant ça, elle m'insulte sans m'insulter. C'est ce genre de chose qu'on me dit pour me faire comprendre que je suis moins qu'un être humain, pas un homme, pas assez pour gérer ça. *Y ahora*, la peine causée par tout ce qu'on a pu me dire s'agite en moi. Ça fait que je regarde Scrappy dans les yeux : « Je suis *un doux*. J'aime les garçons. T'as un problème avec ça ? »

Le sourire qu'elle fait ? Une enseigne en néon.

« Putain, le gars ! Tu sais, j'ai le même problème. J'aime trop les mecs. Je me suis même chopé un môme et tout.

– Il va bien ? Ça a dû être dur pour lui, il a dû s'inquiéter pour toi. »

Elle me regarde de haut, comme si je voulais me foutre de sa gueule. Je me mets juste à la place de son gosse, parce que j'ai vécu un truc similaire. Et je crois qu'elle le comprend parce qu'elle me dit qu'il a beaucoup pleuré.

Je regarde le ventilateur du plafond. « J'ai fait pareil quand mon père s'est fait descendre.

– Il a survécu ?

– Non. » Elle voit à mon regard que c'est vrai et que ça fait encore mal, mais ça, c'est parce que je la laisse voir.

Elle renifle comme si elle avait compris quelque chose. « Je t'aime bien. Je vais t'appeler Dulce.

– On m'appelle Little.

– Nan. Avant peut-être, mais ça va pas pour un petit *chapín* comme toi. T'es un poison sucré, toi. Je parie que personne sait à quel point t'es dangereux, hein ? »

Ça me surprend qu'elle sache que je suis guaté. Je lui dis : « Wizard doit le savoir, sinon il m'aurait pas mis sur le coup.

– Ou il avait personne d'assez malin pour gérer l'affaire, comme ton gars No Neck, là-bas. Ce mec-là, il a des briques à la place des oreilles et du mortier au milieu. »

Je veux sourire, mais je peux pas manquer de respect à ma garde rapprochée.

Elle le voit et elle dit : « C'est cool. T'es pas obligé de rire. Je sais que tu trouves ça drôle. »

No Neck m'a expliqué ce qu'était un « feu vert » dans la voiture. Il a dit que c'était l'ordre qui venait d'en haut pour que Scrappy se fasse éliminer. Alors je dis : « Je peux rien faire pour le feu vert qu'il y a sur ta tête. »

Elle sourit. « Tu peux me donner une semaine sans me tirer dessus. »

Merde. Même *moi*, ça me fait sourire. C'est de la *bravada*, ça.

« Demande juste à ces abrutis de battre en retraite. » Elle hoche la tête vers Jerry et No Neck devant leur soupe de poisson qu'ils mangent même pas. « Et t'aurais rien à faire. Je vais moi-même faire annuler le feu vert, même si je dois aller jusqu'à San Quentin pour ça. C'est pas à toi de gérer ça. C'est à moi de le faire. »

Je lui fais : « OK. »

Elle hoche la tête. « Et je témoignerai pas, à moins qu'ils m'obligent. Si tu veux que je foute le dossier en l'air, tu me dis comment.

– Pourquoi tu ferais ça ? »

Elle regarde ses pieds. « J'ai merdé. J'ai fini sur liste noire, alors c'est ma façon de me racheter, d'effacer l'ardoise. Fais passer l'info.

– OK. Je le ferai. » Mais une idée intéressante me passe par la tête. « Peut-être que tu peux aller à la barre et dire que tu reconnais pas les mecs qui t'ont tiré dessus ?

– Putain. Si Wizard prend, ce sera pas ma faute, mais je veux pas non plus le faire libérer. J'ai pas besoin de ce gars-là dans les rues. Tu veux quoi d'autre ?

– Je veux pouvoir aller dans toute l'étendue de ton territoire et poser des questions si j'ai besoin. »

Je pense à la copine d'Augie, Irma, toujours en vadrouille. « Hé ! "L'étendue de ton territoire." C'est d'accord.

– T'as le pouvoir de faire ça ?

– J'ai le pouvoir de parler aux gens qui ont le pouvoir, alors oui, c'est comme si c'était fait. Quoi d'autre ? »

Je prends une bouchée et je mâche. « Il paraît qu'on a laissé le revolver sur les lieux. C'est vrai ? »

Elle mâche une boulette de crevette d'un côté de sa bouche et hoche la tête. « Toujours à l'ancienne. Tu jettes le flingue. Il l'a jeté sur mon pied, le bâtard. »

Elle tire son pantalon, sort son pied de son chausson, et elle me montre un hématome complètement noir.

« Alors comment il a été déplacé ? Tu l'as pas pris pour que quelqu'un le mette ailleurs plus tard ? »

Elle me regarde comme si j'étais taré. « J'étais morte, Dulce. Comment tu veux que je tire les ficelles de quoi que ce soit alors que je pisse le sang dans mon jardin ? J'aurais aimé y penser, mais là, j'essayais juste de respirer, mon gars.

– Alors il s'est passé quoi avec le flingue ?

– C'est Augie qui l'a pris. C'est évident, non ? Il m'a chouré toute ma came. Sale tox. Il a cru qu'il pouvait revendre. »

C'est logique. Ça n'explique toujours pas comment il a pu traverser tout Lynwood, mais c'est déjà quelque chose. « S'il l'a pris, il l'a pas déposé chez Wizard. Il avait aucune raison de faire ça. »

Mais Scrappy n'écoute pas. Elle prend une autre cuillérée de soupe, avale et s'arrête. « J'ai eu de la chance qu'Augie soit là en fait. Il m'a fait les premiers soins, mais me voler, c'était bien aussi, ça m'a évité une grosse condamnation pour détention de drogue. Il m'a sauvé la vie aussi. Qui aurait cru que les camés servaient à quelque chose ? »

Augie est une des pièces du puzzle, mais je suis lancé avec les questions parce que j'ai l'impression que ça commence à prendre forme.

« Tu as déjà entendu parler d'un agent de probation qui s'appelle Phillip Petrillo ? »

Elle regarde sa soupe. « C'est qui ?

– C'était lui qui suivait Wizard. Il a trouvé le revolver.

– Jamais entendu parler. » Elle me sourit. « Je t'aime bien, Dulce. J'ai pas de problème avec toi. Mais il faut que tu t'en ailles maintenant, on a fini. »

Je suis pris de court. « Il me reste la moitié d'un taco.

– Gobe-le et casse-toi, parce que je vais pas laisser tes bouffons me voir remonter dans mon fauteuil roulant. »

Elle parle de Jerry et No Neck.

« Je comprends. » J'emballe mon taco pour plus tard et je me lève.

« Je savais que tu comprendrais. C'est pour ça que j'ai un petit quelque chose pour toi, Dulce. » Elle me fait signe de m'approcher avec le doigt. « Tu sais, l'autre abruti qui était là ce soir-là ? Ton pote No Neck. J'ai regardé ce connard dans les yeux. Cet enfoiré se ramène à une fusillade avec un sweatshirt des Lakers jaune poussin. Il est malin à ce point. »

Mon visage se vide de son sang.

Je dis : « Comment je te recontacte ?

– Je te ferai signe, elle me dit avec un clin d'œil au ralenti. Garde ça pour toi.

– OK. » Je me tourne, Scrappy m'a un peu manipulé, mais je sens juste qu'elle a réveillé quelque chose en moi que j'ignorais jusqu'à maintenant.

HERNÁN GARRIDO, AKA NO NECK

17 DÉCEMBRE 1993
13 H 48

53

Little est plus pareil avec Jerry et avec moi quand on part d'El Paisa. Il veut aller directement voir Irma et parler avec elle parce qu'il veut trouver Augie encore plus qu'avant. Il dit que Scrappy nous a donné un laissez-passer dans le quartier et il veut le tester. Jerry dit que même si c'était vrai, on devrait au moins attendre un peu parce qu'elle peut pas donner des ordres comme ça. Alors on roule et on finit par s'engueuler parce que Little dit qu'il veut qu'on l'appelle Dulce maintenant. Jerry dit direct c'est de la merde ce nom de pédé. Sérieux, quoi. Je dis à Little que ce genre de nom c'est pas bon. Après ça veut dire des trucs que Wizard il peut pas régler pour lui. Je dis pas ce que je pense. Mais pour moi c'est un crime contre Dieu de niquer des trous de balle, et je vais pas contre l'Église et le Seigneur. Mais Little il est différent. Il gère les affaires comme un gangster. Il est trop intelligent et il t'envoie pas des conneries dans la gueule. Je sais pas comment raccorder les deux ensemble.

C'est Jerry qui demande si c'est Scrappy qui lui a donné le nom. Il dit oui. Sa race. Même Jerry il rit quand il entend ça. On lui dit à Little qu'il peut pas s'appeler comme ça parce que c'est elle qu'a trouvé le nom. Y a toute une histoire entre notre clique et la sienne. Je laisse Jerry raconter comment le grand frère de

Scrappy a buté le cousin de Jerry avant de se faire buter aussi parce qu'Apache il rigole pas. On lui dit tous les deux qu'il peut pas se faire baptiser par l'ennemi. Qu'elle se fout de sa gueule. Qu'elle veut le faire changer parce qu'il sera une cible. Little réfléchit là-dessus avant de dire qu'il voit pas ça comme ça. Il dit qu'il va devoir changer de toute façon. Parce qu'il est plus Little. Putain. L'air avec lequel il le dit ? Il a raison. Je lui dis juste de pas prendre Dulce. De prendre autre chose. Et il dit que les gens le savent de toute façon alors pourquoi pas être honnête ? Jerry fait mais attends c'est pas comme ça que ça marche. T'as rien à leur dire aux gens. Tes affaires c'est tes affaires. Et Little dit qu'il est pas là pour mettre les gens à l'aise. Il est là pour régler le bizness de Wizard et il connaît qu'une façon de le faire. Il faut qu'il soit authentique. Il dit qu'il a été authentique avec Scrappy. Elle a demandé une semaine et il lui a donné une semaine.

Jerry, ça le rend fou. Il dit que c'était pas à lui de donner une semaine à Scrappy. Qu'il est juste un petit détective du ghetto. Il commande rien du tout. Mais Little commence à gueuler et il dit qu'il a la main depuis la seconde où on l'a mis à la table parce que si ça tournait mal c'était pas grave s'il se faisait descendre. Les gens allaient faire genre super un *maricón* de moins non ? Personne aurait pleuré sauf sa famille. Jerry me regarde. C'est pas faux. Alors Little dit quitte à vivre ça autant le vivre honnêtement. Et Jerry dit que plein d'enfoirés ont un problème avec les pédés et qu'ils hésiteront pas à lui mettre une balle dans la tronche. Little répond que Wizard devra donner son accord. Jerry fait non de la tête. Il dit que n'importe qui au-dessus de Wizard pourrait décider et c'est tout. Et alors qu'est-ce qu'il dit Little ? Ce ouf. *Si je meurs à cause de ça, au moins je mourrai comme je suis.* Voilà ce qu'il dit ! Putain. Le truc retombe dans la voiture. On roule une minute. Personne dit rien. C'est des putains de *ganas** ça. Et s'il mourait vraiment pour ça ? Alors il partirait comme un gangster. En s'en battant les couilles. Dans son droit chemin à lui.

Jerry veut pas entendre ça mais je lui dis que Little a raison. Il a le droit de décider. Je dis à Little que s'il veut se faire appeler Dulce alors on l'appellera comme ça. Et Little regarde ses genoux et il fait ouais de la tête et peut-être qu'y a des larmes mais je regarde pas trop en fait. Je regarde la route devant jusqu'à ce que Little il dise que Scrappy va pas témoigner pour le procureur. Il sait que le revolver a été jeté sur elle et je fais ouais parce que je le sais aussi. Je l'ai vu faire. Mais je le dis pas. Little dit qu'il sait qu'Augie a dû le prendre. Tout ce qu'on a besoin de savoir c'est comment il a traversé Lynwood. Il croit que c'est le gars de la probation. Et alors il me regarde et il dit qu'il a découvert autre chose. Il me regarde quand il dit qu'il sait que j'y étais. Putain ! J'ai la bouche sèche. Et je commence à me demander si je dois faire quelque chose pour ça et ce que ça veut dire. S'il veut le dire à quelqu'un pour m'échanger contre Dreamer. Il dit que je portais mon sweat jaune des Lakers et, juste à ce moment-là, Jerry montre quelqu'un qui ressemble à Irma alors j'arrête la bagnole.

C'est elle. Elle est derrière Tacos Mexico en train de faire les poubelles pour trouver des bouteilles et des trucs pour la consigne. Quand on s'approche elle dit qu'elle cherche quelque chose à manger. Alors Litt… Je veux dire Dulce entre avec elle et lui paye à grailler. Quand Irma a un peu mangé elle dit qu'elle a des gens qui cherchent. Elle a fait passer le mot qu'Augie lui manquait mais c'est froid comment elle le dit. Truc de gangster. Elle dit aussi qu'Augie devient fou vers Noël. Ses parents sont morts à ce moment-là. Elle est sûre qu'elle va bientôt le voir. Elle peut presque le garantir. Dulce ça lui plaît pas. Il lève un sourcil et répète ce qu'elle a dit. Presque ? Et elle fait ouais. Presque.

AUGUSTINE CLARK, AKA AUGIE

21 DÉCEMBRE 1993
16 H 18

54

Toutes les nuits ou presque, je pense à Scrappy, et je me demande si elle a survécu. Je repense au garrot que je lui ai fait à la jambe et je me demande si ça a suffi. Parce que, parfois, les gens peuvent aller à l'hôpital et s'en sortir, ou on dirait que ça va aller, puis un jour, ils sont plus là. J'aime bien Scrappy. Je veux dire, on avait une relation à la Coyote et Bip-Bip. C'est moi le Coyote. J'essayais toujours de l'attraper. Mais quand j'ai enfin réussi, deux loups l'ont hachée menue. C'était un peu ma faute. J'espère qu'elle va bien. C'est peut-être couillon, mais c'est vrai. Scrappy était beaucoup de choses, mais elle méritait pas de se faire descendre parce qu'elle deale. Y a pire dans la vie.

J'ai eu de la chance avec Petrillo, et je suis surpris qu'il ait pas calculé plus vite. Et ça fait quelques jours. Le camion de désintox ne distribue pas de méthadone. Ils peuvent pas. Ils l'ont peut-être fait une ou deux fois, mais ils ont compris. Ils se feraient braquer trop vite. Alors maintenant, c'est juste une façon de dire aux gens qu'il y a des solutions pas loin, comme de la pub pour les cliniques du coin. Ils me donnent un bon, et j'apporte le bon à la clinique de mon choix. Il y a une liste au dos du papier. Certaines sont privées. D'autres sont publiques, comme celle de l'Université de Californie. Je passe le gros de mes journées à me trimballer à chaque adresse. Je regarde lesquelles traitent bien les gens, et s'ils sont laxistes avec les doses ou s'ils en donnent plus que les autres. Jusqu'à présent, aucune ne le fait. Mais j'ai toujours l'espoir que ce sera celle d'après.

Alors je vais plus loin. Je vais surtout dans deux cliniques privées près du centre. Ils me reconnaissent maintenant.

Sur le chemin du retour hier, j'ai vu une affiche ON EMBAUCHE sur la vitrine d'un Jack in the Box, alors je suis entré et j'ai pris un formulaire. Ils demandaient si j'avais déjà été condamné pour quelque chose, et j'ai dû écrire oui et pourquoi. J'ai écrit que j'ai été cuistot dans la Navy. J'ai cuisiné sur un gros bâtiment et je sais faire les burgers plus vite que n'importe qui. Ils ont pas rappelé.

J'ai demandé à la boutique de donuts sur Slauson, mais le manager a dit qu'il n'avait pas de poste où on touchait pas d'argent et qu'il ne pouvait pas me faire confiance. Il était désolé. Je lui ai dit que moi aussi, mais que je lui en voulais pas. Je lui ai dit que j'allais continuer à prendre mon café chez lui et à demander. Il a dit d'accord.

J'ai plus de tremblements de terre à cause du sevrage. J'ai juste mal à la tête toute la journée. Et des douleurs dans tout le corps.

Chaque jour est une souffrance, vieux. C'est ce que dit mon parrain. Tout est dans ma façon de gérer.

Et je gère en allant aux réunions et au camion pour voir la jolie infirmière avec son appareil dentaire. Elle a environ trente ans, mais elle a des bagues à cause d'un problème à la mâchoire. C'est mignon. Elle a un côté vulnérable, elle essaie de s'arranger. Je signe pour avoir mon bon pour une dose, et elle me sourit. Elle dit que je m'en sors bien, alors qu'elle peut pas savoir, mais ça fait toujours du bien de l'entendre. En sortant, je manque de rentrer dans un gars que je connaissais sous le nom de Todd ou Terry, mais je dis rien, parce qu'il a une sale tête, et je sais que ce sera pire quand il saura qu'il a mal compris quand il a entendu dans la rue qu'ils distribuaient des doses alors que tout ce qu'ils distribuent, c'est des bons.

Je l'entends dire à Bagouses qu'il s'appelle Tommy. Il a dû user quelqu'un jusqu'à la moelle. Après il passe à autre chose, trouve un nouvel endroit et s'arrange pour se rapprocher assez bien des gens pour les arnaquer, et il recommence. Il sort du camion avec un bon dans la main et il me regarde.

« C'est quoi ce délire, mec ? »

Il est noir et desséché comme un raisin, mais il parle comme un surfeur. Je sais pas s'il est juste comme ça ou s'il joue un personnage, mais je l'ai jamais vu être autrement, même quand il est complètement défoncé, alors c'est peut-être sincère. Je sais pas.

« Tu sais ce que c'est, je lui dis. C'est pas encore de la méthadone, mais ça peut le devenir si tu fais ce qu'il faut. »

Il s'assoit sur l'asphalte. Sur son cul. Au milieu de la rue. « J'ai enchaîné les bornes, mec. Je suis H.S.

– T'es venu d'où ? Du sud ?

– Ouais, mec.

– Du port ou de Compton ? »

Il a l'air nerveux, il se ferait n'importe quoi, là. Il dit : « Ouais. »

Il me faut une seconde pour trouver le courage de lui parler d'elle, mais je le fais. « Hé, tu te souviens d'Irma ? Tu l'as déjà rencontrée.

– Irma ?

– Ouais, avec les lunettes ?

– Je connais pas d'Irma à lunettes, mec. » Il est courbé en avant. C'est grave. Il en est à la sensation que ses os vont se casser. Je le vois sur son visage.

Quand il se redresse, il dit : « Il m'en faut plus, mec. Toi aussi, non ? »

Il m'en faut toujours plus. C'est comme ça que ça marche, il le sait très bien.

« Nan, ça ira. En plus, je saurais pas où en trouver ici.

– Mais où est-ce que tu demanderais pour savoir ?

– Hé, Tommy ou je sais pas comment on t'appelle maintenant, essaie pas de m'embarquer. Tu sais où aller. Tu fais ça depuis assez longtemps.

– Je te jure que non, mec. »

Je vois dans ses yeux qu'il dit des conneries. Ils sont tristes, méchants. Le genre qui sait des choses sur tout et comment manipuler les gens.

Je lui dis : « Ta parole, elle vaut rien. »

Il hoche la tête. Il ferme les yeux et hoche la tête. Lève les mains en l'air. « Bas les masques, mec. D'ac ? C'est bon, tu m'as eu. Je sais. C'est vrai. Mais j'ai monté une arnaque qui a foiré, quoi. J'ai dû couper ce pont-là. »

Je le connais à peine, le gars, mais je sais comment il a fait. Je sais comment je faisais aussi.

« Bon, d'accord », je dis. Et je me retourne pour rentrer au centre de réinsertion et pointer.

Tommy lève la voix. « Je déconnais pour Irma. Je la connais. Je l'ai vue il y a trois jours. J'ai essayé de la tringler, mais elle a dit qu'elle était pas chaude. Elle a dit qu'elle avait le cœur brisé. Elle arrêtait pas de parler d'un gars qui s'appelle Augie. Elle a dit qu'elle était au même motel, qu'elle l'attendait. Elle priait pour lui en espérant qu'il se souviendrait d'elle. »

Entendre ça me rend plus léger. Je pourrais bondir et me mettre à courir, mais je suis prudent. Je pense à la source, son manque de fiabilité.

Je me tourne pour lui faire face. « Quel motel tu dis ?

– Allez, mon frère. Tu crois que je mens ? L'Islands. »

Non, je crois pas qu'il mente, mais il a fallu qu'il me le dise pour que je le croie.

« T'as des roues ? Un vélo ? »

Il secoue la tête.

« Des jetons pour le bus ? »

Il secoue encore la tête.

« Des transferts ? »

On dirait que sa tête va tomber à force d'être secouée.

Je l'emmène au coin jusqu'au 7-Eleven, où un gars qui s'appelle Down Damian attend à côté de la cabine téléphonique comme s'il allait recevoir un appel d'une minute à l'autre. Il est prêt à nous donner cinq dollars chacun contre des bons de méthadone après que j'ai négocié le prix initial de quatre dollars, mais d'un coup je vois qu'il a une cigarette derrière l'oreille.

Je dis : « Et des cigarettes ?

– C'est ma dernière.

– N'importe quoi. Donnes-en six.

– Ah, mec. Tu veux me plumer ou quoi ? Deux. J't'en donne deux.

– Quatre et tout le monde est content. »

On se met d'accord, mais ça lui a pas plu, le coup des clopes. Il remet la clope qu'il avait derrière l'oreille dans le paquet après en avoir sorti quatre, pour que personne d'autre lui fasse le coup.

J'ai essayé d'être sage, mais maintenant que je reprends les magouilles, je vois à quel point ça m'a manqué. Je rentre dans le magasin et j'achète quelques transferts pour le bus. T'as pas besoin de jetons si le chauffeur peut pas savoir où t'es descendu avant. Ça suffit pour nous sortir de Lynwood avec le 60. Je dépense le reste des sous pour acheter des briquets de couleurs différentes que je peux vendre à des connards qui veulent du feu dans la rue, et je commence à monter un plan pour larguer Tommy.

AGENT DE PROBATION PHILLIP PETRILLO

21 DÉCEMBRE 1993
18 H 40

55

Pour ce qui est des rendez-vous galants à San Pedro, le 22nd St. Landing, c'est classe. Il y a un bar, mais l'espace est surtout dédié au restaurant, avec ses baies vitrées et sa vue sur le port de plaisance. Les nappes sont blanches. C'est un endroit où j'emmène ma mère pour son anniversaire. En montant l'escalier, j'ai le sentiment que ça pourrait être plus qu'un rendez-vous professionnel. Si je plais à Kristina, ou du moins si ce que je lui raconte l'intéresse, elle m'invitera à dîner. Sinon, elle dira qu'elle a un rendez-vous ou une réunion impossible à reporter. Je connais la chanson.

Jolie vue sur la marina du haut des marches : des guirlandes de Noël sur les bateaux, parfois des rouges et des vertes (mais surtout des blanches) le long des pontons, se reflètent dans l'océan assombri. J'ai vingt minutes d'avance, mais Kristina Mirkovich est déjà là avec son frère. Ses cheveux sont attachés en chignon, elle porte un blazer noir sur un chemisier vert (en soie), un jean clair, des talons.

Je m'approche, John me voit en premier : « Tu fais le garde du corps ? »

Mauvais calcul. John Mirkovich me fusille du regard. Il a dû passer sa vie à monter la garde pour sa jolie sœur. Il croit que c'est son devoir, et quand on est un grand frère (un shérif de surcroît), on ne plaisante pas avec le devoir.

« Je prends un verre », il dit en détournant le regard vers la télévision.

Kristina me tend la main, je la serre exactement comme au tribunal.

« En fait, on parlait du budget Clinton pour la police. L.A. va recevoir quatre millions. »

John a un rictus. « La police municipale va tout récolter. On n'en verra pas la couleur. Le putain de comté va faire chou blanc. Vous allez voir.

– Ivica ! » Le ton de Kristina suggère qu'il devrait se maîtriser en public.

Je le répète tel que je l'ai entendu : « Ivitsa ?

– Oui. » John en se tournant vers moi : « C'est mon prénom.

– C'est pas John ?

– John, c'est plus facile à prononcer pour les gens. Et j'ai pas besoin d'expliquer. Comme maintenant, tu vois ?

– Je vois. » Je montre sa bière bientôt finie. « Une autre ?

– Non, il fait avant de la vider. Tatiana cuisine ce soir. »

Kristina prend son frère dans ses bras. Il fait quinze centimètres de plus qu'elle, alors qu'elle porte des talons. Elle dit : « Oh, comment s'est passé l'exposé de Morgan sur les missions californiennes ?

– Elle a eu un A. C'est ta note, en fait. Super-intello, va. »

La dynamique est évidente : elle est la star de la famille, et il est la colle qui la fait tenir.

John tousse. « Tu m'invites, Kris ? »

Elle acquiesce. Il se tourne pour me tendre la main. Quand je la prends, il applique trop de pression et me regarde de haut. D'homme à homme. Et c'est efficace.

« Bonne soirée, je dis.

– Ouais. »

En sortant, il passe à côté de l'extrémité du bar où est assis un vieux type. Il lui tapote l'épaule.

« Ressaisis-toi, Chuck. Tu perds pied ! »

L'homme se tourne, c'est Charles Bukowski, verre de blanc à la main, et pas une goutte renversée malgré la secousse. Il lève la main pour lui faire signe et se retourne vers le bar. J'ai essayé de lire *Souvenir d'un pas grand-chose*. Je ne suis pas allé très loin.

Après le départ de John, Kristina se rapproche de moi et baisse la voix. « Quel genre de Croate appelle sa gosse Morgan ?

– Quel *dago** Italien appelle son gamin Phillip ? »

Elle rit. « Celui qui veut en faire un Américain ? »

Je souris parce qu'elle sourit. Je dis : « Comme tout le monde, non ?

– Bien dit. Et vous me faites penser à ma grand-mère, qui appelait le A-1 Market "le Dago". Elle marchait un kilomètre et demi et revenait avec les courses. Elle allait où ? Au Dago. Elle venait d'où ? Du Dago. Elle allait où dans dix minutes ? »

Je dis : « Au Dago ?

– Non. » Elle le dit avec un accent croate parfait. « *À l'église*. »

Je ris quand elle rit. Elle a déjà bu quelques verres. Elle est assez détendue pour m'avouer qu'elle m'a cherché dans son album photo du lycée, et on passe à l'étape où on fait plus ample connaissance. J'ai l'impression d'être à la barre. Il lui faut tout (quoi, où, quand). J'ai grandi sur la 6e Rue, à côté de Pacific Avenue. J'ai fait du baseball : petite ligue à Knoll Hill, puis au lycée de San Pedro. J'ai étudié à l'université d'État de Californie à Long Beach (j'ai explosé mon genou pendant les sélections de deuxième année), j'y ai obtenu une licence en criminologie et droit pénal.

Elle veut en savoir plus. Je lui dis que j'ai déménagé dans le Colorado parce qu'ils embauchaient dans la probation, contrairement à la Californie. Trois ans plus tard, je suis rentré. J'avais assez d'expérience pour présenter ma candidature à un poste au comté, et la météo clémente me manquait. Je n'évoque pas la mort de mon père, ou ma mère, dont j'ai dû m'occuper, parce que j'ai l'impression que c'est un rendez-vous galant et qu'il est bien trop tôt pour divulguer ces détails personnels. Je déplace l'attention sur elle. C'est une femme intelligente, et la plupart des femmes intelligentes n'ont pas souvent l'occasion de parler d'elles. Elles rêvent du jour où quelqu'un les écoutera vraiment.

Je commande un rhum-Dr Pepper. Elle se moque, goûte et finit par en commander un aussi.

Sa famille avait une maison sur la 13e Rue. Ils ont déménagé à South Shores quand elle était petite. Elle a fait sa primaire là-bas, étudié la danse classique jusqu'à dix-sept ans, année où elle s'est rendue à l'évidence : ses chevilles ne supportaient plus cette punition. On trinque à nos problèmes de jambes. Elle a toujours adoré lire (surtout Dickens). En fait, c'est grâce à lui qu'elle est devenue avocate. *La Maison d'Âpre-Vent*, je l'ai lu ? Je lui dis que je le ferai pour qu'elle continue à parler : licence à l'université de Californie du Sud (littérature anglaise) et droit à Loyola ; elle a directement rejoint le bureau du procureur comme assistante de justice, elle n'a jamais regardé en arrière.

« Alors, dit Kristina, qu'attendez-vous de votre carrière ? Quelle est l'étape suivante ?

– On dirait que c'est une conversation pour une autre fois.

– Excellente idée. Vous avez faim ? On pourrait passer à notre "autre fois" tout de suite, non ? »

La salle s'est progressivement remplie pendant la dernière demi-heure, et les plats défilent : espadon, steak, purée, haricots verts à l'ail. Elle voit que j'hésite.

« Juste un dîner, elle dit. On va parler de notre affaire évidemment. Et de la sécurité d'Augustine Clark. En plus, c'est le comté qui paie. »

J'ai faim, et les lumières scintillent, alors je me dis pourquoi pas. Il y a bien pire que dîner avec une belle femme qui pourrait me faire avancer dans ma carrière.

Quand on passe devant l'hôtesse, je suis surpris de constater que Kristina Mirkovich a déjà réservé une table pour deux près d'une des baies vitrées.

Et bien sûr, elle attend qu'on soit assis et qu'on ait commandé pour se pencher et me dire en toute sobriété : « Je veux tout savoir de la plainte de Renee Sifuentes qui figure dans votre dossier. »

Mon visage chauffe. La colère me submerge.

Elle se croit si maligne de m'avoir payé des verres pour que je tombe dans son piège. Elle a besoin d'une leçon pour apprendre qu'on ne peut pas berner les gens comme ça quand on joue pour la même équipe. J'aimerais bien la lui donner moi-même.

Je dois maîtriser ce qui sort de ma bouche. Je n'y arrive pas. « C'est quoi ce putain de bordel, Kristina ? Je suis dans votre camp. »

Kristina sort un carnet de notes de son sac avec un rictus. « Je ne vous condamne pas. Les plaintes, ça arrive souvent, mais je veux entendre l'explication de votre bouche. Maintenant. »

Je regarde la sortie. Je veux lui défoncer le nez, me lever et la laisser s'énerver toute seule pendant qu'elle pisse le sang, mais elle a trop de pouvoir pour être traitée comme ça. Elle le sait d'ailleurs. Kristina Mirkovich est une tueuse. Elle a préparé son coup ; tout ça, c'était un test, et ce n'est qu'un début.

ANGELA ALVAREZ

21 DÉCEMBRE 1993
19 H 38

56

C'est les vacances de Noël, mais j'essaie de me souvenir dans quel ordre le prof dit qu'il faut poser une perfusion. C'est un truc du genre GCSTA ou quelque chose comme ça.

Je regarde mes notes. Ah ! GCSTA-*CA*. Je retourne pour plus les voir. Je me dis que ça devrait rimer, enfin presque.

Garrot. Ça, c'est facile. On fait le nœud.

Choisir l'endroit. Faire vite. En moins de dix secondes si possible.

Sentir la veine. Les bonnes sont pas toujours visibles, alors il faut utiliser les deux doigts.

Le T, c'est *tendre*. Je dois m'assurer que la peau soit super bien tendue pour que l'aiguille glisse pas. Tendre. Je me rappelle de ce mot, parce que, quand elle l'a dit en cours, je croyais que l'endroit devait être tendre, mou, et j'ai levé la main. J'ai eu l'air d'une conne, mais c'est bien, parce que je m'en souviens maintenant.

A, c'est *angle*. Il faut que l'aiguille soit en biais. Pas perpendiculaire. C'est pas comme pour une platine. Il faut rester parallèle à la peau.

CA. CA, CA, CA. C'est quoi déjà ?

Je retourne mon cahier.

Merde. *Cathéter avant*. Le cathéter va vers l'avant, l'aiguille va pas en arrière. Je comprends pas tout à fait celui-là. Ma prof dit que je comprendrai peut-être pas avant d'en faire une moi-même, mais l'important c'est le bon ordre. GCSTA-CA. GCSTA-CA.

Il me faut ce certificat pour travailler en gériatrie, partir et plus avoir à penser aux gangsters comme Scrappy qui me tombent dessus dans des parkings.

Je regarde le téléphone. Jellybean a pas appelé depuis des jours. Je me demande ce qu'il lui arrive, s'il va bien, quand quelqu'un frappe à la porte.

Je vais voir à la fenêtre, et c'est le petit Johnny du bout de la rue, le gamin d'Adalberto. Celui qui joue toujours au foot dans son jardin. Et à travers la vitre, il dit :

« Hé, mademoiselle Angela, j'ai le truc pour les cours. »

Le hic ? J'ai rien demandé.

Johnny me montre une chemise en accordéon bleue à la fenêtre, il l'agite comme si c'était un bateau sur une mer agitée.

Derrière lui, il y a une voiture avec les phares allumés que je reconnais pas.

Je commence à respirer difficilement. Je veux pas ouvrir la porte, même pas prendre ce qu'il veut me donner.

Au début, je me dis que c'est Scrappy, mais je vois pas pourquoi elle ferait quelque chose, parce que j'ai dit à Jerry qu'elle voulait les voir. Après, je me dis que c'est quelqu'un qui se cache, qui veut que j'ouvre la porte à Johnny et, comme ça, il pourra rentrer et me descendre.

À travers la fenêtre, je dis : « C'est pas pour moi.

– Si. » Johnny hoche la tête.

Juste à ce moment-là, le téléphone sonne et fait trembler toute la maison. Je bondis. Je m'éloigne de la fenêtre. Je décroche.

C'est Jerry. « Ouvre la putain de porte, Angela. »

Il raccroche, alors moi aussi. Et je retourne à la porte. Je veux pas ouvrir la porte, mais je le fais quand même.

Dehors, Johnny se marre et dit : « De la part de Jose », puis il me passe la chemise bleue et court vers la voiture.

Je ferme la porte et je verrouille. Je dois m'appuyer dessus pour me reprendre.

Je veux pas de ces conneries le soir. C'est trop.

Je retourne vers le canapé, et je veux pas ouvrir le dossier, mais je le fais. Il y a des papiers verts dans les plis. Et j'ai le souffle coupé.

C'est de l'argent. Beaucoup d'argent.

Je le compte sur la table, sur mes notes.

Ça fait six mille dollars en billets de dix et de vingt.

Six mille.

Je recompte, et ça fait pareil.

VII

WAYSIDE

« Je vais conclure en paraphrasant William Blake : “Les prisons sont le béton de la justice.” Les prisons parlent bien du monde réel. Il y a une tendance, surtout parmi les gens très sensibles, à voir la justice de façon abstraite : l'idée, par exemple, qu'en dépit de la délinquance, tous les humains sont fondamentalement bons. Mais il n'est guère raisonnable de penser la criminalité en termes abstraits. La plupart des gens sont bons. Mais, soyons lucides, certains ne le sont pas. »

Président George H. W. Bush, lors de l'inauguration du Centre pénitentiaire du comté de Los Angeles Nord (NCCF) à Wayside Honor Rancho, le 10 mars 1990

JACOB SAFULU, AKA DREAMER

22 DÉCEMBRE 1993
6 H 17

57

Je sors du trou en bleu. Et ils me déménagent même pas. On me renvoie directement au 4700, comme si tout était pareil. Mais c'est pas vrai. J'apprends vite ce qui s'est passé.

Peeper est plus là. Un adjoint l'a vu poignarder Pretty Boy. Il est accusé de violence avec arme. Tentative de meurtre. Tout ça.

Pretty Boy a survécu. Il est allé à l'infirmerie avec une coupure et quelques trous. Il est sorti après deux jours, puis direct au dortoir protégé.

Barrel Roll respire encore après être passé par-dessus la rambarde. Il s'est cassé la cheville droite. Il est à l'infirmerie. Il mange mieux là-bas. On lui donne des antidouleurs. Il parle avec les infirmières. C'est la belle vie pour lui. Se faire jeter d'un étage est probablement la meilleure chose qui lui soit arrivée depuis qu'il est ici.

Tim Muhammad a été envoyé dans une autre prison. Mais tout le monde sait que cette histoire va le suivre. Traverser les murs. Lui coller à la peau.

J'apprends aussi que Wizard est plus là. On l'a envoyé dans le quartier des gangs parce que c'était un des meneurs. C'est bon pour lui, pour sa réputation. Et ce que j'ai fait, c'est bon pour moi aussi. Je suis seul maintenant. Et le plus bizarre, c'est que je suis soulagé.

J'y vois plus clair. Je calcule des choses. Je fais des rapprochements. Et ça me rappelle quelque chose que j'ai entendu une fois. Un commentateur pendant un match des Raiders qui disait que pour les bleus, un match pro, ça va trop vite.

Le jeu ralentira avec le temps, je m'en rappellerai toujours. Parce que je trouvais ça con. Le jeu peut pas ralentir. C'est toujours à la même vitesse ! Je crois que je l'avais même dit à la télé. C'est maintenant que je comprends que le commentateur parlait du mental. Dans leur tête, le jeu va plus lentement, même si la vitesse est la même. Tu vois plus de choses. T'anticipes, comme a dit Wizard. Tu vois le truc venir de loin.

Et j'ai eu de la chance en plus. Je me suis pas pris de nouvelles charges à cause de ce que j'ai fait. Quand on me l'a dit, j'étais jouasse comme jamais ! C'était comme si on me fêtait dix anniversaires d'un coup. J'ai pleuré tellement que j'étais heureux. Il y avait que moi au trou, alors personne a rien vu. Je me suis lâché, j'ai chialé. Je voulais évacuer le mal. Tout. Sauf la rage. Ça, j'en ai encore besoin.

Le sergent m'a interrogé longtemps avant qu'ils se décident. Il voulait savoir qui avait organisé le truc. J'ai pas balancé Wizard, même s'ils savaient que c'était lui.

J'ai juste dit qu'un jour Tim Muhammad m'était passé devant dans la queue pour les haltères. Il avait dit qu'il en avait plus besoin parce que, quand il sortirait, il allait refaire du foot. Ce malade mental, il a arraché la tête à sa copine, et il croit qu'il va sortir, il est pas bien. Alors j'attends. J'en parle à la hiérarchie. Mais le problème, c'était que Big Dev venait de se faire transférer. Et les *mayates* avaient personne pour s'occuper du problème. C'est pour ça qu'ils cherchaient un nouveau roi dans leur bloc. C'est là que j'ai vu l'occasion d'y aller en face à face. Pour régler l'histoire des haltères comme des hommes.

Ça m'arrange que la baston ait continué quand j'étais au trou, c'était pire même. Les Bloods et les Crips ont voulu se venger sur la *raza.* Après avoir réfléchi, le sergent m'a dit comment j'allais être puni. Il m'a fait signer un papier qui disait que je comprenais. Même si t'as pas le choix, tu dois leur donner la permission de t'enfermer...

Quand je suis descendu, j'ai remarqué comment les Bruns me regardaient différemment. Comme s'ils me respectaient. Je suis connu maintenant.

Et je prends. Si ça me protège, si ça les fait réfléchir à deux fois avant de m'attaquer.

On me fait des hochements de tête quand j'arrive dans ma cellule. Y a toujours six autres gars. Quatre sont plus les mêmes. Y en a un qui spasme sur son lit, tout tremblant. Il parle tout seul. C'est là où y avait le Wood*, Moore. Je suis dégoûté qu'il soit parti.

On avait jamais eu de problèmes tous les deux. Il me racontait des histoires sur le Tennessee, sur les arbres là-bas. Et comment il volait des voitures. Il buvait trop parfois, et il mélangeait les deux. Les arbres et les voitures. C'est comme ça qu'il s'est fait gauler, il disait. J'aimais bien ses histoires. On aurait dit qu'il parlait d'un pays complètement différent.

Je montre le mec qui fait sa crise.

« Qu'est-ce qu'il a ? je dis au gars que je reconnais, Carlos.

– Je sais pas, je suis pas médecin. »

Beaucoup de gens croient que Carlos a poignardé le gars qui baisait sa meuf. C'est pas vrai. C'est un Mexicain qui a fait la fac et qu'on a enfermé pour fraude. Il a fait l'université d'État à Long Beach pendant un an et tout. Mais maintenant qu'il est ici avec des vrais de vrais, tout ce qu'il fait c'est se passer de promenade pour niquer son fifi*. Tout ça, je m'en fous. Ce qui m'intéresse, c'est qu'il a protégé mes affaires des vautours. Et après avoir fait ce que j'avais à faire, j'ai même des trucs en plus. Dix paquets de nouilles instantanées. Des timbres pour envoyer des lettres. Vingt. Et du pruno, jaune-marron.

Mais c'est quand même un peu galère de retrouver la cellule. Au trou, t'as pas besoin de surveiller tes arrières.

J'y dormais comme un bébé quand ça ne criait pas dans le couloir. J'ai écrit plein de lettres aussi, même des lettres à Angela que j'enverrai jamais.

J'ai écrit que j'aurais voulu n'avoir jamais vécu avec elle. Que j'aurais voulu n'avoir jamais su ce que c'était de dormir à côté d'elle parce qu'elle me manque trop. Comment elle mettait sa main sur mon épaule en s'endormant. La chaleur de sa paume me manque. Et quand elle me manquait trop, je préférais dormir.

J'ai beaucoup dormi au trou. J'ai vu l'énergie que ça bouffe de se stresser en prison. Et à cause de Wizard, j'étais triste, et furieux, et je comprenais pas, en fait. Mais, d'un autre côté, je suis reconnaissant. Qu'il fasse attention à moi. En plus, faut toujours observer, toujours être sur le qui-vive au cas où ça péterait. Être au trou, ça m'a permis de me poser pour la première fois depuis que je suis là, de me détendre un peu. Aussi bizarre que ça paraisse.

Je me réveillais des fois. J'ai essayé de lire un livre qu'un détenu de confiance m'a apporté. C'était dur, ça m'a fait chier. *Villette.* J'ai pas pu rentrer dedans.

Je mangeais seul. Je repensais à Angela. Et mes yeux étaient lourds. Ça m'a jamais gêné d'être seul.

Et j'avais mon heure de promenade à la cage. Je téléphonais chez les Matta. Jimena. Little. Et quand y avait personne, je faisais des dips jusqu'à ce que j'en peuve plus, surtout pour qu'on me voie les faire.

Mes cartes de téléphone, c'était mon bonheur. Quand j'ai appelé Little pour lui dire merci d'avoir mis de l'argent sur mon compte, il a dit que c'était pas lui, que c'était Angela. Ça m'a fait triper. Encore maintenant. On a bien parlé avec Little. Rien sur l'affaire. On a parlé de comment ça se passait pour lui. Il se sent mieux dans sa peau. Il fait de la muscu. Des pompes. Je lui parle de mes séances à la prison. Il dit qu'il va essayer. Ce mec me manque comme le frère que j'aurais toujours voulu avoir. Mais c'est la cuisine de sa maman qui me manque le plus.

Une fois, un adjoint qui me ramenait de la cour m'a dit : « Tu l'as bien mis K.-O., ce négro. »

Il parlait de Tim Muhammad. C'est tout. Y a beaucoup d'adjoints qu'aiment pas les Noirs. Comment ils font les choses. Beaucoup d'adjoints sont des Woods.

La prison, c'est cent fois plus chaud que la rue. C'est comme si les pires gars de tous les pires quartiers avaient été évacués et envoyés ici. Tous serrés dans un petit espace. Ça peut pas bien se passer. C'est comme ça que j'apprends des choses sur les autres. En les regardant. Comment ils sont vraiment quand on tue leur côté humain et qu'ils font juste ce qu'il faut pour survivre...

Je tourne le dos à la porte de la cellule, je fais en sorte que Carlos soit entre moi et les surveillants avant de m'envoyer un coup de pruno. Je porte un toast à Angela. Pour les cartes de téléphone. Pour avoir pu parler à Little pendant mon heure hors du trou. Ça m'a sauvé. *Elle* m'a sauvé. Mais je sais pas ce que ça me fait.

Le pruno a un goût vinaigré. Comme si le pain avait pas encore agi sur la banane. Ça me réchauffe la poitrine. Ça fait du bien. Y a pire comme sensation.

Je trinque à Little aussi. Pour tout ce qu'il fait pour savoir ce qui s'est passé. Pour me donner de l'espoir, pour les efforts qu'il fait.

Peut-être qu'il devrait pas. Je sais que je suis coincé dans cette vie comme les autres. Et la seule chose sur quoi je peux vraiment compter, c'est la surprise. C'est pour ça que je suis même pas étonné quand on m'appelle pour un transfert.

Je suis même pas revenu depuis quinze minutes.

Alors, je dis : « Où ça, chef ?

– Balade à Wayside », il dit l'adjoint.

Et c'est tout. Je pars.

À ce moment-là, tout ce que j'ai en tête, c'est : *j'espère que mon histoire va me suivre. J'espère que, quand j'arriverai là-bas, tout le monde saura que j'ai défoncé Tim Muhammad...*

OMAR TAVIRA,
AKA WIZARD

22 DÉCEMBRE 1993
8 H 30

58

Je sors du trou pour aller dans un nouveau quartier. Ça déconne plus maintenant. Ils m'ont mis direct chez les gangsters. Le dortoir du Tonnerre. La bonne nouvelle, c'est que j'ai que trois autres gars avec moi, et ils sont cool. On est tous du South Side. Et quand j'ai vu ça au début, je croyais que les adjoints préparaient quelque chose, alors je me suis arrangé pour pas parler mal devant eux, au cas où ils étaient prêts à balancer, mais après quelques jours j'ai bien vu qu'ils étaient réglos.

Autre bonne nouvelle, je reste en bleu. J'ai remercié la *Virgencita* de m'avoir épargné l'uniforme rouge. Je pourrais pas supporter d'aller partout accompagné, d'être toujours menotté dès que je sors de ma cellule, d'avoir besoin d'un adjoint et d'un sergent pour me trimballer partout. Pour l'instant, je suis en promenade avec mon quartier, et c'est un peu le désert, parce qu'on est carrément moins qu'en population générale du 4700. C'est plus facile de garder un œil sur nous comme ça. Y a plus d'adjoints qui patrouillent, ils se baladent, ils écoutent, gardent l'œil ouvert.

Je vais à un des téléphones et je sors une carte pour appeler Jerry. Il savait que j'allais appeler, alors il répond tout suite après la première sonnerie.

Je dis pas son nom. Je commence. « Alors, ton daron ? Il est toujours avec l'autre pétasse ?

– Ouais, gros, mais elle l'a poignardé. »

J'explose de rire, y en a qui se retournent pour regarder. Je hoche la tête vers eux pour leur faire comprendre que ça les regarde pas. « Qu'est-ce qui s'est passé ?

– Sa version à lui, elle est pas claire. Il dit qu'il était à El Farallon, il faisait une *quebradita**, et une meuf qu'il connaissait d'y a longtemps est venue le serrer dans ses bras : alors, sa gonzesse lui a enfoncé une lime à ongles dans le bide. Elle l'a planté au milieu de la piste de danse. Sans hésiter. Mais il m'a aussi dit qu'il essayait de se faire la meuf depuis des années, et que l'autre était arrivée de nulle part pour lui enfoncer une lime à ongles. C'est un alcoolique, gros. J'ai rien compris, sérieux. »

Je siffle doucement. « Je l'ai rencontrée qu'une fois, mais ça se voyait qu'elle pouvait faire un truc du genre.

– Ouais. T'écris toujours du rap ? »

C'est comme si cet enfoiré m'avait foutu un coup là où ça fait mal. J'ai gribouillé des paroles, j'ai des trucs pas finis par-ci par-là, mais tout le reste a disparu quand j'étais au trou. On m'a tout confisqué. *Putain.* Je sens encore le truc dans mes tripes. Y a rien qui me dégoûte plus que de perdre tous ces textes.

Je lui dis : « Tu touches une corde sensible, mon gars. J'écris pas vraiment. Ça me fait chier. »

Quand j'étais à l'isolement, j'ai failli en écrire un sur ce que Muhammad a fait à Barrel Roll et ce qui s'est passé ensuite, mais même moi je suis pas assez con pour écrire quelque chose qui pourrait servir de preuve pour l'adjoint qui irait fouiner dans mes affaires. Ça fait chier, parce que mon truc, c'est d'écrire ce que je vois, c'est d'être authentique.

Jerry continue à creuser. « Pourquoi pas ? Question de politique ? »

La réponse est oui. Pression politique de malade. J'y pense tous les jours. Quelque chose a changé avec la mise au point de l'autre jour. Je le sens, mais je le dirai pas à Jerry. « Ça y est, il est 8 h 45 ?

– Nan. » Jerry mâche quelque chose. Des céréales, peut-être. « Encore quelques minutes.

– S'passe quoi avec Little ? Il se démerde ? »

Est-ce qu'on va bientôt savoir quel enfoiré a mis le gun chez moi après que je l'ai lâché sur Scrappy ? Jerry comprend ce que je veux dire, même s'il peut pas exactement répondre puisque la ligne est sur écoute.

« Ah, l'autre gars. » Jerry soupire. « Il se fait appeler Dulce maintenant.

– Quoi ?

– Je sais pas, *homeboy*. Il a pris la confiance.

– Ce nom-là, ça va foutre la merde. Dis-lui d'arrêter de faire le mariole.

– Je sais. No Neck et moi, on lui a dit qu'il fallait qu'il arrête avec ça. Sérieux. Mais il est malin, le gars. Ce bâtard est *malin*. Et il a du courage, en fait. »

Du courage ? Jerry dit pas des choses comme ça d'habitude. Y a une histoire derrière ça, mais je ne peux pas demander, alors je le fais pas.

Jerry me dit que c'est l'heure, et je réponds juste « cool ».

Ça me prend la tête que Little croie qu'il peut se faire appeler Dulce sans se faire descendre pour ça. Il faut être un putain de sous-marin dehors, lancer des torpilles, pas jouer les bateaux de croisière avec les guirlandes et les spots qui attirent l'attention.

Jerry lance la conférence. Il souffle dans le micro pour tromper le système, et comme ça, il peut être avec moi, à la maison d'arrêt du comté à Downtown, et nous connecter avec San Quentin, prison d'État au nord, grâce à son putain de téléphone. C'est pas beau, ça ? La trinité que les prisons ont pas encore réussi à briser.

Quand ça fait clic, on dit pas nos noms. Je commence. « Salut, mon gars, ça faisait longtemps. »

C'est pas vrai. J'ai jamais rencontré ce mec. C'est le gars qui gère Big Fate, qui lui donne des ordres. Un gros, gros *homie*. Un général, en fait.

« Trop longtemps. » Il a une voix vraiment éraillée. « Le truc est pas encore prêt. »

Mais ce que ça veut dire, c'est que c'est prêt. Ça va se faire.

Je demande ce que je suis censé demander. « Alors je t'appelle quand ? »

Y aura pas d'autre appel. Un *wila* est déjà venu me dire que je dois poser la question. Ce qu'on allait me dire, ce serait la réponse.

« On peut essayer dans deux semaines, un truc comme ça ? »

C'est pas une question, et c'est pas un « truc comme ça ». C'est un ordre. D'ici deux semaines. Ça va péter.

Je lui dis : « Ça marche », et il raccroche.

Jerry tousse. « Prends soin de toi, gros.

– Je te rappelle, mec. » Je raccroche le téléphone, et c'est fini.

AUGUSTINE CLARK, AKA AUGIE

22 DÉCEMBRE 1993
8 H 57

59

Un baiser sur ma joue, puis un autre dans mon cou avant que mes yeux s'ouvrent complètement, puis Irma me dit : « Je reviens, bébé. Faut qu'on t'achète des donuts. »

L'espace d'une seconde, ça fait du bien ce petit nom, mais après je me rappelle qu'elle m'a jamais appelé comme ça de ma vie, alors je commence à cligner des yeux pour me réveiller. C'est plus dur que je pensais.

Je sens encore la boue visqueuse qui s'est répandue dans mon corps. J'avais pas pris de fix depuis trop longtemps. Juste un truc léger en prison, et après c'était la méthadone au centre de réinsertion, alors quand c'est de la vraie came qui rentre comme hier soir, c'est comme tomber dans un putain de fleuve et dériver, puis m'échouer dans mon lit, dans mon ancienne chambre, là où elle a gardé les mêmes cachettes.

Je me sens mal, mais je sens que c'était bon, du moins pendant un moment. Et voilà, le bon s'est transformé en gueule de bois. Je sais que je dois refaire partir le manège.

Elle m'avait jamais appelé bébé. C'est pas son truc. Ça me fait comme une scie dans le cerveau maintenant.

Je me demande si elle est en train de retomber amoureuse de moi puisque je suis revenu avec elle.

Je sais pas. Peut-être ben que non. Mais peut-être ben que oui.

Ce que je sais, c'est que c'est le matin. La lumière du soleil entre par le store à la dent cassée à côté de la porte.

Mes tremblements de terre sont pas encore arrivés, mais ils sont pas loin. C'est comme si je savais où leurs graines sont plantées dans mes os. Les graines de tremblement de terre. Y en a dans mes hanches, dans mes côtes, dans mes vertèbres. Je dois faire rentrer quelque chose d'autre ou je suis foutu.

Je veux commencer petit, alors je regarde dans mon jean pour voir s'il me reste un petit pochon. Non. Je regarde sur la table à côté du lit. Rien. Juste un briquet rouge.

C'est mon dernier. Les autres sont partis super vite. Quand tu fumes en marchant sur Long Beach, les gens demandent. T'évites certaines personnes, parce que tu sais qu'ils veulent juste te taxer une clope. Un gars m'en a pris une après que je lui ai montré. Il me l'a arraché des mains et il a couru. J'ai crié que s'il en avait tant besoin, il avait qu'à la garder. Il a arrêté de courir du coup, mais il a regardé par-dessus son épaule plusieurs fois pour être sûr que c'était pas un piège et que je le coursais pas quand même.

Mes jambes bougent pas comme je leur dis de bouger. Je dis : *À gauche et par terre. Soutenez-moi pour que j'aille à la plinthe pour voir s'il y en a*, mais mes jambes bougent pas.

Elle m'a jamais appelé bébé. Irma. Et il y a autre chose. C'était toujours moi qui allais les chercher, les donuts. Elle, jamais.

On frappe à la porte. Fort. Trois fois.

Ma première idée, c'est que c'est Tommy, parce que c'est pas comme s'il savait pas où crèche Irma. Ç'a été facile de le semer. Je me suis engouffré dans le marché, j'ai tourné deux fois à gauche et je suis sorti par-derrière. En fait, je suis surpris qu'il soit pas arrivé plus tôt, putain de surfeur à la con.

« Une seconde ! » je crie à la porte, et alors je me dis que je suis débile.

Si c'est Tommy, c'est mieux qu'il croie qu'y a personne.

Je suis debout. Suffisamment. Une main sur le mur. Les deux pieds par terre.

J'entends des voix qui chuchotent dehors.

Pas qu'une. Plusieurs.

Et il y a le bruit d'une clé qui rentre dans la serrure.

Je regarde la porte pour voir si le loquet est mis, mais il est pas fermé. Ben non. En sortant, Irma a pas pu le faire de l'extérieur.

Et le verrou tourne, la poignée aussi et la porte s'ouvre.

Et c'est pas Irma qu'il y a derrière.

JEOVANNI MATTA, AKA DULCE

22 DÉCEMBRE 1993
9 H 03

60

Je remercie pas le gardien de nous avoir ouvert la porte. S'il l'aurait fait pour Wizard, alors c'est ce qu'il est censé faire pour moi. C'est pas compliqué. No Neck entre en premier. Je le suis. Jerry est derrière moi. Il ferme la porte, la verrouille. À l'intérieur, c'est une chambre de motel pathétique aux meubles défoncés. Le placard n'a pas de porte. Et Augustine Clark est debout, tout nu, à côté du lit. Il est maigre, usé, avec un paon tatoué sur le bras, et ce qui ressemble à des morsures sur son pied droit.

Je le regarderais dans les yeux s'il ne les baissait pas. « Salut, Augie. »

Il sursaute en arrière comme si je l'avais frappé, mais il reste où il est.

Il a l'allure d'un type qui s'en est pris plein la gueule toute sa vie. Je connais. Jusqu'à récemment, j'étais ce mec-là aussi. Et c'est comme ça que je sais que je dois être délicat, parce que c'est le genre à perdre le contrôle. C'est moi qui dois parler. No Neck et Jerry sont d'accord.

Y ahora, je traverse la pièce jusqu'à une chaise et j'enlève le jean qu'il y a dessus et qu'Augie avait dans le viseur. Je le lui donne. Il le prend et va sur le lit. Je regarde ce pauvre type fatigué lutter pour s'habiller, en position allongée. No Neck et Jerry regardent même pas. Ils matent les murs jusqu'à ce qu'Augie ait couvert ses jambes et qu'il essaie de se relever, il y arrive presque, abandonne. Finalement, il reste allongé, à moitié sur l'oreiller, au milieu du matelas.

« Redresse-toi ou c'est lui qui le fera. » Je désigne No Neck de la tête.

Augie s'exécute. Il s'installe dos au mur avant de dire : « Je sais qui t'es. Je sais ce que tu veux.

– Ah ouais, quoi alors ? »

Il a l'air épuisé. « Tu veux savoir comment le flingue est arrivé là où il était.

– Pourquoi je te demanderais ça ?

– Irma va bien ? » Il le dit vite et fort, comme s'il venait de se rendre compte qu'on l'avait peut-être enlevée.

Je lui dis que ça ira, mais que ça dépend de lui.

Il regarde le plafond. « Je... J'étais là, mec. Quand Scrappy s'est fait descendre.

– On sait. Il s'est passé quoi après que t'as pris le revolver et toute la came que Scrappy avait sur elle ?

– Je suis venu ici.

– Dans ce motel.

– Dans ce motel, dans cette chambre.

– Et t'as fait quoi après ?

– Je... je me suis shooté. Pour me sentir mieux. »

J'attends la suite, y a rien qui vient. « Il est venu quand, Petrillo ? »

Il frissonne quand je dis son nom. Il peut rien cacher.

« Il est venu et il a fouillé, et c'est même pas mon agent de d'habitude. Et il a trouvé ma réserve super vite. Et c'était là que j'avais mis le flingue.

– Celui qui a tiré sur Scrappy.

– Ouais.

– Pourquoi tu l'as pris ?

– Je me suis dit que j'allais le vendre.

– D'accord. Et quand Petrillo l'a trouvé, il a fait quoi ?

– Il m'a mis la pression. Il a dit que j'allais être poursuivi pour détention d'arme et trafic de drogue. Il m'a fait psychoter.

– Alors t'as dit ce que t'as vu.

– Je… J'avais pas le choix.

– Et t'as dit quoi ?

– Deux gars ont tiré sur Scrappy. L'un, c'était Wizard. L'autre, je l'ai pas vu. Et alors, il a dit que si c'était Wizard, c'était forcément Dreamer avec lui. Et j'ai dit que je connaissais pas Dreamer. »

J'observe No Neck. Il regarde droit devant lui.

Augie continue. « Et Petrillo a dit qu'il allait récupérer tout ce que j'ai chopé, tout faire disparaître, sauf la consommation de stupéfiants et la prison. Tout ce qu'il fallait que je fasse, c'est dire à Montero que j'avais tout vu et que c'était Wizard et Dreamer. C'est tout. Il a dit qu'il allait s'occuper du flingue. »

Voilà. On a le fin mot de l'histoire. Je regarde Jerry, Jerry regarde No Neck, et on se regarde les uns les autres. C'est la dernière pièce du puzzle. On a l'impression d'avoir gagné le jackpot, et je suis content de savoir, mais j'enrage en même temps, parce que cette sale fouine de Petrillo a piégé Jacob juste pour tirer un coup, maintenant on en est sûrs. Ça me donne tellement envie de gerber que je voudrais sortir, mais je reste. Je suis obligé. Parce qu'il faut le stopper net.

Augie prend le silence comme une opportunité pour négocier. « Je… je peux partir. Disparaître. »

Jerry me regarde, et je kiffe quand il fait ça. Quand il me regarde comme si c'était à moi de prendre la décision.

« Ça nous arrange pas, Augie, je dis. T'as signé une déclaration. On a besoin que tu témoignes pour dire que tu t'es trompé. Que t'étais complètement défoncé le soir d'avant et que tu te rappelles rien.

– Si je fais ça, ça ira pour Irma ? »

Ce serait cruel de lui dire que c'est Irma qui l'a trahi, et j'ai pas le courage. C'est mieux s'il croit que sa sécurité dépend de ce qui va se passer. Je lui dis que oui.

« Et qu'est-ce qui va m'arriver s'ils me poursuivent pour outrage ou un truc comme ça ? »

Jerry dit : « Peut pas y avoir outrage si tu te rappelles pas.

– Je vais probablement devoir retourner en taule pour pas avoir respecté les conditions de ma libération. Et j'irai pas au tribunal du traitement de la toxicomanie. » Augie fronce les sourcils et hoche la tête. « Et comment je te fais confiance ? Je… je connais même pas ton nom. Je… je veux pas tous les noms, je veux juste le tien. »

Il me regarde, mais il voit à mon expression qu'il ne l'aura pas.

No Neck ouvre la porte. Elle grince et laisse entrer la lumière du soleil. La vue de ce qu'il y a sur le sol de la pièce en pleine lumière suffit pour que mes pieds commencent à me démanger dans mes chaussures. De la gaze froissée avec du sang dessus. Un ongle de pied entier. Quelque chose qui ressemble à de la ficelle mouillée.

Je dis : « T'es prêt à décoller ou quoi ? »

Il a peur maintenant. « Décoller où ?

– Là où t'habites. On va te conduire jusqu'à Huntington Park. »

Irma nous a dit qu'elle l'avait trouvé là-bas hier soir, et je vois la dernière lueur d'espoir mourir dans ses yeux. La seule chose à laquelle il s'accrochait, c'était de pouvoir sortir d'ici et de se terrer là-bas. Mais c'est pas comme ça que ça marche.

« On te tient maintenant. T'es à nous. C'est comme ça. » Je regarde Jerry. Il avance.

« T'as trouvé du boulot en intérim parce qu'un gars est tombé malade. Ils t'ont payé trente-cinq balles pour bouger des boîtes sur une aire de chargement pendant cinq heures, mais, après, un autre camion est arrivé et il a fallu le décharger puis le recharger, alors t'es resté jusqu'à 5 heures du matin. Ils t'ont payé double pour ça, soixante-dix en plus de ce qu'ils t'avaient déjà donné. Après, ils t'ont laissé dormir dans le bureau vu que tu leur avais bien rendu service et que t'étais mort. Il veut que tu reviennes bosser à mi-temps, peut-être même à plein temps si ça se trouve. Si tu le veux, le taf est à toi. Il va te mettre sur son planning. Il va t'embaucher. On a un nom et un numéro de téléphone pour ton centre et l'agent de probation. Il fera tout bien comme il faut. On a besoin que tu t'achètes un truc à manger sur le chemin du retour pour que t'aies un reçu. Avale quelque chose. Arrange-toi.

Répète ton histoire. Tu paieras avec l'argent que t'as reçu du boulot, et comme ça, tu auras la monnaie exacte s'ils veulent vérifier. Et on te donnera de la pisse propre pour le prochain test parce qu'ils vont te demander pour aujourd'hui, pour être sûr que tu mens pas. Ce qui est pas le cas. »

On prend le risque qu'ils le renvoient pour pas avoir respecté le couvre-feu, mais y a pas moyen que ça arrive. L'accusation a besoin de lui.

Jerry met cent cinq dollars en billets et une petite bouteille de shampoing dans un sac en plastique transparent sur la pauvre petite table à côté du lit. Le liquide frémit dans la lumière avant de s'immobiliser, réfléchissant des formes dorées sur le lit. À côté de ça, je pose de la méthadone dans un gobelet couvert.

Y ahora, Augie regarde ça comme s'il pouvait pas tout faire rentrer dans sa tête.

« On te laissera pas échouer, Augie. » Je hoche la tête vers lui. « Mais si tu fais ça pour nous, si t'y retournes, t'auras plus jamais besoin de te protéger de nous. Tout ira bien. Parce que c'est *nous* qui te protégerons. »

JACOB SAFULU, AKA DREAMER

22 DÉCEMBRE 1993
8 H 33

61

Je ressors avec un sac d'effets personnels vert dans une main, un sac plastique dans l'autre. On nous fait repasser par le même chemin qu'à l'arrivée. Trente-six couloirs différents. En rang. On attend.

Dans le car, je suis enchaîné à un autre du South Side. On est assis à l'arrière, séparés. *Raza* au fond. *Wood* au milieu. *Mayate* devant. Ils ne veulent pas de problèmes.

Des gars me lancent des regards. Ils me connaissent. Ou ils ont entendu parler de ce que j'ai fait. Tant mieux.

Je demande son nom au gars avec qui je suis enchaîné. Et d'où il vient.

« Lil Devil », il dit. Il a l'air d'avoir mon âge, un peu plus jeune peut-être.

Quand le car arrive dans la rue, il dit qu'il est de Florencia.

On parle plus trop après. Pas quand y a le monde à voir.

Lil Devil est côté fenêtre. Mais ça le dérange pas que je me penche pour regarder.

Je me fatigue jamais de voir les voitures refléter la lumière du soleil. Une Cherokee rouge. Une Fiero noire. Merde, je vois même une Volvo qui me déplaît pas. Si ça a quatre roues, c'est la liberté pour moi. La possibilité d'aller où je veux. Sans être trimballé. Quand je sors, je m'achète une caisse direct. Je prends plus le bus, c'est fini. Je vais pas taxer une voiture à quelqu'un. J'en achète une. Obligé.

On passe devant Union Station. Je regarde les filles de l'autre côté de la rue avec leurs cheveux attachés. Leurs jupes qui se balancent. Leurs talons. Je respire parce que ça faisait un moment que j'avais pas vu ça.

Lil Devil me regarde avec le front tout plissé. Il hoche la tête. C'est le même feeling aussi pour lui.

Et c'est pas comme si t'oubliais que le monde existe, c'est juste qu'il est moins réel quand tu vis sans fenêtres...

Et à l'intérieur, j'ai appris à rien vouloir. Je refoule. Mais voir l'extérieur ? Le soleil ? Les gens ? Le bouchon, il saute. Et je veux tout, comme avant.

Je peux pas m'en empêcher. C'est là. Tout près.

Et ça va vite. On se retrouve déjà sur la 101. Et j'essaie de regarder chaque voiture, chaque conducteur. De voir les gens vivre dehors. Je passe de l'un à l'autre comme si j'avais juste le droit de regarder un film pendant quelques secondes. Je passe d'une vieille dame qui chante dans une Coccinelle à un type qui fume dans son pick-up Chevrolet, à des adolescentes dans une vieille Honda. La passagère avant est penchée, elle aide la conductrice à enlever quelque chose qu'elle a dans l'œil. Et au moment où la passagère a le doigt tout près...

Elles nous dépassent. Et je sais pas comment ça finit.

On prend la 5. Il y a de plus en plus de terre au fur et à mesure qu'on s'éloigne de L.A. Des collines marron avec des taches vertes autour, comme si elles portaient des bandanas.

Et la grande surprise, c'est qu'il y a un parc avec des montagnes russes qui apparaît sur la gauche. Tout le monde s'agite dans le bus. Tous les yeux. Tout le poids. Tout le monde veut y être. Devant, il y a une tour rouge super haute. En bas de la tour, y a des montagnes russes blanches toutes torsadées. Et près de ça ? Y a une attraction bleue qui ressemble à un électrocardiogramme. Ça monte et ça descend. Et ça me fait penser à Tiny Gangster. Et je me sens coupable de pas avoir pensé à lui depuis longtemps. La vie est allée trop vite. Intérieurement, je lui dis pardon. Et repose en paix.

À côté de moi, Lil Devil hoche la tête.

« Ce gros truc blanc, c'est Colossus, il fait. Je suis allé dessus une fois. Avec mon cousin. »

Je lui demande ce que c'est. Quand il me dit que ça s'appelle Magic Mountain, on l'a déjà dépassé. Des gars essaient de se retourner pour regarder derrière, pour regarder aussi longtemps que possible. Mais moi, je me retourne pas. C'est fini. C'est plus pour nous.

On sort de l'autoroute juste après. On passe par un pont. Et la route fait un virage jusqu'à un poste de sécurité, puis on passe un stand de tir.

Je dis : « C'est quoi, tout ça ?

– C'est un ranch, mon gars. C'est immense. Wayside Honor Rancho, c'est trois prisons différentes. Ils contrôlent tout du poste. »

Et c'est des collines. Des champs. Des routes.

Merde. J'avais jamais vu autant de terrain ! *Le système, c'est le putain de système*, je me dis.

On tourne sur une route qui s'appelle Dairy. Et on passe devant une centrale électrique. Ça me fait flipper. Cet endroit a sa propre centrale ? Merde. C'est comme une petite ville.

On continue à monter et on passe une colline de terre qui a les lettres NCCF écrites dessus avec des pierres blanches. On bifurque, puis on monte vers un énorme bâtiment beige sans fenêtres.

Ils nous sortent du car pour nous séparer en groupes. La zone d'admission des détenus, ils appellent ça. Y a des tables en métal à l'intérieur. Et un comptoir. Ils nous séparent pas par races. Ils nous mettent tous en cellule d'attente. Je commence à voir comment ça marche. Ils ont des zones de transition dans toutes les prisons. Même processus d'admission. Même système pour déplacer les gens d'un endroit à l'autre. Pour les stocker. Les nourrir. Les cellules sont juste des gros coffres à gens.

Quand c'est mon tour, ils entrent mon numéro. Ils me font un test pour la tuberculose, une radio des poumons. Tout ça.

Pour mon entretien de placement, l'adjoint dit qu'il voit que j'ai été mêlé à une rixe à la maison d'arrêt. Je lui dis que c'était pour me protéger. C'est la vérité. Et pas que des *mayates.* Si j'avais pas fait ce qu'on m'a dit, je me serais fait détruire par une bande de la *raza.* Passer en discipline, ils appellent ça. Pas même Wizard aurait pu me sauver si je m'étais chié dessus. Il aurait peut-être même pas essayé.

L'adjoint me demande si je vais poser problème si on me met en dortoir.

J'ai jamais été dans un dortoir, alors je fais juste : « Non, m'sieur. »

Le « monsieur » est important. Wizard m'a dit une fois comment les adjoints kiffent le respect. Je lui ai répondu comme tout le monde. Ouais, c'est vrai, il a fait.

Je reçois un nouvel uniforme bleu, le nécessaire pour dormir : matelas, drap et couverture.

Je reçois aussi un kit d'hygiène. Brosse à dents. Dentifrice. Déodorant. Savon. Shampoing. Rasoir. Mousse à raser. Tout ça dans un sac plastique.

Je me mets dans la file avec les autres du 600. Et on avance ensemble. On nous dit de mettre les mains dans les poches quand on marche. Mais pas quand on trimballe nos affaires. Mais ça, c'est pour plus tard. Si on oublie, c'est écrit à la bombe sur les murs en anglais et en espagnol : *MANOS EN TUS BOLILLOS.*

Je suis au 617. Un des quatre dortoirs disposés en demi-cercle derrière un poste de surveillance... 615, 616, 617 et 618.

Ils ouvrent les portes des premiers d'abord, puis ils me font entrer au 617. Coup de bol, Lil Devil est avec moi.

Cet endroit est différent des autres prisons. C'est pas un genre de couloir comme à Firestone ou à la centrale. C'est juste une grande salle avec un haut plafond.

Il y a des téléphones de chaque côté quand on entre, deux niveaux, avec des escaliers le long d'un mur qui monte jusqu'aux toilettes. Il y a une cabine pour avoir un peu d'intimité, une autre pour pisser, un lavabo pour se laver les mains. Puis c'est les lits superposés, trois niveaux, contre le mur du fond avec des numéros au-dessus, de 1 à 11. Après, c'est la partie douche.

Et je suis juste à côté, couchage 11A, en bas, au fond. Au-dessus de moi, au premier étage, il y a les rangées 12 à 22.

Je comprends ce qu'est un dortoir maintenant. Une pièce pleine de plumards.

Vingt-deux fois trois, ça fait soixante-six. Ça veut dire qu'on est soixante-six dans cette salle.

Avec cette configuration, tout peut arriver la nuit. Je le vois d'ici. Et c'est un problème.

Parce que c'est plus moi et cinq gars dans une cellule.

C'est moi et *soixante-cinq* autres gars.

Putain. Ça me plaît pas du tout...

C'est comme ça. J'y peux rien.

Je suis près de mon lit depuis une minute quand Nada débarque. Il m'arrive à la poitrine. La tête rasée. Tatouage dans le cou, c'est la marque du gros *homie*. C'est lui le décideur pour les Bruns ici. Il me le dit. Il dit aussi : « On m'appelle Nada parce que j'en ai rien à foutre. »

Je lui dis que je m'appelle Dreamer. Il me jauge. Je vois bien qu'il a des questions.

Il dit : « T'es quoi, Hondurien, un truc comme ça ? »

Je pourrais dire samoan. Mais j'ai l'impression que c'est pas trop la réponse idéale pour ce gars-là. Il est *raza* jusqu'à la mort.

« Je suis de Lynwood, je dis.

– C'est vrai ? Je connais des gars par là. Des bonnes graines d'(enfoirés). T'es une bonne graine d'enfoiré, toi ? »

Je le regarde dans les yeux. C'est ma réponse. S'il a pas encore entendu parler de moi, ça va pas tarder.

Il a encore des questions. Sur mon apparence qui mettrait en question ma putain de loyauté, par exemple.

Alors j'essaie de trouver une réponse qui lui ira. Je pense à Little. Et à Mme Matta. Je me dis que je répondrai que je suis moitié samoan moitié guatémaltèque si Nada me met la pression.

Mais j'ai de la chance. Il est distrait.

« Hé ! il fait, en montrant les cicatrices sur mon bras. C'est quoi qui t'a fait ça ?

– Un chien.

– Sérieux ? Quel genre ?

– Un chien géant. »

Il rit.

« Quelle race, je veux dire ? »

Il se met à parler clébards pendant un moment. Telle ou telle race. Boxers, chow-chow, pitbull. J'ai comme un déclic. Il est fou de chiens.

Quand il a fini, je dis : « Je sais pas. Je pouvais pas voir dans le noir quand il était en train d'essayer de me bouffer. »

Il hoche la tête comme s'il restait sur sa faim. Mais ça ira... pour l'instant.

Il me donne des instructions en speed. Où on mange dans la cantine. On a deux repas froids, un chaud le soir. Où on va pour la promenade quand on est dehors. Comment ça se passe dans la salle commune quand on est à l'intérieur. Il me dit quand y a les séances de muscu du matin. Ici, dans le dortoir. Putain, c'est tôt. Et ça veut dire que je dois les faire. Y a pas d'esquive possible.

« Cool, je dis.

– Ah, je vois », il dit, et il me regarde comme s'il me comprenait enfin. « T'es un *soldado.* Tu crois que t'en es un ? »

J'ai pas besoin de dire oui. Il le voit rien qu'à me regarder.

Il voit le putain de monstre en moi, celui qui le regarde de derrière mes yeux.

ANGELA ALVAREZ

23 DÉCEMBRE 1993
10 H 03

62

Ça papillonne dans mes poumons quand on passe le portail et qu'on attend dans la file. Je m'accroche à mon billet parce que ça me semble irréel. Puis je dois le rentrer dans une petite machine, il ressort de l'autre côté, je passe le tourniquet, comme y en a au stade des Dodgers, et là j'aperçois des panneaux qui disent DISNEYLAND et POPULATION : 300 000 000 et ALTITUDE : 42 MÈTRES, de chaque côté.

« Je suis en train de me dire qu'y a des choses que je devrais jamais te dire, je fais à Phil quand il a passé le tourniquet.

– Pourquoi ?

– Parce que sinon il se passe des trucs comme ça, et tu fais trop espérer la fille. »

Il sourit. Et je suis sur le point de lui dire que ça fait tout bizarre parce que j'ai pas l'habitude qu'on me fasse plaisir comme ça. C'est toujours moi qui fais pour les autres.

Alors *ça*, être à l'endroit le plus magique de la planète pour la première fois, j'en reviens pas.

J'aurais dû me douter qu'il préparait quelque chose quand il a voulu qu'on se retrouve à Long Beach comme la dernière fois, mais du côté de l'aéroport. Quand je suis arrivée, il m'a fait me garer et monter dans sa voiture, ce que j'ai failli pas faire parce que je le connais pas vraiment en fait. Et j'ai fait ma tête de mule, il a fallu qu'il me donne un indice avant que je monte à côté de lui. Alors il me demande où vont tous les gagnants du Superbowl après la finale. Et je lui dis Disneyland, et il hoche la tête, et je lui dis qu'il a pas intérêt à me faire marcher, mais il dit qu'il est sérieux. En plus, il sait que j'y suis jamais allée, parce qu'il m'a demandé mon film préféré au Potholder et j'ai dit *La Belle au bois dormant*. Il a demandé pourquoi c'était pas *Aladdin,* et j'ai dit que j'aimais bien, mais que le plus ancien est spécial parce que je l'ai vu plein de fois avec ma tante quand j'étais petite. Il a voulu savoir si j'étais déjà allée au grand château de Disneyland puisqu'il vient du film. Et j'ai dit non. J'ai les cours et des factures à payer.

Pendant tout le trajet, il a rien dit, alors j'ai parlé d'Elisa et de son salon de beauté qui a fait faillite à South Gate. Ils ont essayé de s'accrocher après les émeutes, mais maintenant ils lâchent l'affaire. Ils vendent leurs fauteuils de coiffeur avec les casques pour pas cher, et même un fauteuil de barbier, et elle m'a demandé s'il y avait l'électricité dans mon garage pour ouvrir un salon de quartier et faire des coupes. J'ai arrêté de parler au bout d'un moment parce que j'ai eu peur qu'il me prenne pour une teubé.

Mais il a dit qu'il aimait bien m'écouter parler, et même maintenant, il est pareil, il parle pas trop, il me regarde absorber comment ici c'est propre. Et je suis là, je sens les fleurs dans l'air, je sens que ça change de là d'où je viens. Tout brille. Il y a tellement de Blancs que ça me rend nerveuse. Des Blancs avec des bananes de toutes les couleurs autour de la taille, des chaussures blanches, et moi avec mes Cortez noires, une veste, un jean et un tee-shirt déchiré parce que je croyais qu'on allait juste déjeuner. Mais tu paies ton billet ou, comme pour moi, quelqu'un le fait pour toi, et tu peux être ici comme n'importe qui d'autre. Genre, l'Amérique, quoi.

Je sais même pas où aller en premier, mais il connaît si bien les lieux qu'il a pas besoin de plan. Et il fait le guide, il me montre les dioramas des vitrines de Main Street. Peter Pan au-dessus d'une maison. Cendrillon qui fait des pirouettes avec le prince. On passe la tête dans une salle de ciné où ils projettent des vieux dessins animés Mickey. On marche l'un près de l'autre, mais on se touche pas. Je voudrais, mais je le fais pas. On prend le chemin le plus long autour du château de la Belle au bois dormant. On regarde les canards et les statues de Blanche-Neige et un puits à souhaits. Il jette un cent, mais il veut pas dire son vœu. J'ai cinq cents dans ma poche, alors je me demande si mon vœu vaut tant que ça. Je ferme les yeux avant de les jeter, je fais le vœu d'être aussi bien traitée pour toujours. Je jette la pièce, et elle disparaît.

Dans le château, on traverse l'histoire. L'obscurité, les escaliers, les pages de livres de contes, d'autres dioramas. Dans l'un d'eux, on voit une pile de rouets en feu qui tournent, mais c'est juste du tissu rouge et jaune qui s'agite comme des flammes. Il y en a un avec Maléfice qui me donne des frissons. Elle crie sur ses serviteurs démons, et on voit juste bouger des ombres hérissées. Mais après ça s'arrange, parce que tout est bien qui finit bien chez Disney. Aurore est endormie sur le lit et le prince Phillip se penche au-dessus d'elle, sur le point de l'embrasser, quand je me rends compte à quel point je suis stupide.

Tout ça, c'était un piège dans lequel je me suis laissé prendre. Je me tourne vers lui pour lui dire : « Ah ouais ? Alors, ça c'est toi qui essaies d'être mon prince Phillip ? »

Mais c'est là qu'il se penche et qu'il m'embrasse dans l'obscurité, devant la page où Phillip embrasse Aurore.

C'est mal, mais c'est si bon. Je l'embrasse aussi, puis il s'éloigne avant que quelqu'un vienne tout gâcher.

Ce moment est à nous, furtif et secret, comme dans l'histoire.

63

Sur le carrousel, il s'est assis vers l'extérieur. Je prends la lanière en cuir pour les enfants et je la tiens pendant que ça tourne. Le château passe quatre fois devant nous et, à chaque fois, je me répète que c'est l'endroit où on s'est embrassés pour la toute première fois, et ça le sera toujours. Puis mes pieds retrouvent le sol, et je me dis que j'aime son style. Qu'il se serve de mon film préféré pour me toucher. J'ai envie de lui en vouloir. Mais ça fait du bien. Qu'il m'écoute, qu'il fasse des efforts.

On essaie d'aller au nouveau Toon Town, mais y a trop de monde, alors on regarde juste les bâtiments rigolos et les collines derrière qui ont l'air de sortir d'un dessin animé. On repasse le pont avant de décider d'essayer *It's A Small World*. La queue n'est pas si terrible. On parle en attendant, et je vois comme c'est pas mal ici pour des rencards, parce qu'il y plein de choses à faire, mais il faut attendre, être patient. On prend le temps et on parle.

Je pousse un cri quand on arrive au moment de monter dans la barque. Il monte en premier pour m'aider. Être à côté de lui, assez près pour sentir qu'il est plus grand que moi et beaucoup plus fort, me fait me sentir en sécurité, au chaud. Peut-être que ça pourrait devenir quelque chose entre lui et moi. Quelque chose de bien. On prend un petit virage dans la fausse rivière, et je lève même pas les yeux. Je regarde sa main sur son genou, elle a pas bougé depuis tout à l'heure, et je la prends dans la mienne. Et je la tiens, et il gâche pas le moment en parlant, il me regarde, c'est tout. Une lumière violette passe sur son visage, puis elle devient bleue, et la musique continue à répéter que le monde est petit. C'est comme si on était dans un film.

On passe par le magasin de souvenirs quand on sort, main dans la main. Il m'a pas lâchée. Et je m'autorise même pas à regarder les petites poupées, mais j'en veux une mexicaine pour ma tante, pour la mettre à côté du téléphone, en souvenir d'elle. J'en prends une, et c'est une petite fille, bien sûr, pas une dame, mais j'aime bien. Elle porte une robe rose, elle a une queue de cheval sur le côté, un volant autour du cou.

Phil demande s'il peut me l'offrir, et je dis non, que c'est quelque chose que je dois m'acheter pour moi.

Dans mon sac à main, j'ai du liquide qui vient de la chemise bleue. J'allais l'inviter à déjeuner puisqu'il m'a invitée la dernière fois. C'est du cash que je devrais probablement pas dépenser, mais il est dans mon portefeuille et il m'appelle.

Je me dis que c'est pas la fin du monde en passant à la caisse, mais je me fige. La personne qui est là ? Son badge dit GLORIANA, et en dessous, il y a marqué LYNWOOD, CA.

Toutes les bonnes sensations que j'ai eues toute la journée disparaissent d'un coup.

« Bonjour ! Je peux vous aider ? » La seconde d'après, elle me reconnaît et son visage change. « Ah salut, Angela ! Je suis trop contente de te voir ! »

Je la reconnais aussi. Elle est dans l'orchestre du lycée. Elle était dans la classe en dessous au bahut de Lynwood. Si on m'avait demandé de parier sur la seule personne qui irait jusqu'à Disneyland pour bosser alors que ça lui coûte une heure d'essence, c'est sur elle que j'aurais mis ma thune. Elle est fan à ce point-là. Et la voir ici ? C'est comme si je roulais trop vite, que je me crashais contre un mur et que des briques traversaient le pare-brise.

Toute cette vie que j'aurais pu vivre avant de la voir. Une belle vie peut-être, je sais pas. Une vie différente, en tout cas. Avec un adulte. Un homme avec un boulot, qui pourrait payer les factures, m'écouter parler de ce que j'aime et qui tiendrait suffisamment à moi pour m'emmener loin de tout ce que j'aime pas.

Voir Gloriana ? C'est le coup d'arrêt. C'est mort, parce qu'elle reconnaît Phil aussi. Son oncle est passé par le système plusieurs fois. Il est fort comme voleur, mais le problème, c'est qu'il est fort pour se faire prendre aussi. Il est en liberté conditionnelle et il a le même agent de probation que mon cousin. Et voilà comment tout s'écroule.

L'expression de Gloriana, celle qui me dit que je trahis le quartier, c'est comme ça que je sais que c'est fini.

Et le pire, c'est que je le mérite. Ce regard. J'ai été égoïste. J'ai cru pouvoir devenir quelque chose.

Y avait pas moyen d'être honnête là-dessus. Il n'y a qu'un mauvais côté, et c'est celui où je me trouve. *Muy pequeño el mundo es**.

Je dois vite parler à Jeo avant que Gloriana répande la nouvelle et que quelqu'un d'autre aille le voir. Je crois que c'est mieux, il le dira à Jerry et peut-être que les portes de l'enfer vont pas s'ouvrir pour moi après.

Je regarde une dernière fois la petite poupée mexicaine dans son plastique, je la pose sur le comptoir et je m'éloigne.

Phil me suit. Il me rattrape vite. Il essaie de me toucher l'épaule, mais je bouge avant qu'il puisse le faire.

Je croise les bras et je lui dis : « Ramène-moi à la voiture, s'il te plaît. »

Pendant tout le chemin du retour, je parle pas, et il me laisse tranquille. Quand je descends, je lui dis : « Merci. J'ai passé un bon moment. »

Puis je ferme la portière et je m'en vais. C'est tout. C'est tout ce que ce sera.

Un château. Un baiser. Une main dans la mienne.

Fin.

JEOVANNI MATTA, AKA DULCE

25 DÉCEMBRE 1993
10 H 04

64

Je demande à Jerry de me conduire jusqu'à l'arrêt de bus devant Wayside et je m'inscris pour les visites sans rendez-vous. Jerry ne vient pas, il va pas donner son nom comme ça. On est à peu près trente, surtout des familles et des enfants, à attendre qu'un bus nous emmène jusqu'aux parloirs. Il y a un distributeur là-bas, des bonbons et des sodas. C'est là que je dois attendre que Jacob sorte. Quand il sera prêt, ils me laisseront entrer. On me donne le parloir numéro trente-cinq. Je décroche le combiné quand il arrive de l'autre côté.

Jacob a une bonne tête. Il a pris de la carrure. Il fait plus vieux. Ça se voit autour des yeux. Il a de nouvelles rides et me regarde différemment. Il essaie de comprendre ce que j'ai fait rien qu'en me regardant. Il me voit dans mon nouveau sweat Calvin Klein cent pour cent coton avec col ras-du-cou. Ça ne lui déplaît pas, mais il se demande où j'ai trouvé ça. Il me regardait pas comme ça avant, il regardait personne comme ça. Et je me demande si être là-dedans l'a changé comme ça, l'a rendu beaucoup plus attentif.

Je dis : « C'est pas facile de venir ici, Jacob. C'est *loin*.

– Ouais, y a pas beaucoup de visites. Comment t'es venu ?

– On m'a déposé. »

Jacob me lance un regard, genre il sait que c'est Jerry ou No Neck, et je me dis qu'il veut que je m'éloigne de ces gars-là, mais ça me fait presque marrer. On est au-delà de ça. Ça fait longtemps qu'on est passés à autre chose.

« T'as changé. » Il hoche la tête vers moi.

« En bien ou en mal ?

– Je sais pas encore. Ça va ? Sérieux, tu vas bien ? »

Je le regarde dans les yeux. « Je ne me suis jamais mieux porté. »

Y ahora, il a l'air dégoûté quand je dis ça et du coup, je suis dégoûté aussi. Je voudrais qu'il sache combien je suis reconnaissant ; j'aurais jamais fait partie de la bande s'il m'avait pas recommandé à Wizard. Et j'aurais jamais su ce que ça fait de rentrer dans une pièce et de voir les gens regarder leurs pieds. S'ils ont quelque chose de mal à dire sur moi, ils le font plus maintenant. Ils le disent dans leur tête. Jamais à moi. Et je kiffe ce pouvoir qui fait que les gens gardent leur haine et leur poison pour eux. Rien ne me fait me sentir plus fort. Rien. Mais c'est pas tout.

On m'a invité à une soirée. J'y suis pas allé, mais j'ai été *invité*. Et une fois, je faisais une course avec Jerry parce qu'il devait aller chercher quelque chose, et on est passés chez un mec qui s'appelle Danny Boy à Carson. Le mec était plus vieux que nous, genre vingt-trois ans, quelque chose comme ça, et il s'est approché de moi, il a collé sa hanche à la mienne tout doucement ; il voulait savoir si j'étais célibataire ou quoi. J'ai senti comme un frisson me traverser tout le corps. Danny Boy a des vieilles cicatrices d'acné comme Edward James Olmos. Il est bien foutu, et à ce moment-là, j'avais envie de lui. Il m'a dragué devant Jerry et tout, et Jerry a dit qu'il allait m'attendre dans la voiture. Je voulais faire quelque chose. J'aurais fait quelque chose si y avait pas de règles, comme toujours savoir à qui t'as affaire. Je connaissais pas Danny Boy, et j'étais sur son territoire. Il avait tout l'avantage, et c'est pas bon pour le business de faire quelque chose direct comme ça avec quelqu'un que tu connais pas, sur qui t'as pas posé de questions. Il pourrait faire planer quelque chose au-dessus de ma tête que je pourrais plus enlever plus tard. Alors je suis sorti une minute après, sans avoir rien fait. Jerry l'a pas ouverte. C'était juste un truc qui est arrivé, et on n'en a pas parlé. Et c'est clair maintenant, si une autre fois j'ai besoin d'une minute pour me décider, c'est bon. C'est mes affaires. C'est *ça* la liberté.

Je regarde Jacob dans les yeux et j'essaie de faire passer sans les mots que j'aimerais pouvoir parler de ça avec lui, comment c'est bon d'être bien traité, comme un homme, pour une fois. Mais c'est juste ni le moment ni l'endroit. Ça lui fait déjà mal de me voir évoluer dans ce monde-là, et que ça me plaise. Je peux pas changer sa réaction, pas sans avoir plus de liberté pour parler, alors j'essaie juste de lui montrer l'armure qui se trouve autour de mon cœur maintenant. Je flippe pas devant n'importe quoi. Je sais qui je suis. Où je vais.

Et j'essaie de mélanger tout ça pour lui en disant : « Personne me parle mal. Je peux pas revenir à comment c'était avant. Les insultes ? Je peux pas, Jacob. Sérieux.

– Te laisse pas bouffer. Tu veux finir de ce côté de la vitre ou quoi ? »

C'est un coup bas, venant de lui. Après tous les gens que j'ai cuisinés et tout ce que j'ai trouvé ? Putain ! Je vois même son avocat demain pour être sûr qu'il sache des choses qui pourront faire avancer le dossier. J'ai déjà fait plus que ce qu'il a jamais fait dans la rue, avec plus de pouvoir. Quand il sortira, s'il sort, il pourrait même travailler pour moi. Et là, il sera reconnaissant.

Il demande comment va Angela. Et il voit ma tête, genre j'ai pas envie de lui raconter si c'est pour qu'il fasse la gueule, et là il me dit : « Pas comme ça. Je demande juste si elle va bien.

– Elle va bien. Mieux que depuis un moment. »

Y ahora, je meurs d'envie de lui dire qu'Angela est venue me voir pour tout me dire : les rencards avec Petrillo, qu'elle le kiffe, qu'elle s'en veut grave et qu'elle se sent conne de les avoir trahis, lui et Wizard, d'être allée à Disneyland. Qu'elle m'a dit que cette putain de flûtiste de Gloriana Nuñez l'a reconnue dans le magasin de souvenirs où elle travaille. Qu'elle est partie après, et que, de tout le trajet, elle n'a pas ouvert la bouche, qu'elle est descendue de la voiture, a fermé la portière et s'est pas retournée. Il a appelé deux fois depuis ; elle a jamais rappelé, elle rappellera jamais. J'étais trop content qu'elle l'ait pas fait. Elle a fait un choix et s'y est tenue. J'en ai parlé à Jerry et à No Neck, et ça leur a pas plu, mais ils m'ont laissé décider, et j'ai décidé de rien faire. On continue à la surveiller. Peut-être qu'on peut mettre Silencio et Little Puffer sur le coup. On regarde si elle a bien tout arrêté avec Petrillo, et puis on voit comment se passe le procès.

Jacob est perdu dans ses souvenirs d'Angela, alors je change de sujet : « Tu te souviens du truc, là ? »

Je hoche la tête. Il plisse les yeux, alors je pose le combiné. J'approche ma bouche de la vitre, je la couvre avec mes mains pour qu'il soit le seul à voir, et j'articule les mots : *Augustine Clark*. Ses yeux s'écarquillent quand il comprend que je parle d'Augie.

Je reprends le combiné. « C'est réglé.

– Putain. Trop fort. »

Et enfin, il me regarde bien, comme si c'était la première fois qu'il était content depuis que je me suis assis, alors je sors ce que j'ai gardé rien que pour lui. Une carte de *Feliz Navidad** faite à la main par ma petite sœur, juste pour lui. Je la tiens pour lui montrer que c'est du papier cartonné rouge, plié sur le côté le plus long. Il y a un sapin vert découpé au milieu, et au-dessus la Vierge Marie qui regarde vers le bas, ses yeux sur toute la famille réunie autour de l'arbre. Jimena, Mamá, Tia, mon frère et moi, et à côté de l'arbre, il y a Jacob. Jacob dans la famille. Jacob au-dessus de la table du repas. Il sourit. Je regarde la carte quand je l'entends renifler, alors je lève les yeux.

C'est la première fois de ma vie que je vois des larmes dans les yeux de Jacob. Ça me donne envie de le prendre dans mes bras. Je sais qu'il a pas fait ce pour quoi on l'a mis ici, alors ça me donne envie de casser la putain de vitre. Et je me fais encore la promesse de le sortir de là. Peu importe ce qu'il faudra faire, je ferai tout pour lui rendre sa liberté. *Tout.*

MAÎTRE NICK PARK

27 DÉCEMBRE 1993
15 H 00

65

Jeovanni Matta est parfaitement ponctuel. Son homme de main l'attend dans la petite salle d'attente à l'extérieur du bureau. Et quand il s'assoit en face de moi, il est poli. Il me demande comment se passe ma journée, si j'ai passé un bon Noël. Il dit que je lui rappelle un de ses profs d'histoire et qu'il aime ma façon de m'habiller au tribunal. Il n'a pas la tête d'un gangster qui recueille des informations codées d'un détenu de la maison d'arrêt centrale pour les relayer dans la rue. Il souhaite discuter de l'affaire, ce qui m'oblige à lui rappeler que je ne peux en parler qu'avec la famille.

« Je suis ce qui ressemble le plus à de la famille pour lui, on va dire.

– Quoi qu'il en soit… »

Il lève le doigt, comme à l'école. « Vous travaillez encore dans le privé ?

– Presque jamais. » J'ai fait de l'administratif pour un ami de la famille le mois dernier, mais ça ne compte pas vraiment.

« Combien il vous faut pour devenir mon avocat ? » Il agite cinq cents dollars devant le bureau que je partage avec quatre autres défenseurs publics.

« Quel âge avez-vous, monsieur Matta ?

– Dix-huit ans.

– Ça veut dire que vous êtes assez grand pour entendre raison. » Je montre les billets. « Vous devez ranger ça et oublier que vous les avez sortis. »

Il laisse l'argent où il est.

« Je ne peux pas accepter de pot-de-vin en échange d'une conversation avec vous, un homme associé à un gang connu des services de police. »

Il range l'argent. Je devrais le faire sortir, mais je sais qu'il ne risquerait pas de venir ici sans avoir quelque chose qui en vaille la peine. Il est trop difficile de résister à la tentation, parce je suis certain de deux choses : (1) Safulu n'est pas coupable, et (2) Kristina Mirkovich doit perdre ce procès. Pour que les choses aillent dans ce sens, je suis prêt à faire quelques entorses au règlement.

« Voilà ce qui s'est passé cet après-midi, je lui dis. Vous êtes venu demander si je pouvais vous parler du procès. Ce à quoi j'ai répondu qu'il ne m'était permis de discuter des détails du dossier qu'avec les proches des accusés, à la suite de quoi vous êtes parti. Si quiconque en lien avec l'affaire vous pose la question, c'est ce que vous direz. Idem pour moi. Au-delà de ça, pas un mot. C'est clair ? »

Il sourit comme si je parlais le même langage que lui et dit : « Oui. »

Je lui fais signe de poursuivre.

« Augie Clark a déclaré que l'autre tireur cette nuit-là, Dreamer, portait un sweatshirt des Lakers, c'est ça ? Jacob n'a jamais eu de sweat des Lakers, Angela pourra en témoigner. »

Je dis : « Comment avez-vous obtenu cette information ? »

Matta se penche en avant. « S'il y avait un moyen de faire un inventaire de tous les vêtements de Jacob comme preuve, pour montrer qu'il n'a jamais eu de sweat jaune, ce serait pas mal. »

À ce moment-là, il ne s'agit encore que d'une idée. Je n'ai pas à relayer une idée à la juge ou à l'accusation. S'il y a des preuves, je le ferai. Mais cet inventaire n'existe pas. On a des photos du contenu des tiroirs, ce qui aurait pu m'inspirer cette idée – parce que je dois pouvoir montrer qu'elle est bien de moi avant d'envoyer mon enquêteur –, mais, grâce à la liste, il serait possible d'effectuer un rapprochement avec les photos. Le problème, c'est que j'ignore si c'est vrai. Matta et ses collègues pourraient avoir déjà changé le contenu des tiroirs. Angela Alvarez dit que personne n'est entré dans la chambre depuis le départ de Jacob, mais elle n'est peut-être même pas au courant. Ils auraient pu entrer sans qu'elle le sache, mais si c'était le cas sans qu'on puisse le prouver, ce ne serait pas un obstacle.

« L'accusation dira qu'il s'en est débarrassé, je dis.

– Comment ? Angela l'a viré ce soir-là. Il n'est jamais revenu récupérer ses affaires. Et je sais qu'elle a tout gardé. Je lui ai demandé. »

Il lui a *demandé*. Bon sang. Je peux ajouter subornation de témoin au CV de Matta.

« On s'arrête là », je lui dis.

Il m'ignore. « Si Jacob se fait larguer, quitte la maison, va directement chez Spider où des gens l'ont vu, est-ce qu'ils peuvent décrire sa tenue ? Je sais que vous avez interrogé Spider. Il a dit que votre enquêteur était venu. Il lui a demandé ce que Jacob portait ? »

C'est pas bête, et je ne peux pas m'empêcher de dire : « Je dois vérifier. Mais l'accusation dira qu'il l'a jeté quelque part. »

Je le regarde partir en conjectures silencieuses avant de dire : « Et si Augie disait qu'il se souvenait de rien ce soir-là ? Il s'est juste mis à courir quand il a entendu le bruit et il a aperçu quelqu'un s'éloigner, en sweat jaune. Il n'a sûrement pas vu qui que ce soit tirer sur personne. Et peut-être qu'il s'est juste approché quand Scrappy saignait. »

Les poils de ma nuque se redressent. « On arrête tout de suite. »

Si Augie se rétracte à la barre, Kristina dira qu'il a été menacé, elle nous sortira l'adjoint qui a entendu Safulu parler à Matta des rues Clark et Augustine. Elle parlera de pressions. Elle amènera le jury où elle veut.

Mais Matta ne s'arrête pas là. Il continue : « Je dis juste, si Augie et le sweat sont les seules choses qui lient Jacob à tout ça, alors il n'y a plus rien sans ces deux-là.

– Monsieur Matta, je vous dis que votre petite enquête est terminée. Ne faites plus rien, ne parlez à personne, ne voyez personne. » J'insiste sur chaque mot. « Nous allons prendre le relais. Qu'on ne vous voie plus avec aucun témoin. N'allez rendre visite à Jacob en prison sous aucun prétexte. C'est comme ça que vous avez merdé la première fois. Ne refaites pas cette erreur. »

Il me sourit comme si je lui avais appris quelque chose, et il dit : « D'accord, maître Park. C'est vous le chef.

– Ne m'appelez pas comme ça ! Écoutez, il n'y a pas que le sweatshirt et le témoin qui le relie au crime, il y a aussi l'arme dans la commode.

– Y aura pas les empreintes de Jacob dessus. Il l'a jamais touchée.

– Comment elle est arrivée là alors ? »

Un rictus se dessine sur son visage. « Vous et moi savons très bien que Wizard est trop malin pour garder un revolver chez lui. Il l'a laissé sur les lieux. Scrappy a un bleu au pied qui le prouve. »

Je me souviens de la photo d'hôpital avec la blessure par balle à la jambe. Elle avait bien un hématome au pied.

« Est-ce qu'elle en témoignerait à la barre ? »

Il me lance un regard me disant que je ne suis qu'un abruti si j'en doute, et ce sordide scénario commence à révéler ses attraits. « Si elle est appelée, vous pourrez lui demander.

– Bon, OK. S'il a été jeté sur les lieux, comment le revolver s'est retrouvé à la résidence alors ?

– Une fille qui s'appelle Gloriana Nuñez peut vous aider à faire le lien. » Matta pose un papier plié sur mon bureau. « C'est son numéro de téléphone. Elle attend votre appel. »

Je contemple le papier longtemps après son départ, jusqu'à ce que je décroche le téléphone.

JACOB SAFULU, AKA DREAMER

30 DÉCEMBRE 1993
5 H 35

66

Je regarde la carte de Jimena tous les jours. Elle est avec mes effets personnels. Je la sors du sac des fois.

J'apprends qu'ici la vie commence avant même que le plafonnier s'allume. Nada nous fait nous lever pour faire des burpees et des pompes à côté des lits quand il fait encore noir.

On est vingt-quatre au 617. Les plus nombreux. On a presque tout le bas à nous.

Les Noirs sont en haut avec des Woods. Plus un ou deux autres.

Le temps passe différemment ici...

Le temps, c'est les habitudes, alors je les compte. Je compte les jours par séances.

Et par repas.

Une fois, j'ai vu Lil Devil se faire un buffet en écrasant tout le pain de ses sandwichs qu'il avait gardé. Il lui en faut trois pour que ce soit bien. Il utilise les plastiques. Il met des coups de poing et il serre jusqu'à ce que ça ressemble à une tortilla super épaisse. Après, il met des tranches de salami, on sait pas trop ce qu'il y a dedans. De la sauce piquante en plus. Le genre qu'on nous laisse acheter à la cantine.

Ça rentre dans ma bouche comme une passe décisive. C'est pas de la *carne asada** mais putain… c'est bon.

Le meilleur truc que j'aie mangé depuis que Mme Matta a essayé de me faire devenir gros.

67

Je suis de corvée de lit* au début. Tout ce que je fais, c'est attendre. Quand j'ai fini d'attendre, j'attends encore.

Je regarde. J'écoute aussi.

Un adjoint m'a appelé. Il voulait savoir si je voulais faire un atelier de professionnalisation. Quand j'ai demandé ce que c'était, il m'a dit qu'on faisait de la couture et de l'imprimerie. Ils ont de gros ateliers. L'imprimerie s'occupe de toutes les lettres d'information du comté de Los Angeles.

J'ai demandé imprimerie.

Alors je fais ça du lundi au vendredi maintenant. Je déplace du papier. Je vais chercher l'encre. On me laisse pas encore toucher les machines. Ils disent que je peux pas avant un certain temps. Je dois d'abord faire mes preuves, donner de ma personne.

J'entends qu'il y a des mecs qui attendent leur procès ici ou à la maison d'arrêt centrale depuis cinq mois. Certains sont là depuis six mois, ou même sept.

Ça me fout le bourdon, mais pas trop. Je suis content. Je saurai avant.

Il y a beaucoup de *Sureños* ici, c'est ouf. Une vraie petite armée. J'imagine que c'est pour ça que les *mayates* foutent pas la merde, à moins que ça vaille la peine.

Tim Muhammad est là. Je sais pas où ils l'avaient caché avant. Il est au 700.

Il me voit à la cantine. Y a rien qui se passe.

Mais les autres parlent de ce que je lui ai fait.

68

Un gars avec un tatouage le long du bras qui ressemble à de gros couteaux noirs vient me voir dans la salle commune alors que j'attends pour jouer à la balle. Il me demande si je suis un *uso**.

Je sais qu'il est au 617, en haut, le lit superposé à côté de l'escalier. Je l'ai déjà vu.

On dirait qu'il me croit pas quand je lui dis que je suis un *Sureño*. Je lui dis que je sais pas ce que c'est un *uso*. Il dit que c'est les îles. C'est la race. Et il sait que je suis samoan. Il le voit. Il veut savoir pourquoi je suis avec les autres. Je lui dis que c'est parce que c'est de là que je viens. Il répond que je viens de là où vient mon sang. On en reste là.

Plus tard, je me dis que cette histoire de sang, c'est vrai. Et pas vrai en même temps…

Le même soir, juste avant l'extinction des feux, je vois un truc qui me plaît pas.

Tim Muhammad est transféré juste au-dessus de mon putain de dortoir.

Pour aucune bonne raison. À moins que les adjoints veuillent qu'on se batte encore ou un truc comme ça.

Le matin d'après, je le vois parler avec le décideur noir qu'on a ici, puis il se tourne. Ils me regardent tous les deux.

Je le dis à Nada comme je suis censé le faire. Mais je dors pas très bien après.

69

Putain, le Nouvel An, y a que dalle.

70

Je revois le gars aux couteaux noirs. Il a un livre pour moi, il dit. Un vieux bouquin pour apprendre le samoan. Il dit que je dois apprendre la langue que mon sang parle. Il dit que c'est magique. *Gagana Sāmoa**, ça s'appelle. Je le prends, je dis merci.

Plus tard, ce jour-là, ou le jour suivant, j'oublie… Nada le voit. Il me demande c'est quoi ce bordel. Je lui dis que je suis quand même moitié samoan. Il veut vraiment savoir quelle moitié, comme s'il parlait encore de chiens. Je lui dis que c'est mon côté guerrier. Il dit que c'est cool.

Mais je sais que ça le travaille. Je sais qu'il gardera cette information dans sa poche jusqu'à ce qu'il décide de me tester.

Putain, je déteste être ici. Je passe mon temps à me demander ce qui pourrait arriver de pire, puis j'essaie de m'y préparer.

71

J'ai lu que le mot *tinā* voulait dire « mère » en samoan. J'ai dû y réfléchir un moment. Je me demande. Si j'avais su ça, ou si je l'avais appelée comme ça, est-ce qu'elle serait restée ? Ou est-ce qu'elle m'aurait au moins emmené…

Et je me demande pourquoi elle m'a jamais appris ce mot. Est-ce qu'elle voulait juste que je l'appelle pas comme ça ? J'ai tellement de questions à lui poser. Des questions qui auront jamais de réponses.

Ça sera comme l'autre fois dans le bus, quand j'ai vu les filles. Quand l'une essayait d'enlever quelque chose dans l'œil de l'autre. Ça a dû marcher. Elles ont dû continuer à rouler. Ça doit aller pour elles. Mais je saurai jamais. J'ai l'impression que c'est comme ça avec ma mère. Elle dans sa voiture à elle, sûrement avec quelqu'un d'autre. Et elle m'a dépassé depuis longtemps.

72

Nada me rejoint en salle commune. Il a réfléchi… Il veut que je jette le bouquin. Ou je peux me prendre la punition réglementaire avant de rejoindre les *uso* en haut. Les quatre. Je lui dis *todo está bien*. Je vais jeter le livre.

Il me le fait faire devant les *uso*, juste pour rigoler. J'aime pas. Ça me fait de la peine de les voir. Puis je veux continuer à lire.

Mais c'est comme ça.

Et je crois que le tatoué comprend. Il me parle plus après, pas après ce manque de respect.

Il prend ses distances, me protège en m'en demandant pas plus. Tant mieux.

Mais sérieux, je chie sur la prison.

Je chie sur cet endroit et pourquoi je suis là alors que j'ai rien fait.

Je chie sur cet endroit et ce dont il fait partie.

Je chie sur le système.

Je chie dessus jusqu'à ce qu'il en crève.

73

Nada veut autre chose. Il veut que je mette la pression sur Tim Muhammad.

Je veux pas. Pas parce que je peux pas. Mais je vois pas l'intérêt. Je vois bien que, pour Nada, c'est une question de rapport de force, alors je joue le jeu.

Je monte l'escalier et je vais vers Tim qui est à côté de son lit. Je demande des nouilles.

Nan, je demande pas. Je lui dis. « Donne-moi un paquet de nouilles. »

Tim a une bande de Noirs autour de lui. Et il résiste. Dans son regard, je vois qu'il a pas oublié ce que je pourrais lui faire. Mais il a des renforts, alors voilà quoi. Moi contre sept pour des nouilles ou je m'en vais.

Je repars sans rien. Mais je leur ai mis la grosse pression en allant dans leur espace comme ça. C'est pas bon. Ils bombent le torse après ça.

Et Nada, il trouve ça marrant. Il est content que je l'aie fait. Et peut-être qu'il est content que rien soit arrivé avant que les adjoints raboulent.

C'était pour rajouter une couche après le bouquin de samoan. Il a vu. Il a ses réponses, il sait que je suis courageux. Que je suis loyal.

Mais je suis pas un putain de clebs. Et il va pas me dresser.

74

Lil Devil a perdu son procès. Neuf mois, il avait pris, avant de tomber pour meurtre.

Condamné à vingt ans direct. Peine incompressible. Pas de remise de peine. Pas de réduction.

Et quand il range ses affaires pour aller faire sa peine à San Quentin, il me laisse un livre qu'il kiffe.

Y a pas de couverture dessus. Juste des pages.

Sacrées sorcières, ça s'appelle.

C'est l'histoire de méchantes sorcières qui changent un garçon en petite souris. Et il croit qu'il doit rester comme ça toute sa vie, et il se dit merde, si je dois vivre une vie aussi courte, je vais la vivre à fond…

Ça me met un coup. Je comprends sa peine, au garçon. Je sais ce qu'il ressent quand on le change en autre chose. Mon monstre il se tait quand je lis. J'en reviens même pas.

J'ai lu le livre trois fois déjà.

Y a une phrase qui me quitte pas. J'y pense tous les jours…

Du moment que quelqu'un m'aime, peu m'importe qui je suis ou à quoi je ressemble.

Cette idée me hante quand tout est calme.

Je regarde la carte de Jimena après, jusqu'à voir les lignes derrière mes paupières quand je les ferme. Je pense à Mme Matta. Je pense à Little et tout ce qu'il fait pour moi.

Et j'ai jamais été du genre à prier. Mais putain, je le fais. Plus que j'aurais jamais cru le faire pour quoi que ce soit. Et je supplie de sortir d'ici.

Parce que, si Dieu peut pas faire ça pour moi, alors j'espère qu'Il peut faire que je meure vite, dans mon sommeil.

Pour que j'aie pas à continuer comme ça.

75

Nada nous fait nous lever plus tôt et faire plus d'exercices. Il ajoute des abdos sur le sol en béton si froid que t'en as le cul tout rouge.

Le nouveau livre que j'ai trouvé, *L'Île au trésor* ? Avec des pirates ? Et des bateaux ? Qui parle de piéger des connards qui veulent te tuer ?

Oh là là ! C'est tout ce que je peux dire. Je suis rentré dedans à fond.

Et j'avais jamais trop lu avant. J'ai jamais aimé l'école.

Mais ici, t'as le temps de faire les choses. Du temps que tu dois gérer et bouger et découper. Du temps pour relire si c'est nécessaire. Trois fois si tu veux. Et pas de devoir sur table. Juste ce que je peux en retirer.

Et quand je lis, si c'est bien, c'est comme si le temps existait pas…

Je lis quatre chapitres après le petit-déjeuner avec des relectures, ou bien je reviens en arrière. Puis y a le déjeuner. Et je suis même pas allé dans la salle commune.

Lire, c'est ma machine à voyager dans le temps.

76

J'ai lâché l'imprimerie parce qu'on me laissait pas toucher les machines. En plus, je préfère lire.

J'aime bien Stevenson. C'était dur au début, à cause de la langue. Mais je me suis accroché.

Et je suis en plein *Docteur Jekyll* quand un *wila* arrive. Je dois appeler Jerry après le petit-déj demain à 9 h 30. Y a même le numéro dessus, au cas où j'aurais oublié.

J'ai pas oublié. Je le regarde une minute avant de le mâcher et de l'avaler. C'est qu'un papelard.

C'est la première chose qui me rappelle vers l'extérieur…

Le premier signe depuis un moment qu'on m'a pas oublié.

77

J'arrive à voir l'heure sur l'horloge juste au-dessus du poste des gardiens, alors, à 9 h 30, je vais aux téléphones. J'appelle de celui qui est le plus près de mon lit. Je me mets dos contre le mur et j'appelle Jerry à l'heure qu'on m'a dit. Ça sonne une seule fois. Il décroche comme s'il attendait près du téléphone.

Je commence prudent : « Ça va ou quoi ? Tranquille ?

– Ouais, super. Et toi ? »

C'est comme ça qu'on fait alors, je me dis. Pas de noms.

« Je fais aller, je dis. J'ai eu des jours meilleurs, quoi.

– Je sais. Je sais.

– Y a des trucs de fou qui se sont passés depuis que je suis au frais ?

– Y a toujours quelque chose, tu sais. »

Et c'est comme ça que je sais qu'il y a plein de choses qu'il aimerait me dire. Il peut pas, pas sur cette ligne.

C'est là que je commence à avoir un mauvais pressentiment. Et je sais que l'appel, c'est pas pour se raconter notre vie. On m'appelle parce qu'on va me mettre sur un coup qui pourrait encore foutre ma vie en l'air. Et je veux raccrocher. Je veux retarder. Me cacher. Faire que ça soit pour quelqu'un d'autre.

C'est pas comme ça que ça se passe. Si je fais ça ? Y aura des conséquences. Avec Nada. Et je veux pas, putain, alors je dis : « Comment va Little ? Pour de vrai. Je l'ai vu y a pas longtemps. »

Je sais pas si c'est assez d'information pour mener Jerry vers là où je veux qu'il aille. Mais j'essaie. Je veux savoir ce qui se passe dehors pour qu'on m'appelle comme ça.

« Il a un nouveau nom maintenant.

– OK. C'est quoi ?

– Je peux pas te le dire, mon gars. Désolé.

– Ça fait rien. Tu peux me dire pourquoi il a changé ?

– Je te dirai plus tard. Tu peux souffler dans le téléphone, s'il te plaît ?

– Quoi ?

– Souffle jusqu'à ce que t'entendes quelqu'un parler. »

Je le fais. Et il y a des interférences, puis j'entends un déclic, alors je continue jusqu'à ce que j'entende quelqu'un qui fait : « Allô ? »

Je reconnais la voix. Qui fait dégringoler mon estomac…

C'est la voix de Wizard.

Elle m'a manqué. Et je m'en veux qu'elle m'ait manqué. Je vis mieux sans cette voix.

Mais l'entendre ? Ça me fait plaisir, bizarrement. Et je sais même pas quoi faire avec ce sentiment. J'arrive pas à calculer.

« Qu'est-ce tu racontes ? » Je dis. Je veux lui demander s'il est toujours à la maison d'arrêt. Ils surveillent ces lignes-là aussi, alors je sais que c'est mieux si je la ferme jusqu'à ce qu'il dise ce qu'il veut.

« Pas grand-chose.

– T'as des nouvelles des autres ?

– Ouais, j'ai des nouvelles de certains. Tout le monde va bien. »

Il est trop sur la défensive quand il parle, il dit pas les noms, il fait comme si on l'écoutait. Je suis content d'avoir commencé comme je l'ai fait.

Wizard dit : « Y aura peut-être un truc pendant le déjeuner. »

Dans le réfectoire 2, je me dis. Je demande pas quel genre de truc. Je *sais*, juste vu comment il le dit, comme quand j'ai dû défoncer le Roi de la montagne. Il dit qu'il va y avoir quelque chose au NCCF*.

Putain. Je sens le sang qui me monte au visage, ça chauffe. On me demande de lâcher le monstre, encore.

Nan. On me demande pas. C'est un ordre.

Et je sais pas si ça a un rapport avec Tim Muhammad. Mais on s'en fout. Quand ce sera l'heure, ce sera l'heure. Marche ou crève.

« D'accord, je dis.

– Si ça se passe, ça se passe, il fait. Reste avec les tiens. »

Il en dit beaucoup avec sa façon de le dire. Ça va se passer. Pour de vrai. Et on dirait que j'ai même pas besoin de commencer.

Et c'est un soulagement. Mais rester avec les miens ? Il parle des *Sureños*, c'est sûr. Rien d'autre. Il a su que les *uso* sont venus me voir avec un bouquin, que j'ai commencé à le lire et que j'ai dû m'en débarrasser devant leur gueule. Là, il s'assure que je vais pas flancher en pleine action.

C'est mon quartier que je représente. Rien d'autre. C'est pour ça qu'il me sonne. Un rappel.

« OK, je dis. Compris.

– C'est bien, mon gars. Très bien. Hé, on se voit bientôt, d'accord ?

– C'est ça, je dis. Carrément. »

Et je raccroche, parce que je peux pas continuer à parler, pas avec mon monstre à l'intérieur de moi, prêt à se déchaîner. Il parle dans ma tête. Il arrête pas. Il me dit que, quitte à vivre pas longtemps, autant vivre fort.

VIII

LE PROCÈS

« Nous devons rejeter l'idée qu'à chaque infraction la société serait coupable plutôt que celui qui a enfreint la loi. Il est temps de réinstaurer le précepte américain selon lequel chaque individu est responsable de ses actes. »

RONALD REAGAN

OMAR TAVIRA, ALIAS WIZARD

10 JANVIER 1994
8 H 02

78

J'arrive dans la cellule du tribunal avant Dreamer parce que je viens de plus près. On est dix-huit ici, mais y a personne qui vaille la peine que je gâche mon temps à lui parler à part un Blanc qui est là. C'est un marcheur, lui. Il fait les cent pas. Je sais pas comment on l'a laissé faire ça en prison, alors je lui dis de s'asseoir, et il le fait, mais il commence à bouger sa jambe. Putain. Je le regarde pour qu'il arrête ses conneries. Il le fait, mais il me regarde, genre il risque d'y avoir un problème.

Heureusement que Dreamer se fait ramener à ce moment-là. Il a maigri, mais il a l'air plus fort ; il fait ses burpees tous les jours.

Je lui sors : « Ben le voilà, mon putain de *homeboy* ! » et tout de suite, l'adjoint à côté de Dreamer me dit de pas jurer.

« Je peux pas m'en empêcher, chef. Je l'ai pas vu depuis une éternité !

– L'ouvre pas, il me dit.

– Oui, chef. »

L'adjoint me regarde méchamment et sort, alors je me lève de mon banc, et je retrouve Dreamer à mi-chemin. Je vois qu'il a un problème quand je vais pour le prendre dans mes bras et qu'il me passe qu'un seul bras sur l'épaule. Mais ça me va pas, ça. Je le tire vers moi pour qu'il y aille franchement, et il doit faire avec. Quand on se lâche, il me regarde pas trop. Il regarde par terre, dans les coins. Je me demande ce qui s'est passé là-bas pour qu'il soit comme ça. C'est comme s'il était là mais pas vraiment, ou qu'il voulait pas être là, comme s'il avait un autre regard sur moi. Je le vois, et j'aime pas ça. Je veux le Dreamer d'avant. Mais putain, je te jure, j'ai déjà vu des mecs faire ça, tout rentrer à l'intérieur, et ils reviennent pas toujours. Quand même, je suis soulagé de voir qu'il est pas amoché après le truc qui s'est passé. Son visage est intact, pas comme quand il a pris la matraque au 4700 après avoir mis des patates à Tim Muhammad. Sérieux. C'est bon de le voir, le gars ! Je lui tape l'épaule. C'est que du muscle maintenant.

Je lui fais une gueule : « Alors, ça va ? Les mille pompes par jour ? »

Il dit rien puis : « Nada nous en fait faire mille deux cents maintenant.

– Il rigole pas, ce mec-là, il paraît. »

Dreamer hoche la tête, et ses yeux partent loin pendant une seconde. Y a quelque chose entre lui et Nada.

« Mais tu vas bien ? Tu manges bien ? Merde. On dirait.

– Des nouilles surtout. Angela m'a approvisionné. »

Je vais pour dire un truc là-dessus, mais je le fais pas. Je suis juste content qu'elle fasse ça pour lui avec les six mille que je me suis fait chier à gagner.

« C'est bon, ça. C'est lesquelles tes préférées ?

– *Con pescado**. Celles-là. »

Je demande ce qu'il y a dedans, et il a les yeux collés au sol avant de dire : « C'est des nouilles, quoi, de la mayo, du chili, des carottes si y en a, et le poisson qu'on a sous la main. J'en ai mangé avec des sardines. »

Il aurait continué si on n'avait pas été interrompus. Le même adjoint qui aime pas la vulgarité revient pour nous emmener tous les deux à l'étage des tribunaux. Une fois, on m'avait pas remis les menottes, mais avec cet adjoint-là faut pas compter dessus. Il nous tient par les poignets, et lui et son coéquipier nous emmènent devant l'ascenseur pour monter au neuvième, où on a notre petit cagibi pour se changer, comme pour la préliminaire, et quand Dreamer voit les vêtements pliés qui nous attendent, il y croit pas. Il hoche la tête : « C'est Angela qui les a apportés ? »

Il voit qu'ils sont différents de ceux qu'on avait l'autre fois. Elle a bien dépensé l'argent de Big Fate et m'a pris un pantalon, des chaussettes et des chaussures noires. Une bonne chemise aussi, en soie jaune pâle avec un col où y a pas besoin de mettre une cravate, parce que ça fait un rond autour du cou. Pour Dreamer, elle a un peu changé. Pantalon gris. Chaussures marron. Ceinture marron. Chemise en soie bleue, genre bleu océan. On a l'air de sortir d'un clip, lui et moi.

« J'ai entendu que c'était chaud là-bas. » J'ai pas besoin de dire la bagarre générale. Il comprend. Il me fait : « Ouais. »

Je lui dis de continuer, mais je vois qu'il a pas trop envie. Dommage.

« On était environ deux cents dans le réfectoire, je crois qu'ils ont dit. Y a eu les grenades lacrymo. Tout ça.

– Ils t'ont mis dans leurs enquêtes ? »

Il secoue la tête. « Je crois qu'on était trop. Ils m'ont interrogé, mais ils m'ont tout de suite laissé repartir. Nada a été envoyé au 900 pour la discipline. »

Je hoche la tête. Ouais, logique. « Vous avez niqué des *mayates* ?

– Quelques-uns. Rien d'énorme. Mais Tim Muhammad a défoncé douze gars, comme s'il compensait pour le temps perdu.

– Tu l'as eu ?

– J'ai pas pu. Il était pas à côté de moi quand ça s'est passé.

– T'étais pas armé, si ?

– Si. Nada a dit que je devais.

– Putain, fais pas ça la prochaine fois ! Tu le jettes dès que ça part. J'aurais trop la haine si tu te prenais d'autres charges, surtout avec ça. »

Ça, c'est le procès. Être ici, habillé avec des vrais vêtements, et parler. Pour la première fois depuis qu'il est arrivé, Dreamer me regarde. Y a des émotions là-dedans, je le vois. J'étais comme ça pour mon premier procès. Des grandes et des petites. Les unes sur les autres. Qui se battent.

Son front se plisse : « Tu crois que j'ai mes chances ? »

Je peux pas enjoliver. « Je crois qu'on est baisés, mon gars. Mais c'est mieux d'être baisé pour une connerie que pour deux si tu te fais gauler en train de poignarder quelqu'un. »

Il hoche la tête, on dirait que sa tête tomberait si elle pouvait. Ça me donne envie de parler d'autre chose. De n'importe quoi. Dreamer doit sentir la même chose, parce qu'il me dit : « T'écris ?

– Pas si les *wila* comptent pas. »

Il fait une grimace qui lui fait une tête de grenouille. « Ouais, mais est-ce que c'est des *wila* qui riment ? »

Je ris. « Nan, mon gars. »

Il me dit : « Tu peux écrire sur autre chose, tu sais ? Pas forcément sur la vie réelle. Tu peux inventer des trucs. Moi, je lis en ce moment. »

Je lui tape le bras. Il se contracte avant même que je le touche. C'est dur là où ma main atterrit. Du béton. « Ah, tu *lis* ? C'est bien. C'est quoi ton bouquin préféré ? »

Il regarde par terre. Il regarde ses mains un moment, assez longtemps pour que je me dise qu'il va rien sortir, mais là il me sort : « *L'Île au trésor* m'a fait triper. »

Ça me fait rire, pas ce qu'il dit, mais son ton, tout plat. Je dois le dire. « Ah ouais ? Sérieux ? Ça te rend super jouasse en tout cas. »

Il hausse les épaules et se baisse pour faire ses lacets. On dirait des spaghettis marron tout fins entre ses doigts. Je l'avais jamais vu comme ça avant, si triste. Ça me fait bizarre. Je sais pas quoi dire ou quoi faire pour que ça passe.

« Tu devrais écrire plus », il me dit en nouant ses lacets comme les petits enfants, avec les oreilles de lapin. « Écris une histoire. Écris un livre. Je le lirai. Tu peux même l'écrire en rimes si tu veux. »

Je lui dis peut-être, mais j'ai jamais vraiment pensé que je pouvais écrire autre chose que du rap. Ça fait marrant d'y penser, parce que je fais même pas ça en ce moment. Je le regarde finir de faire ses lacets, et je lui fais signe de se lever et de se tourner. La chemise est bien rentrée. Je lui ajuste son col. Il était mal mis derrière. Il a pas de cravate ni rien, mais il a tout boutonné, alors je défais le dernier bouton et je lui dis : « Ça fait moins gangster. »

Dreamer hoche la tête quand l'adjoint-huissier entre, le même qu'avant, et il dit que c'est l'heure avant de nous emmener, sans menottes, par la porte marquée d'un 9 peint en noir, et des petits panneaux qui disent D102 et 9-305 pour la salle d'audience.

SCA KRISTINA MIRKOVICH

---

19 JANVIER 1994
8 H 42

79

Nous sommes de retour au département 102 pour la sélection des jurés. Je suis assisté par Ken Gibson. J'ai demandé Lisa Maroelli, qui est excellente en contre-interrogatoire et pour la constitution de jury, mais on me l'a refusée sous prétexte que sa présence était requise pour un triple meurtre dans un restaurant russe. C'est juteux, ça. Alors, je me coltine Ken Gibson, Monsieur Trois-verres-au-déjeuner. Il a vingt-deux ans d'expérience – je le sais parce qu'il me l'a déjà dit deux fois. C'est précisément la raison pour laquelle on m'a mise avec lui. Ken Gibson, c'est mes petites roues.

J'organise mes papiers et ma chemise avec mes Post-it sur chaque juré potentiel quand Nick Park entre avec Michael Bertelsmann. Nous nous serrons la main avant de nous asseoir. Michael est le nouvel avocat de Tavira. Je peux travailler avec Bertelsmann. Il acceptera de négocier sans broncher.

Quand la juge Ayers arrive, nous nous levons.

« Douglas, dit-elle en regardant son assistant, faites entrer les jurés. »

La procession avance, de toutes les couleurs et de toutes les tailles. Le premier groupe s'assoit derrière les deux premiers rangs réservés à la famille et à la presse. Bienvenue à

Los Angeles. On va avoir des problèmes avec les préjugés sur la police. Depuis la vidéo de Rodney King, tout le monde se prend pour un expert *es* LAPD*. Mon boulot est de trouver les enfants à problèmes et de les renvoyer à la maison. Je refuse tout ce qui a entre dix-huit et trente-trois ans. Il me faut une majorité de femmes d'âge moyen de la classe moyenne supérieure. Les Blanches, c'est le Graal. Elles ont peur de tout. Je prends aussi les Perses, les Arméniens et les immigrés récents d'Europe de l'Est qui parlent anglais. Les femmes asiatiques sont généralement solides, mais les émeutes ont changé le regard des Coréens. Je prendrai toujours une femme hispanique qui porte une croix dans une affaire de gang ; elles regardent les accusés comme si leur mission était de les punir parce que leurs parents ne l'ont pas fait. Les Noires, c'est risqué. En général, la source a été contaminée par les émeutes. Les hommes sont les hommes, le plus âgé le mieux. Avec eux, c'est une question d'éducation, d'emploi, et de s'assurer qu'ils ne comprennent rien à South Central.

« Commençons les débats. Tous les avocats sont présents. Les accusés sont présents. Les jurés aussi. » La juge Ayers fait signe à son assistant. « Allez-y, Douglas. »

Il appelle des numéros. Ceux qui sont appelés sont acheminés vers des sièges numérotés dans le box des jurés.

Le juge fait son laïus : « Dans le cadre de ce procès, au moment de vos prises de décision, il ne vous est pas permis d'entretenir préjugés, sympathie ou sentiment, jugement public, ou d'anticiper la sanction. Cela signifie que vous ne devez pas vous décider en fonction d'un sentiment négatif que vous éprouveriez envers l'accusé – si, par exemple, vous n'aimez pas son origine ethnique, sa religion ou son quartier de résidence. Et inversement, vous ne pouvez pas laisser votre sympathie pour les accusés vous influencer. Ils sont jeunes, mais ils sont ici pour une bonne raison. Vous devez ignorer l'opinion publique et ne pas prendre en compte la peine éventuelle. Les peines seront fixées dans un deuxième temps, s'il y a lieu, mais elles ne doivent pas affecter votre appréciation des faits. »

Certains hochent la tête. D'autres étudient les lumières au plafond.

« Commençons. Juré numéro un, veuillez répondre aux questions sur l'affiche marron. » La juge désigne un panneau sur le mur à côté du box.

JURÉS, VEUILLEZ PRÉCISER :

1. Votre nom
2. Zone de résidence
3. Emploi
4. État civil
5. Emploi de votre époux et de vos enfants adultes
6. Expérience précédente en tant que jury
   A. Le cas échéant, était-ce au pénal ou au civil ?
   B. Dont (Circulation)

La juge mène l'interrogatoire préliminaire. On vire neufs jurés et on en garde trois. Je suis très contente de tomber sur une femme hispanique qui travaille dans un centre social où elle s'occupe de la petite enfance. La juge lui demande s'il lui arrive souvent de devoir déterminer si un enfant ment ou dit la vérité.

La femme sourit. « Tous les jours. »

Il me la faut absolument. Je marque le coin de son Post-it. Ken Gibson est d'accord.

Ayers demande aux jurés s'ils ont déjà eu affaire aux forces de l'ordre, que l'expérience ait été positive ou négative. La plupart répond non. Certains évoquent un bon rapport quand un agent les a aidés sur une autoroute. Dans les expériences négatives, un rigolo mentionne la vidéo de Rodney King. *Isus Krist*. La juge leur rappelle qu'il s'agit de ne se référer qu'à leur expérience personnelle. Elle pose aussi la question de la partialité, si l'un d'eux penche d'ores et déjà pour une partie ou une autre. Tout le monde dit non, ce qui était prévisible. La presse n'a pas parlé de l'affaire. Elle s'en fiche. La dernière question est la plus importante : les gangs ont-ils eu un impact sur votre vie ? Tous répondent non.

Quand la pause du matin arrive, nous avons quatre jurés potentiels décents : un chauffeur de taxi de Glendale, une institutrice de Burbank, la spécialiste de la petite enfance susmentionnée, de Mid-City à Los Angeles, et un opérateur de machine de Whittier, un Blanc. J'aime bien le dernier, mais il ne va pas durer. Les autres sont remerciés et envoyés au rez-de-chaussée.

Les objections fusent pour le deuxième groupe. On n'est d'accord que sur deux jurés : une employée de poste de Downey et une femme au foyer noire de Gardena sans expérience professionnelle. Bertelsmann laisse faire Nick Park, parce qu'il vient d'arriver sur le dossier. Nick est efficace. Il sait ménager son public. Il a progressé depuis la dernière fois que je l'ai vu. C'est là que je prends conscience que rien n'est gagné. La seule chose que je ne comprends pas dans sa stratégie, c'est le nombre de femmes qu'il m'a laissée garder. J'en ai déjà quatre.

Dans le troisième groupe, nous voyons passer un employé d'aéroport noir, un électricien blanc, deux étudiantes et beaucoup de gens avec des griefs contre la police de Los Angeles. Ça va de l'absurde – une femme accuse un agent de lui voler son courrier – au franchement perturbant – un homme dit avoir remporté un procès au civil contre la ville de Los Angeles pour avoir été blessé par la police de la 77e pendant sa détention. Il a reçu quelques centaines de milliers de dollars. La juge informe tous les jurés que cette affaire n'inclura pas de témoignage d'agents du LAPD, seulement des agents du département du shérif. Tous ces jurés-là sont excusés, de toute façon.

Dans le quatrième groupe, une employée de pressing pose un problème linguistique. C'est une Vietnamienne de cinquante-deux ans de Chinatown. La juge veut savoir si elle comprend la différence entre une preuve directe et une preuve indirecte.

« Une preuve directe, c'est quand vous êtes dehors et qu'il pleut. Vous voyez la pluie, vous la sentez, et donc, il pleut.

– Mais il y a du soleil aujourd'hui », dit la blanchisseuse.

La salle éclate de rire.

Ça amuse la juge aussi. « Non, je comprends. Mais il s'agit de l'imaginer. Imaginez qu'il pleut dehors.

– OK. » Elle ferme les yeux.

La juge donne un exemple : « Vous êtes dans l'entrée de ce bâtiment, près des ascenseurs. Vous ne pouvez pas voir les fenêtres, mais vous voyez des gens entrer qui eux sont mouillés. Leurs chaussures sont mouillées. Ils ont des parapluies, qui sont aussi mouillés. Vous pouvez alors en conclure qu'il pleut, grâce aux circonstances, même si vous n'avez pas directement observé la pluie. Vous voyez la différence ? »

La dame ne comprend pas. La juge demande si tout le monde dans le box comprend. Ils comprennent.

On avance. Quatre sont excusés, dont la blanchisseuse.

L'accusation excuse un résident de Carson hispanique, parce qu'il compatira sûrement avec la défense.

La défense excuse un ancien de la Navy blanc, courtier en assurances. Pas question de le laisser approcher de leurs petits voyous.

L'accusation excuse une infirmière asiatique de trente-sept ans, parce que j'aimais pas la façon dont elle gigotait sur sa chaise quand Nick Park prenait la parole.

Les deux avocats de la défense excusent le gérant d'un entrepôt noir de quarante-quatre ans qui, c'est ce que j'attendais, aurait été outré par le caractère racial de la fusillade. Ça fait mal.

L'accusation objecte. La défense aussi.

Pause déjeuner.

Même la juge Ayers est surprise quand la sélection du jury est bouclée à 16 h 18. Elle dit aux personnes convoquées restantes de se diriger vers le lobby, remercie le ministère public et la défense d'avoir procédé à une sélection rapide, puis elle lève la séance. Ken a dû boire quatre verres au déjeuner ; il est content de la sélection. Des douze jurés sélectionnés, sept sont des femmes, comme deux remplaçants sur trois. J'ai aussi eu mes deux favoris. Je ne sais pas pourquoi Nick Park m'a laissé faire. Il se dit peut-être que la défense remportera le vote de sympathie. Quoi qu'en dise la juge, ça peut toujours marcher, et ça marche d'ailleurs. Reste qu'il s'agit d'un crime odieux contre une femme. Je compte faire appel aux émotions sur ce coup-là.

Notre jury est composé de la manière suivante :

N° 1 : Un agent de sécurité noir, Los Angeles. Nom : Bundridge.

N° 2 : Un chauffeur de taxi blanc (arménien), Glendale. Nom : Barsamian.

N° 3 : Un commercial en matériel médical asiatique, Los Angeles. Nom : Murayama.

N° 4 : Une employée de poste blanche, Downey. Nom : Vincent.

N° 5 : Une institutrice retraitée blanche, Burbank. Nom : Francis-Stuckey.

N° 6 : Un infirmier blanc (Moyen-Orient), Gendale. Nom : Ghazali.

N° 7 : Une spécialiste de la petite enfance hispanique, Los Angeles. Nom : Ramos.

N° 8 : Une vendeuse en télémarketing asiatique, Alhambra. Nom : Wu.

N° 9 : Une bibliothécaire à la retraite blanche, Lincoln Heights. Nom : Coretti.

N° 10 : Un propriétaire d'une chaîne de restaurants hispaniques, Los Angeles. Nom : Maldonado.

N° 11 : Une ingénieure civile blanche, West Los Angeles. Nom : Leitner.

N° 12 : Une femme au foyer noire, Gardena. Nom : Sharp.

N° 13 : Un ingénieur informatique hispanique, Los Angeles. Nom : Duran.

N° 14 : Une étudiante de deuxième cycle noire, Los Angeles. Nom : Hall.

N° 15 : Une assistante dentaire blanche, West Los Angeles. Nom : Campbell.

JACOB SAFULU, AKA DREAMER

10 JANVIER 1994
21 H 17

80

Putain. Pendant une journée j'ai eu le droit de redevenir humain ! J'ai eu droit d'être dans la lumière. J'ai vu le soleil se lever sur Magic Mountain. Tout le ciel a viré au violet. Et au orange. Et il s'étendait comme une couverture. Mais je pouvais pas regarder autre chose que les courbes des rails de montagnes russes qui brillaient. Je voulais tellement être dans leurs boucles. Sentir le vent avec la vitesse.

Et l'arrivée au tribunal, c'était nouveau. Les prisons et les adjoints partout ailleurs te traitent comme si t'étais coupable. Mais pas ici. On te laisse t'habiller normalement. On te laisse aller de la cellule à la table de la défense sans menottes.

Ouais. Même voir Wizard, c'était pas si terrible. Il m'a dit qu'il fallait pas que je porte une arme sur moi, ça m'a calmé.

Mais porter de vrais vêtements ? C'était le meilleur. Des vêtements tout frais. Qu'Angela a choisis. Parce qu'elle tient assez à nous pour ça.

Et être assis avec Me Park et lui parler de ce que je remarquais chez les jurés pendant qu'il prenait des notes. Et parfois, il écrivait même ce que je disais. J'ai pas arrêté de regarder les gens du jury. Je me tenais bien droit comme Me Park m'a dit de le faire. Les mains sur les cuisses. Je souriais quand quelqu'un me regardait.

Et du coup les gens avaient l'air surpris ! Je savais pas trop quoi penser quand Me Park m'a dit de faire ça au début.

Il m'a dit que tout était une question de première impression. Le premier moment où quelqu'un vous regarde doit être le bon. Ça fait une empreinte psychologique, il a dit. Tu veux que la première fois soit la bonne, alors tu souris. Pour de vrai.

Et ça a été plus facile que je pensais. De sourire. J'étais content d'être là. Content de pas être derrière des barreaux ou des vitres. Content de ne pas avoir à surveiller mes arrières à cause de tout ce qui pourrait se passer. Alors j'ai regardé et j'ai souri. Et mon visage a vite commencé à me faire mal, parce que j'avais pas fait ça depuis super longtemps.

J'étais complètement réveillé au tribunal. Avec toutes les lumières qu'il y a au plafond. Tous ces gens qui ont la responsabilité de faire que j'aie mes droits dans un procès équitable. Être dans ce tribunal, c'était comme quand je lis des livres. Mon cerveau marche parce qu'il est stimulé. Je comprends pas tout avec les mots qu'ils utilisent, et personne s'arrête pour m'expliquer, alors je dois déduire tout seul avec ce qui se passe autour de moi.

Et je me démerde pas mal. Certaines choses commençaient à avoir du sens quand j'y réfléchissais. Et je me croyais pas si malin en fait. Ça a toujours été Little, le cerveau. Maintenant, je réalise que je dois travailler là-dessus. Travailler mon esprit comme avec les burpees pour mon corps. Le faire réfléchir à des trucs compliqués. Faire ça tous les jours. Écrire les mots que je connais pas et demander à Me Park ce qu'ils veulent dire. Observer. Lire les gens comme des livres pour progresser.

J'ai fait ça pendant la sélection du jury. J'ai dit à Me Park que l'ambulancier avait un tic. Qu'il avait peut-être besoin de son speed parce qu'il travaille la nuit ? Je lui ai dit aussi que j'aimais bien le gars des restos. J'ai déjà été chez lui. Tout le monde parle des restes qu'il distribue aux SDF après les grosses journées pour pas jeter la nourriture. Et peut-être que ça dit qu'il est généreux. Me Park écrit ça. En plus court. Ou l'institutrice qui dit qu'elle sait reconnaître les mensonges ? Elle m'a beaucoup regardé. Pas mal ni rien. Mais comme si elle essayait de me comprendre. Et je me dis que c'est bien, parce que j'ai rien fait. J'espère plus que tout qu'elle verra l'honnêteté en moi.

La seule chose qui manque quand tout est fini avec le jury, c'est qu'y a personne d'où je viens. Pas de South Gate. Pas de Paramount. Pas de Lynwood, ça c'est sûr. Même pas quelqu'un de South Central. Comment ils vont comprendre s'il y a pas quelqu'un de leur côté pour dire qu'y a des trucs qui sont normaux là d'où on vient, et d'autres pas ?

Ça m'a travaillé toute la journée. Après, j'ai dû enlever les beaux habits. J'ai droit à une nouvelle chemise demain, l'adjoint-huissier l'a dit. Il est cool.

J'ai remis ma combinaison bleue. Wizard aussi. On s'est dit au revoir. Et on s'est pas pris dans les bras ni rien. Mais je l'ai regardé dans les yeux.

Et puis après, c'était les menottes. La cellule. Le car…

Sur le trajet du retour, je repasse toute la journée dans ma tête. Encore. Et encore.

Quand il fait noir dehors, on nous fait passer l'inspection. Et je suis même pas en colère quand ils me font me déshabiller encore pour vérifier toutes les cachettes qu'y a dans un corps humain.

C'est juste la routine. Ils t'habituent. Alors tu le fais sans réfléchir.

Mais le pire, c'est qu'ils me laissent pas prendre une douche. Elle est juste à côté de mon lit et tout. Mais c'est trop tard, ils disent. Ils vont pas aller me surveiller après mon retour du tribunal. Les douches, c'est de six à dix heures, ils disent. Alors on nous reconduits à nos lits, les lumières sont déjà éteintes. Et je sais même pas combien de temps je vais dormir parce que, demain, c'est encore Noël. Lever tôt. Un peu de télé. Départ à l'aube. Nouvelles fringues…

Quand l'adjoint qui m'a amené est parti, mon voisin du milieu, Slow Poke, il me demande : « Ça va ? » Il est de Bell Gardens. On a partagé des buffets quand il est arrivé. Il parle pas à moins d'être obligé. J'apprécie.

« Ça va ? » je réponds. Je regarde derrière pour être sûr qu'y a pas de ronde dans mon couloir, et je me lève. J'approche mon oreiller pour que personne entende ce qu'il a à me dire.

« Nada a reçu des *wila* qui disent qu'il faut frapper fort. Au bon moment. Les *paisa* sont déjà en train de fabriquer des schlass non-stop. »

Et cette merde-là ? Ça me coupe la respiration.

C'est énorme.

Mais mon expression change pas.

Je regarde Poke. Et je hoche la tête, *c'est bon.* Genre, *todo está bien.*

Mais quand je retourne à mon lit, toutes les bonnes sensations que j'ai eues aujourd'hui disparaissent comme l'air qui sort d'un pneu lacéré.

Et je sais maintenant comment j'hallucinais, de penser que j'étais quelqu'un, et maintenant je suis juste…

Je suis le putain de poing des coups d'un autre.

Et si je me fais casser la tête pendant la mêlée, y aura un autre poing pour me remplacer. Puis un autre.

Je suis comme les rasoirs qu'ils nous donnent ici. Ils marchent qu'un certain temps.

Ils s'usent quand tu t'en sers. Et il faut les jeter après.

Quand tu regardes les choses comme ça, je suis juste utile un moment, et puis après,

Je vaux plus rien.

MAÎTRE NICK PARK

11 JANVIER 1994
10 H 04

81

Safulu me dit que les gardiens à Wayside ne l'ont même pas laissé prendre une douche, prétendument parce qu'il se lève trop tôt le matin et qu'il rentre trop tard le soir. C'est inacceptable. Je fais une demande auprès de la juge avant toute chose pour que mon client soit autorisé à se laver afin d'être présentable devant la cour. Avant qu'on fasse entrer le jury, la juge Ayers accède à ma demande. Plus tard, l'assistant fait entrer les jurés. Ils s'assoient à leur place numérotée, et je m'installe pour prendre des notes tandis que Kristina se lève.

Son exposé préliminaire se passe comme je m'y attendais. Elle tente d'impressionner le jury avec ses théories du complot tirées par les cheveux au sujet d'un détenu qui aurait ordonné le meurtre de Lucrecia Lucero, sans avancer de mobile, mais elle en insinue un, et je suis sûr qu'on en reparlera avec mon premier témoin.

L'indice qui a été communiqué n'est qu'un bout de papier à peine plus grand que ceux qu'on trouve dans les biscuits chinois. Il est couvert recto-verso d'une écriture pattes de mouche expliquant : (1) que Scrappy, alias Lucrecia Lucero, a commis un acte allant à l'encontre du code du gang, bien qu'on ignore de quoi il s'agit, et (2) que Scrappy a un « feu vert » sur la tête.

La juge Ayers me regarde quand Kristina a terminé. « Maître Park, quand vous voulez.

– Oui, madame. Merci. »

Je prends mes notes avec moi. « Le ministère public parle de complots en milieu carcéral dans l'espoir de détourner l'attention du fait que la réalité du complot dont est accusé mon client est si dépourvue de fondement qu'elle pourrait s'envoler d'un coup de vent. Le juge Ayers vous a dit plusieurs fois de ne pas vous laisser influencer par les sentiments ou les préjugés, de ne vous attacher qu'aux faits. Voici les faits concernant les accusations de complot. » Il ne fait pas chaud dans la salle, mais je transpire déjà. « Il n'existe aucune preuve *audio* établissant un lien entre mon client, Jacob Safulu, et la planification de ce crime, et il n'existe ni preuve *vidéo* ni *témoin* direct d'une entente en vue de commettre l'infraction. En l'absence de fondements logiques, l'accusation se jette dans un abîme de conjectures. Je vous en supplie, ne vous jetez pas dans le vide avec elle. »

Les jurés sourient.

« Il n'existe *absolument aucune preuve* de complot concernant mon client. »

Je m'écarte du pupitre, pour aller prendre deux fiches de notes. Je suis lancé.

« L'accusation voudrait vous faire croire que la preuve en est un message confisqué en prison, mentionnant le nom de Lucrecia Lucero, la victime. Toutefois, l'expéditeur de ce message, qui vous sera présenté parmi les pièces, n'est ni jugé ici ni appelé à témoigner pour en expliquer les termes. Et l'essentiel… Le nom de mon client n'apparaît *jamais* dans ce message. Et celui de monsieur Tavira non plus. Tout comme leurs noms de gang présumés.

« C'est bien dans le vide que le ministère public va vous demander de vous jeter, en essayant de vous faire croire que les accusés auraient eu connaissance de ce message – alors qu'il n'a nullement été confisqué en *leur* possession – et qu'ils se seraient chargés d'en exécuter les ordres. Une fois encore, il n'y a aucune preuve. Plus précisément, la seule chose qui relie mon client à ces crimes sont la déposition signée par un criminel déjà condamné, Augustine Clark, et une arme à feu retrouvée dans la commode de monsieur Safulu, dans sa chambre non verrouillée, à laquelle monsieur Tavira avait accès. »

Je secoue la tête. « Et j'ajouterai même qu'il y a quelque chose de troublant quant à l'endroit où l'arme a été retrouvée. Comme vous le verrez sur les photos de ses blessures prises à l'hôpital, mademoiselle Lucero présente un hématome sur le pied gauche, ce qui suggère que le pistolet a été jeté sur son pied juste après la fusillade. Alors comment aurait-il pu traverser la ville de Lynwood pour apparaître comme par magie le lendemain dans une maison située à deux kilomètres de là ? »

Je sais que je marche sur des œufs. Je sens que Kristina meurt d'envie d'objecter, mais je ne peux pas perdre mon élan maintenant.

« Alors, il s'agira ici de se demander si quelqu'un d'autre avait un mobile, les moyens et la possibilité de placer cette arme dans la résidence de Jacob Safulu pour le faire accuser du crime pour lequel il est jugé aujourd'hui. »

Derrière moi, le stylo de Kristina griffonne furieusement. *Tant mieux.*

« Au fil du procès, vous allez voir que l'affaire est beaucoup plus simple que ce que l'accusation veut vous faire croire. Mon client n'est mêlé à rien qui puisse s'apparenter à un complot, un complot présumé, que l'accusation n'est pas en mesure de prouver ; c'est donc sur des opinions qu'elle vous demandera de vous appuyer et non sur des faits. Mon client n'a pas participé à la tentative d'homicide sur la personne de Lucrecia Lucero. En réalité, il était chez lui avec sa compagne, ce soir-là, et approximativement à l'heure des faits qui lui sont reprochés, cette compagne, qu'il voyait depuis près d'un an, rompait avec lui. »

Cette bombe compassionnelle atteint ses cibles dans le box du jury. Au moins la moitié – non, plus, sept ou huit – remue sur sa chaise. Je suis satisfait.

« Voilà ce qu'on sait : Angela Alvarez mettait un terme à sa relation avec Jacob Safulu quasiment au moment exact où mademoiselle Lucero a été abattue, à deux kilomètres de là. La déposition de mademoiselle Alvarez le confirme. C'est une excellente élève et une sportive médaillée, elle étudie aujourd'hui pour devenir infirmière en gériatrie. »

Je regarde cette dernière information toucher l'infirmier du jury. Je vois déjà qu'il est prédisposé à croire Angela Alvarez.

« Et vous serez appelés à apprécier le poids de son témoignage... – Au moment où je dis cela, je mets ma main droite devant moi, paume vers le haut – ... face à celui d'un criminel condamné. »

Pour représenter Augustine Clark, je me sers de ma main gauche. Je fais mine de soupeser les deux témoignages, leur montrant que ce n'est pas vraiment une question de choix. La décision, le poids de la vérité, sera du côté d'Alvarez. Je regarde ma main droite un instant et je les laisse réfléchir.

« Tous ces faits vous conduiront à une simple vérité. » Je scrute le jury, croisant le regard de chaque juré et de chaque remplaçant. « Il n'existe aucune preuve démontrant que mon client ait participé à la planification de la tentative d'homicide sur la personne de mademoiselle Lucero. Il est impossible de prouver que Jacob Safulu se soit procuré une arme. Il n'existe ni témoignage ni reçu. Il est également impossible de prouver qu'il en ait fait usage, aucune de ses empreintes n'ayant été relevée sur le revolver. L'explication dans cette affaire est tout simplement la vérité : il n'existe aucune preuve que Jacob Safulu ait commis un crime sur Josephine Street le 6 décembre 1993 vers vingt et une heures, car Jacob Safulu *n'y était pas.* »

Je rassemble mes notes. Je me tourne pour apercevoir le regard impassible de Kristina et je quitte son champ de vision, savourant le moment. Si elle ne savait pas qu'elle était engagée dans un combat, elle le sait maintenant ; et voilà ce qu'elle récolte pour avoir accablé la mauvaise personne.

La juge Ayers dit : « Maître Bertelsmann ? »

Tandis que je m'assois, Michael se lève pour faire son exposé préliminaire au nom de M. Tavira.

SERGENT INSPECTEUR WILLIAM « WILLIE » MONTERO

11 JANVIER 1994
13 H 55

82

Une fois qu'on m'a appelé à la barre et qu'on m'a fait prêter serment, Kristina commence par les questions sur mon parcours et mon expérience, puis on présente ce qu'on a sur le cerf-volant et l'arme – plus spécifiquement, le rapport d'expertise balistique confirmant que les balles retrouvées dans le jardin de Scrappy et celles qui l'ont traversée correspondent bien à l'arme en question – avant de passer à la deuxième pièce du ministère public.

Kristina montre l'écran. « Inspecteur Montero, reconnaissez-vous ceci ?

– Oui.

– De quoi s'agit-il ?

– De la déposition d'un témoin direct.

– Merci. Et comment se fait-il que vous reconnaissiez ce document ?

– J'ai mené l'interrogatoire de monsieur Clark. J'étais présent quand il l'a rédigé et signé.

– Avez-vous des raisons de ne pas croire la déclaration de monsieur Clark ?

– Non.

– Et pourquoi ?

– Elle correspond à ce que nous avons trouvé sur les lieux.

– C'est-à-dire sur Josephine Street, le soir du 6 décembre de l'année passée ?

– Oui.

– Qu'est-ce qui correspond au juste ?

– Tous les éléments importants. On a tiré trois fois sur mademoiselle Lucero. Elle avait un garrot à la jambe, ce qui lui a sauvé la vie.

– Inspecteur, pouvez-vous nous lire la partie soulignée ?

– "Et elle a dit 'Wizard, le fils de pute' parce qu'elle savait que c'était lui qui avait tiré aussi."

– Inspecteur, comment qualifieriez-vous ces paroles ? »

Je dis ce que Kristina attend de moi, comme on en a parlé. « Pour moi, c'est une déclaration de mourant.

– Elle a donc nommé la personne qu'elle a identifiée comme étant son tueur ?

– Oui.

– En vous appuyant sur votre formation et votre expérience, comment a-t-elle pu le reconnaître pour faire une telle déclaration ?

– Objection ! » Park intervient. « Spéculation. »

La juge regarde Kristina. « Avons-nous besoin de faire un aparté ou avez-vous quelque chose de plus solide, madame ?

– Madame, comme nous l'avons déterminé, l'inspecteur Montero est un témoin doté d'une expertise en matière de gang. Il a travaillé au poste du shérif de Lynwood, il a fait partie d'unités d'OSS, il a même été à la tête d'une d'entre elles. Peu de gens au département du shérif sont aussi qualifiés pour fournir un contexte concernant les affaires de cette nature et dans ce secteur.

– Très bien. Vous pouvez poursuivre. »

Park n'a pas l'air content, mais il ne peut rien faire.

Kristina se tourne vers moi. « Comment la victime a-t-elle pu être en mesure de reconnaître monsieur Tavira, inspecteur ?

– Mademoiselle Lucero est également membre d'un gang, et monsieur Tavira fait partie d'un gang rival qui sévit à proximité du sien. Tous deux sont fichés et portent des tatouages identifiables. Les territoires de leurs gangs sont limitrophes à Lynwood. Les affrontements sont inévitables, et leur code encourage les représailles violentes. »

Kristina ajoute des photos de leurs tatouages aux autres pièces avant d'ajouter : « Inspecteur, d'après votre expérience des gangs – leur inimitié ancienne et leur penchant pour la violence –, diriez-vous que, si on leur en donnait l'occasion, Omar Tavira et Jacob Safulu chercheraient à assassiner Lucrecia Lucero en raison de leur affiliation ?

– Je dirais que ce n'était qu'une question de temps.

– Ce sera tout. »

Nick Park se lève pour le contre-interrogatoire. Je l'aimais bien quand il était dans notre camp, avec le ministère public. Je l'aime beaucoup moins maintenant qu'il est passé à la défense.

« Madame la juge, puis-je m'approcher du témoin avec la pièce numéro 2 du ministère public ?

– Allez-y.

– Merci, madame. »

Park me donne un exemplaire de la déclaration d'Augie Clark.

« Pouvez-vous nous relire l'extrait que madame Mirkovich vous a fait lire précédemment ?

– "Et elle a dit 'Wizard, le fils de pute' parce qu'elle savait que c'était lui qui avait tiré aussi."

– Un seul revolver et un seul tireur sont mentionnés dans cette déclaration. Omar "Wizard" Tavira. Pourquoi monsieur Clark a-t-il utilisé le mot "aussi" à la fin de sa phrase ?

– Je ne sais pas.

– Serait-ce une erreur de votre part ? De laisser des mots suggérant qu'il y avait deux tireurs, alors que la déclaration elle-même ne parle que d'un seul ?

– Non.

– Et pourquoi pas ?

– Parce que ce sont les mots du signataire, pas les miens.

– Inspecteur, pouvez-vous nous lire les autres extraits soulignés ?

– “Il s’appelle Dreamer. Il portait un sweatshirt jaune des Lakers, et j’arrivais à le voir dans le noir parce qu’il était très clair.”

– Qui est Dreamer ?

– Dreamer est le nom de gang de Jacob Safulu.

– Vous dites ça, mais pouvez-vous prouver que mon client est affilié à un gang ?

– Il n’est pas fiché, non.

– Inspecteur, le département du shérif prend-il en photo les tatouages des membres de gang à Los Angeles ? C’est le protocole, n’est-ce pas ?

– Oui.

– Jacob Safulu a-t-il été photographié ?

– Oui.

– Portait-il les tatouages caractéristiques du gang présumé d’Omar Tavira ? »

Je bouge sans le vouloir. « Non, monsieur Safulu n’avait pas de tatouage de gang.

– Vous vous êtes trompé de temps grammatical, inspecteur. Jacob Safulu *a*-t-il un tatouage de gang, oui ou non ?

– Non.

– Je vois. Et Jacob Safulu a-t-il été condamné pour des crimes commis dans le cadre d’activités de gang ?

– Non.

– Avant les présentes accusations, son casier judiciaire était parfaitement vierge, n’est-ce pas ?

– Oui, mais…

– Madame la juge ! » Park lève les bras au ciel et se tourne vers elle, alors que j’allais dire que nous savons qu’il est un membre actif sur la base d’écoutes qui nous ont permis d’établir qu’il a tenu un rôle déterminant lors de plusieurs faits de troubles à l’ordre public.

La juge tranche : « Inspecteur Montero, répondez seulement à la question posée. Le tribunal se passera de vos commentaires. Le ministère public vous donnera la possibilité de vous exprimer pendant la réfutation. Allez-y, maître Park.

– Inspecteur, quand vous avez perquisitionné le domicile que monsieur Safulu partage avec Angela Alvarez et Omar Tavira, avez-vous inventorié ses vêtements ?

– Non.

– Pourquoi ?

– Ça ne paraissait pas nécessaire.

– Pourquoi ?

– Lors de la fouille, nous n'avons pas trouvé de vêtements qui auraient pu être ceux portés lors du crime.

– Je vois, alors vous n'avez pas cherché de sweatshirt aux couleurs des Lakers ?

– Si.

– L'avez-vous trouvé ?

– Non.

– Inspecteur, puisque vous êtes un expert, pouvez-vous nous dire les couleurs du gang dont monsieur Tavira est un membre présumé ?

– Ils affectionnent le noir et le gris. L'argenté parfois.

– Je vois. Pas de jaune, donc ?

– Non.

– Ce détail ne vous a-t-il pas paru étrange, quand vous l'avez lu dans la déclaration de monsieur Clark ?

– Non.

– Je vois. » Park me dévisage un instant avant de pivoter vers la défense. « Madame la juge, j'aimerais maintenant ajouter les pièces A et B pour la défense. La première est une liste détaillée des vêtements de monsieur Safulu, qui sont toujours à son ancien domicile puisqu'il n'y a pas touché depuis qu'il a quitté les lieux. La deuxième est une série de photos des mêmes vêtements. »

Il projette la liste sur le mur pour que tout le monde voie.

« Si vous m'autorisez à les montrer au jury, madame ?

– Je vous y autorise. »

Park donne un paquet d'exemplaires au juré le plus proche de lui, qui à son tour les fait passer aux autres.

« Inspecteur Montero, voyez-vous un sweatshirt jaune dans cette liste ? »

Je regarde Kristina. Elle paraît sereine, cette liste ne doit pas être une surprise. Je réponds : « Non.

– Voyez-vous des vêtements portant le logo des Lakers dans cette liste ? »

Je la parcours. Tout est rangé par couleurs. Les marques et les noms d'équipes sont mentionnés. « Non.

– Vous comprenez le code couleur utilisé dans cette liste ?

– Oui.

– Voyez-vous des articles jaunes dans cette liste ?

– Non.

– Alors vous me dites qu'un grand supporter des Lakers à Los Angeles n'a pas d'autres vêtements aux couleurs de l'équipe et *rien de jaune* dans toute sa garde-robe ? Cela me paraît incroyable. »

La tête de Kristina se redresse brusquement. « Object…

– Je retire. » Park est malin. « Madame la juge, j'aimerais ajouter la prochaine pièce de la défense, la transcription de l'interrogatoire d'Angela Alvarez mené par l'inspecteur Montero. »

La juge prend note. « Pièce C pour la défense.

– Reconnaissez-vous ceci, inspecteur Montero ?

– Oui.

– Et pour quelle raison ?

– C'est la transcription de l'interrogatoire d'Angela Alvarez que j'ai mené au poste du shérif de Firestone Park.

– Quand vous avez interrogé mademoiselle Alvarez, a-t-elle fourni un alibi pour Jacob Safulu couvrant le laps de temps correspondant à la tentative d'homicide ? »

Je n'ai d'autre choix que de dire : « Oui. »

Park sourit. « Ce sera tout. »

Pendant la réfutation de Kristina, j'explique que les gangs de rue ont subi des transformations depuis les émeutes ; ils sont plus intelligents, plus sophistiqués. La discrétion est maintenant une composante essentielle de leur stratégie. Aux membres les plus jeunes, comme Safulu, il est demandé expressément de ne *pas* porter de tatouages ; ça leur permet de nier toute affiliation quand ça les arrange, comme devant cette cour.

Elle me demande pourquoi nous n'avons pas trouvé le sweat-shirt jaune lors de nos recherches à proximité de la scène de crime ou dans la maison que Tavira et Safulu partageaient avec Alvarez. Je réponds que si Safulu venait en effet de commettre un meurtre, s'en débarrasser contribuerait à cacher le rôle qu'il aurait pu jouer.

Kristina veut savoir si je crois mademoiselle Alvarez. Je ne la crois pas. Et pourquoi ? En raison de sa relation intime avec l'accusé. De plus, il est pratiquement impossible de déterminer l'heure précise du crime, on a seulement une fenêtre. Et étant donné la nature de la discussion, il est selon moi possible qu'il ait quitté la maison en colère et dans un état d'esprit propice à un passage à l'acte violent.

Nick Park bondit. « Objection ! Appel à spéculer sur l'état psychologique de l'accusé.

– Retenue.

– Madame la juge, je demande que cette remarque soit rayée du procès-verbal.

– Je suis d'accord, maître Park. Je demande également aux membres du jury de ne pas tenir compte des dernières déclarations de l'inspecteur Montero sur l'état psychologique présumé de l'accusé le soir du crime. »

Kristina reprend : « Inspecteur, doutez-vous de quelque façon que Jacob Safulu soit membre d'un gang ?

– Absolument pas. Selon moi, son implication dans la divulgation du nom d'Augustine Clark à un complice en utilisant un langage codé à la maison d'arrêt centrale prouve l'existence de ce lien.

– Objection ! »

La juge regarde Park. Elle attend une justification qui ne vient pas. « Sur quel fondement ? »

Il patauge. « Spéculation. »

Elle répond du tac au tac : « Non, maître Park. Ce n'est pas de la spéculation. Rejetée. »

Un point pour les gentils.

AGENT DE PROBATION PHILLIP PETRILLO

12 JANVIER 1994
9 H 33

83

J'ai déjà participé à des audiences, mais pas au neuvième étage du Tribunal pénal. Je ne fais que les violations de conditionnelle. Je m'assois à côté du condamné devant un délégué qui représente le CDC et travaille pour le Conseil des peines de prison. C'est le premier procès pénal pour lequel je dois témoigner à la barre. Je suis soulagé de voir qu'Angela n'est pas dans la salle. En revanche, le petit sac à merde à côté duquel je l'ai vue est là, avec une femme d'un certain âge (sa mère, peut-être). Wizard et Dreamer n'ont personne d'autre.

Kristina m'a préparé hier. Après l'embuscade au 22nd St. Landing, elle a clairement signifié qu'il fallait parler sans détour de l'histoire avec Renee, informer les jurés des faits avant que la défense ne les utilise contre moi. Elle a raison.

Elle commence par des questions sur mon parcours et mon expérience (depuis combien de temps je travaille, où j'exerce, mes décorations), avant de demander : « Une agence officielle a-t-elle mené une enquête à la suite d'une plainte déposée contre vous ?

– Oui, une enquête préliminaire.

– Avez-vous été formellement accusé de faute grave ?

– Non.

– Et pourquoi ?

– La plainte a été examinée et jugée sans fondement. »

C'était ma parole contre la sienne. Je n'étais pas un camé, on m'a donc cru quand j'ai dit que Renee m'avait fait des avances, avait tenté de me séduire. Je suis resté ferme et je l'ai rejetée, et elle m'a piégé.

Kristina me demande alors : « Combien de plaintes ont été déposées contre vous au cours de votre carrière au comté de Los Angeles d'après vous ?

– Quinze.

– Combien d'entre elles sont allées au-delà de l'étape préliminaire ?

– Aucune.

– Et pour quelle raison d'après vous ?

– Les fausses accusations font partie de mon travail. Nous avons un module de formation pour apprendre à y faire face. Nous supervisons la libération de délinquants, et en règle générale, ces gens ont été malhonnêtes par le passé et peuvent encore l'être. D'après mon expérience, la plupart diraient et feraient tout pour salir quelqu'un qu'ils considèrent comme trop sévère. »

Kristina semble être satisfaite de mes réponses. Elle avance, me fait raconter comment j'ai été impliqué dans l'affaire : étant assigné auprès d'Augustine Clark pendant le congé maternité de Martinez, lors de ma première visite surprise chez le junkie, je l'ai trouvé sous l'emprise de la drogue, j'ai perquisitionné les lieux (qui n'étaient pas le centre de réinsertion conseillé), trouvé la drogue, obtenu des aveux selon lesquels M. Clark, terrifié, avait assisté à une fusillade à laquelle était mêlé un de mes ex-détenus, Omar « Wizard » Tavira.

« Et qu'avez-vous fait alors, monsieur Petrillo ?

– J'ai arrêté monsieur Clark pour l'emmener au poste du shérif de Firestone.

– Pourquoi ne pas l'avoir emmené au poste de Lynwood ? C'était plus près ?

– Je connaissais l'inspecteur Montero à Firestone. Il a travaillé à Lynwood. Je savais qu'il avait déjà eu affaire aux gangs concernés. Je m'étais renseigné auprès de lui quant à la meilleure façon d'aborder Tavira, et il n'avait pas été avare de conseils.

– Quelle était l'opinion de l'inspecteur Montero sur...

– Objection. » Le Chinois. « Si le ministère public souhaitait avoir l'opinion de l'inspecteur, il aurait dû la lui demander quand il était à la barre.

– Retenue. Mais je ne tolérerai plus vos justifications verbeuses, je veux la désignation exacte de votre fondement.

– Je reformule, reprend Kristina. Que vous a personnellement recommandé l'inspecteur Montero au sujet du suivi de monsieur Tavira ?

– Il a recommandé un suivi très rapproché.

– C'est ce que vous avez fait ?

– Oui.

– Est-ce cette vigilance qui vous a poussé à aller chez lui immédiatement après avoir emmené le témoin, monsieur Clark, à Firestone ?

– Oui.

– Y êtes-vous allé seul ?

– Non.

– Pourquoi ?

– Parce qu'il pouvait s'agir d'un crime de sang, j'ai pensé qu'il valait mieux me faire escorter, pas seulement par souci de sécurité, mais aussi pour arrêter le suspect s'il était chez lui. »

Un rictus se dessine sur le visage de Wizard.

« Qui vous a accompagné dans la résidence de Virginia Avenue ?

– Le shérif adjoint Jackson.

– William Jackson Jr ?

– Oui. »

On termine avec ma description de la perquisition, les détails sur l'arme et la saisie effectuée par Jackson. Ensuite, elle me demande mon opinion sur Omar Tavira. Je lui dis que ce criminel m'a toujours paru capable d'une grande violence, au vu de ses condamnations passées (cambriolage, violences) et d'après mon expérience personnelle.

« Savez-vous ce qui a valu à Omar Tavira le nom de gang "Wizard" ?

– Oui.

– Pourquoi l'appelle-t-on comme ça ?

– Il a un don pour faire disparaître les choses. »

L'avocat de Wizard ouvre la bouche pour faire objection, mais, avant de pouvoir dire quoi que ce soit, Kristina enchaîne :

« Pas d'autre question, madame la juge. »

Le Chinois se lève et s'approche de moi. « Monsieur Petrillo, étiez-vous seul dans la pièce quand vous avez trouvé l'arme ?

– Oui.

– Combien de perquisitions aviez-vous effectuées dans cette résidence dans le cadre de l'exercice de vos fonctions ?

– Cinq.

– Avez-vous trouvé des objets illicites au cours des recherches précédentes ?

– Non.

– En avez-vous déduit que monsieur Tavira était soigneux quand il s'agissait de son espace de vie personnel ?

– Oui. »

Il pivote pour faire face au jury. « Connaissez-vous mon client, Jacob Safulu ?

– Oui.

– Où l'avez-vous rencontré ?

– Dans la maison de Virginia Avenue, de nombreuses fois.

– Quelqu'un vous l'a-t-il présenté sous le nom de Dreamer ?

– Non.

– S'est-il présenté lui-même sous le nom de Dreamer ?

– Non.

– Alors comment saviez-vous qui était Dreamer quand monsieur Clark a mentionné son nom ?

– Je l'avais déjà entendu chez monsieur Tavira, il l'a appelé par ce nom. »

À côté de son avocat, Wizard secoue la tête.

Le Chinois continue. « Monsieur Petrillo, que s'est-il passé le 13 avril 1992, quand vous étiez en service ?

– La mère d'une personne que je suivais a déposé plainte contre moi.

– Et quand l'incident en question s'était-il produit d'après cette plainte ?

– La veille.

– Que vous reprochait-on, monsieur Petrillo ?

– J'aurais agi de manière déplacée.

– C'est-à-dire ?

– D'après la plainte, j'avais embrassé la jeune femme de force. » Je ne souris pas quand je dis ça. J'en ai envie, mais je me retiens. En vérité, j'ai fait tellement plus que ça. Sa chatte flasque, je me la faisais quand j'en avais envie, j'ai tapé dans tout ce qui restait de potable. Elle adorait ça. Elle en demandait toujours plus, et j'ai offert à cette pute du ghetto le meilleur coup qu'elle ait jamais eu. Aucun doute là-dessus.

« Et l'aviez-vous embrassée de force, monsieur Petrillo ?

– Non. »

Elle m'a trahi. Quand elle a voulu que ça s'arrête, elle m'a embrassé devant sa mère, qui arrêtait pas de gueuler qu'elle allait porter plainte. C'est comme ça que Renee m'a montré qui elle était vraiment : une sale pute et une menteuse. Je lui avais même acheté un collier en argent. Il était joli, mais pas trop cher. J'aurais pu être son aller simple pour se sortir de son trou à rats, mais elle était trop stupide pour le comprendre.

« Néanmoins, la mère de la jeune femme a bien porté plainte contre vous.

– Oui.

– Et quel âge avait-elle au moment de la plainte ?

– Je ne m'en souviens pas. »

Il compulse des papiers. « D'après la plainte, elle avait vingt-deux ans. Quel âge a Angela Alvarez ?

– Objection ! Pertinence ?

– Je retire. » Le Chinois retourne à sa table. « Madame la juge, nous souhaitons soumettre la pièce F pour la défense. »

Kristina dit : « Objection ! Pertinence ?

– Madame, si je peux me permettre, cette pièce met en évidence le comportement de monsieur Petrillo dans le cadre de ses fonctions, notamment vis-à-vis des femmes.

– Madame la substitute, le ministère public avait connaissance de ces faits et, pourtant, vous l'avez appelé à la barre. J'accepte. »

L'avocat projette la plainte sur l'écran à ma gauche. En grand, au vu de toute la salle.

« Il est écrit ici que vous étiez accusé de faute grave. » Il entoure le mot dans l'intitulé. « Il est écrit que vous avez eu des contacts déplacés, de nature sexuelle, avec l'ex-détenue dont vous assuriez le suivi. Monsieur Petrillo, pouvez-vous confirmer que ce document vous accuse de faute grave ? »

Il y a aussi des déclarations de Renee, mais il n'en parle pas. Les cadeaux que je lui avais offerts, le malaise que j'avais provoqué, qu'elle n'avait pas su quoi faire. Elle savait très bien. Elle les a pris !

Je réponds : « Oui, c'est une accusation, pas une condamnation. »

Il ne l'enlève pas. Il laisse le document affiché, bien lumineux. C'est injuste de voir son passé étalé devant un jury alors qu'on n'est pas sur le banc des accusés.

Kristina demande : « Puis-je approcher, s'il vous plaît, madame la juge ?

– Oui, madame Mirkovich. »

La juge et tous les avocats se réunissent autour du bureau de l'assistant. Quelque part, du côté des jurés, un homme tousse. Les avocats regagnent leur place ; seul le Chinois reste debout. Il a une expression sur le visage qui me dit qu'il va me surprendre.

« Monsieur Petrillo, est-il exact que vous avez été vu main dans la main avec Angela Alvarez, cousine de l'accusé Omar Tavira, ex-compagne du co-accusé Jacob Safulu et résidente de la maison de Virginia Avenue, à Disneyland, le 23 décembre de l'année derrière ? »

Il y a du mouvement dans la salle. L'objection de Kristina le coupe net : faits non étayés.

Le Chinois parle avant la juge : « Madame la juge, la défense présentera un témoin qui corroborera ce que j'avance. Il s'agit d'une employée de Disneyland, Gloriana Nuñez, une connaissance de lycée d'Angela Alvarez. Son nom figure sur la page deux de la liste de témoins que nous avons soumise. »

La juge me dit de répondre.

Rage : froide, dure. De la glace dans mon estomac. Mon visage reste impassible. Je me concentre sur Kristina, dont la bouche n'est plus qu'un fil tendu.

« Pas à ma connaissance », je dis.

Le Chinois sourit. « Monsieur Petrillo, d'après vos rapports ambigus avec les femmes dans le cadre de votre profession, est-il raisonnable de penser que vous iriez jusqu'à déplacer une arme pour avoir le champ libre avec Angela Alvarez ? »

Kristina bondit de sa chaise. « Objection, madame la juge ! Argumentatif et à la limite de la diffamation. »

Ses yeux me disent : *T'as pas intérêt à dire un putain de mot de plus.*

Le Chinois se fend d'un rictus. « Puis-je approcher, madame la juge ?

– Excellente idée. »

Je n'entends pas ce qu'ils disent, mais je vois l'avocat de Safulu baisser la tête comme s'il se faisait réprimander avant de se défendre, et on dirait qu'il dit quelque chose qui fait réfléchir la juge un instant. Tout le monde retourne à sa place.

« L'objection du ministère public est retenue, la juge dit avant de se tourner vers la greffière. Je vous demande également de supprimer ce dernier échange, et je demande au jury de ne pas tenir compte de la dernière question de maître Park. »

Mais il rempile. « Permettez-moi d'aborder la question différemment. Monsieur Petrillo, avant de trouver l'arme, vous étiez seul dans la pièce, n'est-ce pas ?

– Objection. Il a déjà répondu.

– Retenue.

– Je passe à la suivante. Monsieur Petrillo, si vous aviez placé quelque chose sous le tiroir, quelqu'un vous aurait-il vu le faire ? »

Je regarde Kristina. Elle est écarlate quand elle dit : « Objection ! Faits non étayés.

– Bon, maître Park, vous avez eu raison de ma patience, la juge dit. Il n'y a aucune preuve de ce que vous avancez. Le jury devra ignorer ces propos lors de ses délibérations, et je demande qu'ils soient supprimés du procès-verbal. Avez-vous d'autres questions ?

– Non, madame la juge. Ce sera tout. »

La juge Ayers dit : « Des questions, maître Bertelsmann ?

– Non, madame. »

La juge poursuit : « Quelque chose à ajouter, madame la substitute ? »

Kristina semble être sur le point de vomir. « Non, madame.

– Le témoin peut-il être libéré ?

– Oui, madame, le Chinois dit, mais la défense voudrait se réserver le droit de le rappeler si nécessaire.

– Entendu. Monsieur Petrillo, vous pouvez y aller. Nous vous demandons de rester disponible pendant quatre jours. Si vous n'êtes pas appelé dans ce délai, je vous libérerai. »

Je quitte la barre. Kristina ne me regarde pas. Ses articulations blanchissent autour du stylo qu'elle serre dans sa main. Derrière elle, Montero me dévisage de sa petite chaise bleue à côté de la séparation entre la cour et le public. On échange un regard : ce que j'ai pu faire à Angela, il s'en fout, ce qui compte, c'est que je me suis fait prendre, qu'il y avait un témoin, que je pourrais foutre en l'air son procès (et s'il est foutu, ce sera ma putain de faute).

OMAR TAVIRA, AKA WIZARD

12 JANVIER 1994
17 H 17

84

Au lieu de me faire passer par l'inspection quand je rentre à la prison, ils me mettent dans une cellule avec quatorze autres gars sans me dire pourquoi. Y a peut-être confinement dans mon bloc, quarantaine, je sais pas. Bref, on attend. Après un moment, un adjoint arrive et dit qu'y a un car spécial pour nous. Pour où, on sait pas. S'ils m'envoient quelque part, c'est à Wayside, parce qu'y a trop de monde ici. Mes oreilles dans le bloc me disent que les gars, ils dorment dans des sacs de couchage en plein milieu du couloir. On dirait que les adjoints sont allés dans des magasins de camping acheter du matos pour faire dormir les détenus sur le sol en béton. C'est comme ça au 4700. Têtes contre pieds. Des panards qui chlinguent juste au-dessus de ta tête pendant que t'essaies de dormir, et les coups sans faire exprès ? Ça craint pour ta gueule.

Putain, comment il y va, l'avocat de Dreamer. Je repasse les moments de ouf dans ma tête. J'ai rien d'autre à faire de toute manière. Il gagne pas toujours, et je vois bien que le juge apprécie pas toujours ses objections, mais il se bat sur tout. Et ce qu'il a fait avec Petrillo ? Putain. C'est chaud. Mais mon avocat ? Bertelsmann ou je sais pas là ? Il arrive en retard parce que l'autre a été récusé pour l'histoire d'Augustine Clark qui s'est fait balancer, et la première chose qu'il me dit, c'est qu'il travaille sur quatre dossiers simultanément. Un autre au TP en plus du mien, mais au Département 34 avec le juge Firenze. Un à Torrance. Un à Pomona. Il a fini en disant Dieu merci, il a pas à conduire jusqu'à Lancaster. Mais je m'en fous, de tout ça ! Fais ton taf. Aujourd'hui, il m'a dit qu'il était malade, genre je suis censé avoir pitié de lui. De me dire ça, c'est comme s'il s'excusait déjà d'avoir perdu. Ça pue d'avoir à me taper ce genre d'avocat alors qu'y a Park dans le même tribunal, qui agresse les agresseurs. C'est lui qui me donne de l'espoir. Il me fait réfléchir. Si les jurés croient pas Petrillo sur le brelic, alors j'ai une chance qu'ils doutent sur moi, qu'y ait pas de majorité.

Je suis content d'avoir su avant pour ce qui s'est passé avec Angela. Lil Puffer est venu au parloir et il m'a expliqué parce que Little lui a dit de le faire. Je vais pas appeler le gars Dulce. Ça va pas ou quoi ? Mais il se la donne dehors. Il est loyal. J'ai de la chatte pour ça. Je préfère être au courant, surtout quand c'est la famille. J'aurais pété un plomb si j'avais appris qu'Angela était allée à Disneyland en pleine audience. Elle est pas venue me voir depuis. Je lui en veux pas. J'avais la rage au début. Je voulais la voir pour savoir comment elle a pu laisser ça se passer, mais quand j'ai vu Park interroger Petrillo, je me suis dit que cette escapade avec lui, c'est la meilleure chose qui aurait pu se passer. Petrillo, il est plus crédible comme témoin maintenant. C'était trop bon comment ça lui a explosé à la gueule. Putain. Le voir s'agiter à la barre, c'était excellent. J'aurais presque voulu que ce soit moi qui aie monté le coup en demandant à Angela de sortir avec lui.

La porte de la cellule s'ouvre, et l'adjoint nous dit de nous mettre en file. Il dit qu'on va remonter dans les cars et un autre adjoint vient avec les menottes.

Un gars à la gueule toute rouge peut pas s'empêcher de demander : « Et mes affaires, m'sieur l'adjoint ? »

On nous explique à tous qu'y a une canalisation qui a pété et qu'il faut déménager à cause de l'inondation. C'est un vieux bâtiment. Y a des trucs qui cassent tout le temps. Y a déjà plus assez de matelas et de couvertures, parce qu'ils sont en train de sécher. Du coup je me demande mais comment on fait sécher cinquante matelas. Ça prend trop de place. Tu les mets devant des ventilateurs géants, ou tu les mets dans la cour et sur le toit pour qu'ils sèchent des deux côtés ? Ça me fait marrer, cette idée. J'ai l'image d'un toit en matelas, presque comme des nuages qui seraient tombés là.

Je saurai jamais si c'est vrai, si y a vraiment eu une inondation, avant de mettre des gars sur l'affaire. Tout ce que je sais maintenant, c'est que si mes nouilles et ma réserve ont survécu, ça sera distribué entre les mecs de la cellule, et les restes, c'est les nouveaux *raza* qui vont les récupérer. C'est pas si mal quand on y pense. Je veux dire, au moins, ça sera pas perdu. J'aime pas partir sans mes papiers pour le tribunal, mais l'adjoint nous dit qu'on peut faire une demande de remplacement. Il dit pas quand, parce que ça dépend pas de lui. *Par contre*, ce qui dépend de lui, c'est qu'on est menottés par deux et qu'on avance dans le couloir où je vois qu'il y a trois autres groupes qui sortent en même temps. On monte tous dans le même car et on le remplit. On va vers le nord sur la 101, alors je sais que c'est Wayside. Tout ce que je me dis, c'est que s'ils me mettent là où il faut, je vais revoir Dreamer, et que ce sera excellent.

AUGUSTINE,
AKA « AUGIE » CLARK

13 JANVIER 1994
9 H 22

85

C'est la jolie avocate qui commence. Mme Mirkovich. L'assistant me fait prêter serment. Je dois dire que je dirai toute la vérité et rien d'autre, que Dieu m'en soit témoin. Et c'est ça le problème. Dieu comprend ce que je vais faire, je pense. Que je suis obligé. Que si j'avais dit non, j'aurais peut-être fini dans le fleuve ou ailleurs.

Quand elle s'approche, je sens les parfums de deux fleurs qui se battent en duel, et il y en a une qui gagne et l'autre, elle meurt. Pour moi, c'est les odeurs qui me reviennent en dernier. Et elles deviennent très fortes quand ça arrive. C'est bizarre. Je suis clean depuis à peine un mois, mais je prends ma méthadone tous les jours, et je la coupe même plus. Je travaille dans la boîte de logistique qu'ils m'ont trouvée. Y a un gars là-bas, Jesse. C'est le numéro deux je crois. Il a eu des problèmes d'alcool et il a fait des conneries, alors il comprend. Il sait pas ce que c'est, cinq cuillères par jour, mais il sait ce que c'est d'avoir un truc qui te contrôle. Il dit que tant que je vais aux réunions, que je passe devant le tribunal du traitement de la toxicomanie, si je retourne au trou pour une raison ou une autre, il appuiera une demande de semi-liberté où je pourrai travailler le jour et bien gagner et, le soir, je reviendrai derrière les barreaux. C'est un mec bien,

Jesse. Je sais pas ce que les petits gangsters ont sur lui, j'ai pas demandé. Je demanderai pas.

Elle veut que je dise mon nom pour le procès-verbal, s'il vous plaît.

« Augustine Patrick Clark, je réponds. Ma mère est du pays de Galles. Le pays, pas la maladie. »

Deux jurés rient, et j'aime bien le bruit que ça fait.

La juge me rappelle de ne répondre qu'aux questions qui me sont posées et de pas ajouter de commentaires.

Je dis : « Oui, juge. »

Et elle dit : « Madame la juge. »

Alors, je dis : « Madame la juge. »

Elle hoche la tête vers Mme Mirkovich, et on y va. Je dis où j'étais le soir des faits, vers les numéros 3500 sur Josephine Street. Je dis ce qui m'amenait, ma mission pour trouver de la drogue. Quelle drogue ? De l'héroïne. Est-ce que je suis toxicomane ? Oui, mais je suis actuellement en cure de désintoxication et je n'ai rien pris depuis environ un mois. Je n'ai plus de tremblements. Et est-ce que je connais Lucrecia Lucero ? Oui, je la connais bien. Elle me vendait souvent de la drogue, mais plus maintenant. Tout ça, c'est ce qu'on avait dit avec Mme Mirkovich et, d'après la tête qu'elle fait, elle trouve que ça se passe bien. Je sais que ça va changer, alors j'ai presque des regrets quand elle me demande si je suis en cure de désintox et comment je vais. Elle fait tout pour que je passe pour un témoin crédible, mais ça va changer.

« Oui, madame. Je vais aux réunions.

– Et ça vous aide ?

– Oui.

– J'aimerais maintenant vous parler de la soirée du 6 décembre de l'année dernière et de ce que vous vous rappelez. Avez-vous vu de vos propres yeux la victime, Lucrecia Lucero, se faire tirer dessus trois fois, à une distance de plus en plus rapprochée sur Josephine Street ? »

J'ai jamais été à la barre avant. Je m'approche du micro et je mets ma bouche trop près quand je dis : « Non » et que le son remplit toute la pièce.

Je m'éloigne du micro et je regarde la juge, qui me dévisage avec des grands yeux. Devant moi, Mme Mirkovich a les joues rouge fraise.

Elle dit : « Madame la juge, j'ai besoin d'une minute. »

Elle écrit sur des papiers à sa table.

« Madame la juge, puis-je projeter la pièce numéro un sur l'écran ?

– Oui, madame Mirkovich. »

L'huissier descend l'écran, et le projecteur s'allume. On entend le petit bruit du ventilateur. Puis mes mots arrivent en gros sur le mur au-dessus de la porte qui donne sur là où vont les accusés pour attendre de comparaître. Je connais bien cette pièce.

Elle dit : « Et puis-je approcher le témoin avec un exemplaire du même document ?

– Oui. »

Elle m'apporte un papier. Elle dit : « Pouvez-vous nous lire les lignes que j'ai soulignées, s'il vous plaît ? »

Je lis les lignes. C'est celles où je dis que j'ai vu Dreamer et Wizard, que Wizard a tiré sur Scrappy, qu'ils ont pris le revolver avec eux, que je suis allé vers Scrappy et qu'elle a dit Wizard le fils de pute parce qu'elle savait que c'était lui qui avait tiré.

« Et pouvez-vous aussi nous lire la dernière ligne de votre déposition, monsieur Clark ?

– "Je jure que les informations ci-dessus sont exactes."

– Vous nous dites qu'elles ne sont plus exactes ?

– C'est ce que je dis.

– Pourquoi votre version des faits a-t-elle changé, monsieur Clark ?

– J'ai lu la Bible depuis que je suis en traitement et je crois que c'est important de se racheter pour Dieu et pour soi-même. »

Elle croise les bras. « Et quelle nouvelle vérité avez-vous découverte sur ce soir-là entre-temps ? »

Elle a l'air grave sarcastique quand elle dit ça, comme si elle pensait que je disais des conneries, et je sais même pas si on a le droit de faire ça au tribunal, mais la juge dit rien, alors je raconte que j'ai rien vu. J'ai juste entendu des tirs, j'ai accouru et, quand je courais, j'ai vu deux personnes de dos qui fuyaient. Après, je suis arrivé, et je savais que c'était la maison de Scrappy, pardon, de mademoiselle Lucero, et qu'elle était gravement blessée, alors j'ai essayé de la sauver. Le reste, ça change pas. Le garrot et sa douleur et tout ça. Mais, cette fois, je me souviens pas qu'elle a dit quelque chose. Elle avait trop mal.

Je sais pas comment c'est possible, mais Mme Mirkovich est encore plus rouge que tout à l'heure. Tout son visage est en feu. « Vous avez prêté serment quand vous avez vous-même rédigé votre déclaration, la pièce du ministère public numéro un, affirmant que votre témoignage était exact, oui ou non ? »

Elle met vraiment l'accent sur *vous-même.*

« Mais…

– Il n'y a pas de mais, monsieur Clark. Avez-vous juré, oui ou non ?

– Oui.

– Avez-vous signé de votre nom la déclaration pour illustrer cette vérité ?

– Oui.

– Alors, c'est bien votre signature sur la déclaration ? » Elle montre mon nom qui est sur le mur.

Je réponds : « Oui. »

Elle dit : « Je n'ai pas d'autres questions. »

« Bonjour. » C'est l'avocat de Dreamer qui dit bonjour parce que c'est à son tour d'attaquer.

« Bonjour, je réponds.

– Vous affirmez dans votre déclaration que Dreamer "portait un sweatshirt jaune des Lakers, et j'arrivais à le voir dans le noir parce qu'il était très clair". Est-ce également faux ?

– Que c'était Dreamer qui le portait, oui, parce que je sais pas si c'était lui. J'ai juste vu le dos. Mais j'ai vu un sweatshirt jaune, si.

– Vous avez aussi déclaré avoir reconnu mon client. Monsieur Clark, l'aviez-vous déjà rencontré ?

– Non.

– Je vois. L'avez-vous déjà croisé à Lynwood ?

– Je… Je suis sûr que je l'ai croisé. C'est pas si grand. On finit par croiser les gens.

– Pouvez-vous être absolument certain que vous connaissiez mon client de vue avant le soir des faits, et – c'est important, monsieur Clark – étiez-vous en mesure de le reconnaître ? Ça veut dire que vous saviez à quoi il ressemblait et que vous étiez capable de l'identifier sans hésitation.

– Non. Pas certain-certain.

– Vous avez répondu non à ma question, et pourtant vous avez positivement identifié mon client dans votre déclaration avec un surnom que peu de gens connaissent, voire personne. Est-ce exact ?

– J'ai... J'ai dit Dreamer. Je sais pas si d'autres personnes connaissent le nom. »

Il va vers le jury. Il a l'air complètement perdu. « Je me demande si vous pouvez m'aider alors, monsieur, parce que je ne vous suis plus, là. Comment vous a-t-il été possible d'identifier un jeune homme que vous n'aviez jamais rencontré et que vous ne connaissiez pas de vue ?

– J'ai... J'ai dû entendre parler de lui.

– Je vois. Cette personne qui vous a parlé de lui a aussi décrit mon client physiquement ?

– Comment ça ?

– Vous venez de dire que vous avez entendu parler de lui. La greffière peut vous relire ce que vous avez dit précédemment si vous avez besoin qu'on vous rafraîchisse la mémoire.

– Non, c'est bon. Je me souviens de ce que j'ai dit.

– J'ai peur que cela ne nous amène à une question très importante, monsieur Clark, et j'aimerais que vous réfléchissiez avant de répondre. Quelqu'un vous a-t-il dit d'identifier mon client ?

– Non.

– Quelqu'un vous a-t-il contacté et demandé de désigner mon client ? »

Mme Mirkovich, elle n'aime pas ça. « Objection, madame la juge. La question a déjà été posée. »

Park continue. « Je reformule. Quelqu'un vous a-t-il communiqué le surnom de mon client et suggéré, ou peut-être exigé de vous, que vous le désigniez, avec monsieur Tavira ?

– Non. » Je le dis vite. Je suis content de comment je l'ai dit. « Je n'ai pas d'autres questions, madame la juge. »

C'est au tour de l'autre avocat. Il tousse d'abord pendant un moment. La juge demande s'il a besoin d'un instant pour se ressaisir, il dit non. Il va prendre un Kleenex sur le bureau de l'assistant, il se mouche fort et le jette dans la petite poubelle à côté de la greffière. Il revient vers moi.

Il dit : « Merci, madame la juge. Veuillez m'excuser. »

Il veut savoir comment je connais Wizard. Je dis que tout le monde connaît Wizard. Je dis que je le connais de nom et de tête. « C'est une célébrité locale.

– Une célébrité locale ?

– Oui, monsieur. C'est quand quelqu'un vous connaît dans le coin, mais personne vous connaîtrait ailleurs.

– Et qu'est-ce qui rend célèbre à Lynwood ?

– Je sais pas si je peux le dire.

– C'est bon, monsieur Clark. Vous pouvez parler.

– C'est quand vous êtes un dur et que votre nom circule.

– Monsieur Clark, quand une personne se trouve être une célébrité locale à Lynwood, pensez-vous qu'il est possible que des individus envient cette célébrité ?

– Peut-être.

– Suffisamment pour raconter des mensonges sur cette personne ?

– Ça, je sais pas.

– Dans votre nouveau récit des événements, monsieur Clark, vous dites ne pas avoir vu de fusillade, est-ce exact ?

– Oui.

– Vous dites être arrivé sur les lieux quand Lucrecia Lucero était déjà blessée. C'est ça ?

– Oui.

– En arrivant, avez-vous vu un revolver sur le sol ?

– Non.

– Vous n'avez pas vu l'arme présumée du crime ?

– Non.

– Vous avez passé un certain temps à terre. Vous avez posé un garrot sur la jambe de la victime. Êtes-vous sûr que vous n'avez pas vu d'arme à feu ?

– Oui. Si quelqu'un le sait, c'est bien moi, mais il faisait sombre et j'étais occupé. Mais j'ai pas vu d'arme à feu. »

Les autres m'ont pas dit si je dois dire que je l'ai vu ou pas, alors autant continuer à dire que je l'ai pas vue, comme ça personne fera le lien entre moi et Petrillo qui l'a trouvé. Je m'en sortirai indemne. Et Petrillo n'aura pas de raison de s'en prendre à moi après. J'étais juste un bon samaritain qui a ramassé un peu de drogue par terre et qui est allé se shooter après avoir sauvé la vie de quelqu'un. Un héros presque.

« Si vous n'avez pas vu le revolver par terre, l'avez-vous aperçu dans les mains d'une des deux personnes que vous avez vues s'enfuir ?

– Non. Ça s'est passé très vite. Il y avait plein de sang.

– Monsieur Clark, pouvez-vous m'expliquer pourquoi vous avez menti dans votre déclaration ?

– Pourquoi j'ai menti ?

– Oui. Pourquoi mentir dans la déclaration sur laquelle est fondée l'arrestation de mon client ?

– J'ai… J'ai menti parce que je crois que j'étais dans la confusion en fait. Je m'étais drogué la nuit d'avant et je suis resté longtemps au poste. Je me sentais pas bien du tout quand j'ai écrit tout ça.

– Et mentiez-vous également quand vous avez dit que mademoiselle Lucero avait identifié monsieur Tavira avec les mots : "Wizard, le fils de pute" ?

– Oui. J'ai pas entendu ça.

– Alors vous n'avez pas vu monsieur Tavira tirer à l'arme à feu sur mademoiselle Lucero ?

– Non.

– Vous n'avez pas vu monsieur Tavira donner l'arme à monsieur Safulu après s'en être servi ?

– Non.

Il dit : « Pas d'autres questions » et il se remet à tousser super fort.

Mme Mirkovich a vraiment pas l'air contente de moi quand elle se lève, mais elle garde ça à l'intérieur. À la surface, il y a un regard inquiet pour moi, presque comme si elle s'en faisait pour ma pomme, et elle y met le ton.

« Monsieur Clark, comme vous le savez, il s'agit d'une affaire de gang, alors je dois vous poser la question. Est-il possible que vous ayez été menacé pour changer votre témoignage aujourd'hui ?

– Non.

– Monsieur Clark, savez-vous que vous pouvez être arrêté pour outrage à la cour s'il se trouve que vous avez menti ?

– Non.

– C'est le cas. De plus, vous pourriez être inculpé pour faux témoignage ou même parjure. L'un ou l'autre étant suffisant pour compromettre votre libération conditionnelle. Le savez-vous ?

– Je savais pas, non.

– Maintenant que vous le savez, souhaitez-vous confirmer vos déclarations d'aujourd'hui ?

– Oui. »

Elle arque un de ses sourcils. « Monsieur Clark, avez-vous dit tout à l'heure que vous vouliez vous racheter auprès de Dieu ?

– Quelque chose comme ça. Oui.

– C'est ce que vous pensez avoir fait aujourd'hui ?

– J'ai essayé. »

Elle soupire assez fort pour que le jury l'entende, elle a plus de questions, mais elle veut pouvoir me rappeler à la barre. La juge se tourne vers les avocats de la défense et leur demande s'ils ont autre chose à me demander, c'est non pour tous les deux. La juge demande si je peux être excusé, et tous les avocats répondent oui. La juge me dit que je dois venir au tribunal les deux jours suivants, puis me laisse partir. Je descends, j'avance sur la moquette, je contourne la greffière, qui ressemble à Christie Brinkley en plus vieille, et avec des lunettes, je passe devant les avocats, je passe par la petite porte battante qui me met au milieu du public, et alors, je fais attention à pas regarder le petit gars du motel. Lui, il me regarde pas, c'est sûr.

SCA KRISTINA MIRKOVICH

---

13 JANVIER 1994
11 H 14

86

Oh, M. Clark, je savais que ça pouvait arriver, mais je ne l'ai même pas vu venir. Petrillo dit que Clark a respecté toutes ses obligations. Son suivi est nickel. Tous ses tests de dépistage sont négatifs. Il va à ses réunions. Il a un emploi, et les comptes-rendus de son supérieur sont excellents. Alors, comment ces enfoirés ont pu l'influencer, bordel ?

De toute évidence, il est terrifié. C'est compréhensible, et très triste. Mais le plus délicat, c'est le parjure. Si je le poursuis, que va penser la juge après que j'ai utilisé l'argument du TTT pour faire avancer le procès, surtout alors que Clark a déjà sa date de mise en accusation ? Ayers ne supporterait pas cette hypocrisie, surtout quand Clark s'en sort bien pour le reste, sans oublier qu'il lui reste dix bonnes années de magistrature. Je repasserai devant elle. Soit je prends le risque de le payer dans le futur, soit je lève les bras au ciel en disant qu'il a fait de son mieux, mais qu'il a craqué par peur ? Cette dernière solution est la seule qui soit judicieuse.

La juge me regarde. « On poursuit les débats, madame Mirkovich ?

– Oui, madame. Le ministère public appelle Lucrecia Lucero.

– Très bien. Elle est dans le couloir, il me semble. Pouvez-vous aller la chercher, monsieur le shérif adjoint ? »

L'adjoint quitte la salle et revient en poussant une chaise roulante dans laquelle est assise Lucrecia Lucero, une tresse de cheveux noirs de chaque côté de la tête tombant sur son sweatshirt.

Quand elle est installée à la barre, je lui demande si elle réside bien Josephine Street, où le crime a eu lieu. Elle confirme. Nous sommes d'accord qu'on lui a bien tiré dessus trois fois le 6 décembre de l'année dernière, et j'ajoute les images des blessures de Mlle Lucero aux pièces du dossier.

La juge Ayers note : « Pièces numéro dix-sept, dix-huit et dix-neuf pour le ministère public. »

J'interroge Mlle Lucero sur son affiliation. Elle affirme ne pas faire partie d'un gang, alors j'évoque son casier judiciaire : un plaider coupable pour complicité dans un cambriolage, peine réduite à treize mois effectués en détention provisoire, et des charges pour détention de stupéfiants encore en attente de sanctions. Elle ne se souvient de rien, dit qu'elle doit consulter ses papiers. Willie fait couiner sa chaise derrière moi. C'est sa façon de me dire que je dois changer d'approche.

« Madame la juge, le ministère public souhaite traiter le témoin comme hostile.

– Allez-y.

– Est-il vrai que votre frère, également membre de gang, a assassiné un membre du gang de monsieur Tavira le 12 juin 1992 ?

– Mon grand frère a été arrêté pour ça, mais son procès est en cours.

– Est-il vrai que, selon le code de votre quartier, une offense appelle des représailles violentes ?

– Non.

– Connaissez-vous Omar Tavira ?

– Je reconnais le reconnaître.

– Est-il présent dans la salle ?

– Ouais.

– Mademoiselle Lucero, quelqu'un vous a-t-il menacée en vue d'influencer votre témoignage ?

– Non.

– Connaissez-vous la raison pour laquelle les accusés voudraient vous nuire ?

– Non, parce qu'ils m'ont rien fait. »

Et voilà. La contradiction directe vers laquelle je l'amenais. « Soutenez-vous qu'aucun des accusés n'a tiré sur vous le 6 décembre, vous touchant et manquant de vous ôter la vie ?

– Oui. C'est ce que je soutiens. »

Je fais signe à Ken d'allumer le projecteur. « Vous me permettez, madame la juge ?

– Oui, madame Mirkovich. »

Ken projette un exemplaire de notre pièce numéro douze sur l'écran. Il est agrandi pour en faciliter la lecture. Je résume brièvement à quoi servent les *wila* et les cerfs-volants pour rafraîchir la mémoire du jury.

« Voici ce qu'on appelle un cerf-volant, il a été confisqué à un prisonnier à San Quentin. Votre nom de gang y figure. » Je souligne le mot *Scrappy* sur le transparent. « Mademoiselle Lucero, pourquoi votre nom de gang y apparaît ?

– Je sais pas. Je suis pas la seule Scrappy. »

Je poursuis. « Et qu'est-ce que le terme *feu vert* signifie pour vous, mademoiselle Lucero ?

– Rien.

– Nous avons entendu l'inspecteur Montero témoigner qu'un feu vert est le nom de code pour un assassinat, il s'agit d'un signal pour des tueurs. Un feu rouge voulant dire "stop", le feu vert veut dire "allez-y". Cette pièce confirme que vous étiez condamnée, est-ce exact ?

– Je peux pas savoir.

– Nous avons d'autres indices, d'autres cerfs-volants, les pièces treize et quatorze, qui explicitent clairement le mobile de votre assassinat comme étant le trafic de stupéfiants avec un gang rival plein de, je cite, *"mayates"*. Mademoiselle Lucero, quelle est la traduction de *mayate* en anglais ?

– C'est un insecte.

– De quelle couleur ?

– Certains sont noirs.

– Est-ce un nom péjoratif courant pour désigner les Afro-Américains ?

– Non.

– L'inspecteur Montero l'a pourtant affirmé dans un témoignage précédent, et l'adjoint Jackson l'a confirmé. Voulez-vous changer votre réponse ?

– Non.

– Mademoiselle Lucero, votre fils est-il moitié noir ?

– Objection. Pertinence ? » Nick sait que je tiens quelque chose, il est nerveux.

Je me tourne vers la juge. « Madame la juge, si l'ascendance raciale joue un rôle important dans le "feu vert" de mademoiselle Lucero, il nous importe de savoir pourquoi.

– Poursuivez, mais faites vite, madame Mirkovich. Veuillez répondre, mademoiselle Lucero.

– Mon fils est "blaxicain", oui.

– Ce mot serait alors le mélange de "black" et de "mexicain" ?

– Ouais.

– Avez vous été stigmatisés dans votre quartier, vous et votre enfant ? »

Elle change de position dans sa chaise. « Non.

– L'inspecteur Montero nous a appris que l'auteur de ce cerf-volant contrôle la section de Lynwood où messieurs Tavira et Safulu résident, grâce à un système complexe de "taxation" ou *cariño**. Autrement dit, ils bénéficient de ce patronage. Dans d'autres cerfs-volants émanant de ce détenu, ce dernier déclare la guerre contre les gangs noirs. La guerre contre les *mayates.* »

Nick Park se lève. « Objection. C'est une affirmation, madame la juge, qui vise à attiser la colère, si je puis me permettre.

– Vous ne pouvez pas, monsieur Park, mais je retiens votre objection. Avez-vous une question, madame Mirkovich ?

– Oui, madame la juge. Mademoiselle Lucero, craignez-vous pour votre vie en venant ici aujourd'hui ?

– Non.

– Deux tireurs vous ont approchée le soir des faits. Les avez-vous reconnus ?

– Non.

– Madame la juge, j'aimerais renvoyer le témoin à la pièce numéro un du ministère public.

– Allez-y. »

Je hoche la tête vers Ken, qui remplace le cerf-volant par la déposition d'Augie. « Mademoiselle Lucero, pouvez-vous nous lire la partie soulignée ?

– Je lis pas ça, moi. »

Je m'incline pour lire. « Si je peux me permettre, madame la juge. "Elle gémissait. Elle avait très mal. Et elle a dit 'Wizard, le fils de pute' parce qu'elle savait que c'était lui qui avait tiré aussi." Vous souvenez-vous d'avoir dit ça, mademoiselle Lucero ? "Wizard, le fils de pute" ?

– Non.

– C'est ce qu'on appelle une déclaration de mourant. Pensiez-vous mourir à ce moment-là ?

– On vous a déjà tiré dessus, madame ?

– Madame la juge, pouvez-vous demander au témoin de répondre ? »

Elle me regarde, penchée en avant dans son box. « Madame, je vous ai demandé : est-ce qu'on vous a déjà tiré dessus ?

– Ça suffit, mademoiselle Lucero. » La juge lui lance un regard. « Je sais que c'est difficile, mais vous devez répondre à la question. »

Lucero ne lâche pas mon regard. « Je pensais à rien. Je parlais pas. Je pissais le sang, c'est tout, voilà ce que je faisais, putain. »

La juge tape avec son marteau pour réclamer l'ordre dans la salle, et j'attends que le silence revienne. J'observe les jurés, qui regardent le visage de Lucero, la douleur qu'on peut y lire. Je regarde mes notes pour faire traîner, pour que les jurés la regardent bien, et pour qu'ils voient bien le mur sur lequel est projetée la déclaration de Clark, qui offre le récit le plus honnête qu'il leur sera permis de voir.

« Je n'ai pas d'autres questions, madame la juge. »

Ken et moi déjeunons chez Smeraldi. On prend un taxi. Une table nous attend au fond.

Ken grimace sur son Tom Collins. « C'est un vrai cirque, mais ça n'allait pas être une partie de plaisir de toute façon. Il ne nous reste plus qu'à sauver les meubles maintenant. On va peut-être perdre Safulu, parce que le jury sera partagé sur son cas, mais vous avez un élément décisif sur Tavira, non ?

– Je ne sais pas. Les témoins directs se contredisent entre eux. On n'a pas de récit cohérent.

– C'est votre boulot, d'anticiper. C'était quoi, ces conneries avec Petrillo ? Il s'est tapé Alvarez ? Bon sang. »

Quel cauchemar. Personnellement, je suis écœurée à l'idée que Phillip Petrillo se soit spécialisé dans le cuissage des filles du quartier. Professionnellement, je pense que le lien que Park a établi entre la plainte contre Petrillo et ses abus de pouvoir récurrents, qu'il pratique maintenant sur Alvarez, c'est le putain d'*Hindenburg* qui part en flammes.

« Qu'est-ce que vous voulez que je vous dise, Ken ? Je l'ai interrogé. Il n'a rien dit. Pourquoi il l'aurait fait ? »

Ken regarde le fond de son verre. « Et la fille qui les a vus à Disneyland, elle était enterrée dans la page deux. On aurait dû poser des questions là-dessus.

– Je les ai interrogés sur Gloriana Nuñez. Elle était partie voir un parent malade et n'avait pas encore fait sa déposition. Enfin, c'est ce que disait Park il y a une semaine, et la juge a laissé passer. Alors, voilà, c'est comme ça.

– Fait chier.

– Ça, en effet. Mais est-ce que ça vaut le coup de poursuivre Petrillo pour subornation avec Alvarez ? D'aller jusqu'au vice de procédure pour ça ? »

Il soupire. « C'est votre premier dossier en tant que SCA, Kris. Vous voulez vraiment parier que Garcetti investira les ressources nécessaires dans un autre procès ? Enfoncer Tavira malgré tout ce bordel pourrait vous faire marquer des points. »

Ken est un vieil alcoolique, mais mes tripes me disent qu'il a raison.

« On savait qu'ils allaient faire passer Petrillo pour un pourri, mais on ne s'inquiétait pas. Maintenant, j'ai un peu peur. Personne ne croit les junkies et les condamnés quand ils portent plainte contre l'administration pénitentiaire ou les agents de probation, et le jury n'y croira pas non plus. Le plus gros problème, c'est le lien que fait Park entre Alvarez et la possibilité que Petrillo ait déplacé le revolver pour éliminer tout obstacle entre lui et la fille. Peu importe si ça a été rayé du procès-verbal. Il l'a quand même placée, sa question, le fait que personne n'aurait rien vu de toute façon. »

Il ne reste plus que des glaçons dans le verre de Ken. « Et maintenant que le jury l'a entendu, on ne peut plus le leur ôter de l'esprit.

– Non.

– Pendant les réquisitoires, il va falloir leur enfoncer dans le crâne que Petrillo n'a jamais été sanctionné.

– Je fais le premier et vous le deuxième ?

– Oui. » Ken fait tourner ses glaçons. « Il faut aussi enfoncer le clou avec sa décoration. C'était quand ? En 1989 ? »

Tout d'un coup je me rends compte que Ken dit beaucoup *enfoncer*.

« 1988.

– Oui. Eh bien, le jury va avoir besoin de croire quelque chose. Voilà pourquoi, en dehors de Petrillo, vous leur enfoncez dans la tête qu'on a le témoin le plus fiable. Merde. Même Clark et Lucero ne peuvent pas dire la vérité. Il y a peut-être quelque chose à exploiter là-dedans, non ? Ils mentent, mais pourquoi ? Qu'ont-ils à gagner ?

– Leur vie ? » Je sirote mon thé glacé. « Mais il ne s'agit pas de ce qu'ils ont à gagner, mais de ce que le jury trouvera crédible. »

MAÎTRE NICK PARK

13 JANVIER 1994
13 H 32

87

Pendant la pause déjeuner, je dois éviter d'être trop confiant. Petrillo s'est effondré de façon spectaculaire, Clark s'est désagrégé, et Lucero – la vraie victime – n'a rien donné à Kristina et a refusé d'identifier qui que ce soit, même si elle sait manifestement qui est l'auteur des coups de feu. Je commence à penser qu'un jury sans majorité est le pire qu'on puisse envisager et qu'un acquittement se profile. Je suis en pleine réflexion à la cafétéria du sixième étage quand un jeune homme que j'ai déjà vu se dirige vers moi, alors que je suis sur le point de croquer dans mon sandwich. Il est bien habillé, en polo, jean et chaussures en cuir. Il est latino, mais il n'a pas l'air de faire partie d'un gang.

« De la part de votre bureau, il me dit en me tendant une note pliée avant de s'éclipser.

– Merci. » Je garde un ton calme. Ce n'est pas normal.

Un shérif adjoint est assis à côté de moi sur un tabouret. Il remplit un formulaire et boit un café. Il ne lève même pas les yeux quand je passe à côté de lui et me dirige vers les toilettes.

Je m'enferme pour déplier le papier. La note n'est pas signée, mais elle est clairement de Matta.

Demandez à LL ce qui s'est passé le 6/12. Elle racontera.

LL, c'est Lucrecia Lucero. On me suggère de demander sa version des faits. Elle ne la donnerait pas à l'accusation ; si elle le fait pour moi, ce sera un coup décisif. Mais il y a deux problèmes : (1) je n'ai aucune idée de ce qu'elle va dire et (2) ce papier est la preuve qu'il y a subornation de témoin.

Pendant un court instant, j'envisage de donner la note à la juge. Elle pourrait justifier une annulation du procès et de nouveaux chefs d'inculpation, mais on me demandera pourquoi cette note m'a été donnée, à moi. Ai-je déjà été en contact avec M. Matta, qui est en charge de l'affaire pour le gang de Tavira ? S'ils décident d'enquêter, son nom sera sur mon calendrier, pour le rendez-vous du mois dernier. La juge voudra savoir pourquoi j'ai accepté de rencontrer le complice de criminels présumés, celui qui a entendu le nom d'Augustine Clark de la bouche de M. Safulu – un chapitre qu'elle croyait clos après la récusation de l'avocat de Tavira –, et elle voudra savoir ce dont on a parlé pendant la rencontre. Il y aura une enquête. Je serai peut-être sanctionné si je ne coopère pas. De quelque façon qu'on aborde la chose, ce ne serait pas joli.

Pour éviter tout désagrément, je jette le mot dans les toilettes et je tire la chasse. Je vérifie dans la cuvette qu'il a bien disparu, et je tire encore la chasse.

Quand Lucrecia Lucero revient à la barre, je me dis que je peux gagner des points en ne harcelant pas la victime d'une fusillade comme l'a fait Kristina. En plus, c'est évident que Scrappy est une vedette. Elle a du charisme et un sens inné de la formule. Quand elle n'est pas trop tendue, quand elle se laisse un peu aller, il est impossible de détourner le regard – même pas pour les huissiers, et c'est comme ça qu'on voit qu'elle est efficace. Les huissiers ont tout vu, rien ne les impressionne plus, mais ils lui accordent toute leur attention, même quand elle ne dit rien.

« Bonjour, mademoiselle Lucero.

– Bonjour.

– Vous avez dit connaître monsieur Tavira dans votre précédent témoignage, mais connaissiez-vous Jacob Safulu ?

– Non.
– L'aviez-vous déjà vu ?
– Non.
– Mademoiselle Lucero, pouvez-vous raconter ce qui s'est passé ce soir-là ? »

Assise à la table du ministère public, Kristina est à trois mètres de moi environ, mais je sens qu'elle se crispe.

« Je me souviens pas de tout. Je planais pas mal.
– De quoi vous souvenez-vous ?
– Quelqu'un a frappé à ma porte et m'a réveillée.
– À votre porte d'entrée, vous voulez dire ?
– Ouais. Je suis allée voir, j'ai regardé et j'ai vu un homme dehors, je lui ai dit de partir.
– Qui était-ce ?
– C'était Augie.
– Le témoin parle d'Augustine Clark. Que voulait monsieur Clark ?
– De la drogue.
– Pourquoi venait-il vous voir vous ?
– Mon frère en vendait de temps en temps.
– Et que s'est-il passé ensuite ?
– J'ai dit à Augie de partir, mais il voulait pas. Il a failli arracher la gouttière de la maison de ma mère pour me faire sortir.
– Et vous êtes sortie ?
– Bah, ouais.
– Pour faire quoi ?
– Pour lui casser la tête, il agressait la maison de ma mère quand même. »

Des jurés, Ramos et Bunbridge, se couvrent la bouche pour cacher un sourire, et on ne peut plus arrêter Mlle Lucero. « Mais il sait pas se battre, le gringalet. Vous avez vu comment il est tout maigre. »

Les hommes du jury trouvent ça drôle. Les femmes – surtout Hall –, moins.

Je dois la recadrer. « Après que vous avez défendu votre domicile, que s'est-il passé ?

– Il est parti. Je l'ai regardé traîner son pauvre derrière dans la rue.

– Et à ce moment, êtes-vous rentrée chez vous ?

– J'ai essayé. Mais quelqu'un a crié mon nom, je me suis tournée, et les coups sont partis.

– La première balle vous a-t-elle touchée ?

– Elles m'ont toutes touchée. Vous avez vu les photos. Je me suis fracassée au sol comme si on m'avait jetée dessus. »

Le jury est captivé.

« Vous souvenez-vous d'autre chose ?

– Quand c'était fini, plus de flashs, plus de boum, j'ai juste senti quelque chose de dur sur mon pied. C'était lourd et chaud. Vraiment chaud. »

Waouh. J'essaie de me retenir. Le revolver était chaud ? Quelle information !

« Pardonnez-moi, mademoiselle Lucero. Vous dites que l'arme a été jetée, qu'elle a touché votre pied et qu'elle était chaude après avoir été utilisée ?

– Oui. J'étais pieds nus, alors je l'ai sentie.

– Madame la juge, puis-je montrer l'image de la blessure à la jambe du témoin ?

– Allez-y, maître Park. C'est la pièce dix-neuf. »

Je la projette à l'écran. J'attire l'attention sur la marque sombre sur son pied, le premier stade d'un hématome profond.

« Qu'est-ce qui a provoqué cette coloration, mademoiselle Lucero ?

– Un gun. C'est obligé. C'est lourd, ces choses-là, vous savez.

– Savez-vous ce qui est arrivé à l'arme ensuite ?

– Ça, je sais pas. Quelqu'un l'a prise, on l'a bougée ?

– Objection ! Spéculation.

– Retenue.

– Une dernière chose, mademoiselle Lucero. Avez-vous peur des accusés ?

– Non.

– Craignez-vous qu'ils vous infligent des violences ?

– Absolument pas. »

Elle me regarde dans les yeux, et je la crois. Si elle a peur, c'est la meilleure actrice du monde.

La suite se déroule plus facilement que prévu pour Lucero. Ken Gibson ne trouve pas d'autre recours que de tenter de la discréditer quant à sa capacité d'identifier ce qui est tombé sur son pied. Ce faisant, il sème quelques graines pour le réquisitoire du ministère public ; ils vont très certainement insister sur le changement de version des témoins. Ce n'est pas grave. Je vais contrer avec les abus de Petrillo.

Après le départ de Lucero, la juge Ayers fait dans les ressources humaines. Un des jurés doit partir en voyage d'affaires le lendemain matin, il ne peut pas reporter. Il est excusé et un remplaçant choisi au hasard prend sa place. Le juré numéro trois, l'Asiatique, est remplacé par la suppléante numéro trois, l'assistante dentaire de banlieue résidentielle, blanche. Kristina ne peut pas cacher sa joie. J'avais deux chances sur trois d'avoir un homme hispanique ou une femme noire, mais, au lieu de ça, je me retrouve avec le rêve de l'accusation : femme, blanche, bon revenu. C'est pas de chance.

Quand la séance est levée, je dis à Bertelsmann de prendre rendez-vous chez le médecin, et je vais voir Safulu dans la salle des détenus. J'apporte un sac plastique plein de vêtements. Généralement, c'est l'huissier qui s'en occupe, mais je propose de le faire aujourd'hui puisque je dois lui parler de toute façon. Wizard est déjà plus loin, de l'autre côté du sas, alors Safulu est assis seul.

« Tenez, d'autres vêtements pour vous.

– De la part d'Angela ? »

Je hoche la tête.

Il dit : « Je me demande pourquoi.

– Elle tient à vous peut-être ?

– J'imagine.

– Les ordres de la juge sont respectés pour la douche ?

– On se douche le soir maintenant.

– Comment vous avez senti les choses aujourd'hui ?

Il hausse les épaules. « Je sais pas. Je suis pas avocat.

– Ça s'est bien passé, croyez-moi. Je ne sais pas à quel point, mais si Mirkovich propose une négociation, il va falloir y réfléchir. »

Il dit : « OK », mais il a la tête ailleurs, alors je le laisse, et je me sens légèrement frustré de ne pas pouvoir célébrer une bonne journée pour la défense, ne serait-ce qu'un peu.

JACOB SAFULU, AKA DREAMER

13 JANVIER 1994
21 H 44

88

Ici, ça marche comme ça : si t'as une injonction pour prendre une douche, ils te laissent en prendre une. Sinon, tu peux pas. Voilà, c'est tout. Il y a que Wizard et moi. Et puisqu'on n'est que nous deux, on nous fait traverser le bloc 900, le disciplinaire. Je suis tout stressé au début parce que je crois qu'on est dans la merde, mais après je comprends qu'il y a des douches ici et que, comme il est tard, y a personne. C'est une petite pièce en forme de T. On entre, et y en a une sur la gauche et une sur la droite. Les douches sont dos à dos, et y a des petits bancs en métal.

Wizard, il a pas d'injonction en fait, mais il vient d'arriver. Je crois que celui qui gère les adjoints sait que nos dossiers sont regroupés. Il veut pas énerver la juge Ayers, parce que, s'il laisse pas Wizard se doucher, il sait qu'il va en entendre parler.

« Comment je peux être ici depuis un jour et avoir déjà les mycoses de Wayside ? Je porte des tongs et tout, bordel ! »

Wizard me parle par-dessus son épaule. Je l'entends à travers l'eau chaude. C'est pas vraiment un sifflement parce que la pression est faible ici, comme à la maison d'arrêt. Je crois qu'ils font exprès. Ça te fait bosser plus dur pour être propre.

Peut-être que c'est psychologique, ou peut-être qu'ils économisent. Je sais pas.

« Hé, m'sieur l'adjoint », fait Wizard ; il parle plus fort.

Le mec est genre un peu vieux. Blanc. La tête rasée. Il remplit des papiers sur le petit banc en métal pendant qu'on fait notre truc. « Oui, détenu ?

– C'est quoi la pire connerie que vous avez vue ici ? »

Il lève les yeux de son papier pour regarder Wizard, et baisse la tête.

Mais Wizard continue, il se sent plus parce qu'on a pas corrigé sa vulgarité. « Moi, le truc le plus fou que j'aie vu, et c'était pas ici, c'était à la maison d'arrêt centrale. Y avait trois gars qui faisaient des acrobaties de cirque, et ils sont montés les uns sur les autres pour aller chercher quelque chose dans le plafond, et je sais pas ce que c'était, du métal, quelque chose pour fabriquer un truc interdit, mais ils étaient en haut à chercher dans le plafond, trois petits mecs mouillés, tout nus, et peut-être que le gars du haut en voulait trop ou il est resté trop longtemps, parce qu'ils se font gauler ! »

Je regarde l'adjoint qui écoute maintenant. Il a lâché ses papiers.

« Et le gardien leur gueule dessus genre : "Vous faites quoi, bordel ? Vous volez du métal pour faire une lame ?" Et celui d'en bas ! Celui d'en bas ? Je crois qu'il a eu peur ou je sais pas, parce qu'il glisse ! Comme il est dans les douches et qu'il y a du monde, l'eau, elle crache de partout. Et quand le bas du totem tombe, tout dégringole. Le mec du haut, il se casse la gueule comme un con, de cinq mètres peut-être, et il fait bam sur le sol ! Ça fait du bruit comme quand tu fais un plat. Tu sais, le bruit quand tu te plies en deux ? Et tu le sens aussi quand tu l'entends ? Ouais. Eh ben, ce bruit-là. Et quand le connard du haut fait paf comme ça, l'eau gicle partout. Ouais, mec. Putain. Le mec du bas, ça allait, il a juste un peu tapé sa tête par terre. Celui du milieu s'est juste tordu la cheville, mais il a eu le poumon percé quand l'autre lui est tombé dessus. Et celui du haut est resté à l'infirmerie pendant un mois. Bras cassé. Mâchoire cassée. Je me souviens quand ils étaient en train de s'agiter par terre défoncés de partout, avec l'eau qui giclait toujours, et le sang qui partait dans les tuyaux. Putain. En fait, ça te montre que si tu dois tomber, il faut tomber de bas. Pas de haut. Sinon tu te fais niquer. »

Wizard rigole et l'adjoint aussi. Leurs rires se font écho, rebondissent sur les murs.

Parce que je ris pas, Wizard me fait : « Hé, Dreamer, je te raconte une histoire pour te remontrer le moral, mec. Tu fais la gueule toute la journée, tous les jours, et maintenant, tu fais encore la gueule ? Pourquoi ? Ça s'est bien passé pour toi aujourd'hui.

– Tu crois ?

– Mais ouais, mon gars. »

Il veut que je lui explique pourquoi je fais la gueule, mais ce sera à moi de me reprendre. Je sens de la rage à ce moment-là. Ça chauffe, mais je refoule. Parce que j'ai pas les mots pour dire ce que je ressens quand je suis avec lui, et peut-être que je les aurai jamais. C'est lui qui a les mots. Je suis juste celui qui doit être avec lui parce qu'on est dans la même galère, et je suis innocent, putain, et il a jamais rien fait pour être sûr que je m'en sorte. Comment ça se fait qu'il le voie pas ? Il se fout de moi ou quoi ? C'est un jeu pour lui ?

« Deux minutes, il dit l'adjoint.

– Oh, non ! dit Wizard. Allez, m'sieur ! Mon histoire, ça fait pas des points en plus ?

– Non.

– C'est dur. Vous avez cette histoire de tueur à raconter à vos potes, et on a même pas quelques minutes en plus pour ça. »

Je finis de me savonner. Je vais vite pour pas être à court d'eau.

Je vais plus jamais rien expliquer à Wizard. Vaut mieux rien dire, pas rentrer dedans. S'il me connaissait, s'il était vraiment mon pote, il saurait ce qui se passe. Il aurait pas besoin de demander. Et il a été en taule avant, alors il devrait savoir que ce qui me pèse, c'est pas juste lui et son comportement, mais que toute cette merde pénitentiaire commence à devenir normal pour moi. L'enfermement. Je commencer à réaliser. Ça me change profondément. Et si je suis privé de certaines choses, comme la lecture ou autre, si je peux pas m'échapper dans ma tête, j'ai le cœur qui s'écrase. Mes épaules aussi. J'arrive plus à bien respirer. Ça me serre. Et je me sens piégé. Je l'explique pas vraiment bien, parce que je suis piégé. C'est évident, en fait. C'est ça, la prison.

Je suis piégé depuis assez longtemps maintenant pour avoir le sentiment en moi. Je le trimballe avec moi, tout le temps. Et c'est une chose de se sentir piégé en prison. Avec des barreaux. Avec des menottes. Avec ces adjoints qui te suivent. Les gardiens du poste central qui t'observent en permanence. Les fouilles des lits. Les adjoints qui patrouillent, deux en haut, deux en bas. Feux allumés, feux éteints. Maintenant, j'ai cette sensation même au tribunal. Même quand je porte des beaux vêtements. Même quand j'ai pas de menottes et que je devrais me sentir comme une personne normale. Pour moi, c'est pas des moments de liberté, des moments où je suis un putain d'être humain. Là-bas, je commence à me sentir comme dans le car, comme ici. Ça me tire vers le bas... Le système est en moi maintenant. Et c'est comme du béton qui durcit avec chaque jour qui passe. Le poids devient énorme, un poids si lourd que je veux rester dans mon lit toute la journée. Je veux plus me lever pour la muscu. Je veux juste dormir et plus me réveiller. Rêver pour toujours.

Le plus dingue, c'est qu'à ce moment c'est comme si Wizard m'entendait penser, parce qu'il dit : « T'es pas encore parti dans tes rêves à la con, hein ?

– Nan. »

Mais ouais. Il m'a compris. Il m'a calculé sans même me regarder. Et je vais pas lui dire, parce que ça me plaît pas. Pas quand on est encore en froid.

Avant, j'étais juste Jacob dans le quartier, et comme personne connaissait de Jacob, c'était bien, mais quand ma mère est partie, j'ai morflé. Wizard savait ce qui se passait, mais il disait rien. Il savait que j'étais triste. Il savait pourquoi j'avais arrêté d'aller en cours, pourquoi je dormais toute la journée. Et quand il passait à l'appart avant que je me fasse expulser pour avoir pas payé mon loyer, il me demandait de quoi j'avais rêvé pendant tout ce temps. Je devais avoir des rêves énormes pour dormir autant, il me le répétait tous les jours. C'est pour ça qu'il m'a appelé Dreamer. Putain. Pour me rappeler que je devais faire autre chose que dormir. Et pour m'empêcher de retomber là-dedans et me pousser à faire quelque chose de bien. Après, il m'a pris sous son aile. Il a demandé aux Matta de m'accueillir, et il m'invitait souvent chez lui, parce qu'il savait ce que c'était de pas avoir sa mère. Il était capable de voir ça en moi, parce qu'il avait vécu la même chose. Et comme Angela faisait la cuisine, on a fait un peu plus connaissance, dîner après dîner, chaque fois que je venais pour regarder des films et bédave. Et c'était bien comme ça, juste nous trois.

Par-dessus mon épaule, je dis : « Le truc avec Angela, ça me fait halluciner. »

Et c'est vrai, mais c'est pas vrai. C'est pas tout, mais c'est quelque chose.

« D'entendre qu'elle est sortie avec Petrillo, hein ? C'est tordu, ça, mon frère. »

J'ai rien à ajouter. Wizard a tout dit. Et le truc, c'est qu'Angela est plus à moi. J'ai pas le droit de dire ce qu'elle peut faire ou pas. Est-ce que ça me plaît qu'elle ait fait ça ? Non, putain. Mais c'est pas à moi de le dire. Et c'est la vie. J'ai déjà dépassé ça. Je veux pas regarder en arrière, mais, là, j'étais obligé. Je l'avais devant moi au tribunal.

L'eau s'arrête de couler. On se sèche, on met nos uniformes. On nous ramène ensemble parce qu'on est dans le même dortoir, comme s'ils voulaient qu'on provoque quelque chose avec Tim Muhammad, pour pouvoir nous enfermer pour de bon. Mais c'est peut-être parce que Wizard s'est bien conduit et qu'il a pas foutu la merde à la maison d'arrêt, et aussi parce que c'est plein partout, le 700, le 800, mais je sais pas. Ça me fait un peu chier de presque être content de passer la porte du 617 avec lui. On sent la nervosité dans l'air. C'est comme avant une grosse pluie. Et même les gars à moitié endormis hochent la tête à son passage. C'est déjà mieux avec lui ici, parce que Nada a dû se mettre un peu en sourdine, mais il décide toujours parce que son cousin a les clés à la prison de Calipatria*.

Wizard est à trois lits de moi, au milieu, 8B. Quand on arrive, je regarde au premier étage. Des Bloods. Je sens mon bide se serrer et je me tiens prêt à frapper si j'ai pas le choix. L'un d'entre eux nous guette et me lance des regards de haine. C'est de la haine et des promesses. Quarante gars sont allés à l'infirmerie après la baston de la cantine la dernière fois. Plus de la moitié était des Noirs. Ils vont nous faire payer. Je le sais. Wizard le sait. Nada le sait. À la première occasion, ils se jetteront sur nous. Et je sais pas ce que je vais devoir faire quand le moment viendra, mais je sais que le putain de monstre le fera.

ANGELA ALVAREZ

14 JANVIER 1994
8 H 57

89

C'est Me Park qui m'a dit ce que Phil... Petrillo, je veux dire. Ce qu'il avait fait. Qu'il ciblait des femmes sur qui il avait du pouvoir. Il m'a parlé de la plainte de Renee Sifuentes, une fille plus âgée que moi dont il était l'agent de probation. Il m'a montré une photo, et c'est flippant comment on se ressemble. Ça a tout changé de voir ça. Ça m'a fait mal. J'ai rien de spécial, il fait ça tout le temps. Je m'en veux tellement de m'être fait avoir comme ça. Je sentais depuis le début que c'était pas bien, mais je l'ai fait quand même ! J'avais tous ces « mais » dans la tête, mais j'ai continué à lui donner les bénéfices du doute.

Puis c'est la colère qui est venue. Pas juste contre moi-même, mais contre lui aussi. Je me suis sentie abusée quand je me suis rappelé combien de fois il était entré dans ma chambre pour la fouiller. Il en savait autant sur moi à cause de ça sûrement, avant même qu'on commence à se parler. Et quand Me Park m'a dit que Petrillo pourrait avoir mis le revolver là pour se débarrasser de Jacob et d'Omar, et pour être seul avec moi, j'ai lâché mon café et tout s'est renversé.

Je vais voir une psy. Et elle a dit que j'avais fait une crise d'angoisse. Et tout ce que je savais sur le moment, c'est que je me sentais malade, au plus profond de moi. Dans mon âme.

Je ressentais une sorte de culpabilité à laquelle je pouvais pas échapper. C'est ma faute si Jacob est là où il est. Enfin... je sais que non, mais c'est ce que j'ai quand même ressenti. C'est ce que je ressens. Et ça va peut-être durer s'il sort pas.

Je fais les cent pas dans le couloir devant la salle d'audience, en attendant d'être appelée par l'huissier. La seule chose qui est bien aujourd'hui, c'est que la juge a pas laissé venir Petrillo pour mon témoignage. Mme Matta et Jeo me passent devant en entrant. Jeo veut pas me regarder. Mais Mme Matta a les yeux cernés quand elle me dit en espagnol qu'elle a pas dormi de la nuit. Elle a prié saint Léonard. Le saint des prisonniers. Je prie pas pour un miracle, mais pour la vérité.

Le jury passe aussi, et j'attends quelques minutes avant que l'adjoint sorte et m'emmène à la barre, mais je comprends pas pourquoi on appelle ça comme ça puisqu'il y a qu'une petite chaise dans un box à côté du bureau de la juge. L'assistant me fait prêter serment, alors je jure de dire la vérité. Et je fais l'erreur à ce moment-là de regarder là où Mme Matta est en train de me sourire comme le faisait ma tante. Jellybean hoche la tête. Et je sais que je devrais pas, mais je regarde Jacob aussi. J'ai tellement regardé le dos de sa tête, et son profil. C'est étrange de le voir de face comme ça. Il fait plus vieux. Il est plus musclé. Comme s'il portait le poids en lui. Ça me rend triste, alors je baisse les yeux. Je me concentre sur mes mains. Sur la bague de ma tante à ma main droite, là où elle la portait elle aussi, et je lui promets qu'elle sera fière de moi.

Me Park a dit que ça commencerait doucement. Lentement. De façon mesurée. Je suis un témoin de la défense, alors Me Park pose les questions en premier. Me Bertelsmann et lui ont déjà décidé que m'sieur B me poserait pas de questions. Je peux pas faire grand-chose pour aider Jellybean en témoignant sur sa moralité, il a dit, alors il veut se concentrer sur Jacob et prouver que Petrillo était bien seul chez moi et qu'il s'est mal comporté.

« Bonjour, mademoiselle Alvarez, Me Park me dit.

– Bonjour, maître. »

On commence par les questions simples où on répond par oui ou par non. Est-ce que je fais une école d'infirmières ?

Oui. Est-ce que j'habite à cette adresse ? Oui. Y étais-je le 7 décembre quand l'arme a été découverte ? Oui. L'agent Petrillo était-il aussi présent ? Oui. L'adjoint Jackson était-il présent ? Oui. Alors, on y va.

« Selon vous, combien de temps l'agent Petrillo a-t-il cherché avant de trouver le revolver ?

– Dix-sept minutes, je dirais.

– Comment le savez-vous ?

– J'ai regardé l'horloge quand il est arrivé. Il était 09 h 09.

– Pourquoi avez-vous regardé ?

– Parce qu'Omar a dit que c'est une bonne idée de noter à quelle heure arrivent les agents et à quelle heure ils repartent. Alors j'ai pris l'habitude.

– Alors comment savez-vous combien de temps s'est écoulé ?

– Quand l'adjoint Jackson m'a fait venir dans la chambre, j'ai regardé le radio-réveil sur la commode qui indiquait 09 h 33.

– L'agent Petrillo était-il resté seul pendant ce temps-là ?

– Pas quand il était dans la cuisine et le salon, mais après oui.

– Pouvez-vous estimer le temps qu'il a passé seul ?

– Environ six ou sept minutes.

– Je vois. Mademoiselle Alvarez, diriez-vous que vous avez une bonne notion du temps ?

– Oui. »

On parle du déroulé de la soirée où Scrappy s'est fait tirer dessus. Je dois dire que Jacob est pas fan des Lakers, qu'il a jamais eu de sweatshirt jaune. Je rentre dans les détails sur ce que j'ai dit à Jacob et pourquoi je l'ai dit, et je me sens super mal de dire ça devant le tribunal, officiellement, d'avoir des témoins de comment je l'ai largué. Mais je reste sur le timing. Je suis précise. Comme dans mon interrogatoire avec l'inspecteur Montero, celui que Me Park affiche sur l'écran.

Il demande : « Vous reconnaissez ceci ? C'est votre déposition ? »

Je dois prendre un moment pour tout lire. « Oui.

– Pouvez-vous lire les passages surlignés ? »

Je lis les parties où il y a écrit que Lucrecia Lucero a été abattue à 21 h 30, et je dis que c'était pas possible que ce soit

Jacob parce qu'il était avec moi. Il me demande si je suis sûre, et je lui dis que oui, à 100 %. Il change après ça.

« Mademoiselle Alvarez, quand l'agent Petrillo vous a-t-il invitée à sortir ?

– C'était pas si simple. »

Et là, j'explique. Je dis à la cour comment ça a commencé, comment il est venu frapper à ma porte, que je m'ennuyais, alors je l'ai fait marcher en demandant son âge, et j'ai trouvé qu'il était gentil et intéressant. Je surmonte la honte, le fait qu'Omar et Jacob doivent entendre ça. Mais la vérité doit sortir. J'avoue que j'ai donné mon numéro à Phil. J'avoue que je suis allée au Potholder avec lui. J'avoue être allée à Disneyland avec lui le 23 décembre. J'avoue l'avoir embrassé dans le château de la Belle au bois dormant, et l'expression de Jacob quand je *dis ça* est déchirante.

Quand c'est à Mme Mirkovich, je me redresse un peu. Me Park m'a dit d'être aussi polie que possible. Il a dit que la politesse est comme un super-pouvoir qu'on peut utiliser contre les Blancs, parce qu'ils croient que c'est important. Ils voient rien venir après, et ils savent pas toujours comment le prendre, surtout au tribunal.

« Mademoiselle Alvarez, bonjour.

– Bonjour, madame. »

Elle fait une petite grimace avant de dire : « Vous avez donné votre numéro sur liste rouge à monsieur Petrillo à Tom's Burger le 10 décembre. C'est exact ?

– Je ne me souviens plus de la date exacte, mais je crois que c'est ça, oui, madame.

– Est-il raisonnable de dire que vous avez cherché à entamer une relation amoureuse avec lui ?

– Je ne dirais pas que je l'ai cherché, madame, mais je l'ai encouragé.

– Et aviez-vous rencontré l'agent Petrillo avant le jour où l'arme a été retrouvée chez vous ?

– Oui, madame.

– À quelle occasion ?

– Quand il venait surveiller Omar et vérifier qu'il respectait sa liberté conditionnelle.

– A-t-il fouillé la maison à ces occasions ?

– Oui, madame.

– Et interagissiez-vous ?

– Seulement pour confirmer mon identité et dire que j'étais la propriétaire de la maison depuis que ma tante était décédée.

– Vous n'aviez donc pas eu de conversation auparavant ?

– Non, madame.

– Vous avez déclaré que les choses avaient changé le jour où l'agent Petrillo est venu frapper à votre porte le 8 décembre, c'est bien ça ?

– Oui, madame.

– Pourquoi lui avez-vous posé des questions personnelles ?

– Objection, la question a déjà été posée. »

Mme Mirkovich soupire fort. « Je reformule. Après que vous avez posé des questions personnelles, le comportement de l'agent Petrillo envers vous a-t-il changé ?

– Oui, madame.

– Pensez-vous que vos encouragements aient pu influencer son comportement ?

– C'est possible.

– Et le 10 décembre, quand vous lui avez donné votre numéro de téléphone, l'avait-il demandé ?

– Non.

– L'avez-vous donné de votre propre initiative ?

– Oui, madame.

– Ce sera tout. »

MAÎTRE NICK PARK

14 JANVIER 1994
13 H 30

90

Kristina n'a pas offert de négocier avec mon client. Elle n'a même pas demandé à parler après le bon déroulement du témoignage d'Angela. Elle doit savoir que ça ne sert à rien, que j'aurais recommandé à Jacob de refuser par principe. Elle n'aurait jamais dû inculper mon client. Il n'y avait pas assez de preuves, et je savoure l'opportunité de le dire aux jurés une dernière fois.

Comme Gibson a fait son réquisitoire avant le déjeuner, la juge me demande si je suis prêt pour ma plaidoirie.

« Oui, madame la juge. Je dis. Merci. »

Je prends place à la droite du pupitre.

« De façon purement hypothétique, considérons les preuves matérielles que vous *auriez* pu voir dans cette affaire – si elles existaient. Peut-être qu'une empreinte de semelle aurait pu être trouvée dans le jardin de mademoiselle Lucero sur Josephine Street. »

Je regarde le juré numéro un.

« Ce dont nous ne disposons pas, monsieur Bundridge. »

Il semble surpris que je me rappelle son nom, et c'est excellent, parce c'est mon coup de grâce. Je me souviens de leur nom à tous. Je les citerai jusqu'au dernier. C'est une astuce de l'époque où j'étais chez le procureur.

« Non seulement nous ne disposons pas d'empreintes, mais nous ne disposons pas non plus de chaussures pour aller avec ces empreintes.

« Pourquoi, mademoiselle Vincent ? Parce que ces preuves n'existent pas.

« Aucune preuve matérielle de ce type n'existe contre mon client.

« Ses empreintes digitales n'ont pas été trouvées sur l'arme, madame Francis-Stuckey. Aucune.

« Pas d'empreintes, bien que le revolver ait été trouvé dans la commode que monsieur Safulu et mademoiselle Alvarez partageaient.

« Si un criminel est assez réfléchi pour porter des gants ou nettoyer, effacer, ses empreintes sur l'arme du crime, pourquoi ce criminel aurait-il gardé cette arme ?

« Lucrecia Lucero elle-même, la victime, a déclaré devant la cour que l'arme avait été jetée sur la scène de crime.

« Elle a déclaré l'avoir sentie *tomber sur elle.* »

Bertelsmann projette la pièce dix-neuf du ministère public. Je désigne le bleu.

« Mademoiselle Coretti, nous ne savons peut-être pas comment le revolver est arrivé jusqu'à Virginia Avenue. Je n'ai certainement pas entendu d'explication raisonnable, rien qui n'aille dans le sens du récit de la victime, qui elle-même affirme que l'arme a été laissée sur les lieux.

« Ça n'a aucun sens, mademoiselle Sharp.

« À moins, bien sûr, de prendre en compte un élément capital, mesdames et messieurs : messieurs Tavira et Clark sont suivis par le même agent de probation, monsieur Phillip Petrillo, et ça pourrait être…

– Maître Park, m'interrompt la juge, dois-je vous rappeler qu'il vous faut rester sur les faits du dossier ?

– Madame la juge, je m'en tiens uniquement aux faits mis en évidence dans cette affaire », je réponds.

Elle me lance un regard. « Continuez. Mais avec circonspection.

– Merci, madame. Le 7 décembre au matin, monsieur Petrillo prenait la relève de sa collègue pour le suivi de ce dossier.

« La victime dit que l'arme a été jetée sur son pied, et pourtant le témoin qui a pansé sa jambe, monsieur Clark, affirme qu'elle n'était pas par terre.

« Vous avez entendu la chronologie de l'accusation, mesdames et messieurs.

« Nous savons que monsieur Petrillo a emmené monsieur Clark pour subir un interrogatoire mené par l'inspecteur Montero au poste de Firestone. Il a ensuite immédiatement emmené l'adjoint Jackson avec lui à l'adresse de Virginia Avenue, et voyez-vous ça, monsieur Barsamian ! Il y a trouvé un revolver.

« Grâce à quoi, l'arrestation de messieurs Tavira et Safulu devenait possible, mais, surtout, que s'ensuit-il à Virginia Avenue ?

« Il s'ensuit une maison vide, laissant le champ libre à l'agent Petrillo pour séduire Angela Alvarez. Nous avons entendu mademoiselle Nuñez témoigner qu'ils se tenaient la main à Disneyland.

« C'est la seule explication plausible en ce qui me concerne, mademoiselle Leitner.

« Toutes les autres versions que nous avons entendues au tribunal sur ce qui s'est passé sur Josephine Street le 6 décembre ont autant de trous qu'un parcours de golf. »

Je provoque des ricanements, quelques sourires.

« Et pourtant, voilà ce que nous savons : à part le revolver, découvert dans des circonstances suspectes par un agent de probation à la réputation douteuse, il n'y a *aucune preuve matérielle* qui lie mon client à ce crime, madame Ramos. Aucune. »

Je balaie le jury du regard.

« Alors, de quoi dispose l'accusation ?

« De cassettes audio, vidéo ? De notes écrites ayant circulé entre messieurs Safulu et Tavira confirmant l'existence du complot présumé ?

« *Non.* Vous devez donc en conclure qu'il n'y a pas de complot. C'est ce que disent les faits.

« Mon client était-il présent ce soir-là ? Non, monsieur Maldonado.

« Angela Alvarez est venue nous le dire à la barre, et je la crois sans réserve.

« Car quelle serait l'alternative, monsieur Ghazali ?

« Devez-vous croire sur parole l'agent de probation qui a fait l'objet, de son propre aveu, de *quinze plaintes* contre lui pour ses agissements en service ?

« Quinze, mesdames et messieurs. Deux, peut-être. Trois, passe encore. Mais quinze ? Il ne s'agit pas d'un moment d'errance mais d'un mode de fonctionnement.

« L'agent Petrillo est un homme mis en cause par une jeune femme dont il avait la responsabilité, un homme qui a cherché à séduire mademoiselle Alvarez, la cousine d'un individu qu'il venait d'envoyer en prison.

« Voilà les faits.

« Ou devez-vous croire sur parole un condamné, monsieur Clark, un homme qui, de son propre aveu, est accoutumé à l'usage de drogues dures – d'héroïne, la plus addictive d'entre elles, le plus dangereux de tous les stupéfiants illicites ? L'accusation voudrait que nous le croyions *lui*, madame Campbell ?

« Elle veut que vous croyiez la version des événements de monsieur Clark, qui dit avoir vu mon client sur les lieux, alors qu'il a déclaré sous serment qu'il ne *connaissait pas monsieur Safulu de vue* ? »

Mon expression communique clairement aux jurés que c'est la chose la plus folle que j'aie jamais entendue de ma vie.

« L'accusation veut que vous le croyiez lui plutôt qu'une élève infirmière ? Une des meilleures élèves de son lycée, une athlète médaillée, jamais accusée d'un crime de sa vie, bien qu'elle habite un quartier gangrené par les gangs et qu'elle partage son domicile avec un membre actif présumé ?

« Cela a-t-il du sens pour vous, mesdames et messieurs ?

« Ça n'en n'a pas pour moi, et je peux vous dire d'ores et déjà que, durant mes sept ans d'expérience en droit pénal, Angela Alvarez est l'une des personnes les plus courageuses que j'aie vues à la barre.

« Elle est venue nous livrer une vérité difficile à avouer, qui la montre sous un mauvais jour.

« Elle l'a fait devant son ex-compagnon, sachant qu'elle le blesserait une fois de plus, mais elle l'a fait pour la vérité.

« *Car c'est la vérité.* Vous le savez comme moi.

« Jacob Safulu n'était pas sur Josephine Street ce soir-là. Il était sur Virginia Avenue, à près de trois kilomètres de là – un fait confirmé par mademoiselle Alvarez dans sa déposition et son témoignage devant vous.

« Mesdames et messieurs, vous l'avez entendu encore et encore pendant ce procès, la juge l'a dit, et je l'ai dit. L'accusation doit pouvoir prouver ses arguments au-delà de tout doute raisonnable.

« Ce que cela signifie, madame Wu, c'est que vous devez être certaine de l'endroit où se trouvait mon client ce soir-là, et avec les preuves présentées ici, c'est tout simplement impossible.

« L'accusation n'a pas su démontrer sa thèse concernant mon client, et c'est pourquoi vous devez déclarer Jacob Safulu non coupable de toutes les charges qui pèsent contre lui.

« Non coupable de complot en vue de commettre une infraction.

« Non coupable de tentative d'assassinat.

« Non coupable de menace de violence avec arme.

« Non coupable de mutilation.

« Vous devez écouter vos doutes très raisonnables en jugeant cette affaire, qui offre si peu de faits aux lumières du droit.

« Alors, vous rendrez la liberté à un innocent. »

JACOB SAFULU, AKA DREAMER

17 JANVIER 1994
4 H 31

91

Mes yeux s'ouvrent dans une secousse. Tout le lit superposé glisse sur le sol.

Je me dis que c'est Slow Poke.

C'est pas lui.

Je vois sa main au-dessus de moi, qui tient le bord de son lit pour pas tomber. Le lit du haut est vide.

À ce moment-là je sais que ça peut être qu'une chose.

Un putain de tremblement de terre.

Et je me dis, *laisse passer.*

Je me dis, *c'est pas le premier que tu sens.*

Mais il s'arrête pas. Six secondes. Sept.

Il devient plus violent. J'arrête de compter quand le sol se met à onduler.

Ça fait comme l'océan. En haut, en bas et sur le côté.

Et ça fout les boules, putain.

Les autres aussi doivent le sentir, parce que les voix se réveillent dans le dortoir.

« Yo, c'est un tremblement de terre ! » et : « Le Big One, enfoirés ! » et juste des cris.

Je m'accroche au cadre du lit en métal à côté de ma tête.

Je dis : « Ça va, Poke ? »

Poke bondit par terre, ça claque. Et il grogne.

Je dis : « Poke, ça va ?

– Je me suis niqué la cheville, il dit. Elle est cassée si ça se trouve. »

Ça s'arrête pas, je me dis.

Ça continue, de plus en plus fort.

Ça s'éternise, ça ondule.

Comme aucun tremblement de terre que j'ai senti avant.

Et il y a un bruit. Un grincement en dessous. *Crrriiic.*

Comme si la terre grinçait des dents.

Et il y a d'autres bruits tout autour de nous.

Des lits couinent et glissent.

Les ampoules cognent dans leur cage.

Les têtes de douches font taper les tuyaux dans les parois.

D'autres connards tombent de leur lit à plat par terre.

Ils crient.

Mais il y a deux catégories…

Ceux qui se font mal et qui flippent.

Et ceux qui font flipper les autres.

Et le sol bouge toujours. Et je me demande si ça va s'arrêter un jour. J'en suis là.

Et je comprends qu'il va se passer quelque chose.

De plus gros que l'émeute de la semaine dernière.

Ça va être le chaos. Le sang va couler.

Parce que c'est une question d'opportunité ici.

Tu trouves une occasion ?

Tu la saisis.

Et ce qui se passe, ça nous donne beaucoup d'occasions.

Je sais même pas depuis combien de temps ça bouge.

Une minute ? Deux ? Aucun moyen de le savoir.

Mais il y a une grosse secousse en dessous.

Et Poke tombe encore.

« Putain, mec », il fait.

Et c'est là que ça s'arrête.

Et c'est là que je sais que si on bouge pas, on sera piégés dans la mêlée.

Je dis à Poke : « Mets tes godasses. »

J'enfile les miennes.

Et il en met une. Je l'aide pour l'autre.

La sirène s'enclenche enfin.

Par-dessus, je crie : « Poke, tu peux marcher ?

– Ouais, c'est bon. »

Mais c'est pas vrai. Il boîte à côté de moi. Je le soutiens.

Je baisse la tête et j'avance vers le lit de Wizard.

Mon adrénaline monte. J'ai envie de courir. Elle me donne pas le choix.

Maintenant, je suis content d'avoir fait l'entraînement de Nada.

Parce que je soulève Poke comme une plume.

Je dois atteindre Wizard. Je pense qu'à ça.

Je capte des images du coin de l'œil en avançant.

Un gars regarde sa main ouverte. Un petit doigt en sang qui est sur le point de se détacher.

Un gars met des coups de coude dans la tête de son compagnon de lit.

Un gars dans les chiottes jusqu'aux coudes sous l'escalier.

Un gars pille la bouffe d'un connard qui l'avait cachée sous son matelas.

Un gars avec sa couverture en cape, debout sur le lit d'en haut comme un surfeur ou une connerie du genre.

Et quand j'arrive enfin là où devrait se trouver le lit de Wizard…

Il est pas là.

Son oreiller a plus de housse.

Putain !

Je regarde à gauche. À droite.

Dans l'escalier, un pauvre *uso* se fait poignarder par un Wood baraqué.

Et je cligne des yeux.

C'est le gars qui m'a filé le bouquin. De samoan.

Et je peux pas me retenir.

Je laisse Poke sur le lit de Wizard.

Et je monte l'escalier en speed, direct vers le Wood.

Je frappe cette merde nazie si fort dans le genou que je te jure je l'ai cassé.

Il tombe chelou. La bouche ouverte en glissant dans l'escalier.

Je le suis.

Et je le frappe en passant pour aller chercher un drap sur le lit le plus proche.

Je l'utilise pour bander la taille de l'*uso* et deux autres *uso* montent l'escalier.

Ils le descendent et l'emmènent près du mur à côté des téléphones.

Ils veulent pas s'en mêler. Et c'est compréhensible.

Mais, avant d'être emporté, celui qui s'est fait poignarder me lance un regard qui en dit des tonnes.

Surtout, il dit *merci*.

C'est le plus fort. *Merci*.

Mais je pars. J'ai pas le temps pour autre chose.

Je retourne voir Poke. Il est toujours près du lit de Wizard. Toujours pas de Wizard.

Les lumières d'urgence s'allument enfin.

Des petits cercles de lumière jaune en haut des murs.

On décide de se barrer.

On fait pas cinq mètres avant de tomber sur un groupe de *raza* qui suivent Wizard.

Avec un masque de *bandito* blanc sur son visage.

La housse de l'oreiller.

Il me fait une demi-embrassade, parce que je transporte toujours Poke.

Putain, je me dis. *C'est bon de voir ce connard !*

Des grenades lacrymo passent par les barreaux. Jetées par des adjoints.

Elles explosent.

Quelque chose me brûle le côté comme un feu d'artifice qui pète.

Mais ça m'arrête pas.

J'avance avec les autres. On attrape des lits à trois étages. On les installe contre les barreaux pour que les adjoints entrent pas.

On bloque l'entrée avec ça. Les autres les tiennent.

Ils plaquent des matelas contre les barreaux pour que les grenades passent plus.

C'est là que je me tourne et que Wizard a une housse d'oreiller pour moi.

Il me l'attache autour de la tête. C'est trop serré.

Ça me coupe le nez.

Mais je peux rien y faire.

Wizard crie : « Où y a des couteaux ? »

Je hoche la tête pour qu'il me suive. Ils sont huit avec nous maintenant.

Un bon petit crew que personne va emmerder.

Je montre à Wizard qu'on a des couteaux cachés dans le drain de la douche. Ils pendent de l'égouttoir par une corde en plastique transparent tressé par des *paisa*.

C'est de la qualité. Quand c'est pas des lames de rasoir sur des brosses à dents fondues, c'est un bout de lame de scie qu'un ouvrier a jeté et qu'un détenu de conf a récupéré en vidant les poubelles.

Wizard les sort, il en garde un. Il en donne un à Poke.

Sa cheville est morte. Il bougera plus. C'est pour qu'il puisse se défendre.

Je tends la main.

Wizard regarde ferme.

Genre, déconne pas avec ça.

Il me dit dans l'oreille : « Je veux pas que t'aies un putain de schlass sur toi ! »

Et j'entends. J'entends bien.

Et ça me déstabilise,

Il en a enfin quelque chose à foutre de ma gueule ?

Il essaie de me protéger ou quoi ?

Le sol repart.

Sur le côté.

Une réplique.

Et tous, on s'accroche à quelque chose.

Au sol. Aux cadres des lits. À un autre gars. À n'importe quoi.

On attend que ça passe.

Quand c'est fini, Nada est là.

Comme s'il venait de nulle part.

Il a six *cholo** avec lui. Des durs. Ils posent pas de questions, ces connards,

Et je sais…

Qu'on part en chasse.

92

Je sais où on va. En haut de l'escalier. Chez les *mayates*.

Bloods. Crips. On s'en fout.

Si c'est noir, on défonce.

Je le sens dans mon bide. Je sens une excitation froide en moi.

On approche par le coin du fond, ma douleur empire.

Encore des grenades du haut des barreaux.

Comme si ces connards les lançaient sur des échelles.

L'air devient gris avec la fumée.

Ils coupent la clim.

Le gaz arrive ensuite.

Et l'air devient blanc.

Les adjoints se contentent de ça pour l'instant. Rien d'autre.

Ils entrent pas.

Merde, moi non plus, j'entrerais pas.

Ils préfèrent qu'on s'entretue d'abord. Qu'on se fatigue. Et après, ils font le ménage.

Mes yeux voient flou. Les larmes arrivent.

Au moins, on a les housses sur la bouche.

Au moins, on a quelque chose entre nos poumons et la piqûre.

On encaisse.

On traverse jusqu'au fond à droite.

On monte l'escalier. Des marches mouillées. Et je me dis, *pourquoi c'est mouillé, putain ?*

On se couvre les uns les autres.

Nada défonce un gars à mi-chemin.

Il le frappe dans le ventre, et le mec se plie en deux. Puis Nada met toute sa force dans un crochet et l'envoie par-dessus la rambarde. Pour un petit, il a de la puissance.

On arrive en haut. C'est encore plus mouillé.
Ça fait qu'on avance lentement. On essaie de pas glisser.
Derrière, dans le coin, c'est là qu'on les trouve. Dans les numéros vingt.
Ils ont un regard animal.
Les yeux écarquillés. Gonflés à bloc. Le dos protégé. Prêts à mourir.
Je vois le décideur qui se tient à côté des toilettes du haut qu'ils ont remplies avec tout ce qu'ils pouvaient pour les boucher.
Et ils tirent la chasse. Encore et encore.
Et là, je comprends. L'inondation.
Comment l'eau coule dans l'escalier. Goutte sur le sol en métal. À travers.
Je me dis que c'est malin. Ça change la donne.
C'est plus dur pour tout le monde de les attaquer, parce qu'ils savent qu'ils sont pas assez.
Mais on est déjà là.
Nada lève les bras, il les provoque. Il s'excite.
Les Noirs s'en foutent.
Ils bougent pas. Ils ont le meilleur terrain.
Il y a un truc qui me gêne.
Ils sont trop immobiles.
Comme s'ils attendaient.
Et quelque chose me fait halluciner aussi. Je vois pas Tim Muhammad.
Je cligne des yeux. Je regarde. Et la housse d'oreiller est trop serrée, elle est mouillée, elle glisse.
Je regarde derrière pour être sûr qu'un autre groupe va pas venir nous coincer.
Je regarde en l'air…
Et je vois Muhammad accroupi qui saute du haut du lit superposé le plus proche.
Ce connard me plaque.
Je vais direct dans la rambarde, et je tombe sur le sol en métal. Je suis tout de suite mouillé.

Et c'est là que ces connards nous tombent dessus. Juste à ce moment-là.

L'élément de surprise.

Nada y va la tête la première.

Puis il y a que des jambes autour de moi.

Des coups de pied dans l'eau.

Le premier crochet qui atterrit fait taire les sirènes.

Mes oreilles sifflent.

J'essaie de me lever.

Je peux rien attraper alors qu'il est sur moi.

Nada essaie de le planter. Il le rate.

Alors Tim le rétame avec un coup qui le fait tomber.

Nada s'écroule par terre.

Et Tim recommence à me frapper.

Il me défonce les côtes. J'ai le souffle coupé.

Je le vois sourire.

Je le vois croire à sa vengeance.

Et c'est là que je vois Wizard.

Derrière lui.

Des taches de sang sur son masque de *bandito*.

Avec son couteau. Il plante Muhammad dans le dos. Les côtes. Près de la gorge, quand il se tourne avec la douleur.

Juste *pah, pah, pah...*

Muhammad veut plus se battre après ça.

Il veut se tenir le cou.

Se couvrir.

S'enfuir.

Et c'est ce qu'il fait.

Il bondit. Fonce dans un groupe de *mayates* qui renversent des lits au bout de l'étage.

Ils font un fort.

Et je veux pas m'approcher de ça.

Je me traîne contre la rambarde. Et je glisse.

Wizard m'attrape par le tee-shirt.

Il me soulève.

Me sauve.

Alors qu'on bat en retraite.

OMAR TAVIRA, AKA WIZARD

18 JANVIER 1994
3 H 43

93

Après tout ce chaos, le procès est pas reporté, même pour un jour. On l'apprend que quand les adjoints chargent tôt le matin en criant, toujours en tenue anti-émeute, et qu'ils nous réveillent pour le transport. On s'est fait niquer quand ils sont rentrés, et ils nous ont séparés, par races. Ils ont sorti tous les Noirs du 617. Je sais pas s'il y a eu des morts, mais je sais que des gars sont allés à l'hôpital, et que l'infirmerie est tellement pleine qu'il y a des lits dans le couloir. On en sait pas plus. On est interdits de téléphone. Pas de journaux chez le coiffeur. C'est la punition. On est tous inquiets pour nos familles et nos quartiers sans moyens de savoir, alors on parle que de ça. C'était genre un neuf sur l'échelle de Richter, c'est ce que les gens disent, mais je sais pas d'où les gars tiennent l'information. Tout ce que je peux me dire, c'est que ça va en fait, parce que sinon on n'irait pas au tribunal direct.

On nous fait partir quand il fait encore noir, et la seule eau qu'on nous laisse boire a été bouillie. Y a une casserole géante sur la table avec des gobelets, parce qu'ils ont pas le droit de nous priver de boire, j'imagine. S'ils pouvaient, ils le feraient. On a pas non plus la télé dans la cellule d'attente. Y en a qui se plaignent, mais les adjoints écoutent pas. J'écouterais pas non plus si je venais de disperser une émeute. Mais y a un truc intéressant. Pour la première fois, ils nous mettent dans une cellule qu'avec des *raza*. Ça veut dire qu'ils ont mis les Noirs dans une autre. Y a un sentiment de paix du coup, et même les adjoints ont l'air surpris par le calme. La plupart dorment ou essaient de dormir, parce que c'est la première fois depuis que ça a pété qu'on est assez en sécurité pour le faire, dans une pièce comme celle-là, avec des gens de sa race autour de soi, et où on transpire beaucoup moins.

Dreamer et moi, on est assis côte à côte, mais on a pas besoin de parler. Je veux dire, il me dit juste merci et me regarde genre je sais pourquoi il me remercie, mais je lui dis de la fermer. J'ai pas besoin qu'il aille dire aux autres que je voulais pas qu'il ait un couteau sur lui, ou que j'ai fait ce que j'ai fait pour qu'il soit pas obligé d'en avoir. C'est entre nous, ça regarde personne d'autre, mais, putain, ça fait du bien qu'il sache que j'étais là quand il fallait. Quand ça a explosé, j'ai fait des trucs sans lui demander de faire pareil ou l'obliger. Y avait pas le choix. Son procès à lui s'est super bien passé. Putain. Faudrait être un sale enfoiré sans pitié pour le laisser prendre à cause de l'émeute, parce qu'il a une chance de s'en sortir en fait. Il pourrait être utile dans la rue. Et si ça veut dire que je sors pas ? Alors, merde. Peut-être que ça veut dire qu'on est quittes. Y a une enquête sur moi maintenant, parce que j'ai poignardé le Muhammad. Sur Nada aussi, mais pas sur Dreamer, et c'est bien. J'ai déjà eu mon interrogatoire. J'ai dit que c'était le chaos, et que j'essayais de me protéger, mais si un de ces fils de putes de Blacks qui m'ont vu parle aux adjoints, je pars au frais pendant longtemps. S'ils me chopent, ils me chopent, c'est comme ça que je le vois. Ils peuvent m'inculper. Je m'en bats les couilles.

On nous sort assez vite de la cellule. On nous fait nous accroupir et tousser, on nous menotte. Puis c'est le car. Les Noirs devant, la *raza* derrière, un sas de Woods et d'Asiatiques au milieu. On monte en premier pour remplir le fond, et Dreamer est derrière moi. Je lui fais un hochement de tête, genre, *on se voit quand ce sera fini*, et ce mec, lui qui a été si froid avec moi depuis longtemps, il répond en hochant la tête aussi. Enfin, quoi. Il était temps que j'aie un peu de respect. Normalement, le car devrait prendre la 5, mais pas cette fois. On prend juste les rues, et tout le monde se colle aux fenêtres. Il fait super sombre, il y a quelques lampadaires allumés, pas tous, mais j'arrive à distinguer des choses. On voit pas vraiment grand-chose jusqu'à ce qu'on passe devant un centre commercial et que quelqu'un crie : « Oh, sa race ! »

Le toit du magasin Bullock est effondré, et toute la façade est arrachée. On voit l'intérieur du bâtiment sur deux étages. Des mannequins qui sont plantés là. Les conduits d'aération qui pendent comme si un géant les avait attrapés pour jouer avec et, comme il en avait marre, il a tout balancé comme de la merde. Dehors, il y a les lettres blanches de l'enseigne qui disent BULLO et puis c'est tout, parce le reste est parti. La folie. On dirait que ça sort d'un film.

Et ça continue. On voit des parkings avec plusieurs étages écroulés et des rubans de scène de crime pour que les gens entrent pas. On traverse une flaque aussi large que la rue. Tout le monde se redresse et se demande si on va passer ou caler en plein milieu, mais ça passe. Le gars à qui je suis enchaîné, son oncle travaille pour la Ville, et il dit que ça arrive avec les tremblements de terre. Les tuyaux pètent, et ça inonde tout dans des endroits où on s'y attend pas. On passe devant un truc qui s'appelle The Wherehouse qui vend des CD, et le haut du bâtiment avec l'enseigne est au même niveau que le parking sur un côté, et le reste du bâtiment est penché comme s'il allait s'écrouler. On s'approche de l'autoroute par une petite route et on voit que toute une partie est tombée. Une section plus grande qu'un terrain de foot s'est cassé la gueule de dix mètres ! C'est plus que des morceaux en bas, un tas de pierres et de béton. On passe à côté d'un autre pont coupé en deux. Y a les câbles en acier qui pendent, et c'est nouveau pour moi. Je savais pas qu'il y avait autant de métal là-dedans, dans les ponts et les routes, à l'intérieur, comme des boyaux. Je croyais que c'était que du béton massif, mais ça me rappelle ce qui se passe quand on se coupe et qu'on voit ce qu'y a en dedans, tout ce qui fait tout tenir et marcher. Il faut attendre qu'il arrive quelque chose d'atroce pour voir la réalité des choses.

Quand on a passé tout ça, ça redevient normal, du moins par là où on passe. Les lampadaires marchent, les routes sont intactes, et le reste du monde tourne comme si de rien, parce qu'il a pas été secoué pareil qu'au nord. Et je tripe quand je sens quelque chose que j'ai pas senti depuis longtemps. Les mots. Ils se tortillent dans des moitiés de vers, en traversant l'enfer et en voyant les coquilles vides. Je suis rouillé. C'est pas encore ça. Ça pourrait plus jamais l'être, mais c'est déjà quelque chose. Ça veut dire que je suis toujours là. Vivant. Je suis enchaîné, mais je pense. C'est pas grand-chose, mais c'est *quelque chose*.

SCA KRISTINA MIRKOVICH

18 JANVIER 1994
13 H 55

94

Le verdict va tomber. Les jurés ont délibéré ce matin jusque après le déjeuner, et je repense aux arguments principaux de notre deuxième réquisitoire quand la porte à côté du box s'ouvre et que le juré numéro un va s'asseoir, la tête baissée. Je prie pour que certaines de mes paroles leur soient restées, les aient guidés.

Fait : Lucrecia Lucero a été abattue devant la maison de sa mère. Les photos le montrent. Quelqu'un a donc commis ce crime.

Numéro deux joue avec sa montre. Mon interprétation : le chauffeur de taxi de Glendale est impatient de retourner au travail.

Un cerf-volant émanant d'un gangster incarcéré a nommément ordonné sa mort. L'inspecteur Montero a évoqué un lien direct entre ce gang et celui de Wizard Tavira.

La jurée numéro trois est la suppléante. On dirait qu'elle n'a pas dormi. Pourquoi ? Culpabilité ? Inquiétude ? Je vois. Non. Elle était la plus proche du séisme. On a de la chance qu'elle soit encore là.

Fait : Un adjoint a affirmé que M. Safulu avait communiqué les noms codés Augustine et Clark à un complice présumé.

Numéro quatre me donne espoir. Elle a le visage serein. Comme elle travaille à la poste, j'imagine que la violence et les fusillades lui sont toujours présentes à l'esprit, surtout sur son lieu de travail.

Quand le gang a su le nom de M. Clark, on a vu ce qu'il en a découlé.

Numéro cinq est inexpressive, du moins d'après moi. Merde, ces institutrices. Elles peuvent être des murs de brique quand elles veulent.

Clark a changé sa version parce qu'il avait peur, et parce qu'il a été témoin de tout ce qu'il a raconté dans sa déclaration, il sait exactement ce que ce gang est capable de faire en termes de représailles.

Numéro six est notre infirmier, il semble aussi avoir peu dormi.

Fait : Nous avons une déclaration de mourant, relayée par M. Clark, qui a sauvé la vie de Mlle Lucero.

Numéro sept, c'est la jurée principale, la spécialiste de la petite enfance hispanique. Qu'elle ait été retenue me surprend encore, et elle m'inquiète, et ce sera sa faute s'ils s'en sortent.

Fait : On sait que Wizard Tavira y était. Aucun alibi n'a été présenté pour lui.

Numéro huit relève ses cheveux noirs, prend une épingle qu'elle avait entre les dents, se fait un chignon.

Vous avez entendu l'agent Petrillo raconter comment M. Tavira avait hérité de ce sinistre surnom : parce qu'il fait disparaître des choses. C'est ce qu'il a voulu faire à Mlle Lucero.

Numéro neuf se tient très, très droite, les mains sur les genoux et les sourcils légèrement froncés, comme si elle s'inquiétait d'avoir pris la mauvaise décision.

Fait : L'arme utilisée pour commettre le crime a été trouvée dans la maison que Wizard Tavira et Jacob Safulu partageaient, cachée au fond d'une commode. Les balles extraites du sol ensanglanté où Lucrecia Lucero a été abattue correspondent à l'arme ; l'inspecteur Montero en a témoigné.

Numéro dix dévisage Safulu, et Safulu ne le remarque pas. Le regard n'est pas méchant, ce qui m'inquiète.

C'est une affaire simple rendue compliquée par les pressions subies par les témoins. Cela rend les faits plus difficiles à cerner, sans toutefois les rendre inaccessibles.

Numéro onze pose les mains sur la rambarde devant elle. Elle n'avait jamais fait ça pendant le procès.

Vous devez examiner ces faits et en tirer qu'abattre quelqu'un de façon préméditée pour satisfaire les funestes objectifs d'un gang, puis faire pression sur un témoin direct depuis la maison d'arrêt, est quelque chose qu'un État de droit ne peut pas tolérer.

Je regarde la dernière jurée s'asseoir, numéro douze. La femme au foyer pose son sac à main noir devant elle, prête à prendre la porte.

Mesdames et messieurs les jurés, il n'y a qu'un seul verdict à rendre : coupables de tous les crimes qui leur sont reprochés.

La juge Ayers regarde le jury. « Mesdames et messieurs, vous avez donc un verdict. »

L'adjoint lui apporte les papiers. Elle les parcourt. L'assistant approche, les prend et les lit à son tour.

Je regarde derrière moi, là où se tient Willie. Il m'adresse un sourire tendu. Il n'a pas l'air optimiste.

SERGENT INSPECTEUR WILLIAM « WILLIE » MONTERO

18 JANVIER 1994
13 H 58

95

Je fais ça depuis assez longtemps pour savoir qu'on ne peut pas faire confiance à un jury. Ce que la juge a dit sur les préjugés, la sympathie, la peine dont ces voyous vont écoper quand on examine les faits à la lumière du droit... ça ne se passe pas comme ça. C'est une chose de le dire dans l'espoir que ça en guidera quelques-uns dans leur jugement, mais c'est autre chose de voir un groupe d'adultes, presque tous moins intelligents que la moyenne ou aux capacités linguistiques limitées, revenir à leur opinion et au dilemme du « j'aime bien-j'aime pas » l'accusé.

Ces treize dernières années, j'ai souvent vu les choses mal se terminer. En fin de compte, les jurés sont des êtres humains, qui sont presque toujours épuisés à la fin des débats parce qu'ils ont été submergés d'informations complexes auxquelles beaucoup d'entre eux n'ont jamais été exposés de leur vie. Je suis réservé quant à ce groupe. Je les ai vus bondir devant le soap d'Angela Alvarez mis en scène par l'avocat de Safulu, et devant Lucrecia Lucero. L'un ou l'autre pourrait influencer le résultat.

Quoi qu'il en soit, je n'y peux rien. Je ne peux qu'aller là où on me dit d'aller, boutonner le premier bouton de ma veste et espérer qu'il y ait des coupables. Et surtout, j'espère que

Kristina va gagner, égoïstement, parce que, sinon, elle sera insupportable. Et ce sera un autre échec auquel nous serions associés, elle et moi, encore une chose qu'elle ne pourra pas me pardonner.

MAÎTRE NICK PARK

18 JANVIER 1994
13 H 59

96

Je regarde chaque juré tandis qu'ils s'assoient dans le box. Je sens qu'on a le numéro un, l'agent de sécurité. Le témoignage d'Angela a eu beaucoup d'effet sur lui. Son langage corporel – surtout les hochements de tête – allait dans le bon sens. L'ingénieur civil et la femme au foyer ont réagi à peu près de la même manière, comme l'institutrice à la retraite. La jurée principale, à qui la juge a demandé si elle avait souvent affaire à des enfants qui mentent, est celle qui compte le plus, depuis le début. Elle a été la plus affectée par Angela Alvarez, et c'est elle qui a guidé le jury. C'est elle qui détient les clés de la libération de Jacob Safulu. C'est ce que j'espère, mais il n'y a qu'une façon de le savoir, et c'est d'attendre. D'attendre et de ne pas regarder Kristina Mirkovich, debout, rigide dans son tailleur-jupe bleu impeccable, parce que je ne pourrais pas supporter son expression si elle gagne.

JEOVANNI MATTA, AKA DULCE

18 JANVIER 1994
14 H 00

97

Y ahora, je tiens la main de maman tandis qu'elle prie pour Jacob. Mais, pour Wizard, je me demande une chose. S'il s'en va pour longtemps, qui gardera les clés ? Ça pourrait être moi. Je sais pas qui ça pourrait être d'autre. Pas Jerry. Pas No Neck. Peut-être quelqu'un d'autre que Big Fate aura choisi, mais j'ai déjà fait mes preuves. J'ai fait tout ce qu'il fallait, et même plus. J'ai pointé l'avocat dans la bonne direction. Si Jacob est libéré, ce sera grâce à moi. Les gens le sauront. Les gens qu'il faut. Ceux qui comptent.

OMAR TAVIRA, AKA WIZARD

18 JANVIER 1994
14 H 01

98

C'est pas mon premier verdict, mais c'est mieux quand ma mère est pas dans la salle. Je suis content qu'elle voie pas cette merde, mais Angela à sa place, c'est pas beaucoup mieux. Je la regarde par-dessus mon épaule, mais ma petite cousine me regarde pas. Son visage est rouge, comme si elle allait pleurer ou exploser. Elle regarde le sceau au-dessus de la tête de la juge, le gros cercle en métal de l'État de Californie, et puis elle regarde le crâne bosselé de Dreamer. Elle a plus peur pour lui que pour moi. Putain. Moi aussi. Je regarde du côté du box des jurés, personne veut me regarder. C'est pas bon. C'était comme ça quand j'ai fini à Chino. C'était le jour où je suis mort pour continuer à vivre, alors je connais. Je peux le refaire si je veux, oublier tous les espoirs et les désirs qui me restent. Aller dans la taule d'après, le torse bombé, et jouer le jeu. S'ils me déclarent coupable aujourd'hui, ça ira. J'y retournerai et je serai le roi de Wayside. Je serai celui qui a fait ce qu'il fallait. Je déciderai, peut-être que j'aurai mon propre bloc. S'ils me déclarent coupable, ça fait rien. *Mi raza* possède tout derrière les murs de la prison. La prison est à nous.

ANGELA ALVAREZ

18 JANVIER 1994
14 H 02

99

Mon cœur bat trop vite. Dans ma gorge. Dans ma tête. Derrière mes yeux. Je vais m'évanouir. Ma respiration m'appartient plus. L'air s'affole en moi, puis hors de moi. Il s'engouffre et rejaillit.

Je veux entendre le verdict, mais je veux pas. Les deux choses rebondissent dans ma tête entre les idées noires et l'espoir.

Mme Matta me serre trop fort la main et je m'en fiche. Nos paumes sont moites, trop chaudes, l'une contre l'autre, ses cheveux sentent les olives noires en boîte, le métal. Elle tient aussi la main de Jeo. Je peux pas regarder. J'écoute juste l'espagnol qui jaillit d'elle comme d'un robinet, et ça fait comme un flot de prières à saint Léonard pour qu'il libère Jacob.

Elle dit : *Entendez-moi, je vous en prie.* Comme un poème.

C'est un bon garçon
Un bon garçon, il le restera
Et même plus que ça,
Si vous le lui permettez.

JACOB SAFULU, AKA DREAMER

18 JANVIER 1994
14 H 03

100

La jurée principale ouvre la bouche. Et pour le complot elle dit non coupable ?

Je crois que c'est ça qu'elle dit.

Non coupable pour Omar Armando Tavira et Jacob Aaron Safulu.

Je regarde sa bouche. Je sais pas si elle a dit ce que je crois avoir entendu.

Et là, M. Park met ses bras autour de moi. Ça doit être vrai.

Non… coupable.

Il y a un cri dans la salle. Je ne sais pas de qui. C'est aigu.

Angela ? Mme Matta ?

Je regarde Wizard et il me regarde.

Nos yeux se trouvent.

Pour la tentative d'assassinat, ils déclarent Omar Armando Tavira *coupable.*

Et c'est comme si je prenais une balle dans la poitrine. Je me sens lourd. Je me sens tomber debout…

Et le jury déclare Jacob Aaron Safulu *non coupable.*

Et c'est comme si quelqu'un me relevait, et je respire à nouveau. Je dévisage Wizard, ce qu'il traverse, les yeux baissés…

Rien n'est réel.

C'est pas réel.

Pour les menaces de violence avec arme, le jury déclare Omar Armando Tavira coupable.

C'est pas réel.

Et pour le même chef d'accusation, le jury déclare Jacob Aaron Safulu non coupable.

Rien n'est vraiment réel.

M. Park serre mon épaule encore plus fort.

Je me tourne vers lui. Je regarde sa bouche quand il dit : « Il ne vous condamneront pas pour mutilation sans les trois autres. »

Puis le jury déclare Omar Armando Tavira coupable de mutilation, et moi, non coupable, et le jury est excusé.

Omar Armando Tavira retourne en détention en attendant qu'une peine de prison soit prononcée à une date ultérieure.

Et moi, Jacob Aaron Safulu, je suis libre si rien d'autre ne me retient.

Et il n'y a rien. C'est ce que dit l'assistant.

Je n'ai rien qui plane au-dessus de ma tête.

Et putain, c'est pas réel, je te dis !

L'huissier tend les mains pour mettre les menottes à Wizard.

Et ça fait mal de voir ça, alors je me tourne et je regarde la petite porte en bois que j'ai jamais eu le droit de passer, l'huissier m'avait dit le jour où le jury a été sélectionné que, si j'essayais, il me tirerait dessus.

De l'autre côté, il y a Little. Et il pleure. Et Mme Matta pleure. Et le grand frère me regarde comme s'il y croyait pas, putain.

Et Angela pleure aussi. Elle tient la main de Mme Matta. Et elle me montre du doigt, mon visage, et c'est comme ça que je sais que je pleure aussi.

Alors je tire sur ma manche et j'essuie mes putains de larmes parce que j'en ai aussi de tristesse…

Parce que je regarde mon pote se faire menotter juste à côté de moi

Si près que j'entends le déclic

Et il me regarde, nos regards se croisent encore

Et on se regarde juste

Pas de mots pour toucher ce qu'on ressent

Pas même la surface

Tout ce bonheur et ce malheur qui nous frappent tous les deux en même temps

Et je vois ce gars comme je ne l'avais jamais vu

Celui qui a fait que je porte pas de couteau

Qui m'a sauvé des coups de Tim Muhammad

Qui a sauvé mes années

Et mon cœur en peut plus, il bat si fort et

Les mots passent pas par mes lèvres, ils passent par mes yeux. Et je les lance vers lui, *Garde la tête haute !*

Je m'occupe de ton compte. Je déposerai de l'argent une fois par semaine. Tout ce qu'il te faut. Je serai là.

Et il hausse les épaules

Comme si c'était rien

Comme si c'était pas si pesant

Il se fera une réputation en prison

Peu importe laquelle

Alors ils l'emmènent de la salle à reculons

Et il me dit

Il dit : « Tu t'occupes de tout le monde »

Et il traverse

La porte se referme

Elle est fermée

Derrière moi la juge Ayers dit que je serai libre une fois que les papiers seront remplis. Une fois que j'aurai mon CL.

Et c'est pas réel.

Ça me revient, j'ai peur qu'ils veuillent me revoir en uniforme

Menotté

Mangeant ce qu'ils veulent que je mange

Dormant quand ils me disent de dormir

Où ils me disent

Et me lavant quand ils me disent de me laver

Et tout ça, c'est irréel.

C'est pas ça.

Non.

Je suis pas…

Libre ?

IX

SEMENCE

« Et il dit : un semeur sortit pour semer. Comme il semait, une partie de la semence tomba le long du chemin : les oiseaux vinrent, et la mangèrent. Une autre partie tomba dans les endroits pierreux, où elle n'avait pas beaucoup de terre : elle leva aussitôt, parce qu'elle ne trouva pas un sol profond ; mais, quand le soleil parut, elle fut brûlée et sécha, faute de racines. Une autre partie tomba parmi les épines : les épines montèrent, et l'étouffèrent. Une autre partie tomba dans la bonne terre : elle donna du fruit, un grain cent, un autre soixante, un autre trente. »

MATTHIEU, XIII, 3-8

ANGELA ALVAREZ

18 JANVIER 1994
19 H 18

101

Je m'attendais pas à être invitée au dîner de célébration, pas avec tout ce qui s'est passé, mais Mme Matta me l'a demandé elle-même, et quand j'arrive, elle ouvre la porte et me prend dans ses bras. Vraiment. Elle me serre un peu trop longtemps et trop fort, mais ça me fait du bien.

« Entre, elle me dit en me lâchant. Entre, entre ! »

Jacob est déjà là. On s'attroupe tous dans le couloir pour regarder son certificat de libération. Il l'a plié pour l'emporter partout. Il doit le montrer aux adjoints s'il se fait arrêter pour quoi que ce soit. L'original est pas plié. Il reste à maison.

Le repas est déjà servi. Il y a assez à manger pour des jours. Du riz, des tortillas, des haricots, du bœuf et du poulet. Dans la cuisine, je découvre la tante que j'ai jamais vue parce qu'elle gardait la petite quand les autres étaient au tribunal. Et il y a un moment où on prend peur parce que la petite s'assoit sur le carrelage de la cuisine et a une crise. Le grand frère doit se mettre derrière elle, Jacob se met à genoux et lui caresse les cheveux, comme s'il s'inquiétait pas du tout. Et j'avais jamais vu ce côté-là de lui, cette douceur.

Quand la petite se remet, on passe à table. Je demande si je peux donner un coup de main, mais on me dit que je suis une invitée, et que je dois m'asseoir. Je suis loin de Jacob, avec les femmes, à côté de la chaise vide de Mme Matta. Il est assis avec les garçons. Je le regarde en train de parler tout bas avec eux des choses qui ont changé dans le quartier depuis qu'il est parti. Je vois comment Jacob fait plus de blagues à la con comme avant. Il est tranquille sur sa chaise maintenant. Et il s'agite pas, bouge pas la jambe. Il sait observer maintenant, *vraiment* observer. Il est concentré, il prête attention. Quand il voit que les verres d'eau sont presque vides, il prend la carafe et verse sans qu'on lui demande. J'avais jamais vu ça avant non plus.

Mme Matta revient avec le dernier plat, qui ressemble à des nouilles, et quand elle s'assoit, Jacob décide qu'il veut dire quelque chose.

« Il y a une citation d'un livre que je voulais partager avec vous, parce que euh... » Il s'éclaircit la gorge. « Parce qu'elle voulait dire beaucoup pour moi là-bas. Et chaque fois que je la lisais ou que j'y pensais, je pensais aux Matta. »

En disant ça, il me regarde. Je sais pas s'il me regarde comme ça ou s'il pense aussi à moi sans pouvoir le dire à haute voix, pas ici, mais j'ai une sensation de chaleur dans la gorge, et c'est plus de la culpabilité, c'est autre chose.

Il continue : « C'est d'un livre qui s'appelle *Sacrées sorcières*. C'est de "Raoul Doll".

– Roald Dahl, dit Jeo en lui mettant un coup de coude. C'est comme ça qu'on dit.

– OK. Merci, l'intello.

– De rien. »

Tout le monde rigole, et quand ça s'arrête, il y a un silence à remplir pour Jacob.

« Du moment que quelqu'un m'aime, peu m'importe qui je suis ni à quoi je ressemble. » Il hoche la tête à ce moment, il essaie de pas pleurer, et il joue avec quelque chose sur ses genoux avant de lever la main et de montrer une carte de Noël faite à la main. « J'ai reçu ta carte, Jimena. Je l'ai regardée tous les jours. Elle m'a donné de la force. Merci. »

Elle lui sourit. Les frères hochent la tête. La tante s'éponge les yeux. Mme Matta est au bord des larmes. Elle dit qu'elle sait que Jacob a perdu sa mère, mais qu'il a une *madre* maintenant, les langues se bousculent : « Tu as perdu une mère, *pero ahora tu tienes una madre**. »

Elle le regarde de l'autre bout de la table, les yeux remplis de larmes, et elle articule les mots sans les dire, *c'est moi. Je suis ta* madre *maintenant.*

C'est le truc qui met un coup. Je le regarde traverser la table et toucher Jacob. Je le regarde pleurer pour la deuxième fois de ma vie. Au tribunal et maintenant ici. C'est si beau à voir que ça me bouleverse, et je dois m'excuser pour aller aux toilettes.

Je regarde dans le miroir et je me remaquille avec l'eye-liner que je me suis acheté le week-end dernier pour le tribunal et pour me remonter le moral. Je tire mes cheveux en arrière et je les relâche parce que ça me plaît pas. À cause de Jacob. Il est différent maintenant. Plus sérieux. Il a vu des choses. Il les a vécues. Il porte ça en lui maintenant. Et je ne sais même pas vraiment comment ça marche, mais il est meilleur. Il lit ? Il m'a impressionné avec ça. Il avait jamais posé les yeux sur un livre quand on était ensemble. Ça me fait ressentir des choses que j'ai pas le droit de ressentir. Dans le miroir, je me dis à ce moment-là que rien ne se passera entre lui et moi. Jamais. Pas après ce que j'ai fait.

Quand je suis prête, j'éteins la lumière. Je sors et j'entre dans l'obscurité avant d'apercevoir Jeo juste devant moi, comme s'il m'avait *attendue* pour me foutre la trouille.

Je bondis : « Jeo ! »

Avec les bruits de la salle à manger de l'autre côté, il me chuchote : « Je voudrais que tu passes un coup de fil. »

Vu comment il le dit, je sais que j'ai pas le choix. C'est un ordre. Je sais que c'est comme ça que je paie ma dette.

AGENT DE PROBATION
PHILLIP PETRILLO

18 JANVIER 1994
20 H 27

102

Je suis garé devant le Polly's sur Long Beach avec mes clés sur le contact. Rush dit les choses telles qu'elles devraient être. J'ai reculé dans un emplacement au bout du parking d'où j'ai le meilleur champ de vision : la porte d'entrée sur le côté ; au-delà, Atlantic ; la 35e à ma droite ; la porte de derrière du bâtiment ; l'échelle qui monte vers le toit ; la benne en métal. La plupart des clients se garent dans les emplacements en épi à côté de l'entrée, leur voiture illuminée par des spots rectangulaires fixés à une barrière curieuse sur le toit. Je suis dans l'obscurité : il vaut mieux voir qu'être vu. J'arrête la cassette, descends ma vitre. Dans le terrain vague derrière moi, un derrick grince dans le noir, tandis que je surveille les allées et venues. Le dîner est terminé. La clientèle vient pour le dessert maintenant : des adolescents en rencard ; une famille de type européen avec deux enfants ; des femmes âgées. Je regarde ma montre. Il est 20 h 36. On s'est mis d'accord pour 21 heures.

Je suis arrivé en avance pour inspecter les lieux et m'assurer que ce n'est pas un guet-apens. Je suis peut-être trop prudent, mais je sais que fréquenter Angela Alvarez comporte un risque, un risque à présent plus élevé. Angela était absente le jour où l'avocat de Dreamer m'a diffamé au tribunal en suggérant que j'avais mis l'arme où je l'ai trouvée (elle avait cours, j'avais vérifié), mais je peux garantir qu'elle a su. Après ça, j'ai décidé de faire profil bas et d'attendre qu'elle change d'avis. Je savais qu'elle le ferait, sinon, je serais allé la voir. Ce n'est pas comme si j'ignorais où elle habite.

Elle m'a bipé. Plus tôt que je m'y attendais. En voyant son numéro, j'ai d'abord cru qu'elle avait donné mes coordonnées à quelqu'un, que les voyous voulaient me mettre la main dessus. Après réflexion, j'ai écarté cette possibilité. Les petits camarades de gang de Dreamer sont sûrement persuadés que j'ai fait quelque chose de mal, mais il n'existe aucun moyen de le prouver, et ils ne peuvent pas s'en prendre à moi sans payer le prix fort. Je les emmerde. J'ai attendu une heure avant de rappeler.

Elle a décroché au milieu de la deuxième sonnerie. Heureuse d'entendre ma voix, elle était enfin prête à me parler. Je lui ai offert un silence, qu'elle a comblé : je lui ai manqué quand elle était à la barre, et pour le verdict aussi, mais elle a compris que je travaillais et que j'avais probablement eu des nouvelles autrement. J'ai confirmé. L'acquittement de Dreamer l'a débarrassée d'un poids (sûrement vrai, d'après le soulagement dans sa voix). Elle ne se serait jamais pardonné d'être sortie avec moi s'il avait fini en prison, sachant qu'il n'avait rien fait, mais, maintenant que justice a été faite, elle veut quitter Lynwood. Elle louera la maison de sa tante. Quand elle prenait ces décisions, ce quelque chose de spécial qu'il y a entre nous revenait tout le temps ; elle ne se le pardonnerait jamais si elle nous refusait une dernière chance. Elle a mis ça sur le compte du baiser (elle semblait sincère). Elle y pensait sans arrêt. Disneyland était son plus beau moment romantique (également sincère apparemment). Croiser la fille de Lynwood qui l'a reconnue lui a vraiment fait peur pour sa sécurité au début, mais c'est fini maintenant. Les gens lui en veulent, mais ils savent qu'elle est grande. C'est une fille bien qui se donne du mal, alors elle fait ce qu'elle veut. Et ce qu'elle veut, c'est revoir son prince Phillip (ça m'a touché). Elle avait l'air si vulnérable, elle avait si peur que je refuse quand elle a demandé : « On peut ? Enfin, tu voudrais ? Je comprendrais si tu veux pas. » J'allais dire oui de toute façon, mais je voulais la punir pendant quelques instants avant de lui proposer une part de tarte, ce soir. C'était parfait pour elle.

Il est 20 h 41. La famille sort de l'établissement, hilare. Ils montent dans un monospace. Le père ouvre la portière pour la mère avant de regagner le côté conducteur.

Il n'y a pas de circulation sur la 35e (aucune nouvelle voiture n'est arrivée de ce côté-là), mais je repère du mouvement sur le trottoir : une silhouette qui avance, en zigzag, se tenant sur le côté du bâtiment. Quand elle s'éloigne en prenant appui sur le mur, je pourrais jurer que c'est Augustine Clark.

Je dis : « Putain, merde ! »

Ça ne pourrait être personne d'autre, et Augie semble être en état d'ivresse, drogué ou les deux (en violation évidente de sa liberté conditionnelle). Pas le choix, je dois le sanctionner pour ça, et j'avoue que je vais savourer de le renvoyer en prison après qu'il s'est dégonflé à la barre.

Je scrute le parking : toujours désert. Je regarde Augie qui atteint la benne à ordures, se donne de l'élan pour marcher vers le restaurant.

C'est de la gelée sur pattes. Tout est triste chez ce tas de boue, prévisible. Toute la merde issue de Compton et de Lynwood se déverse sur Atlantic et échoue ici. On ne peut pas lui en vouloir d'avoir perdu les pédales quand Kristina a refusé de le boucler pour ne pas avoir respecté les termes de son compromis (pour une dure à cuire, elle a fait preuve de faiblesse) ; il avait peur du gang et elle a trouvé ça compréhensible, voire pitoyable ; elle espérait que le TTT lui donnerait une vraie chance. Mais voilà. Il titube à travers le comté. Putain de toxico. Ils ne changent jamais.

Je sors les clés du contact, je descends, verrouille la voiture. Je m'approche d'Augie alors qu'il a parcouru la moitié du parking vers l'entrée.

Je décline mon identité, ce qui ne suscite aucune réaction de sa part. Je m'approche davantage.

Je dis : « Augie, qu'est-ce que tu fous ici ? »

Il se retourne. Ses pupilles sont dilatées. Il a consommé.

Il marmonne quelque chose, trouve ses appuis, se penche agressivement. J'adopte une posture défensive.

« Tu veux te battre, Augie ? »

Il lui faut un temps de réflexion. Il regarde le parking désert, puis Atlantic, où les voitures filent à toute allure, avant de trouver ses mots. « Barre-toi. »

Je ris. « Me barrer ? Parce que tu le demandes ? Bien sûr. »

Dans son regard, il y a de la peur. Mais pas pour moi.

Il répète, plus lentement. « Barre. Toi. »

Je percute à ce moment-là : il ne parle pas d'un combat contre lui.

Il me dit que quelque chose va m'arriver.

Je fais un pas en arrière, mais je rebondis sur quelqu'un de plus grand que moi et je ne peux pas poser les talons. Je tente de sortir mon arme, mais quelque chose s'écrase sur mon visage : dur, solide (béton ou métal). J'ai une migraine instantanée. Mes oreilles sifflent. Quelque chose est cassé dans ma bouche. Des éclats de dent blancs sortent avec le sang. Je tente à nouveau d'attraper mon arme, mais l'étui est vide. Je baisse les yeux. Quelque chose me frappe les genoux, me fait tomber en avant, sur l'asphalte.

Je tente de me relever, de me tenir debout, mais quelque chose de mouillé me claque le visage, m'étouffe (le nez, la bouche). Je peux plus respirer. Les vapeurs arrivent vite, fort. Je tousse, mais rien ne sort.

L'humidité s'en va, les lumières se brouillent. Mon champ de vision rétrécit. *Non.* Le seul mot que je veux dire et ça ne sort pas. *Non, non, non.*

Une voiture arrive tout près. Elle s'est quasiment arrêtée sur moi. Je sens sa chaleur. Une portière s'ouvre.

Une voix (féminine) dit : « Merde, Vulture ! On va devoir lui niquer sa gueule pour cacher ça maintenant. »

JACOB SAFULU, ALIAS DREAMER

18 JANVIER 1994
22 H 19

103

Little veut que je vienne au Islands Motel, mais j'ai pas de moyen d'y aller, alors Angela m'emmène en voiture. Little m'a dit de pas m'en faire si je suis au sud de la 105. Scrappy et lui se sont mis d'accord. Lynwood fait bloc maintenant. Il y a plus de nord et de sud. De eux et de nous. Il a dit qu'on faisait qu'un. Et je savais pas quoi penser de ces conneries, alors je me suis tenu à l'écart.

J'ai dit à Angela que j'avais un mauvais pressentiment. Le voir là-bas. Et je crois qu'elle aussi.

Angela m'a dit au dîner chez Mme Matta qu'il y avait une version film de *L'Île au trésor*. Si je veux, je peux venir la regarder avec les gamins d'Elisa, Marisela et Rowland, parce qu'elle doit s'en occuper demain. Et je l'ai remerciée de penser à moi, mais ça marche que si je peux rentrer dîner chez Mme Matta parce que j'ai promis.

Elle a dit d'accord. Elle sait que je brise plus les promesses que j'ai faites à Mme Matta. Plus jamais je ferai ça à cette femme, aussi longtemps que je vivrai. Autant me tuer sinon.

J'oublierai jamais quand elle m'a dit que j'avais perdu une mère et trouvé une *madre*. C'est ce que j'ai entendu de plus fort dans ma vie. Je savais pas que j'en avais besoin avant que quelqu'un me le dise. Je suis différent depuis. Nouveau, je sais pas.

Quand elle se gare devant le motel, Angela me dit : « N'y va pas, s'il te plaît. Je le sens vraiment pas.

– Je sais. Mais je suis obligé. Il me l'a demandé. Et j'ai une dette envers lui. »

Quand je descends, elle m'attrape le bras. Ses doigts s'agrippent au coton comme si elle voulait m'immobiliser, mais je hoche la tête. Quand elle me lâche, il y a un pli sur ma manche là où il y avait sa main.

Je dis : « Tu veux aller à Magic Mountain un de ces jours ? Juste en amis. »

Je sors avant qu'elle puisse répondre. Je la regarde pas.

Un non, ça m'ira. Je peux encaisser. Mais pas avant ça.

Je veux d'abord en finir.

Dehors, il y a tellement plus de bruit. Personne te dit comment le monde devient plus bruyant quand on t'a enfermé. C'est trop en ce moment.

Je mets ma capuche.

Il fait froid. Dans les dix degrés peut-être. Je passe sous l'arche vers où Little m'attend dans le parking. Quand je m'avance vers lui, une porte s'ouvre. Une femme sort la tête.

Et Little lui crie : « Eh connasse, retourne à l'intérieur ! »

Elle obéit. Ferme la porte.

Et je ravale ma panique d'avoir quelqu'un qui gueule si près de moi. J'ai honte d'avoir envie de m'enfuir. J'ai honte d'avoir encore de la prison en moi.

Et je veux pas dire à Little ce qu'il doit faire. Mais il est en train de changer. Merde. Il *a changé*. Le Little d'avant se serait jamais lâché sur quelqu'un comme ça.

C'est ça Dulce, alors. Un gars complètement différent.

Et à ce moment, je suis désolé pour Mme Matta. J'imagine même pas ce que ça lui fera de perdre son Jeovanni.

Parce que c'est ma faute s'il est comme ça.

Je dis : « T'as un truc à me montrer ?

– Ouais, il dit avec un gros sourire.

– C'est quoi ?

– Un truc. Tu vas voir.

– Tu l'as avec toi ou…

– Dans la chambre là-bas… »

Il me montre une porte du doigt. La quatorze.

Je sais tout de suite qu'il y a quelque chose de pas bon derrière.

On a assez souvent cette sensation en prison pour savoir quand il faut pas entrer quelque part. Le seul problème, c'est qu'en prison tu peux pas toujours esquiver. On peut t'ordonner d'y aller. Et alors t'as pas le choix.

Il dit : « Ça va te faire plaisir, je te jure. »

Je le regarde bien quand je dis : « Je peux pas, *hermano*. *Lo siento.* »

Il fait un pas en arrière comme si je l'avais frappé.

Il fait : « Tu te fous de ma gueule ? Tu dois y aller. C'est maintenant ou jamais. Avec le bordel du tremblement de terre. Si t'entres pas maintenant, l'occasion se représentera plus. »

Je baisse la tête, l'air de réfléchir.

Mais en fait je réfléchis rien du tout…

Je passerai pas cette porte sans un gars avec des menottes et un revolver qui me l'ordonne. Parce que je suis plus obligé d'être un monstre. J'ai retrouvé le choix.

Et je vais pas faire de connerie.

Je dis : « Alors, je vais le rater. »

Ses sourcils descendent sur ses yeux. Je l'ai jamais vu autant en colère. Contre moi, d'être stupide. Ingrat.

Il dit : « J'ai fait ça pour toi. J'ai tout réglé. J'ai fait des promesses. Il va falloir s'occuper de ça. Y a pas moyen d'y échapper. »

Je vais pour lui prendre l'épaule. Mais il s'écarte.

Et je dis : « Je sais tout ce que t'as fait pour moi. Que t'as fait des trucs que tu me diras pas.

– Tu sais rien. »

Je le regarde. Sa douleur. Sa nouvelle fierté qui enfle.

Je veux la percer. Laisser l'air s'échapper. Mais j'ai pas le courage.

Je dis : « T'as raison. Je sais pas. Mais ça peut se faire sans moi.

– C'est obligé que tu sois là.

– Qui a décidé ça ?

– *Moi*, putain. » Il a la gueule toute rouge.

Je me dis presque qu'il veut qu'on se mette sur la gueule. Là, maintenant.

Alors je dis : « C'est comme ça maintenant ? »

Je me dis que je pourrais lui parler de tout ce que j'ai dû faire à l'intérieur. À la maison d'arrêt. Au NCCF. Comment les gros *homies* connaissent mon nom maintenant. Ils savent que j'hésite pas. Mais rien qu'à le voir là ? Je sais que rien de tout ça aurait d'importance.

Alors je dis juste : « On a surfé sur le béton pendant le tremblement de terre. Le sol ondulait comme l'océan. »

Il s'y attendait pas.

Je vois dans ses yeux qu'il est partagé entre l'ouvrir et écouter, avant de lâcher l'affaire.

Il dit : « Alors, il s'est passé quoi ?

– Tout le monde s'est bastonné. *Soixante-cinq putains de gars.* Enfermés. À se tabasser. Des gars qui se faisaient planter. Le gaz lacrymo… »

Je le vois arriver au moment où tu te demandes pourquoi quelqu'un te raconte une histoire, alors je montre mon jeu.

Je dis : « J'aurais pu y rester. J'étais toujours mêlé à ce que je voulais pas. Mais j'avais pas le choix, parce que j'étais en cage. Et je veux pas te manquer de respect, mon frère. Mais ça, c'est quelque chose que je suis pas obligé de faire. J'ai le choix. Ça veut pas dire que je reconnais pas ce que t'as fait, mais je… je peux pas passer cette porte. »

Il hoche la tête. Mais trop vite. Comme s'il se montait la tête.

« Mais j'ai fait ça pour toi. Pour te faire justice.

– Je te crois, *hermano.* » J'en pleure presque. « Mais je l'ai déjà eue, ma justice, tu sais ? Le jury m'a libéré. Pour une fois, le système a fait ce qu'il fallait. »

Il me regarde comme si je connaissais pas toute l'histoire. Pas de son point de vue. Et c'est pas grave. Parce que je veux pas.

Je sais qu'il a fait ce qu'il fallait faire. Je le vois dans son regard.

Alors je dis : « Je serais pas ici sans tout ce que t'as fait. T'as pas à me le rappeler. »

Son hochement de tête ralentit. Il a capté. Il comprend. Mais je vois les larmes dans ses yeux. Il les refoule.

Il dit : « Il faut que je le fasse pour nous deux alors. »

Et il se tourne, marche jusqu'à la porte. Je le regarde de dos quand il entre dans la quatorze. Et la porte se ferme.

Je sais qu'il est parti, le Little que je connaissais.

Pour toujours peut-être.

Je sais qu'il a échangé la meilleure partie de lui-même contre ma liberté. Et je pourrai jamais lui rendre ça.

Je porterai cette culpabilité jusqu'à ma mort...

Et je dois rester là à réfléchir trop longtemps, parce que la femme qui a sorti la tête tout à l'heure la ressort. Elle me dit qu'il fait chaud à l'intérieur. Qu'elle s'occupera de moi et me fera une réduc.

Je fais : « Nan, c'est bon, merci. »

Elle rentre. Mais les stores s'écartent. Et elle me regarde par la fenêtre.

Je lui fais un hochement de tête. Et je me tourne.

Parce que j'ai une sensation à ce moment-là. Que j'ai plus rien à faire dans ce genre d'endroits. Qu'il y a trop de gens qui viennent vers toi de toutes les directions. Et tous veulent quelque chose.

Moi, ce que je veux, c'est retourner auprès de Mme Matta, étudier mon manuel d'électricien, regarder des films avec Jimena, manger un putain de donut de chez Jack avec du café.

Je veux un nouveau livre, un qui sente le *neuf.* Pas la prison. Pas un qui a été touché par un millier de doigts.

Je cherche dans ma poche, là où j'ai mon CL. Et je le touche, juste pour le toucher. Je passe la main gauche dessus. L'employé qui me l'a donné m'a dit que c'était le reçu de ma liberté. Que je devais toujours l'avoir sur moi au cas où il faudrait prouver aux forces de l'ordre que mes mandats sont plus valables.

J'aime ces mots. *Le reçu de ma liberté.* Parce que j'ai dû payer. Très cher.

Et je me dis que j'ai peut-être fini de payer.

Si je peux dire non à ces conneries, je peux aussi dire non à d'autres choses. Peut-être.

Je baisse la tête. Je retourne à la voiture.

Et quand Angela me voit passer l'arche, son visage s'illumine. Elle m'avait jamais souri comme ça avant. C'est nouveau. Elle est surprise, heureuse, fière aussi.

Elle démarre la voiture. Le moteur tourne. Il crache une fumée bleue sur le trottoir.

Il brûle de l'huile. Je peux réparer ça demain si elle veut.

Mais pour l'instant ? Il tourne. Et elle est prête. Je suis prêt aussi.

Alors c'est tout.

On s'en va.

JEOVANNI MATTA, AKA DULCE

18 JANVIER 1994
22 H 27

104

Y ahora, je passe la porte et la referme vite. Ça sent mauvais ici. Il y a pas de clim. Pas de ventilateur. C'est très peuplé pour une petite chambre de motel. Vulture est sur le lit avec les pieds dessus comme s'il s'en foutait de dégueulasser le couvre-lit. Il attend que ça finisse. No Neck est dans la même galère que lui, assis avec une serviette sous lui sur la chaise à côté du lit. À ses pieds, Petrillo est inconscient. Il a une croûte sur la lèvre supérieure, là où Vulture l'a cogné avec un point américain. Du côté des genoux de l'agent se trouve Irma, accroupie, et près de la tête, il y a Augie, qui sue comme s'il avait couru. Derrière lui, Scrappy s'appuie contre le mur à côté de la porte de la salle de bain. On voit même pas vraiment sa canne vu qu'elle l'a cachée derrière ses jambes. Elle voit mon expression avant les autres.

Et elle dit : « Je savais qu'il allait pas venir.

– C'est pas son délire. »

Elle hausse les épaules. « C'est bon. Ça change rien. »

Elle a raison. Ce qu'il faut faire doit être fait, que Jacob soit là ou pas.

Mais je voulais qu'il voie. Ça aurait été bien qu'il voie où j'en suis et que cette galère qui lui est arrivée n'arrivera plus à personne d'autre par ici quand ils verront comment on règle ça.

Irma tape le bras d'Augie : « Tu lui as donné quoi pour qu'il soit H.S. comme ça ? »

Augie fait la grimace. « Tu veux pas savoir. »

Elle veut savoir. Elle a déjà demandé trois fois. Je sens qu'elle veut savoir pour s'envoyer cette merde.

Je regarde Augie : « Tu peux le ramener ?

– Ouais. J'ai pas envie, mais oui, je peux. »

Augie sort des sels qu'il a chourés chez Thrifty Drugs et il les agite devant la gueule de Petrillo.

Au début, il y a rien qui se passe. Rien qui bouge. Aucun mouvement des yeux sous les paupières. Rien.

No Neck rigole : « C'est pas censé marcher d'un coup, cette merde ?

– Attends. » Augie continue à faire des allers-retours sous le nez.

Le premier truc qui se passe, c'est le pif de Petrillo qui se plisse. Et le deuxième truc, c'est un éternuement qui souffle le petit sachet de la main d'Augie. Il tombe sur un bout collant de la moquette à trente centimètres et reste là.

« Ha. » No Neck le dit plutôt en riant.

Vulture lui sourit.

Par terre, enfoncé dans la moquette dégueulasse, Petrillo cligne des yeux. Il essaie de bouger, mais il y arrive pas. Son bras bouge de deux centimètres vers sa jambe.

Vulture se penche sur lui. « C'est une coquille vide. »

Et No Neck s'y met aussi. « Ouais. On t'a déjà pris ton gun, bâtard. »

Le reste du visage de Petrillo se ride, comme s'il était sur le point de pleurer, mais il inspire profondément et tourne la tête vers Augie, le calcule. On peut presque le voir en train de se demander si ça vaut le coup de le supplier, comme si ce toxico avait quoi que ce soit à dire dans cette affaire.

« J'ai été sympa avec toi, il fait. Je t'ai aidé, Augie. Je t'ai sauvé. »

Et Augie dit rien, il regarde ailleurs. C'est là que Petrillo sait que c'est fini. C'est sans retour. Il est sur une voie à sens unique.

« T'as failli t'en tirer avec ta combine. » Je regarde la pièce dans laquelle il a décidé de foutre en l'air la vie de Jacob avec un flingue. « C'est notre tour, maintenant. Pour Dreamer. Pour la justice. »

Petrillo sait pas ce que ça veut dire. On voit à sa tête qu'il comprend pas. Mais il voit Augie qui prépare la seringue. Elle est pleine d'héroïne qu'il a déjà mélangée. Beaucoup trop de H. Assez pour tuer un cheval. Et la seule façon de l'obtenir a été d'aller voir Scrappy et de payer pour. Mais, quand elle se fait payer, elle décide qu'elle veut voir le truc. Et elle prend Vulture comme chauffeur, et c'est là que le plan se met en place.

La seule façon de faire rentrer tout ça dans le bras de Petrillo, c'est qu'Augie prépare une dose mortelle, vise et appuie.

Il porte son marcel blanc, et le paon sur son bras danse pendant qu'il tapote pour trouver une veine au milieu du bras gauche de Petrillo.

« Non ! » Petrillo gueule aussi fort qu'il peut. « Non ! »

Scrappy rigole. « Personne en a rien à foutre que tu gueules ici. Garde un peu de dignité. Pars en homme. Merde. »

Petrillo la ferme, mais son visage devient tout rouge. Il se débat pour essayer de se lever et de sortir, mais c'est pas ce qui va se passer. Plus maintenant. Augie trouve une veine et il rentre bien l'aiguille. Il me regarde, le pouce sur le piston de la seringue, et je hoche la tête pour lui donner le feu vert.

Et il le fait. Il appuie jusqu'au bout.

« Putain, Irma chuchote. Putain, putain. »

Elle est dégoûtée pour le gâchis, c'est sûr, mais elle sait qu'il y en a encore. Beaucoup plus. Assez pour la faire planer pour toujours si elle joue bien son rôle. La pauvre fille sait même pas qu'il y a aussi une dose mortelle pour elle dans son avenir.

Y ahora, on regarde tous Petrillo s'en aller. Et je sais pas ce que j'attendais, mais c'est pas folichon. Pas de cris. Sa tête tombe sur le côté, puis il bat des cils, et sa respiration devient plus profonde et plus lente, et il est parti.

« C'est la pire des morts. » Augie a une expression de douleur sur le visage, comme si ça lui coûtait de le dire.

Et j'ai l'impression que c'est une chose pour Augie de se tuer à petit feu, mais enfoncer une aiguille dans un autre, c'est un choc différent pour lui.

Une minute passe, puis on arrive à deux minutes. Petrillo n'a pas respiré une seule fois.

On décide d'attendre encore un peu, mais on a carrément pas envie de juste le regarder, alors Scrappy met la télé. Elle zappe un peu. Elle finit sur le câble. Un épisode de *Quoi de neuf, docteur ?*. Mike Seaver est dans la merde avec une fille qui le kiffe, mais c'est pas réciproque. Vulture trouve ça trop drôle. Il rigole. Il répète les répliques. Nous autres, on supporte et on regarde jusqu'à ce que Scrap zappe sur *Pyramide.*

C'est la pub quand Irma presse son pouce fort contre son front avant de dire : « Je peux avoir le reste de ma came ? »

Je l'informe : « Tu l'auras quand t'auras fini ce que t'as à faire demain. »

Irma regarde Scrappy, comme quand t'as pas ce que tu voulais avec papa, alors tu demandes à maman.

Scrap bronche pas. « Pourquoi tu me mates ? Tu l'as entendu. Je donne que quand la partie est finie. »

Tout le monde attend comme il peut après. Je pense à Danny Boy. Les gens à qui j'ai demandé ont dit qu'il était réglo. Peut-être qu'il faut que je l'appelle, pour qu'on fasse un truc, lui et moi.

Personne dit rien pendant vingt minutes, et tout ce temps-là, Petrillo reste allongé là, la tête sur le côté. Immobile. On voit bien que son corps est vide maintenant. Y a plus personne là-dedans. C'est clair.

Scrap et moi, on échange un regard. On sait que c'est le moment.

Elle se pousse du mur et avance avec sa canne. « Je suis partie, alors.

– Pareil », je dis en lui ouvrant la porte.

Mais, en sortant, je regarde No Neck et Vulture. Ils hochent la tête. Ils savent où emmener Petrillo, quand il sera vraiment tard. Ils savent exactement quoi faire.

SHÉRIF ADJOINT IVICA « JOHN » MIRKOVICH

19 JANVIER 1994
14 H 52

105

Louis et moi, on a presque fini notre journée de dix heures, de 5 heures à 15 heures, quand on nous appelle pour ce qui pourrait être un cadavre dans le fleuve Los Angeles. On essaie d'esquiver puisque personne n'a envie de faire du baby-sitting pour le coroner, mais le central, après avoir appelé d'autres voitures, nous dit qu'on est les plus proches – qu'un cadavre est un cadavre ; rendez-vous sur les lieux immédiatement.

On est les premiers sur place. Il y a une clôture entre nous et le fleuve, et je n'ai pas envie de l'escalader avec ma ceinture et mon gilet pare-balles. Louis non plus, alors il reste dans la voiture et je parcours les cinq cents mètres qui me séparent d'un trou dans la clôture ; je passe entre les bouteilles de bière cassées, les seringues usagées et les déchets des clodos, les journaux qui servent de papier toilette, avant de passer de l'autre côté. Même de là où je suis en amont, j'aperçois ce que je suis censé voir côté sud. Le cadavre est étendu en plein soleil, avec un bras au-dessus de la tête et l'autre en dessous, les jambes écartées. Je ne vois pas bien son visage. Il ne porte ni chaussures ni chaussettes, juste un pantalon déchiré et un maillot de corps. Quand j'arrive à son niveau, je vois la figure pale tournée sur le côté. Et j'ai le souffle coupé.

C'est Phil Petrillo.

Je fais signe à Louis d'approcher la voiture, ce qu'il fait. Quand il descend, il crie de l'autre côté de la clôture : « Mirk, c'est un cadavre alors ?

– Ouais. »

On sécurise la zone, comme on peut quand un corps humain se trouve au fond du plus grand fossé en béton de la planète, ce qui veut dire qu'on déroule un ruban jaune à travers la clôture, à côté d'un campement de clodos. Et Louis et moi, on se demande si je devrais descendre, si je peux y arriver sans me casser la gueule.

« Je vois bien que c'est un cadavre, je lui dis. Je vois pas de mouvements de respiration. Il a des lividités. Appelle. »

Quand il part, une chose toute maigre prend sa place – une femme, cheveux noirs en bataille, yeux marron rougis, un mètre soixante-dix.

« Monsieur l'agent, elle me dit pour attirer mon attention. Monsieur l'agent, je sais ce qui s'est passé. »

Je n'ai pas d'autre choix que de procéder à un interrogatoire de terrain. Petrillo ne bougera plus. Louis est avec le poste pour savoir combien de temps il va falloir attendre avant que quelqu'un arrive, alors je lui pose des questions. Elle s'appelle Irma Sanchez. Elle séjourne par intermittence à l'Islands Motel sur Long Beach Boulevard. C'est un lieu de prostitution notoire, ce qui va avec son apparence et son comportement. Elle dit qu'elle fait la fête dans ce camp parfois, et ça m'a l'air louche, mais je la laisse parler. Elle connaît son nom. Elle l'appelle Pedro Phil et dit que, de temps en temps, elle aime bien fumer un peu d'héroïne avec lui et quelques-uns des ex-détenus qu'il suivait. Je suis sur le point de suggérer le nom d'Augustine Clark, mais elle est lancée, alors je prends des notes.

Pedro Phil était déprimé hier soir à cause d'une fille qui l'avait largué, Angela quelque chose. Il morflait tellement qu'il a décidé de se shooter pour la première fois. Elle l'a prévenu que c'était une grosse dose, mais il s'en fichait. Il l'a fait quand même et il est mort. Les camés du coin n'ont pas bien pris cet affront, qu'on puisse manquer de respect en mourant chez eux, alors ils ont traîné le corps de Phil jusqu'au bord du fleuve – après avoir enlevé ses chaussures, ses chaussettes et sa chemise – et l'ont poussé. Je lui demande comment ils ont réussi à faire ça. Elle dit que quatre personnes sont passées par le trou dans la clôture. Elle le montre du doigt et m'explique que ce n'est pas la première fois que des gens jettent un cadavre qui n'a pas tenu le choc. Je n'en doute pas.

Louis revient, et je dis à Irma de lui raconter son histoire, mais, à lui, je signifie du regard qu'il devrait lui faire vider ses poches et regarder si elle n'a pas de produits sur elle. Il comprend, lui dit d'aller attendre à côté de la voiture, puis il m'annonce qu'il y a eu une fusillade dans Ham Park, à Lynwood. Un gangster s'est couché une dernière fois. C'est une zone d'enquête active, meurtre de sang-froid, alors tout le monde y est. On va attendre les services un moment.

« C'est pas Scrappy, si c'est ce que tu te penses, Louis me dit. Le défunt est un homme. On n'a pas encore son identité. »

Ce n'est pas ce que je pensais, mais maintenant si. Je me demande si Ham Park est une diversion, alors je regarde à nouveau Petrillo, et je ne suis pas légiste, mais on dirait qu'il est là depuis un moment. L'autre affaire n'est qu'une coïncidence.

« Ham Park frappe encore, hein ? » Je me gratte le nez. « Ça sent le règlement de compte. »

Louis n'acquiesce pas, mais il me contredit pas non plus. Il part interroger Irma, quand une voiture banalisée arrive. C'est Willie Montero.

« *Isus Krist,* il dit quand il arrive à la clôture. Pourquoi t'as pas appelé Lynwood ?

– Ils ont déjà un cadavre. Ham Park. Tu savais pas ?

– Un malheur n'arrive jamais seul. Il est où ? »

Je désigne le trou dans la clôture qu'Irma m'a montré. Willie prend moitié moins de temps que moi. Il va jusque au bord, regarde en bas, reconnaît Petrillo et fait : « Putain de merde !

– Ouais, je fais, et il y en a un qui a pris son temps pour le signaler.

– C'est comme ça ici, adjoint. Personne ne voit jamais rien. Toute la ville ferme les yeux quand ça l'arrange. »

Je hoche la tête, surtout vers le corps.

« Sacrée dégringolade, je dis.

– Ouais, tu crois qu'il a roulé ou quoi ?

– Techniquement, il a dû glisser.

– La gueule la première ? C'est une sacrée façon de revenir en première base. » Willie penche la tête sur le côté et regarde la clôture. « Tu crois qu'ils l'ont traîné par le trou ? »

Je montre l'arrière de la voiture où Irma est assise, la portière ouverte. Le contenu de ses poches est étalé sur le coffre. Je dis : « J'ai une lumière pour toi. Elle dit qu'elle voyait régulièrement Petrillo. Pedro Phil, elle l'appelle.

– Eh ben, putain, je parie qu'elle a *tout* vu. » Le sarcasme de Montero est un peu lourd. C'est sa façon de me dire que tout dans cette histoire est bien trop nickel pour être vrai.

« C'est ce qu'elle dit. Elle veut bien témoigner officiellement.

– J'en doute pas. Fais-moi un résumé.

– Des vieux de la vieille du camp n'ont pas apprécié qu'une overdose vienne souiller leur terrain de camping.

– Naturellement. » Willie scrute le petit camp avec la moitié d'une traverse de chemin de fer pour banc et un baril pour le feu au milieu. « Qu'a dit d'autre notre bonne samaritaine ?

– Petrillo aimait fumer de l'héroïne de temps en temps, mais il était resté clean un moment avant la rechute. »

Willie regarde son carnet avec un rictus. « Et, bien sûr, ça expliquera pourquoi il n'y aura aucune trace de piqûre ou de consommation régulière dans son corps à l'autopsie. *Fantastique.* »

Je lui lis le reste de mes notes. Elle était là quand il s'est piqué. C'était sa première fois. Elle a essayé de le dissuader, mais il était vraiment déprimé à cause d'Angela – sûrement Angela Alvarez – parce qu'elle refusait de le voir.

Nouveau rictus de Montero. « Et il est mort là-bas, et le grand conseil des clodos a décidé de le balancer. »

Montero regarde le milieu du Los Angeles. Il n'y a de l'eau que dans le canal central, pas plus d'un mètre cinquante de large. C'est un fleuve mort et, maintenant, il abrite un cadavre côté Lynwood.

« Je descends », il me dit.

Je le regarde faire avec précaution, se frayant un chemin en zigzag. Quand il arrive en bas, il approche de Petrillo et l'inspecte avec le bout de son stylo – il soulève son revers de pantalon, examine son bras. Il lui faut quelques minutes avant de revenir par là où il est descendu.

Quand il arrive en haut, je lui tends la main et il la prend. Je lui demande : « Tu penses quoi de la version d'Irma ?

– Ça colle. Il a une marque de piqûre sur le bras droit à l'intérieur du coude. C'est bien une surdose. » Il est un peu essoufflé, la sueur perle sur son front. « *Mort évidente.* Pas d'indice d'homicide. Le coroner va devoir nous dire si c'est de l'héroïne. Entre-temps, je vais interroger Irma, tant qu'à faire. »

Avant qu'il s'en aille, je lui pose la grande question : « On dit quoi à Kristina ? »

Willie soupire. « On lui dit la vérité. »

Il hoche la tête vers moi, je l'imite. Je vois où il veut en venir. Il a besoin que j'aille dans son sens.

Je lui dis : « Les gens font des choses tordues quand ils ne sont pas lucides. Je ne savais même pas que Petrillo se droguait. Il l'avait bien caché. »

Willie fronce les sourcils, mais il hoche la tête à nouveau. « On ne sait jamais ce que traversent les autres, adjoint. »

Et il se tourne, et repart.

Je lève la voix pour lui demander : « On appelle d'abord le coroner ou les pompiers ? »

Il crie par-dessus son épaule. « Le coroner. Il y a un accès plus loin. Ils peuvent garer leur véhicule en bas. »

Louis a fini d'interroger Irma, alors je lui demande de venir. Il vient vers moi sans lui tourner le dos. Je lui dis d'appeler le coroner. Ce n'est pas une scène de crime, et le corps devient juste quelque chose qu'il faut déplacer, examiner, cataloguer. Il dit qu'il s'en occupe. Et je me tourne à nouveau vers le fleuve pour garder un œil sur le cadavre, face contre terre en bas de la pente. Petrillo n'est pas le premier à avoir abusé de son insigne. Il ne sera pas le dernier. Cette ville les crache et les ravale, et personne ne s'en soucie quand ils crèvent.

Je regarde les collines au sud. Quand il y a du brouillard à cause de la pollution, ma fille dit qu'elles sont brouillées, et c'est comme ça qu'elles m'apparaissent à ce moment précis. *Brouillées.* J'observe les oiseaux aller et venir. Trois canards nagent dans le canal et passent à côté du mort sans y prêter attention. J'essaie de ne pas penser au temps qu'il va falloir à l'équipe du coroner pour arriver. Je me demande s'ils sont à Ham Park ou s'ils sont coincés dans les embouteillages. Je regarde du côté des voitures. Irma est partie. Louis discute avec Montero. Dans le lit du fleuve, une corneille solitaire s'intéresse à Petrillo, mais je trouve quelques morceaux de béton qui font office de projectiles pour l'effrayer et la renvoyer dans les airs. Alors je reste avec le grondement de la circulation sur la 710 et celui d'un avion en approche vers l'aéroport de Long Beach.

Jusqu'à ce qu'un oiseau blanc atterrisse dans le fleuve. C'est une aigrette ou un héron. L'un ou l'autre, je ne sais pas, mais il est beau, cet oiseau – pattes et cou élancés, avec bec jaune aussi long que la lame d'un couteau à cran d'arrêt. Le cadavre le laisse complètement indifférent. Il ne le regarde même pas. Tout ce qu'il veut, c'est l'eau, et ce qu'il y a dedans. Je le regarde pêcher ; il enfonce son bec dans le courant quand il y aperçoit quelque chose, l'attrape, jette sa tête en arrière en faisant pression avec son cou pour avaler. Je dois bien rester comme ça vingt minutes environ, à le regarder jusqu'à ce qu'il ait fini de se nourrir. Une fois qu'il a terminé, il se tourne vers l'amont du fleuve et se tient sur une patte dans l'eau, immobile et grand, un chasseur triomphant.

GLOSSAIRE

5150 : référence à une loi du Code de la santé de Californie qui permet à un agent ou à un professionnel de santé de procéder à un internement psychiatrique sans consentement si la personne présente des troubles mentaux qui en font un danger pour elle même ou pour les autres.

A

A mal nudo, mal cuño : littéralement, « À mauvais nœud [bois], mauvaise cale », soit « combattre le feu par le feu ».

Abuelita : terme affectueux pour désigner une grand-mère ou une dame âgée.

Adjoint/Shérif* [1] : en anglais, *deputy*, agent assurant le maintien de l'ordre au nom du shérif d'un comté, la plus importante division territoriale après l'État aux États-Unis. Le shérif est élu et il est chargé, entre autres, de faire respecter la loi sur ce territoire (des rues aux prisons, en passant par les tribunaux). Dans la ville de Los Angeles même, le maintien de l'ordre est assuré par la police municipale (voir LAPD).

AKA* : *Also known as*, alias. Introduit un surnom.

1. Les entrées suivies d'un astérisque ont été ajoutées par la traductrice.

B

Bala : « balle ».

Barrio : « quartier ».

Brocha : littéralement, « pinceau », mais aussi « moustache ».

Buffet : en anglais, *spread*, plat préparé par les détenus avec des ingrédients de fortune, comme des « tortillas » faites avec du pain écrasé ou des « tamales » avec des chips de maïs écrasé ou encore des nouilles ramen avec des ingrédients supplémentaires ; le terme peut aussi désigner un repas constitué de plusieurs aliments ou plats préparés pour fêter une libération.

C

Calipatria : ville où se trouve la prison d'État de Calipatria, la plus connue des prisons d'État californiennes, une prison d'hommes où sont incarcérés quatre mille détenus, soit la moitié de la population de la ville.

Cállate : « tais-toi ».

Cariño : littéralement, « amour », « bonté » ou « bienveillance », généralement une marque de respect sous forme financière, mais *cariño* peut également être du racket, de l'extorsion, selon le contexte (voir « taxe »).

Carne asada : grillade de viande, spécialité mexicaine.

Carne guisada : type de ragout de viande, préparé avec du bœuf, des tomates, de l'ail, de l'oignon et des poivrons.

Carnicería : étal de boucher ou boucherie, où l'on peut également y trouver des produits d'épicerie.

Carson* : commune du comté de Los Angeles où se trouve une importante communauté samoane.

Casita : « petite maison ».

CDC : California Department of Corrections, littéralement « Département des corrections de Californie ». Le numéro CDC est le numéro d'identification des détenus.

Chapín : terme d'argot pour désigner une personne d'origine guatémaltèque.

Chavala : littéralement, « fillette ou jeune fille ». Quelqu'un qui se comporte et s'habille comme un gangster (ou parle comme un dur), mais qui n'en a que l'apparence.

Chingón : littéralement, « connard » ; également un terme d'argot signifiant « cool » ou « génial ».

Chivas : littéralement, « les chèvres », surnom du Club Deportivo Guadalajara, équipe de football de Jalisco, au Mexique.

Cholo/chola : gangster chicano arborant une tenue vestimentaire typique de Californie du Sud : chemise de flanelle, débardeur et pantalon kaki.

Ciruela : « prune ».

Clica (ou clique) : gang ou sous-section locale d'un gang plus important.

Con pescado : « avec du poisson ».

Corvée de lit : en anglais, *bunk status*, période disciplinaire que les décideurs imposent aux nouveaux, aux inconnus ou aux détenus peu fiables, pendant laquelle ils doivent passer leur temps d'activité (ateliers, programmes éducatifs) sur leur lit, et souvent donner leur nourriture à d'autres membres du gang.

Crips/Bloods* : gangs afro-américains rivaux qui sévissaient dans le sud de Los Angeles et dont les couleurs sont le bleu pour les Crips et le rouge pour les Bloods.

Cucaracha : « cafard ».

Cuete : littéralement, « feu d'artifice », terme d'argot pour désigner un pistolet.

D

Dago : terme péjoratif pour désigner des personnes d'origine italienne ou espagnole. Dérivé du prénom « Diego ».

Décideur : en anglais, *shotcaller*, meneur d'un groupe en prison, celui qui décide et auquel les autres doivent obéir.

Défenseur public* : aux États-Unis, les avocats commis d'office sont des fonctionnaires appointés par le Bureau du défenseur public, une agence d'État.

Dortoir du Tonnerre : en anglais, *Thunder Dorm.* Les détenus baptisent ainsi le dortoir le plus violent d'un établissement pénitentiaire.

E

Entiendes : « tu comprends ».
Es obvio : « c'est évident ».

F

Feliz navidad : « Joyeux Noël ».
Fifi : outil de masturbation de fortune.
Folsom : prison d'État de Folsom, prison de haute sécurité ouverte en 1880, ce qui en fait la deuxième prison la plus ancienne de Californie après San Quentin.
Fresa : littéralement, « fraise », terme d'argot pour désigner une prostituée.

G

Gabacho : terme péjoratif pour désigner les locuteurs anglais n'étant pas d'origine latino.
Gagana Sāmoa : livre d'apprentissage du samoan écrit par Galumalemana Afeleti Hunkin, publié en 1988.
Ganas : littéralement, « gonades », terme d'argot désignant le fait d'avoir des tripes ou une volonté de fer.
Gordo : « gros ».

H

Hermano : « frère ».
Homie, homeboy, homes* : termes d'argot pour désigner un « pote », un allié.
Huevos* : « œufs ».

I

Isus krist : littéralement, « Jésus-Christ », en croate. Juron correspondant à « Bon Dieu ! ».

J

Jack in the Box* : chaîne de fast-foods, surtout présente dans l'Ouest américain.

Jebiga : « merde », en croate.

Jebo ti vrag mater : littéralement, en croate, « le diable a baisé ta mère ».

L

La maldad : « la malice, le mal ».

LAPD* : Los Angeles Police Department, police municipale de Los Angeles.

Llavero : littéralement, « le porte-clés », en espagnol. Terme qui désigne le décideur d'un gang, dans la rue ou en prison, quelqu'un qui détient les clés. Voir aussi « décideur ».

Lo prefiero : « je préfère ça ».

Lo siento mucho : « je suis vraiment désolé ».

Locote : littéralement, « fou », en espagnol. Généralement, un membre de gang qui agit de manière excessive, sans égard pour les conséquences.

M

Machaca : plat de bœuf ou de porc épicé du nord du Mexique, traditionnellement séché et réhydraté.

Malias : symptômes physiques du sevrage de drogue.

Maricón : terme péjoratif, en espagnol, pour désigner un homme gay.

Masa : farine préparée en trempant du maïs dans une solution alcaline d'eau de chaux, avant d'être lavé et épluché – la nixtamalisation. Elle est notamment utilisée pour faire des tortillas et des tamales.

Matón : « tueur ».

Mayate(s) : littéralement, « scarabée noir mangeur de crotte », en espagnol. Terme fréquemment utilisé par les Mexicains et les Chicanos pour dénigrer les Noirs.

Muy pequeño el mundo es : « le monde est très petit ».

N

NCCF : North County Correction Facility.

« **Nieves de Enero** » : littéralement, « les neiges de janvier ». Titre d'une ballade mexicaine de Chalino Sánchez.

O

OG : *original gangster,* désigne quelqu'un qui fait partie d'un gang depuis longtemps.

OSS* : Operation Safe Streets, département au sein du département du shérif de Los Angeles dédié à la lutte contre les bandes criminelles.

P

Paisa : abréviation de *paisano*, homme de la campagne ou personne d'origine rurale.

Payasos : « clowns ».

Pendejo/pendejito : « imbécile/petit con ».

Pero ahora tu tienes una madre : « mais maintenant tu as une mère ».

Pička : expression croate signifiant « mauviette ».

Platano : banane plantain.

Pruno : alcool de prison fabriqué avec les fruits que les détenus ont sous la main et du pain, pour la levure et la fermentation.

PSV* : prédateurs sexuels violents.

Pussy* : littéralement « minou », terme d'argot pour le sexe féminin, « chatte ».
Puto/puta : « salaud », « salope ».

Q

Quebradita : danse mexicaine, généralement sur une musique banda.

R

Raza (ou la raza) : littéralement, « la race », « la Race » ou « le Peuple », en espagnol. Ce terme peut également désigner l'unité ou la fierté chez les Latinos.

S

Sa-I-Gu : date des émeutes de 1992 à Los Angeles en coréen.
Se pueden callar sus pinches bocas : littéralement, « ils peuvent fermer leurs putains de bouches », en espagnol.
Southland* : autre nom donné à Los Angeles.
Speedball : mélange d'héroïne et de cocaïne ou d'héroïne et de speed, injecté en intraveineuse.
Suerte : « chance ».
Sureños : gangs de rue latinos de Californie du Sud organisés à partir des prisons, potentiellement associés à la mafia mexicaine.

T

Taxe : extorsion, généralement pratiquée sur ceux qui s'adonnent à des trafics illégaux (drogue, prostitution). Un pourcentage des bénéfices revient au « porte-clés » du secteur, pour éviter d'être dénoncé, pour être protégé ou pour montrer sa loyauté envers un groupe plus important (voir aussi « cariño »).
Te lo prometo : « je te le promets ».

Telefona ambulanza : littéralement, « appelle ambulance », en espagnol.
Todo está bien* : « tout va bien ».

U

Uso : littéralement, « frère », en samoan, terme utilisé pour désigner les personnes d'origine polynésienne.

V

Vato : terme d'argot mexicain signifiant « mec », « vieux ».
Veterano : un ancien, le terme sous-entend une certaine expérience. Dans le contexte de la culture des gangs latinos, se dit d'une personne ayant participé à des activités criminelles.
Viking(s) : référence aux Vikings de Lynwood, un gang secret au sein du département du shérif de Los Angeles, que le juge Terry J. Hatter Jr a qualifié de « gang nazi et suprémaciste blanc », qui commettait des actes d'« hostilité raciale » et se servait de « tactiques d'inspiration terroriste ».
Virgencita : terme affectueux pour la Vierge Marie.

W

Wila : probablement la version anglicisée de *hiula* (littéralement, « cerf-volant »).
Wood(s) : Peckerwood, terme d'argot de prison pour désigner les détenus blancs.

Y

Y ahora : « et alors ».

REMERCIEMENTS

Álvaro
Shérif adjoint Maria Aiken
Jerry Ballesteros
Rowland Becerra & la Lynwood Union Gallery
Jon Bernthal
Christopher D. Brand
Kate Butiu (née Thomas) & ses élèves à Firebaugh High School
Cap
Chee
Shérif adjoint Eddie Carter
Jon Cassir
Steph Cha
Shérif adjoint Jason Chavez
Daphne Durham
Espi
Charles Farrell
La famille Gattis
Roly Gonzalez
Sergent Sterling G. Haley
Simon Lipskar
Nicky Lund

Agent spécial Eric Kraus
Lizzy Kremer
Juge Stephen A. Marcus
Steve Martínez
Sean McDonald
Harriet Moore
Procureur adjoint Louis Morin
Felix Quintana
Michael Raulston
Procureur federal délégué Bruce Riordan
Aniela Arlene Russo
Marisa Roemer & la famille Roemer
Marisela Santana, conseillère municipale
Evan & Melissa Skrederstu
Shérif adjoint Michael Steen
Shérif adjoint Lucia Varela
Cristiana Wilcoxon, assistante documentaliste
Steve Younger
&
les nombreuses autres personnes qui ont partagé de manière anonyme leurs réflexions et leurs sentiments sur leur propre incarcération ou celle de leurs proches.

Composition et mise en pages
Nord Compo à Villeneuve-d'Ascq

PAPIER À BASE DE FIBRES CERTIFIÉES

Fayard s'engage pour l'environnement en réduisant l'empreinte carbone de ses livres. Celle de cet exemplaire est de : 2,000 kg éq. CO_2
Rendez-vous sur www.fayard-durable.fr

Achevé d'imprimer en juillet 2021
sur les presses de la Nouvelle Imprimerie Laballery
58500 Clamecy, France
pour le compte de la librairie Arthème Fayard
13, rue du Montparnasse - 75006 Paris

67.6133.9/03
Numéro d'impression : 107237

Imprimé en France

La Nouvelle Imprimerie Laballery est titulaire de la marque Imprim'Vert®